OBRA DE V. BLASCO IBAÑEZ

V. Blasco Ibáñez

A LOS PIES DE VENUS

PLAZA & JANES
EDITORES

Portada de
C. SANROMA

Primera edición: Febrero, 1978

Editado por PLAZA & JANES, S. A., Editores
Virgen de Guadalupe, 21-33. Esplugas de Llobregat (Barcelona)

Printed in Spain — Impreso en España

ISBN: 84-01-80572-4 — Depósito Legal: B. 2.321 - 1978

GRAFICAS GUADA, S. A. — Virgen de Guadalupe, 33
Esplugas de Llobregat (Barcelona)

PRIMERA PARTE[1]

EL ÚLTIMO CRUZADO

I. LAS DICHAS Y CONTRARIEDADES DEL CABALLERO TANNHÄUSER EN LA VENUSBERG

Al mirar distraídamente la fecha de los periódicos recién llegados de París, sintió por primera vez Claudio Borja la existencia del tiempo.

Hasta entonces había llevado una vida irreal, libre de la esclavitud de las horas y las imposiciones del espacio. Todos los días eran iguales para él. No vivía, se deslizaba con suavidad por un declive dulce, sin altibajos ni sacudidas. El día presente era tan bello como el anterior, y sin duda, resultaría igual al próximo mañana. Sólo al recordarle la fecha de los diarios otra fecha idéntica guardada en su memoria, hizo un cálculo del tiempo transcurrido durante esta dulce inercia, únicamente comparable a las de los seres que en los cuentos árabes quedan inmóviles, dentro de ciudades encantadas, paralizadas por un conjuro mágico.

¡Un año...! Iba ya transcurrido un año desde aquel suceso que dividía su existencia, como los hechos trascendentales parten la Historia, sirviendo de cabecera a una nueva época.

(1) Esta novela es continuación de la titulada *El Papa del mar.*

Recordaba su sorpresa en el ruinoso castillo papal de Peñíscola, próximo al Mediterráneo, ante la aparición inesperada de Rosaura Salcedo. La hermosa viuda venía a buscarle sin saber por qué, creyendo obrar así por aburrimiento y moviéndose en realidad a impulsos de un amoroso instinto, aún no definido, que pugnaba por adquirir forma. Luego veía la tempestad, llamada por él *providencia*, el refugio de los dos en un huerto de naranjos próximo a Castellón, la noche pasada en la vivienda de una campesina, que los tomaba por esposos.

Nunca volvería a ver esta pobre casa, y, sin embargo, se alzaba en su recuerdo más grande y majestuosa que todos los edificios históricos admirados en sus viajes. Tenía olvidado el nombre de aquella humilde mujer que facilitó, sin saberlo, la aproximación de ellos dos; pero su imagen persistía en su memoria, con el resplandor dulce y atractivo que envuelve a los grandes favorecedores de nuestro pasado.

A partir de aquella noche, el mundo cambiaba para Borja. Tal vez seres y cosas continuaban lo mismo; pero él era otro, viendo transformadas las condiciones de su vida, encontrando un nuevo encanto a lo que antes consideraba monótono y ordinario.

Había descubierto, como todos los enamorados satisfechos de su felicidad, que nuestra existencia tiene más poesía que nos imaginamos en días de pesimismo. Vuelto de espaldas al resto del mundo, no encontraba otra vida digna de interés que la de aquella mujer. Juntos harían su camino en todo lo que les quedase por existir, y eso que ambos, siendo jóvenes, veían su futuro como un horizonte sin límites.

Viajaron los primeros meses, yendo a donde van las gentes de la sociedad en que había vivido hasta entonces Rosaura, y procurando al mismo tiempo aislarse de ellas. Aprovecharon el ferrocarril para huir de aquel huerto que tanto recordaban después. Querían un escenario menos rústico para su amor. Esperaron en Barcelona a que el chófer hubiese recompuesto el automóvil en un taller de Castellón. Luego volvieron a Francia, como si pasada aquella tempestad en el campo de naranjos no pudieran ya pensar más que en ellos dos. La viuda argentina mostrábase de repente sin interés alguno por las bellezas de la costa española y la historia novelesca del Papa Luna.

Volvieron a verse en Marsella, pero ahora sin las dudas y los apartamientos inesperados de semanas antes. Finalmente paseó Claudio por el jardín en declive que ponía en comunicación la elegante casa de Rosaura, en la Costa Azul, con los peñascos blancos de áspero mármol, taladrados incesantemente por las aguas marítimas.

La soledad, grata en los primeros días, empezó a pesarle de pronto a Rosaura. Ella, tan deseosa de guardar su reputación y su rango social, se mostró la más osada, como si le placiese exhibir ante sus amigas íntimas este enamorado, más joven que Urdaneta.

—Con discreción todo puede hacerse en nuestro mundo —dijo para convencer a Borja, tímido y prudente.

Viajando juntos y fingiendo vivir separados dentro de un mismo hotel, pasaron los meses de verano en Biarritz; luego en Venecia y en las admirables estaciones alpinas del Tirol. No podía recordar Claudio con exactitud dónde había estado y lo que llevaba visto. Fuese a donde fuese, mar o montaña, ciudad o paisaje, todo creía verlo reflejado en las pupilas de Rosaura, apreciando los diversos lugares según los comentarios de ella y la placidez o excitación de sus nervios.

Le parecía en ciertos momentos que la atmósfera cantaba alrededor de su persona. Sus pies sentían la impresión de un suelo elástico. Tenía la certeza de poder saltar y mantenerse en el aire, contra todas las leyes físicas, cual si estuviese en otro planeta. Vivía dentro de un perpetuo ensueño, y algunas mañanas, al despertar en un cuarto de hotel, lejos del que ocupaba ella, para mantener unas conveniencias que las más de las veces resultaban inútiles, se preguntaba con inquietud: «¿Realmente soy el amante de Rosaura? ¿No lo habré soñado en el curso de la noche y voy a convencerme ahora de que todo es mentira?»

Al repeler a continuación las últimas incertidumbres y anemias del sueño, el orgullo de su triunfo se transformaba en modestia, por una misteriosa operación psíquica, reconociéndose indigno de tanta felicidad. ¡Verse amado por aquella mujer que había considerado al principio como perteneciente a una especie superior, sin esperanza de que volviese los ojos hacia él...!

El antiguo mote de *caballero Tannhauser* empleado algunas veces por Rosaura parecía aumentar su vanidad de amante. Ella era Venus, y él vivía a sus pies saciado de amor, como el réprobo poeta. Aquel jardín de la Costa Azul propiedad de la argentina era comparable a la Venusberg, la legendaria Montaña de Venus, mágico lugar de voluptuosidades, de poesía carnal, que hacía estremecer de espanto a los ascetas cristianos.

Parecía Rosaura satisfecha del resultado de una aventura emprendida ligeramente, sin propósito determinado, con un aceleramiento algo loco. Halagaba su vanidad femenina la supeditación amorosa de Claudio. Éste le había hecho desde el principio el homenaje de su voluntad. En los primeros meses nunca surgían entre ellos las disputas y celos que habían amargado sus relaciones con Urdaneta, el famoso general-doctor. Borja mostraba cierto misticismo en su adoración. La veía como una diosa, y a las divinidades se las obedece, sin discutir con ellas.

En los momentos de agradecimiento amoroso, cuando se siente la necesidad de retribuir la dicha recibida con tiernas palabras, ella decía siempre lo mismo.

—¡Qué bueno eres...! Por eso te quiero como no he querido a nadie.

Después de las semanas otoñales pasadas en París, el invierno los había empujado a la Costa Azul.

Se instaló la señora de Pineda en su lujosa villa entre Niza y Montecarlo, pero ahora con todas las comodidades de una larga permanencia, rodeada de numerosa servidumbre, haciendo saber a sus amigas su firme voluntad de no irse hasta la llegada del verano.

Su pasión le hacía olvidar una vez más aquella maternidad sólo renaciente en días de pesimismo amoroso. Se había preocupado en París de la educación de sus dos hijos, afirmando que era un sacrificio tener que separarse de ellos; pero su porvenir lo exigía así. Al lado de su madre no adquirirían nunca una verdadera instrucción. El niño había sido enviado a Inglaterra para que hiciesen de él un cumplido *gentleman* desde su infancia; la niña entraba en un colegio aristocrático de París, dirigido por monjas. Y creyendo haber cumplido por el momento todos sus deberes maternales, pudo dedicarse en absoluto, libre de testigos molestos, a la vida común con el que llamaba su *poeta*.

Claudio estaba instalado aparentemente en un hotel próximo a la propiedad de la señora de Pineda. Casi todo el día y una gran parte de la noche los pasaba el joven en el jardín de Rosaura o en su casa; pero de todos modos, *su domicilio oficial en el hotel*, como decía Borja, era una discreta concesión a los respetos sociales. Las gentes amigas de ella cerraban los ojos, admitiendo con aparente buena fe que el español no era más que un visitante de la rica viuda, existiendo entre ambos la simpatía originada por la comunidad de idioma y de origen étnico.

Así se fue prolongando algunos meses más la vida irreal de Claudio. No existían en este jardín de la Costa Azul los mágicos rincones de la Venusberg, con lechos de corales y guirnaldas de floraciones fantásticas, semejantes a las de los campos submarinos. Mas sus bosquecillos de rosales en los que abundaban tanto las flores como las hojas, sus plazoletas con fuentes de cantarino gotear, sus enramadas susurrantes bajo las cuales se arrullaban palomas, y su playa de guijarros azules entre peñascos que parecían bloques de mármol en espera de un cincel, fueron testigos muchas veces de las lentas conversaciones de los dos enamorados y sus silencios de pasión interrumpidos por el chasquido de los besos.

Poco antes que Borja se diese cuenta de que ya llevaba un año junto a Rosaura, esta existencia común empezó a sufrir variaciones. Ella le dijo un día con cierta gravedad, como si presintiese un peligro:

—Debemos pensar menos en nosotros, volver a nuestra vida de antes, sin que por eso dejemos de querernos mucho. Las cosas extremadas acaban por resultar violentas y duran poco.

Empezó a mostrarse la hermosa Madame Pineda en los salones de juego de Montecarlo, en las comidas de gala de los hoteles, en los *dancings* más elegantes a la hora del té, seguida de su *español*, que era aceptado por todos como un acompañante legal, sin que ninguno se tomase el trabajo de definir el carácter de dicha familiaridad.

Borja la creyó más segura para él viéndola seguir sus costumbres de antes. Así evitaba el aburrimiento de una larga intimidad siempre a solas. Al poco tiempo, este conformismo del joven empezó a resquebrajarse con los pequeños accidentes diarios de una vida agitada.

La argentina había recobrado su gusto por el baile, y él no era un verdadero danzarín. Confesó Rosaura, con sonrisa algo nerviosa, la imposibilidad de bailar bien con él.

—Sabes de muchas cosas, y por eso te admiro...; pero de bailar..., ¡nada!

Como en realidad no gustaba de la danza, empezó Claudio a mostrar una resignación de marido cortés, manteniéndose en su asiento mientras ella bailaba con otros hombres. Luego, al volver Rosaura a su lado, sonreía con forzosa mansedumbre. Nada podía decirle a una mujer que se apresuraba a halagarlo con palabras amorosas, como si le pidiese perdón.

En verdad, Borja no tenía motivos de queja. Ella seguía amándolo lo mismo que antes, como aman las beldades que ya están en los últimos linderos de la juventud a un hombre menor en años.

—El baile —decía— es para mí una gimnasia social, un deporte de moda.

Parecía olvidarse de Claudio en los *dancings* de los hoteles y en las mesas de juego de Montecarlo; mas una vez satisfechas sus dos pasiones, volvía a buscarlo con el mismo amor de antes, sin que él pudiese sorprender disminución alguna. Esta confianza en la fidelidad de Rosaura acabó por hacerle sobrellevar sin celos la presencia de un hombre cuyo apellido había perturbado algunas veces la serenidad de sus amores en los primeros meses de vida en común.

Estando en París conoció a Urdaneta, el general-doctor, en una fiesta americana a la que asistió acompañando a la señora de Pineda. Indudablemente, el caudillo deseaba su amistad y lo buscó, haciéndose presentar por un amigo de ambos.

¡Cosa inexplicable para Borja...! Había pensado siempre con odio en este hombre, y al verlo de cerca tuvo que confesar que no le era antipático. Sólo odiaba al general-doctor cuando estaba lejos. Luego, en su presencia, le parecía absurdo que el apellido de este hombre hubiese podido agitar sus nervios.

Urdaneta había venido a vivir en Cannes unas semanas, y

los dos enamorados lo encontraron repetidas veces en los hoteles de Niza o en el Casino de Montecarlo.

Rosaura, más tenaz en sus desvíos, lo trataba fríamente, esforzándose por hacer ver a todos que este hombre sólo era ya para ella uno de tantos visitantes. El pasado estaba muerto y bien muerto. Borja, en cambio, sentíase atraído por el irresistible agradador. Si su nombre le infundía celos, su presencia real no despertaba en su ánimo ninguna desconfianza, y hasta le inspiraba cierta conmiseración simpática.

En algunas ocasiones, al escuchar que Rosaura hablaba de él con menosprecio, intentó defenderlo. «¡Pobre general Urdaneta...!» Su época gloriosa iba a terminar.

Era ya el hombre seductor que declina y se sobrevive. Aún conseguía atraer el interés de algunas mujeres con su gran barba rizada, su aspecto de hermosa bestia de combate, sus pasadas aventuras y su petulancia varonil; pero no sabía ocultar su desaliento creciente.

Sufría continuas escaceses de dinero. Esto no resultaba extraordinario en su historia de incansable derrochador. Lo terrible era que se iba cerrando la explotación de su propio país, siempre considerado por él como una mina segura al otro lado del Océano.

Ya no podía embarcarse para hacer una revolución más en su patria, acoplar dinero y volverse a París. La pequeña República había seguido la evolución de los países vecinos, abominando repentinamente de Urdaneta. Ahora gobernaban la nación hombres jóvenes que habían estudiado en los Estados Unidos o en Europa, y establecían empresas industriales, necesitadas de paz.

«No venga, general-doctor —le escribían sus íntimos—. Esto ha cambiado mucho. La gente ya no aclama su nombre; y si viene, tal vez lo perjudiquen.»

Y Urdaneta, que desde París husmeaba los vientos de su patria lo mismo que sus corresponsales, se abstenía de embarcarse para hacer una intervención armada, sabiendo que en el lenguaje de su tierra *perjudicar* equivalía poco más o menos a fusilamiento.

Agobiado por deudas crecientes y en la obligación de hacer economías —lo que era para él signo de indiscutible decadencia—, manteníase indeciso, no sabiendo qué nuevo rumbo seguir. Hombre experto en amores, no intentó recobrar a la millonaria argentina. ¡Historia terminada...! No iba a retroceder Rosaura hacia él teniendo a este joven supeditado completamente a su voluntad, dulce en palabras y actos. Además, conocía el valor de la juventud para las mujeres procedentes de América, mundo en extremo joven, que siente aún fervores de tribu primitiva ante las existencias primaverales.

Él también se considera con cierta inferioridad en presencia de Borja. ¡Ay la juventud...!

Veía en este español un heredero digno de respeto; se interesaba por su suerte involuntariamente, delatando dicho afecto en sus ojos y su sonrisa benévola. Quizá la simpatía obscura que impulsaba a Borja hacia él era un reflejo de sus propios sentimientos.

Algunas veces creyó leer Claudio en sus amistosas miradas y en la expresión bondadosa de su boca. Tal vez lo creía un compañero futuro de infortunio. Con mujeres como Rosaura, enamoradas de la vida y poseedoras de un alma pagana, ¿quién puede estar verdaderamente tranquilo...? «Teme, compañero, a la juventud —parecía decirle Urdaneta—. Algún día vendrá otro con menos años que te sucederá; como tú a mí.»

Cuando Borja creía adivinar esto en la expresión afectuosa y triste del héroe caído, se tranquilizaba a sí mismo con una petulancia de enamorado feliz... Él era él: un hombre muy superior por su inteligencia y sus gustos a este guerrero selvático que al otro lado del Océano había matado a centenares de hombres y aquí empezaba a parecer un personaje algo grotesco, lejos de su ambiente favorable, imposibilitado de continuar su antigua historia.

Las mayores contrariedades sufridas por Borja en su vida actual procedían de aquel mundo algo híbrido, pero siempre elegante, que se reunía durante el invierno en la Costa Azul. Se había agregado a él contra su voluntad, arrastrado por las costumbres y aficiones de Rosaura, dejándose presentar a personas que no le interesaban, pero con las cuales debía mantener conversación en los *tés danzantes*, en los salones del Sporting Club de Montecarlo, en las fiestas de caridad, en los conciertos clásicos.

Era un amontonamiento internacional, en el que figuraban desocupados de todos los países; gentes de historia novelesca las más de las veces, sin ninguna instrucción sólida, hablando numerosos idiomas y habiendo viajado mucho para ver superficialmente las naciones e interesarse sólo por sus grandes hoteles y sus altas clases sociales.

Se encontraban en este mundo personajes de importancia auténtica: hombres políticos venidos a menos, con la nostalgia de la autoridad perdida; individuos de familias destronadas; magnates del dinero que descansaban unos meses a orillas del Mediterráneo. Y en torno a este grupo selecto, una inquieta marea de duquesas y marquesas de diversos reinos, sobre cuyo pasado se contaban picantes historias; princesas rusas que se mantenían vendiendo sus últimas alhajas y abrigos de armiño; aventureras que se hacían tolerar por una amabilidad reptilesca; antiguas cocotas que habían afirmado su posición casándose con algún millonario viejo poco antes de morir éste.

Todos llevaban una existencia atareada, corriendo en automóvil los sesenta kilómetros de carretera entre Cannes y Mentón para asistir a fiestas en las diversas ciudades o arriesgar su dinero sobre las mesas verdes de los casinos situados a lo largo de la cornisa de la Costa Azul.

Los temas de conversación eran siempre los mismos: la riqueza y el amor. Algunas veces los olvidaban para hablar de títulos nobiliarios o antiguos cargos políticos, apreciándolos según las simpatías que les inspiraban sus poseedores.

«¿Por qué vivo entre una gente tan insustancial?», se preguntaba Claudio Borja.

En realidad, era su obligación de seguir a Rosaura lo que le condenaba para siempre a figurar en dicho mundo, frívolo, murmurador, y, al mismo tiempo, exageradamente tolerante hasta el amoralismo.

Sufría viéndose ignorado por esta gente bien educada y amable. Todos le acogían con sonrisas y apretones de manos, desconociendo su verdadera personalidad. Era para ellos «el amigo de *Madame* Pineda, joven español, simpático y distinguido...», y nada más. Algunas damas viejas empezaban a llamarle *marqués*, sin que pudiera saber quién había iniciado tal invención. Les parecía, sin duda, imposible que, siendo de

España, no fuese marqués de Borja. En esta sociedad brillante, mezclada y sospechosa, casi todos llevaban un título, y únicamente a los millonarios de los Estados Unidos les toleraban que ostentasen su nombre a secas.

El *amigo* de madame Pineda se daba cuenta del concepto que tenían de él muchos hombres y mujeres con los que hablaba en comidas y bailes. Sólo decían que era *simpático y distinguido*; pero Claudio leía algo más en el silencio continuador de tales palabras. Como la viuda argentina era rica, tal vez le creían protegido por sus amorosas larguezas. Esto no era pecado ni defecto entre las gentes de dicho mundo. Casi aumentaba a los ojos de las señoras el valor de un hombre, dándole el atractivo de una alhaja cara, de todo objeto de lujo que cuesta mucho dinero.

Así se explicaba Borja las ojeadas invitadoras, las frases de doble sentido de algunas amigas íntimas de Rosaura al hablar a solas con él. Le tenían, sin duda, por el *gigolo* de la viuda de Pineda. Tal vez presentían en su persona una misteriosa y tentadora potencialidad de amor, ya que una dama tan elegante y buscada le permanecía fiel, después de un año de relaciones... Y esta sospecha, que dejaban adivinar los menos prudentes, le indignó al principio, acabando por hacerle sonreír con amarga conformidad.

Desde los primeros días de vida amorosa se había resistido a aceptar las consecuencias del gran desnivel existente entre las fortunas de los dos.

—Yo soy el hombre —protestaba con orgullo cuando, viajando juntos, pretendía Rosaura pagar los gastos de él.

Por una fatalidad comparable a la de ciertas leyes físicas, la enorme fortuna de la argentina pesaba sobre la asociación de los dos, y aunque era Rosaura la que costeaba la mayor parte de su vida, siempre fastuosa, el goce de algunos de estos despilfarros alcanzaba al hombre que iba con ella. De todos modos, Borja atendía a su propio mantenimiento, y sin que su amante se diese cuenta, era origen para él de muchos gastos extraordinarios.

«Las mujeres ricas —se decía el joven algunas veces— cuestan más dinero que las pobres, sin que ellas lleguen a enterarse.»

Este año de vida común con una millonaria empezaba a

quebrantar su fortuna. Había gastado más del doble de sus rentas, pidiendo frecuentes adelantos al administrador que tenía en Madrid. No amaba el juego, y se veía obligado a jugar en Montecarlo, en Niza o en Cannes, perdiendo siempre. Además, al lado de esta mujer que hablaba a todas horas de vestidos y recibía semanalmente nuevos trajes, le era preciso ocuparse de su indumentaria con una minuciosidad femenil, yendo en busca del sastre cada vez que ella fijaba su atención en el porte y las novedades de algún *gentleman* recién llegado de Londres.

Tenía la certeza de que a la larga le sería imposible resistir económicamente esta vida con una mujer poseedora de millones... ¡Y las gentes le creían un *gigolo*!

Dejaba para más adelante el pensar en esta desigualdad de fortunas. Aguardaba algo inesperado que surgiría en el porvenir: un nivelamiento salvador, sin detenerse en reflexionar cómo podría ser esto, contento de su dicha presente.

Lo único que le producía verdaderas molestias en su actual situación era verse incomprendido por las personas que rodeaban a Rosaura. ¡No haber continuado sus primeros meses de aislamiento y amor en el jardín rumoroso, oliendo a mimosa, a claveles y a sal marítima, que ellos llamaban su Venusberg!

Estos amigos hablaban muchos idiomas, menos el de Borja. La lengua francesa los unía en el trato diario, y sólo excepcionalmente lograba encontrar alguno que balbuciese palabras españolas, aprendidas en viajes por la América del Sur.

En vano Rosaura, con el deseo de elevarlo ante los ojos de estas grandes frívolas, anunciaba que Borja era escritor, ¡un gran escritor! Algunas damas inglesas, cuyo romanticismo iba unido a la nostalgia de su perdida juventud, se interesaban repentinamente por él, pidiéndole sus novelas. Debían estar traducidas al francés o al inglés. Claudio se excusaba, confuso. Él no había hecho novelas, único género literario que resiste la prueba de ser traducido. Sólo escribía versos y en español, forzosamente prisioneros de su forma primitiva. Traducir versos es romper un vaso de perfume para que se pierda en el aire su esencia.

También se veía en esto incomprendido y menospreciado.

Era simplemente un bailarín torpe, un oyente silencioso de charlas mundanas, muy por debajo de ciertos jóvenes frívolos que provocaban palabras de elogio en los *dancings* por su habilidad en mover los pies, viéndose llamados a los corros de señoras para divertirlas con sus murmuraciones casi femeninas.

«Soy feliz —se decía muchas veces Claudio—, ¡y cómo me aburro apenas ella se aleja...! Me doy asco a mí mismo.»

De pronto sentía un deseo cruel de atormentar con sus quejas a la mujer adorada. Era una obra subconsciente, una mala pasión que parecía venir de otro hombre. En tales momentos, el amor estaba compuesto para él de agresividad y odio afectuoso.

—Tú debes de haber tenido muchos amantes —decía en las horas de mayor confianza—. Cuéntame: nada me importa.

Inútilmente protestaba Rosaura... El incrédulo Borja seguía preguntando... ¿Cómo una mujer hermosa que tanto interesaba a los hombres podía haber llegado hasta él sin historias amorosas...?

A Urdaneta no lo nombraba. Prescindía de este antecesor como si lo ignorase, por lo mismo que era única realidad. Quería conocer a *los otros,* cuyo número agrandaba o achicaba, al capricho de sus celos. Estos *otros* eran el misterio con su cruel atracción, el pasado de Rosaura, vacío y obscuro, que necesitaba poblar de espectros para su propio sufrimiento y el de su amante.

Como este martirio de las preguntas era siempre de noche y en el lecho, ella no podía escapar a tal obsesión, y procuraba hacer frente, valiéndose de femeninas habilidades.

Le contaba inverosímiles historias de amores con hombres de diversos países, a los que había conocido en sus viajes, y al notar el enfurruñamiento silencioso de Claudio rompía a reír.

—Pero ¿no ves, grandísimo *zonzo,* que me estoy burlando de ti...? Todo, cuentos disparatados, ya que esto te gusta.

De poco le valía tal estratagema, pues el celoso tornaba a acosarla con sus preguntas. Detrás de dichos embustes debían de ocultarse, según él, terribles verdades. Hasta parecía menospreciarla, considerando rebajados sus méritos por no haber tenido muchos amantes.

Al fin, Rosaura apelaba al llanto, diciendo con amargura:

—Nunca vives contento de lo que tienes. Te conozco. Necesitas sufrir, complicar tu vida y la del que esté cerca de ti. Eres de los que aman... con enemistad.

Dudaba creyendo expresarse mal, por no haber encontrado palabras más exactas, y segura al mismo tiempo de estar formulando grandes verdades.

Luego se reconciliaban, y ella, vibrante aún por las caricias recientes, decía con agradecimiento:

—¡Qué suerte habernos encontrado...! ¡Bendita la hora en que se me ocurrió ir a Madrid! ¡Y pensar que podríamos haber vivido cada uno por su lado... sin conocernos!

Todo esto no impedía que una semana después tuviese que llorar en la intimidad, protestando ante los celos de él, siempre con las mismas palabras:

—Lo que tú tienes, Claudio, es que te aburres.

Y en tal situación, cuando el tedio de esta existencia, demasiado tranquila y feliz, iba agriando el carácter de Borja, una noticia le reanimó con el incentivo de la novedad.

Su tío el canónigo de Valencia, don Baltasar Figueras, iba camino de Italia —según le anunciaba en una carta— para completar alguno de aquellos estudios históricos que le habían hecho célebre en España entre dos docenas de eruditos semejantes a él.

Necesitaba visitar por tercera vez a Roma para ver en las llamadas *Estancias de los Borgia,* dentro del Vaticano, algunos fragmentos que aún existían de su primitiva pavimentación, hecha con azulejos de Valencia. Quería calcarlos para completar cierto libro sobre la antigua azulejería hispanomorisca fabricada en el pueblo de Manises.

Este viaje le placía más que los otros dos que llevaba hechos a la ciudad de los papas, agregado a populosas peregrinaciones. Ahora iba solo y contando con un *apoyo oficial.* Su ilustre amigo don Arístides Bustamante, a quien había sido presentado en otros tiempos por el padre de Claudio, vivía en Roma como embajador de España cerca del Papa. Esto iba a proporcionarle grandes facilidades para sus rebuscas y estudios. Verse admitido en la Biblioteca Vaticana con una investidura casi oficial le parecía el triunfo supremo de su carrera de historiador.

La carta del canónigo puso en pie en la memoria de Claudio tres figuras sólo entrevistas durante los últimos meses como fugaces e indecisos fantasmas: el embajador Bustamante, su cuñada doña Nati y la dulce Estela. Esta última, sin embargo, persistía en su recuerdo, según sus propias palabras, «como un perfume lejano de violeta adormecida entre hojas.»

Rosaura se acordó igualmente de los olvidados Bustamante. Don Arístides y su familia habían pasado por la Costa Azul cuando ella viajaba lejos con Claudio. El embajador le había enviado al principio, desde Roma, varias cartas describiendo en estilo pomposo las fiestas dadas en su palacio, las invitaciones y honores de que era objeto, apremiándola para que le hiciese una visita y participase de tanto esplendor. Luego, tenaz silencio.

—Deben de saberlo todo... ¿Qué me importa?

Y como su egoísmo amoroso le daba un valor a toda prueba, no se acordó más del personaje y su familia.

El canónigo iba a detenerse en Niza sólo por ver a su sobrino. El año anterior, después de anunciarle éste una visita desde Peñíscola, había desistido de ir a Valencia, volviéndose a Francia.

Deseaba pasar con él varios días, viendo al mismo tiempo la famosa Costa Azul, que siempre había contemplado desde el ferrocarril como una visión cinematográfica. Revelaba en su carta un entusiasmo de adolescente al ocuparse de este lugar famoso. Iba a conocerlo al lado de su sobrino, *gran mundano* que le hacía recordar a los héroes de ciertas novelas leídas en sus tiempos de seminarista.

«Mis estudios me esperan en Roma. Ya sabes que mi vida entera la he dedicado a la noble empresa de defender y justificar a los mayores calumniados de la Historia. El trabajo es tan enorme, que tal vez llegue para mí la muerte antes que lo termine. Tú, a causa de tu apellido, deberías sentir tanto interés como yo por dicho trabajo... A pesar de todo, perderé unos días al lado tuyo. Quiero conocer algo del mundo en que vives, simpático e inconsciente pecador.»

II. DONDE EL CANÓNIGO FIGUERAS CUENTA LA GRAN EMPRESA DE SU VIDA

Claudio vio a don Baltasar casi lo mismo que cuando él era niño y vivía bajo su tutela en un caserón de la tranquila calle de Caballeros, en Valencia.

Pasados los sesenta años, se mantenía ágil de cuerpo, erguido, el rostro sonrosado y fresco, la cabeza más abundante en cabellos oscuros que en canas.

Sus fatigosas lecturas de pergaminos y papelotes, con la tinta enrojecida por el tiempo le habían quebrantado la vista, lo que le hacía usar ahora unas gafas de cristales ovalados y montura de oro.

Otra modificación que Borja notó en su persona fue el abultamiento del abdomen. Manteníase enjuto de carnes, sin aditamentos grasosos en los miembros, pero su vientre se había desarrollado aparte, con independencia algo grotesca. Era el resultado de un sedentarismo de hombre estudioso, que pasaba largas horas en el archivo de la catedral o en la biblioteca de su casa, inmóvil en un sillón, la cabeza apoyada en ambas manos, los ojos puestos en un documento de intrincada escritura. Se acordó Borja, además, de los siete arroces distintos que figuran en la cocina valenciana y de otros platos no menos suculentos a los que se mostraba aficionado este santo hombre, por no conocer vicio mayor que el de una gula tranquila y jocunda, capaz de hacer alto en los linderos del exceso.

Este viaje a Roma, después de largos años sin salir de Valencia, daba al canónigo una alegría juvenil. Parecía admirarse a sí mismo viéndose sin aquellas sotanas de seda que sus criados conservaban siempre limpias y brillantes, esparciendo un ligero olor de incienso y de tabaco. Iba ahora en traje civil, vestido de negro, con una pechera de igual color sobre la abertura del chaleco, y en la solapa izquierda, un botón rojo y amarillo, colores de la bandera española.

—Llevo esto —explicó a su sobrino con gravedad— para que sepan que soy un sacerdote católico. Aquí en el extranjero abundan los protestantes, y clérigos y pastores vamos trajeados lo mismo. Necesito que me distingan de ellos, y por eso me he puesto esta insignia, que guardo de la última peregrinación.

Y el bueno de don Baltasar se imaginaba a todo el mundo enterado de cuáles eran los colores de la bandera española, y convencido de que su botoncito revelaría instantáneamente, a cuantos lo mirasen, su patria y su religión.

Creyó Borja haber vuelto a la adolescencia viendo a este hombre, que, próximo a su ancianidad, se mantenía alegre, bondadoso y crédulo, lo mismo que en sus tiempos de seminarista. Vivía en un hotel de Niza por recomendación de algunos compañeros de sacerdocio que habían ido a Roma poco antes.

—Una casa seria, dirigida por personas creyentes —dijo a Claudio, que deseaba llevarle a un alojamiento mejor—. No es decente para uno de mi clase ir a donde vais vosotros. Demasiadas mujeres en tierra, y todas con los brazos al aire, escotadas de un modo escandaloso... ¡hasta dentro de los templos!

No obstante tales protestas, era más propenso Figueras a excusar las flaquezas del prójimo que a censurarlas. Sus estudios históricos, que le habían hecho vivir entre reyes, reinas y pontífices de existencia suntuosa, unían a dicha tolerancia una predisposición instintiva hacia el lujo (aunque no participase de él), un respeto y una admiración algo pueriles para los ricos y los poderosos.

Cuando su sobrino le habló de la viuda de Pineda, dueña de una villa muy elegante en el camino de Montecarlo, gran dama que deseaba conocerlo por lo mucho que había oído hablar de él, tosió el canónigo con cierta malicia, queriendo dar a entender que no le era completamente ignorada dicha señora.

Hasta su casa habían llegado los ecos de la existencia que llevaba Claudio. Sabía quién era esta millonaria de América y sus relaciones con Borja... Pero, en fin, la vida en el extranjero es otra que la de España; ella era viuda y él estaba libre. A nadie hacían daño de un modo inmediato y directo con su conducta irregular. Y el sacerdote, para tranquilidad de su propia conciencia, mostrábase seguro de que, al fin, los dos acabarían por casarse.

Cierta vanidad de carácter literario aumentaba la tolerancia del canónigo. Conocía como nadie, por indiscreciones de antiguos documentos, la vida secreta de ciertos reyes de Aragón, que eran sus personajes favoritos; todos ellos con mancebas, a las que amaban románticamente, volviendo su espalda a la mujer legítima. Alfonso V, conquistador de Nápoles, no regresaba nunca a España, al lado de su esposa, y moría en Italia víctima de su entusiasmo por las marquesas napolitanas. Su hermano Juan III, padre de Fernando el Católico, reinaba luego amancebado con una hebrea de rara hermosura. Figueras había dedicado además una parte de sus estudios al Renacimiento italiano y sus costumbres, sabiendo como pocos los pecados amorosos de varios papas y de los cardenales aseglarados de su Corte durante el curso del siglo XV.

No iba a asustarse, como tímida beata, por los amoríos de dos personas jóvenes, que además sabían ocultarlos con discreción. Era lógico cerrar los ojos, ya que el pecado no iba unido al escándalo.

Y don Baltasar entró en aquel jardín que Claudio llamaba la Venusberg, admirando su esplendor vegetal. Luego acogió con rebuscadas y melifluas palabras todas las amabilidades de la dueña de la casa.

«Sí que es guapa —se decía interiormente—. Mucho más de lo que me habían dicho y lo que yo imaginaba... ¡Y tan elegante!»

Al fin conseguía ver de cerca a una de estas señoras de rítmico paso, envueltas en suave perfume, que le hacían recordar a las otras, admiradas tantas veces, imaginativamente, mientras estudiaba la vida secreta de altísimos personajes; mujeres extraordinarias que no eran ya más que polvo y huesos rotos dentro de tumbas olvidadas en los penumbrosos rincones de una catedral.

La encontró idéntica a las amantes de ciertos reyes de vida romancesca y a las señoras romanas que hacían pecar a los pontífices. Luego se arrepintió de tan irrespetuosas comparaciones, impresionado por la sonrisa falsamente pueril de Rosaura, por la sencillez de sus maneras, por el aire de niña que tomaba al hacerle preguntas.

Ella conocía perfectamente a don Baltasar gracias a las revelaciones de Claudio. El interés que sentimos todos por enterarnos del pasado de la persona amada la había hecho complacerse —durante los reposos de sus noches de voluptuosidad— en escuchar a Borja el relato de su infancia dentro de aquel caserón lleno de libros viejos, en una de las calles más tranquilas de Valencia.

Creía haber visto con sus ojos dicho edificio, donde llevaba viviendo cerca de cuarenta años el canónigo. Los salones olían a humedad. No quedaba techo ni pared que no estuviese rayado por las serpentinas rendijas del agrietamiento. Los pisos temblaban con un eco inquietante bajo los pasos. De los techos llovía yeso cada vez que pasaba un vehículo cargado por la inmediata calle.

El zaguán era enorme. Las antiguas carrozas podían dar vuelta dentro de él; pero hacía muchos años que no trotaban sobre su pavimento de piedras azules otros animales que una familia de gatos rojos y negros, mantenidos por las criadas del canónigo, para que diesen la guerra a las innumerables ratas emboscadas en los estantes de libros y manuscritos.

Lo mejor era el llamado jardín, espacio abierto entre los caserones inmediatos, unas docenas de metros de tierra libre con varias matas de flores y tres naranjos colosales, negros y retorcidos, con muñones monstruosos en el tronco a causa de las ramas cortadas, subiendo casi verticalmente, en busca de un sol que doraba tejados y muros, sin atreverse a descender más que breves instantes hasta el suelo, siempre húmedo y musgoso.

Estos árboles, urbanos y centenarios, se consolaban de tal

aprisionamiento dando algunas veces su cosecha de naranjas con una prolificuidad que parecía malsana. Sus profundas raíces, al taladrar el suelo, debían de haberse extendido hasta algún albañal olvidado. Sus productos tenían la dulzura exasperante, la miel reconcentrada, el tamaño extraordinario de ciertas ciruelas que años después había gustado Borja en el cementerio de una abadía ruinosa en Bretaña, de la cual había sido prior Pedro Abelardo, el amante de Eloísa. Estas naranjas se pudrían con la misma rapidez que habían crecido, como todo lo que se desarrolla fuera de los ritmos ordinarios de la vida.

Se acordaba Rosaura repentinamente de una doméstica del canónigo, que Claudio había nombrado muchas veces. El joven la distinguía de las otras por su habilidad para contarle historias de santos y demonios, que amenizaban su niñez. Admirábase Figueras de la memoria prodigiosa de esta señora, capaz de retener el nombre de una obscura criada.

—¿Qué es de Ramona...? ¿Está todavía a su servicio?

Don Baltasar ponía la cara triste. Ramona había muerto ocho años antes. Las dos mujeres que ahora cuidaban de él no habían conocido a Claudio. Eran a modo de extranjeras dentro de aquella casa de tres siglos, con un escudo sobre su puerta cuyos cuarteles estaban borrosos por las roeduras del tiempo y semejaban una piedra informe extraída del fondo de un río.

—Todos se mueren —continuó el canónigo melancólicamente—. Y la pobre casa también va a morir.

Era la única amargura, intensa en realidad, que perturbaba su vida optimista. Un año u otro, los propietarios del edificio, noble familia residente en Madrid, tendrían que echarlo abajo, no sabiendo él adónde ir con todo su bagaje de manuscritos y libros. Retardaba el trágico instante, con riesgo de su propia existencia. En vano los arquitectos habían declarado el caserón próximo a derrumbarse. Don Baltasar inventaba razones para seguir en él, arrostrando el peligro de perecer sepultado bajo escombros y papeles.

Tenía la esperanza de morir antes que el edificio. En tal caso, sus manuscritos pasarían al archivo de la catedral o a la Academia de la Historia en Madrid, y los arquitectos podrían, sin obstáculo alguno, elevar sobre el terreno de esta mansión venerable otra moderna, hermosa como una jaula, con numerosos departamentos, dentro de los cuales vivirían las gentes lo mismo que pájaros saltarines y cautivos.

Poco después de haber terminado el almuerzo con que la viuda de Pineda obsequió al canónigo, mostró ésta deseos de abandonar a sus dos invitados.

¡Muy interesante don Baltasar...! Tenía para ella el doble atractivo de conocerlo a través de los relatos de Claudio y de pertenecer a la Iglesia, pues la bella señora mezclaba con una vida de incesantes diversiones, verdaderamente pagana, una adhesión inquebrantable al catolicismo. Su alma siempre movediza necesitaba una continua renovación de sensaciones, y anunció de pronto el deseo de marcharse.

Debía ver en el Sporting Club de Montecarlo a unas amigas inglesas. Claudio y su tío podían quedarse paseando por el jardín. Estaban en su casa. Ella pensaba enviarles su automóvil una hora después. Así Borja podría enseñar al canónigo las cosas interesantes de Mónaco y Montecarlo que parecían tentarle con el atractivo de todo lo que representa peligro o misterio.

Claudio, al pasear por el jardín con su tío, sospechó que Rosaura se había marchado por evitarse las charlas eruditas de éste. Él mismo le había hablado algunas veces de lo peligroso que resultaba el canónigo al enfrascarse poco a poco en la exposición de sus estudios favoritos.

Tenía su *manía* propia, como todos los que concentran la atención en un asunto único. Sus pláticas eran agradables; sabía contar historias amenas sobre la vida íntima de la Edad Media, que interesaban hasta a las personas más frívolas. Pero apenas nombraba a los Borgia, sus oyentes mirábanse entre ellos con cierta inquietud. La conversación se convertía en monólogo, y don Baltasar hablaba horas y horas, sin darse cuenta de su esfuerzo.

Era temible, como *el hombre de un solo libro* que habla Santo Tomás. Todo lo encaminaba a su tema favorito, con una constancia de maniático. En los tiempos de su niñez empezó Claudio a darse cuenta de este fervor del canónigo por los Borja. Hasta parecían envidiarlo a él, por llevar igual nombre que los pontífices españoles tan execrados por muchos. De buena gana habría cambiado su apellido de Figueras por el que ostentaba su primo el ingeniero Borja, padre de Claudio.

Se acordaba el joven de las veces que había ido, en su infancia, con una de sus criadas a buscarlo en el archivo de la catedral. Subían por una escalera antigua, entre muros de piedra de este primitivo templo gótico, que un pueblo devoto y demasiado rico había transformado en iglesia de arquitectura clásica, arqueando las ojivas, cubriendo de mármoles y dorados los negruzcos sillares.

Ocupaba el archivo varios cuartos blanqueados con cal. Don Baltasar había colocado en vitrinas de madera los documentos más valiosos. Un armario guardaba sellos y bulas que pendían de los antiguos documentos, representando en sus redondeles escudos heráldicos, imágenes de santos, altares y templos. Estas plastas de cera roja, verde o amarilla parecían tener la dureza de un metal prolijamente cincelado. En una pared se mostraba, bajo vidrio, larguísimo papel con columnas de letra menuda. Eran las cuentas del abastecimiento (armas, víveres y sueldos) de una de las flotas mandadas por Roger de Lauria, dominador del Mediterráneo, que no permitía navegasen en él ni los peces *sin llevar sobre su lomo las cuatro barras rojas del escudo de Aragón.*

Iba enseñando don Baltasar al pequeño todos los tesoros de este apartado y silencioso dominio, en el que pasaba semanas y meses sin que nadie viniese a turbar la paz de sus estudios. Podía descifrar documentos y escribir notas escuchando al mismo tiempo, por la tarde, con una lejanía que él llamaba *poética,* los armónicos trompeteos del órgano y los cánticos de sus compañeros de canonicato reunidos en el coro para el cumplimiento del oficio diario. Le parecía vivir en un mundo aparte, por encima del tiempo y del espacio, en comunicación sobrenatural con siglos remotos que sólo habían dejado como huellas de existencia varias losas sepulcrales abajo en el templo y unos legajos color de hoja marchita en los estantes de pino que rodeaban su mesa.

Otro de estos legajos, oculto en un arcón y bajo llave como si fuese tentadora joya, lo mostró dos veces al canónigo a su sobrino:

—Fíjate bien —dijo—; esto te pertenece, es de tu familia: las cartas de los Borjas, que luego los italianos llamaron Borgia... Ésta es de Alejandro Sexto a su hijo mayor el duque de Gandía. Esta otra, de César Borgia cuando aún no era soldado y ostentaba el título de cardenal de Valencia.

Y seguía enumerando las epístolas que la poderosa familia, instalada en Roma, había ido dirigiendo a sus amigos y parientes en la ciudad de la que eran oriundos.

—Todas están escritas en valenciano —continuaba Figueras—. El valenciano fue la lengua familiar de los Borgia, el idioma sagrado y secreto de tribu con el que se entendían entre ellos, al vivir en Italia, circundados de espías e hipócritas.

También usaban con frecuencia el castellano. El cardenal Pedro Bembo, cuando aún era simple literato en Venecia, su patria, aprendía el castellano para escribir cartas amorosas a Lucrecia Borja. Todos los hijos de Alejandro VI, a pesar de ser mestizos de italiana y español y no haber ido nunca a España, hablaban en castellano a los amigos y protegidos de su padre, y se valían con éste del valenciano, como si tal medio de expresión les diese mayor intimidad.

Quedaba el canónigo pensativo unos momentos, y colocando una mano en la cabeza del pequeño, acababa por decir:

—Cuando seas hombre comprenderás mejor lo que valen estos papeles. Debes consagrarte a una empresa justa que tal vez yo no pueda terminar. Defiende a los tuyos, que son los mayores calumniados de la Historia.

El mismo fervor por dicha reivindicación lo notaba ahora Claudio en el jardín de Rosaura oyendo a este santo padre, que parecía no haber nacido para otra finalidad que hablar de los Borja. Se habían sentado los dos en lo alto de una avenida de flores que, en forma de mesetas superpuestas, descendía hasta el mar.

Por esa tendencia a la antítesis que algunas veces nos hace ser pesimistas ante los espectáculos risueños, al mismo tiempo que Figueras contemplaba un pedazo azul y luminoso del Mediterráneo, con algunas velas blancas en último término, empezó a hablar de las ruinas de la Roma del siglo XV, casi desaparecida bajo escombros a consecuencia del abandono de los papas instalados en Aviñón y las luengas peleas del Gran Cisma de Occidente.

—Tú sabes algo de eso, Claudio —dijo el canónigo—. Muchas veces me hablaste de la obra que pensabas escribir sobre el Papa Luna. Estoy seguro de que no la has terminado... Tal vez no has escrito una sola línea. ¡Qué vas a escribir en esta vida que ahora llevas...! Pero, en fin, conoces las aventuras del *Papa del mar* y también lo que ocurrió en el Concilio de Constanza, que de tres papas hizo uno, proclamando a Martín V, así como la resistencia de nuestro don Pedro en el castillo de Peñíscola, donde tú estuviste, marchándote sin venir a Valencia... Imagínate cómo sería Roma después de un abandono que duró cerca de un siglo.

Martín V hallaba a la ciudad Eterna en paz, pero como una ruina inmensa, cubierta de escombros, con su población terriblemente mermada por las enfermedades. Sólo permanecían en pie las torres de algunos nobles acostumbrados a vivir como bandidos, saliendo de sus guaridas para robar y matar a los débiles. La pobreza era tan general, que en las grandes fiestas del año no se podía encender una lámpara en la iglesia de San Pedro. Había eclesiásticos que morían de hambre, y los supervivientes iban cubiertos de andrajos, con aire de salvajes, implorando la caridad.

Los más de los edificios eran montones de escombros cubiertos ya de matorrales, y en las partes bajas de Roma la lluvia había formado charcas que corrompían la atmósfera, favoreciendo la difusión de la *malaria* y la peste.

Muchas iglesias se habían venido al suelo faltas de reparación. El Coliseo perdía una parte de sus arcos; el Palatino servía de pradera a caballos y cabras, y en el Foro pacían manadas de vacas. Ciertas familias feudales que dominaban a Roma iban empleando estatuas y columnas de mármol para hacer muros, escaleras, umbrales de puertas y hasta cuadras y pocilgas. Si algunas obras antiguas conseguían salvarse, era por permanecer ocultas bajo cascotes y malezas. Los monumentos de la Roma clásica servían de canteras inagotables, proporcionando bloques a los edificios en construcción y a las fábricas de cal.

En la corta vida de un hombre, la Ciudad Eterna sufría enormes destrucciones. El gran humanista Poggio había visto casi incólume el templo de Saturno, y al volver a Roma años después, sólo encontraba las ocho columnas que se conservan actualmente. Igual devastación notaba en el sepulcro de Cecilia Metella.

—Mas a pesar de tales destrucciones —siguió diciendo don Baltasar—, existía indudablemente una cantidad mayor de monumentos antiguos que en nuestra época, y su abandono daba a la ciudad cierto aspecto muy pintoresco. Una vegetación de varios siglos se había extendido sobre las ruinas. La superstición medieval las iba poblando de fantasmas y brujas. Si algunos artistas se cuidaban de desenterrarlas y dibujarlas, la plebe romana los creía unas veces magos y otras buscadores de tesoros.

El antiguo palacio de Letrán, residencia de los papas, estaba tan arruinado que era imposible intentar su restauración. Algunas iglesias célebres carecían de techumbre y otras eran convertidas en caballerizas. La basílica de San Pablo había perdido su tejado, y la lluvia y el granizo penetraban en ella sin obstáculos, continuando su destrucción. Los pastores de la campiña romana metían sus rebaños en este templo para que pernoctasen, como en un establo. Junto a la balísica de San Pedro, la mayor parte de las casas estaban destruidas, y las calles de la Ciudad Leonina, intransitables por los montones de escombros. Todo el vestíbulo de la citada basílica, primer templo del catolicismo, se había desplomado.

Las murallas de la Roma papal tenían grandes brechas, penetrando por ellas durante la noche bandas de lobos procedentes de las llanuras desiertas. Estos lobos merodeaban dentro de los jardines del Vaticano, desenterrando los cadáveres de un cementerio vecino. Además, las enfermedades pestilentes eran continuas, viéndose diezmado el escaso vecindario.

—Dichas calamidades —siguió el canónigo— fueron combatidas por los tres primeros papas que se instalaron en Roma después del Gran Cisma: Martín Quinto, Eugenio Cuarto y Nicolás Quinto. El dinero de la Cristiandad ya no tomaba el camino de Aviñón; volvió a afluir a Roma, y los mencionados pontífices fueron reparando los males de un abandono casi secular.

Iba acompañada la nueva prosperidad de un relajamiento

general de las costumbres, de un deseo ardoroso de vivir. Empezaba el período titulado del Renacimiento. Los humanistas, escritores, oradores y poetas, devotos fanáticos de la antigüedad clásica, extendían su influencia sobre las diversas cortes de los estados italianos. El culto a las letras antiguas tomaba un carácter religioso. Se olvidaban las gentes de Dios para ocuparse únicamente de los dioses. Las divinidades de la religión cristiana eran designadas con nombres paganos. Filósofos huidos de Constantinopla ante el avance de los turcos esparcían en Italia este gusto por la literatura clásica, fajada y envuelta en perfumes, como una momia majestuosa, durante los mil años que había durado el Imperio de Bizancio.

Todas las grandes familias italianas poseían un humanista a su servicio, un orador para que las deleitase con sus discursos latinos, como dos siglos antes los señores cubiertos de hierro y las damas sentadas en altos sitiales tenían a los trovadores en sus castillos.

Cicerón era preferido a Virgilio y Horacio. La elocuencia lo dominaba todo, impidiendo las guerras, cimentando la paz, manteniendo las buenas relaciones entre soberanos. Los embajadores recibían el título de *oradores*. Todo príncipe o pequeña República procuraba tener a sueldo un orador más elocuente y de un latinismo más evidente que las potencias rivales. En las invitaciones a los banquetes se anunciaba como gran aliciente una arenga latina, a los postres, pronunciada por algún humanista célebre.

Para atraerse la amistad de Alfonso V de Aragón, rey de Nápoles, la República de Florencia le enviaba un manuscrito de Tito Livio. Este monarca hispanoitaliano interrumpía un concierto sinfónico para que le leyesen a toda voz varios capítulos de cierta obra antigua que acababa de recibir, prefiriendo la melodía de los períodos latinos a la de los instrumentos de madera y de cuerda.

Petrarca y Boccaccio habían iniciado un siglo antes el entusiasmo por la literatura clásica. Los potentados daban a sus hijos e hijas nombres de personajes de la antigüedad. En el alma de todos se realizaba una profunda mutación. Hasta entonces se había vivido con el pensamiento puesto en el Cielo, ambicionando conseguir la salvación eterna o la celebridad pasajera, lo mismo que los héroes romanos o griegos.

Cada personaje quería ser un semidiós. Al levantarse nuevos templos se mezclaban imágenes y atributos paganos con los símbolos del cristianismo. Estos humanistas, adoradores furiosos del mundo antiguo, se deslizaban con dulzura por la pendiente de la herejía, llegando a la más absoluta incredulidad.

Lorenzo Valla, célebre escritor italiano, trataba los hombres y los dogmas del catolicismo con una ironía igual a la de los librepensadores del siglo XVIII, precursores de la Revolución francesa. La iglesia fingía no enterarse de tales atrevimientos, por miedo a aparecer en abierta hostilidad con unos personajes que estaban de moda. Además, el rey de Nápoles guardaba como secretario a Lorenzo Valla, defendiéndolo de todo ataque.

La filosofía de este humanista evocaba la imagen de una carrera sin freno, entre alaridos jocundos, después de la cautividad de varios siglos en que había vivido el pensamiento. Era el Evangelio del placer, la satisfacción de todos los apetitos, el salto alegre sobre cuantas barreras habían levantado la disciplina y la honestidad. El adulterio debía admitirse como algo natural, según Valla, siempre que fuese ordenado y discreto: la comunidad de mujeres resultaba de acuerdo con la Naturaleza. Sólo era prudente evitar el adulterio y el desorden en los deleites cuando representasen algún peligro.

Otro humanista todavía más escéptico. Becadelli, el autor de *El hermafrodita,* se unía a Valla, defendiendo ambos el deleite sensual como soberano bien, y declarando la virginidad voluntaria como un vicio del cristianismo, un crimen contra la benigna Naturaleza. Presentaban los amores de los dioses paganos como regla de vida. Todos los seres del Olimpo, exceptuando a Minerva, habían conocido el ayuntamiento carnal, y Júpiter, en cuanto dependió de él, no pudo consentir jamás cerca de su persona ninguna virginidad.

Tales doctrinas regocijaban a los hombres más poderosos de entonces. Nadie osaba declarar en público su conformidad con ellas, mencionándolas como extravagantes de talentos algo descarriados; pero en la práctica aceptaban dicha glorificación del placer, amoldando su existencia a las teorías de Valla y sus amigos.

Jamás en la Historia se vio un deseo tan general de gozar, de ir en busca del deleite, arrollando obstáculos; nunca la Humanidad mostró un cinismo tan sereno para la satisfacción de sus pasiones.

Casi todos los reyes y príncipes de los estados de Italia eran hijos ilegítimos. A su vez, los obispos ricos, los cardenales y ciertos papas hacían igual que los soberanos laicos, teniendo a su lado numerosos hijos, disimulados al principio con el título de sobrinos, reconocidos finalmente como hijos sin empacho alguno.

—Pío II —continuó don Baltasar—, al que tú llamas algunas veces el *Papa novelista,* cuando hizo su entrada en Ferrara en mil cuatrocientos cincuenta y nueve, fue recibido por siete príncipes reinantes en Italia, y ni uno solo de ellos era hijo legítimo. Nadie se indignaba ante las irregularidades de los señores laicos y eclesiásticos. La gente reía de las concupiscencias de los grandes personajes de la Iglesia, pero sin considerar un crimen su lubricidad, ya que de un extremo a otro de Italia reinaba un libertinaje tranquilo que nos es imposible concebir en los tiempos actuales.

Los miembros del clero vivían en concubinaje público, y cuando no tenían una mujer o varias al lado de ellos, sus costumbres resultaban aún más abominables. Los Manfredi, en Faenza; los Malatesta, en Rímini; los Baglioni, en Perusa; los Pandolfo Petruci, en Siena; los Sforza, en Milán; los Este, en Ferrara; los Aragonés, en Nápoles, y otras familias reinantes menos poderosas, exhibían, sin rubor alguno, sus vicios y sus incestos, y nadie protestaba contra tal desvergüenza, a excepción del austero Savonarola.

Existían en la burguesía familias guardadoras de las antiguas virtudes, procurando vivir al margen de esta licencia general; pero el pueblo imitaba con exageración los vicios de sus gobernantes.

Paolo Baglione, soberano de Perusa, viviendo maritalmente con su hermana, recibía en el lecho a una diputación de notables de la ciudad, y éstos no sabían qué cara poner ni en qué actitud mantenerse viendo al príncipe acostado junto a su hermana completamente desnuda, y acariciando sus pechos mientras oía la arenga del orador de la comisión.

Un príncipe de Ferrara decapitaba a su mujer por adúltera con uno de sus hijastros. Otra era precipitada desde una torre por mantener relaciones carnales con varios sobrinos. El dogo de Venecia Pietro Mocénigo caía enfermo a causa de sus excesos con dos bellas cautivas traídas de Turquía. Este viejo libidinoso no tardó en reponerse, y poco después le sorprendieron en su cama con cuatro adolescentes venecianas de doce a catorce años.

Segismundo Malatesta, hábil y temible capitán, que fue en sus guerras un precursor de César Borgia, tomaba a las mujeres violentamente, matándolas si se negaban a sus deseos. Esta brutalidad de sátiro no le impedía ser poeta, hábil orfebre, gran protector de las artes y constructor de bellas iglesias que parecían templos paganos. Su lubricidad de fiera le impulsó a querer *conocer*, en el sentido bíblico, a su hijo Roberto, teniendo que huir este futuro heredero de sus estados para librarse de la terrible predilección paternal.

—Es verdad —dijo Figueras— que en esta acción monstruosa hubo indudablemente el deseo de cumplir algún rito mágico, pues todos estos señores, que apenas creían en Dios, tenían gran fe en el diablo y tomaban consejo de magos y astrólogos antes de acometer una empresa.

Pasaban de mano en mano escritos pornográficos, obras de famosos humanistas. Las novelas en boga superaban a las de Boccaccio en descripciones libertinas. Bandello, futuro obispo, y Bembo, futuro cardenal, escribían historias de alcoba que hacían las delicias de las grandes damas italianas. Dábanse en los palacios funciones teatrales, reproduciendo sobre el escenario los actos más íntimos del placer carnal. Otra diversión, después de una cena, era reclutar prostitutas y ponerlas desnudas, arrojándoles castañas y almendras para que las buscasen a cuatro patas, por debajo de los muebles.

Se había extendido la moda de tener esclavas orientales, y los pintores, desde Mantegna a Veronés, reproducían en sus cuadros a dichas hembras, ornamento de las familias ricas, que iban aumentando éstas con bastardos hijos del dueño de la casa.

A pesar de la cínica libertad dentro de los hogares, el número de prostitutas era enorme en Italia. Venecia, con trescientos mil habitantes, contaba once mil hembras de dicha especie y otras tantas o más dedicadas en secreto al mismo comercio irregular. El gusto por la vida antigua facilitaba a muchas de ellas el ascender al mismo nivel de las cortesanas célebres de Grecia, valiéndose de sus riquezas y de su educación intelectual. Poetas y cuentistas les dedicaban grandes elogios. Se hacían construir palacios para recibir dignamente a sus adoradores, que eran príncipes reinantes, prelados o banqueros.

Tulia de Aragón veíase celebrada en toda Italia por su belleza, su talento de poetisa y los refinamientos voluptuosos que había inventado en una academia erótica presidida por ella. Finalmente, esta cocota del siglo XV, despilfarradora de millones, moría joven aún, roída por secretas enfermedades, sirviendo de moza en una taberna del Transtevere.

La bella Imperia, mantenida en un lujo de emperatriz por el banquero Agostino Chigi, tomaba lecciones de los más afamados humanistas y sostenía correspondencia literaria, abundante en citas latinas y griegas, con los escritores más reputados de la Corte de los Médicis y otros de Pisa, Bolonia y Milán. Guardábanle en las iglesias el lugar más honorífico y se apartaban los transeúntes en las calles para cederle el paso entre murmullos de admiración.

Sus limosnas eran tan enormes como su lujo. Venían de toda Italia, con el deseo de poseerla, príncipes, prelados y opulentos mercaderes; pero ella mantenía en torno a su persona una pléyade de cortesanas jóvenes, a las cuales iba delegando, según se presentaban los suspirantes, para esquivar su contacto, y sólo accedía a concederles sus favores cuando estaban quebrantados por las pruebas a que les habían sometido sus bellas auxiliares.

El fervor exagerado por la antigüedad añadía a esta depravación de las costumbres italianas los amores contra natura, designados por todos con el nombre de *vicio griego*. Muchos humanistas hacían gala en público del más aborrecible defecto del paganismo, y grandes personajes de la época participaban en secreto de sus aficiones. Unos se dedicaban exclusivamente por fanatismo clásico, el amor homosexual; los más eran *ambidextros*, practicando a un mismo tiempo los dos comercios carnales.

—Hasta hubo papas —continuó don Baltasar— acusados públicamente de dicha abominación, tan extendida en aquella época. Uno de ellos, el famoso cardenal Juliano de la Rovere que luego fue Julio II, eterno e implacable enemigo de los Borgia. Tuvo, como Alejandro VI, hijos naturales, y, además pareció interesarse por el vicio griego, aberración en la que no incurrió nunca nuestro compatriota Rodrigo de Borja.

Al llegar aquí, después de haber descrito las corrupciones del Renacimiento, el buen canónigo dio suelta a su indignación contra las calumnias que pesaban sobre los Borgia, pintándolos cual si fuesen unos seres excepcionales, demonios surgidos en medio de un período de virtud general, monstruos de liviandad que escandalizaron a sus contemporáneos, todos muy honrados.

—Dejemos aparte a Calixto III, el primer Papa Borgia, varón de puras costumbres, al que sólo se atreven a criticar algunos por haber abierto el camino de los altos honores eclesiásticos a su sobrino, el futuro Alejandro VI... Yo no digo que Rodrigo de Borja, su hijo César y otros parientes fuesen santos ni modelos de virtud. Eran hombres de su época y vivieron con arreglo al ambiente de entonces. Antes que ellos naciesen ya existía la corrupción italiana, dentro de la cual se desenvolvieron. Lo que a mí me indigna es que muchos de sus contemporáneos supriman con hipocresía el ambiente general de la época, hablando de ciertos hechos de los Borgia (indudablemente censurables) como si fuesen casos aislados, y callándose lo que hacían el mismo tiempo centenares y centenares de personajes más corrompidos que aquéllos. Todos se acuerdan de César Borgia, príncipe hispanoitaliano, como de un *monstruo único*, y nadie alude a Segismundo Malatesta y demás *condottieri*, feroces como osos y sin el aliciente de la elegancia en los gestos que tenía el otro. A nuestro Alejandro VI, uno de los papas que mejor defendieron los intereses de la Iglesia, lo hacen aparecer como un gozador vulgar o como un personaje de melodrama, envenenando a las gentes por gusto.

Los Borgia, individualidades robustas, conseguían imponer durante varios años sus concepciones políticas, creándose con esto muchos enemigos, que escribieron contra ellos. Además, tenían para Italia el enorme defecto de ser extranjeros, de proceder de España, y los españoles eran odiados por los italianos de entonces poco menos que los franceses.

—Nadie tuvo interés en defenderlos luego de su muerte, cuando sus enemigos pudieron ejercer contra ellos una larguísima venganza. Los historiadores imparciales encontraron más cómodo llegar hasta nuestros días copiándose unos a otros de un modo automático, sin examinar antes la autenticidad y veracidad de los relatos antiguos. Aún tenían los autores de la época de los Borgia la precaución o el escrúpulo de poner al frente de sus más injuriosas afirmaciones un *se dice* o un *según cuentan*. Los que llegaron después suprimieron este dubitativo, dando como indiscutibles todas las murmuraciones y calumnias de antesalas y plazuelas.

El canónigo dejó de mirar a su sobrino y siguió hablando, como si los árboles y las plantas floridas que lo rodeaban formasen un auditorio enorme.

—¿Qué le echan en cara a Alejandro VI...? ¿Que tuvo hijos? También los tenían varios de los papas que se sentaron antes en el trono de San Pedro, y los tuvieron igualmente después otros pontífices. Su crimen consistió en que algunos de sus hijos fueron personalidades enérgicas, ardorosas en sus deseos, inteligentes y audaces, como verdaderos Borjas, ansiosos de poder y de gloria; y los hijos de los otros papas no pasaron de simples parásitos del Vaticano, atentos únicamente a engordar como sanguijuelas con la sangre de la Iglesia, a vender empleos y reunir tesoros. Tampoco puede atacarse a nuestro Papa como una especialidad por sus malas costumbres. En tal caso, hay que extender la censura a otros pontífices anteriores y posteriores a él, igualmente aficionados a carnalidades con hembras o a vicios más horrendos.

Y, sin embargo, Alejandro VI, el simpático Rodrigo de Borja, que durante su vida ejerció una especie de encantamiento sobre cuantos se aproximaban a él, hombres y mujeres, se veía en el curso de tres siglos considerado como uno de los monstruos más excepcionales de la Historia. Los italianos enemigos del Papado caían con preferencia sobre este Pontífice porque no era de Italia. Los escritores protestantes, en su guerra con la Roma católica, escogían para sus golpes a este Papa, que además era español, hijo del país que se desangró luchando contra la Reforma por sostener la unidad católica.

—Este es el verdadero origen de la gran calumnia universal que pesa aún sobre los de dicha familia. Fueron españoles y Alejandro VI resultaba la víctima expiatoria de todas las licencias y escándalos del período del Renacimiento.

Lucrecia Borgia, hija del Pontífice, había sido también otra gran calumniada.

—Ya la han justificado muchos historiadores, demostrando la falsedad de los crímenes y vicios que le atribuyeron; pero esto no impide que la gente ignorante continúe sin conocer otra figura que la antigua, la creada por la mentira, y cada vez que en los diarios se habla de una envenenadora célebre, nunca falta un periodista ignorante o un lector bodoque que diga: «Es una Lucrecia Borgia.»

El santo hombre hizo una pausa, para hablar luego con tono indignado:

—¡Ese Víctor Hugo...! Tú lo admiras devotamente, pero reconocerás que su *Lucrecia Borgia* es una mala acción. No sólo recogió cuantas falsedades dijeron los enemigos de los Borgia; además fue añadiendo por su cuenta muchas otras. En su drama tiene Lucrecia un hijo legítimo, Gennaro, que nadie conoció, pues lo inventa el poeta de cabeza a pies, y este hijo mata a su madre. Tú sabes que a la pobre señora sólo la mató Dios, pues falleció de parto, siendo princesa reinante de Ferrara, después de tener varios hijos. Usaba cilicio, vivía devotamente, fue la admiración de sus contemporáneos y jamás le atribuyó nadie envenenamiento alguno, ni los más encarnizados enemigos de su familia.

Cambió don Baltasar el curso de su cólera.

—¡Y si sólo existiese el drama de Víctor Hugo...! Hace años que está olvidado; es tal vez la peor de sus obras teatrales; pero a Donizetti se le ocurrió ponerlo en música, ¿y quién no ha oído su ópera...? ¿Cómo luchar con la estulticia de dos generaciones que han aprendido la historia de Lucrecia Borgia en el teatro, con acompañamiento de orquesta, inventada en los tiempos más delicados del romanticismo y modificada todavía por un obscuro libretista?

La consideración de que ésta era la única Lucrecia conocida de todos le puso aún más triste, y dijo a su sobrino con tono de ruego:

—Tú tienes la obligación de ayudarme en esta obra de justicia. Los Borgia deben interesarte más que *El papa del mar,* al que quisiste descubrir en un libro. Don Pedro Luna está olvidado y nadie lo calumnia, mientras los Borgia continúan siendo considerados por el vulgo como unos modelos de monstruosidad.

Hizo una pausa, para añadir con desaliento:

—Y yo no puedo defenderlos desembarazadamente. Soy un sacerdote, y cada vez que tomo la pluma para escribir sobre ellos, dudo, siento miedo, me parece que voy a faltar a los deberes que me impone la disciplina de la Iglesia. Debo justificar la conducta de este Pontífice, relatando los escándalos de otros pontífices de su época. Necesito recordar lo que olvidaron muchos maliciosamente para ir concentrando sobre el Papa español todas las maldades de su tiempo, presentándolo como si fuese un caso único. ¿Puedo hacer yo esto, un canónigo, con entera tranquilidad de conciencia...? Tú eres otra cosa. Eres un laico, y te es posible decir la verdad sin faltar a ningún misterio sagrado.

Claudio sonrió distraídamente. Fingía escuchar con atención a su tío, mientras su pensamiento se iba alejando de él. ¿Qué podían importarle los Borgia...? Tal vez le hubiesen interesado un año antes, cuando estudiaba las andanzas novelescas de don Pedro de Luna; pero ahora vivía en otro mundo y eran distintas sus aficiones e ideas.

Pensaba con inquietud en Rosaura. Hacía dos horas que se había ausentado. Su automóvil los esperaba ante la verja del jardín. Seguramente estaba bailando entre los brazos de otro hombre, sin acordarse de él.

¿Por qué seguir aquí, oyendo la charla apasionada de este erudito, sinceramente indignado por la injusticia póstuma infligida a la memoria de unos seres que habían dejado de existir cuatrocientos años antes...?

III. EN EL QUE SE HABLA DEL HIJO DE LA «UNIVERSIDAD» DE CANALS Y DE LA VICTORIOSA BATALLA DE LOS TRES JUANES

A los pocos días de permanencia en la Costa Azul sintió don Baltasar Figueras la comezón de continuar su viaje a Roma.

Ya había visto bastante. De Niza sólo le interesaba la ciudad vieja y su mercado de legumbres y flores, semejante al antiguo de Valencia. En el principado monegasco prefería la ciudad de Mónaco, con sus callejuelas tranquilas, donde encontraba frailes y monjas, y la gran plaza frente al palacio de los Príncipes, adornada con cañones del tiempo de Luis XIV y pirámides de proyectiles esféricos. Esta artillería, teatral e inútil, imponía respeto al canónigo, predispuesto a la admiración de todo lo viejo, haciéndole aceptar dicha planicie como una verdadera plaza fuerte.

La inmediata altura de Montecarlo, al otro lado del puerto, le inspiraba menos respeto. Era, según él, una ciudad peligrosa. Todos sus habitantes le parecían terribles bandidos internacionales, y en cuanto a las mujeres, se abstenía, por pudor, de darles su verdadero nombre.

Como llevaba leídas cosas tremebundas sobre este país, pidió a Claudio que le enseñase cierto banco llamado de los *suicidas*, porque en él solían matarse los desesperados del juego.

Inútilmente paseó Borja sus miradas por los numerosos bancos de un jardín dividido en terrazas. No pudo saber cuál era el que gozaba de tal privilegio fúnebre. Esto no impidió que el santo varón mirase con cierta inquietud los peñascos de la costa y las palmeras de los paseos, esperando ver pendiente de su frágil ramaje algún ahorcado puesto de frac, o hechas pedazos, junto a las olas, a varias damas en traje de baile.

Dentro de los salones del Casino se mostró nervioso y ruborizado, cual si estuviese cometiendo una mala acción. En vano le señaló su sobrino su grupo de clérigos portugueses que venían de Roma o se encaminaban a ella. Casi todos los que iban en peregrinación a ver al Papa hacían alto unas horas para conocer este Casino de Montecarlo, famoso en el mundo entero, y arriesgar algunas monedas sobre las mesas verdes. Don Baltasar dudó en el primer momento de la autenticidad de sus compañeros portugueses.

—Deben de ser pastores luteranos —dijo a Claudio.

Y al convencerse finalmente de que eran católicos, como él, no por esto recobró su tranquilidad.

Nada le interesaba en este mundo de la Costa Azul. Tenía otras cosas que hacer. Y anunció a su sobrino y a la *distinguidísima viuda*, admirada por él como una gran señora de los mejores tiempos de la Historia, su propósito de continuar el viaje.

Rosaura lo invitó por segunda vez a almorzar, mostrando repentino interés por su gran empresa en favor de los Borgia. Era, sin duda, una amabilidad de última hora, un deseo de serle agradable, ya que no lo iba a ver más. Y escuchó atenta la descripción que el canónigo fue haciendo de la ciudad de Játiva, donde los árabes españoles fabricaron el primer papel conocido en Europa.

Situada al pie de una colina que tiene en su cumbre un castillo famoso a causa de los personajes que guardó prisioneros, la circunda extensa huerta, en la que alternan los campos siempre verdes con grupos de palmeras.

Un agua fresca y rumorosa viene de las fuentes de la montaña a esparcirse por las casas, en chorros sin grifo que se desgranan día y noche sobre las pilas de los patios. Al pasar el transeúnte frente a las puertas, es acogido por el rumor melodioso de estos arroyuelos continuos.

—Los Borja —dijo don Baltasar— fueron de Játiva; pero el primero de ellos, el Papa Calixto III, no nació dentro de la ciudad, sino en la *universidad* de Canals.

Sonrió con malicia al notar cierta extrañeza en sus oyentes, y siguió diciendo:

—El significado de las palabras cambia con el transcurso del tiempo. Antes, *presidio* quería decir plaza fuerte. Del mismo modo, *universidad* equivalía a reunión o gremio. La llamada Universidad de Mareantes de Sevilla no era una escuela de navegación; significaba cofradía o sociedad de hombres de mar. Los grupos de caserío demasiado pequeños para titularse pueblos, y que vivían a la sombra de un Municipio mayor, se designaban con el nombre de *Universidad*.

Dotado el canónigo de prodigiosa memoria, recordaba lo dicho por un teólogo del siglo XVIII al describir la pequeña patria del primero de los Borja: «La universidad de Canals se llama universidad porque así debe apellidarse toda república que es menos que villa y mucho más que lugar.»

Procedían los Borja de la ciudad de su mismo nombre, situada en Aragón, y bajaban a Valencia para su conquista, siguiendo al rey don Jaime, que expulsó a los moros. Todos eran de notable hermosura corporal y espíritu ardiente, con grandes ánimos para sus empresas, deseosos de realizar hazañas famosas y unidos por una solidaridad de familia semejante a la de las tribus primitivas.

Alfonso de Borja había nacido el último día del año en que estalló el Gran Cisma, o sea, en 1378. Una tradición lo acompañaba desde la cuna, dándole gran fe en sus destinos. Su madre le había contado que, en los primeros años de su vida, el gran taumaturgo y predicador que fue luego San Vicente Ferrer profetizó, al verlo, su ascensión al más alto puesto de la Iglesia.

—Debo añadir —dijo Figueras— que el futuro santo hizo otras muchas predicciones semejantes. Nada le costaba alegrar de este modo a una pobre madre.

Establecidos los Borja en Játiva, con otros caballeros guerreadores, para hacer frente a los moros que intentaban recobrar el reino de Valencia, fueron dividiéndose y cambiando de situación al transcurrir el tiempo. Hubo Borja ricos que mantuvieron el prestigio de su nobleza con el dinero. Otros, dedicados al cultivo de la tierra, fueron descendiendo en rango social, aunque sin perder su primitiva nobleza. Alfonso de Borja era hijo de uno de estos hidalgos venidos a menos, que vivían a estilo de labradores, pero conservando con orgullo el escudo de la familia: un toro rojo sobre fondo de oro, símbolo de la robustez, la acometividad y el ardor de todos los que llevaban dicho apellido. Estos labriegos de noble origen ostentaban el título de *generosos*, o sea, de generación militar.

Dedicado a los estudios jurídicos en la Universidad de Lérida, obtenía una cátedra en plena juventud. El Papa Luna, apreciando los méritos del nuevo doctor, le daba un canonicato en dicha ciudad. Los cargos eclesiásticos eran entonces la mejor recompensa para literatos y jurisconsultos, ya que se podía disfrutar su renta sin necesidad de hacerse sacerdote.

Al subir Alfonso V al trono de Aragón, reconocía los méritos de este joven experimentado en cuestiones jurídicas y hábil para las negociaciones diplomáticas, haciendo de él su secretario. Los servicios que prestó a Martín V —el Papa elegido por el Concilio de Constanza— le abrían el camino de los altos honores de la Iglesia. Él fue quien trató con el sucesor del Papa Luna, el canónigo de Valencia Gil Muñoz, llamado Clemente VIII, para que renunciase a la tiara en el castillo de Peñíscola, y el Pontífice de Roma lo premió otorgándole el obispado de Valencia. Luego vivía en Nápoles, al lado de Alfonso V, ayudándole en la reorganización de dicho reino, despedazado por largas guerras.

Aquí, el canónigo abandonó momentáneamente a Alfonso de Borja para hablar de su regio protector.

—Con razón —dijo— llamaron a Alfonso V el *Magnánimo*. Ningún rey de su época tan caballeresco y tan humano.

Célebre en Europa por tales condiciones, Juana II de Nápoles, que no tenía hijos, le prometía su corona en herencia si le ayudaba contra el duque de Anjou, aspirante a dicho trono con el auxilio de un partido de descontentos.

Ayudado por la flota aragonesa, conquistaba Alfonso V el reino napolitano. Luego, la vieja Juana reñía con él, nombrando heredero al de Anjou; pero el aragonés continuaba la guerra, y tras muchas alternativas, adueñábase definitivamente del reino de Nápoles en 1442, quedando en él para siempre.

—En realidad, este rey español vivió más tiempo en Italia que en España. Una historia de amor contribuyó, según dicen algunos, a mantenerlo lejos de su patria. Cuando acababa de recibir la corona de Aragón y vivía en Valencia, su ciudad favorita, tuvo relaciones ilícitas con doña María de Híjar, noble dama valenciana. Estaba casado don Alfonso con una prima suya, doña María, hija de Enrique III de Castilla, y se ha dicho, no sé con qué fundamento, que la esposa, en un arrebato de celos, hizo matar a la amante. Historia romántica con la que se justifica el hecho de que Alfonso V viviese treinta y ocho años lejos de su mujer, guerreando en Italia, o gobernando pacíficamente a Nápoles.

Ensalzó don Baltasar la popularidad italiana del rey español, protector de sabios y escritores. Los humanistas más atrevidos buscaban refugio en Nápoles. Como era amante de la gloria, procuraba merecer los elogios de estos literatos, distribuidores entonces de la celebridad. Griegos desterrados de Constantinopla venían a dar lecciones en Nápoles y Sicilia, honrándolos el rey con títulos de caballero.

Se contaban anécdotas sobre el respeto de Alfonso V a las letras clásicas, afirmando que empleaba muchas veces como medicina la lectura de ciertos autores antiguos, curándose así las dolencias nerviosas. Hasta se abstuvo en una recepción de espantar una mosca posada sobre su nariz por no perder ninguna frase de la arenga latina que le dedicaba un orador célebre. En sus guerras para conseguir la posesión definitiva de Nápoles, perdonó a varias poblaciones que le habían opuesto empeñada resistencia al acordarse de que eran patria de grandes hombres de la antigüedad.

Su título de *Magnánimo* fue merecido. Al combatir a su adversario el duque de Anjou en su misma tierra de Provenza, apoderándose de Marsella, rehusó los presentes que le ofrecían las damas de dicha ciudad por haberla salvado del pillaje de sus tropas. «Yo he venido a vengarme como príncipe —dijo— y no a hacer la guerra como ladrón.»

Sitiando a Gaeta, dejaba salir de la famélica plaza a las mujeres y los niños. Esto permitía a sus defensores aguardar un avituallamiento que imposibilitó momentáneamente la toma de la población; mas no por ello se arrepintió el *Mag-*

nánimo de su generosidad. A unos que conspiraban contra él los perdonó, diciendo: «Yo les obligaré a reconocer que cuido más de su vida que ellos mismos.»

Una galera llena de soldados estaba próxima a naufragar, y como notó Alfonso V que sus órdenes para salvarla eran obedecidas con timidez, se arrojó el primero en una chalupa, gritando a los vacilantes: «Quiero mejor ser el compañero que el testigo de su muerte.» Y esta resolución enardecía a sus gentes, haciéndolas salvar el buque.

Sonrió Figueras con cierto rubor, como si pidiese perdón a la dama que le estaba escuchando, y dijo:

—Lo único que se le puede reprochar fue su gran afición a las mujeres. Toda su vida mostró esta debilidad, hasta en sus últimos años. Cuando ya tenía cerca de sesenta, hizo reír un poco a los de Nápoles con su amor senil por la hermosa y joven Lucrecia de Alagno, aunque él dijo siempre que esta pasión era puramente platónica. Hasta en su vejez tenía bella presencia y aspecto majestuoso, siendo uno de los caballeros más cumplidos de aquella época.

Cuando su secretario, Alfonso de Borja, pasó a ser Papa con el nombre de Calixto III y andaban ambos en cuestiones por considerar el Pontífice un feudatario de la Iglesia a su antiguo señor, la bella Lucrecia de Alagno marchó a Roma con imponente cortejo, siendo recibida como una soberana. Pero Calixto se negó a dar licencia para que Alfonso V pudiera contraer con ella un segundo matrimonio. Mantenía su antigua amistad con la verdadera reina doña María, residente en Zaragoza o en Valencia. Sin esto, la hermosa Lucrecia habría acabado por ser soberana de Nápoles.

—Pero volvamos —dijo el canónigo— a la carrera prodigiosa del profesor de Lérida y rector de la parroquia de San Nicolás, en Valencia, que llegó a Pontífice.

Alfonso de Borja procuraba reconciliar a su rey con el Papa Eugenio IV, y éste, agradeciendo las gestiones del obispo de Valencia, lo hacía cardenal en 1444, asignándole como iglesia titular la antigua basílica de los Cuatro Santos Coronados, situada en una eminencia del llamado Monte Celio. Obedeciendo los deseos del Pontífice, se quedaba en Roma, logrando fama de cardenal exento de adulación, independiente, sin espíritu de partido.

La sencillez y pureza de costumbres de Borja, que no se había ordenado de sacerdote hasta que fue obispo, llamaron la atención en aquella época de cardenales aseglarados, iguales a los príncipes laicos en desórdenes y liviandades. El titulado cardenal de Valencia vivía modestamente, en riguroso celibato. Hasta en las épocas que gobernó a Nápoles como delegado de Alfonso V, concitándose enemigos por sus medidas extraordinarias, los libelistas napolitanos sólo supieron decir de él que amaba los perfumes y gustaba de conversar con las damas de la Corte, sin poder añadir anécdotas escandalosas a estas particularidades ordinarias en el consejero de un monarca, acostumbrado a vivir en palacios.

Así fue llegando a la ancianidad. Sus estudios y el mucho trabajo a que le obligó la incesante colaboración con el rey de Nápoles habían quebrantado su salud hasta el punto de figurar como uno de los cardenales más enfermos y débiles de la Corte pontificia.

Algunas veces hablaba melancólicamente a sus íntimos, recordando la profecía del maestro Vicente Ferrer. Nunca llegaría a Papa. Aquel santo predicador se había equivocado. Otro fraile ascético, que luego figuró igualmente en los altares, San Juan de Capistrano, gran amigo de Alfonso de Borja, oyó muchas veces cómo recordaba éste dicha predicción, seguro de que iba a resultar falsa.

Tres papas se habían sucedido en Roma después del Concilio de Constanza: Martín V, Eugenio IV y Nicolás V, todos italianos. A la muerte de Nicolás, *el Papa bibliotecario*, preocupado especialmente de proteger a los humanistas y adquirir libros valiosos, mientras los turcos, dueños de Constantinopla, recién consquistada ésta, amenazaban al centro de Europa, la elección del nuevo Pontífice se presentó como un problema pavoroso.

El prestigio de la Iglesia se había extinguido. Reyes y príncipes desobedecían al Pontificado después de verlo pasar por las vergüenzas del Gran Cisma. Dentro de Roma existía un gran partido republicano y antipapal. Pocos años antes, en tiempo de Eugenio IV, el patricio Esteban Porcaro, ardoroso y enérgico, de mejores condiciones que Rienzi, había pretendido hacer una revolución para proclamar la República romana, muriendo en la horca por orden del Papa.

De existir el elocuente y hábil Porcaro en marzo de 1455, la reunión del conclave para elegir nuevo Pontífice habría sido la señal de una gran revolución popular. Las dos facciones aristocráticas, representadas por las familias de los Colonna y los Orsini, siempre en pelea por el gobierno de la ciudad, iban a guerrear dentro del conclave para obtener la tiara. Un cardenal Colonna y un cardenal Orsini, deseosos cada uno de ser Papa, buscaron alianzas por medio de la intriga y el dinero. De los quince cardenales electores, siete eran italianos, dos franceses, dos griegos y cuatro españoles: Torquemada, Lacerda, Carvajal y Borja.

Nadie pensaba en la posibilidad de un Papa extranjero. El gran Cisma había sido motivado por la oposición de Roma a todo Pontífice que no fuese de Italia. Hasta en el Concilio de Constanza, gran asamblea internacional de la Iglesia, había sido elegido un italiano, Martín V, para terminar el conflicto definitivamente.

Como ni Colonna ni Orsini tenían votos suficientes para triunfar, se hablaba de otras candidaturas italianas profetizando la victoria de Scarampo, cardenal muy rico, aficionado a la espada, o de Pedro Barbo, que años después fue Pontífice con el nombre de Paulo II.

—En realidad, era Pedro Barbo el más cercano a la tiara al abrirse al conclave: pero los romanos tienen un refrán que dice: «El que entra en el conclave como Papa, sale como cardenal», y así fue una vez más.

Apenas empezaron las sesiones, los que deseaban un candidato independiente, agradable a todos, se fijaron en el Cardenal Bessarion, griego refugiado en Roma, de grandes conocimientos científicos, y que vivía apartado de contiendas, en un aislamiento de hombre estudioso. Pero no hizo nada por robustecer su candidatura, y algunos cardenales dijeron que era indigno ver un neófito, que aún usaba la barba a estilo oriental y acababa de abandonar el cisma griego, colocándose de golpe a la cabeza de la Iglesia romana. Además, los cardenales aseglarados como Scarampo temían la severidad de costumbres de Bessarion.

Transcurrió el tiempo, se hicieron muchas votaciones inútiles, el pueblo se impacientaba, y al fin, los dos partidos dieron su lucha para otra elección, acordando proclamar a uno de los cardenales más ancianos amigo del poderoso rey de Nápoles y al que le quedaban pocos meses de vida. De esta suerte fue elegido inesperadamente Alfonso de Borja, a la edad de sesenta y siete años, tomando el nombre de Calixto III.

Toda la población de Roma quedó absorta al ver elegido a un español. La tradicional resistencia de los papas extranjeros, origen del Gran Cisma, resultaba de pronto ineficaz. Pedro de Luna, último Papa de Aviñón triunfaba póstumamente treinta y dos años después de su muerte. El mundo católico no le había querido, a pesar de sus virtudes, porque era español, y un segundo español venía ahora a sentarse en el trono de aquella Roma donde no pudo entrar el otro.

Se llegó a temer que estallara de nuevo el cisma y los cardenales italianos abandonasen a Roma para elegir un segundo Pontífice. Al Papa inesperado le daban el apodo de *el viejo catalán,* y su amistad con el rey de Nápoles era interpretada como un anuncio del crecimiento de dicho reino.

—Si al valenciano Borja —continuó Figueras— lo llamaban catalán era porque los catalanes gozaban en Italia de una impopularidad algo menor que la de los franceses, mas no por eso menos odiosa e intolerable para el vulgo. Dominaban a Sicilia y Nápoles y hacían la guerra en el mar a las galeras de varias repúblicas y principados italianos. Temían las gentes de Roma que el nuevo Papa confiase las fortalezas de la Iglesia a guerreros *catalanes,* o sea, españoles, de suerte que luego de su fallecimiento fuese difícil volver a recobrarlas. Pero la índole apacible y bondadosa de Alfonso de Borja, su fama de hombre justo y puro de costumbres, la severidad para el trato de su propia persona y el tono suave con que acogía a todos, acabaron por acallar estas inquietudes públicas.

Además el descendiente de los caballeros de Játiva, eternos guerreadores contra los moros, publicó inmediatamente cuál iba a ser la verdadera finalidad de su Pontificado: combatir a los turcos hasta reconquistar Constantinopla, que su antecesor, el Pontífice bibliófilo, había dejado perderse con desesperados lamentos, pero sin ninguna medida enérgica que impidiese dicha catástrofe cristiana.

Los primeros días del Pontificado de este español no fueron dichosos. Roma continuaba viviendo en la inseguridad de la guerra civil, con su vecindario dividido en bandos implacables. El 20 de abril se celebraba la coronación del primer Borgia. Por la mañana iba Calixto a la basílica de San Pedro, y un canónigo, para recordarle la fugacidad de las cosas terrenas, quemaba ante sus ojos un poco de estopa, diciendo: «Santo Padre, así pasa la gloria de este mundo.»

Luego celebraba la misa ayudado por los dos candidatos que días antes figuraban en el conclave como papas probables, cuando nadie pensaba en él. El cardenal Orsini cantó la epístola, y el cardenal Colonna, el Evangelio. Finalmente, se procedía a la coronación ante la basílica, y Próspero Colonna, como el más antiguo de los cardenales diáconos, colocaba en la cabeza de Calixto el *tryreinum* simbólico, diciendo así: «Recibe la tiara adornada con tres coronas, y sabe que eres padre de los príncipes y de los reyes, guía del orden y vicario en la Tierra de Nuestro Salvador Jesucristo, cuya es la honra y la alabanza por una eternidad de eternidades. Amén.»

El español fue a tomar posesión de la iglesia de Letrán, que es el templo correspondiente a los pontífices, como los cardenales tienen cada uno su iglesia propia. Iban en su cortejo ochenta obispos vestidos de blanco, todos los cardenales vestidos de rojo, muchos barones romanos con armaduras y los magistrados de Roma.

El hijo de la *universidad* de Canals, jinete en un caballo blanco, parecía rejuvenecido, no obstante sus años y enfermedades, por esta autoridad de carácter universal que acababa de serle impuesta. Ya no era un consejero del rey de Aragón: se veía por encima de todos los monarcas de la Tierra.

Según antigua costumbre, en el lugar llamado Monte Giordano, una diputación de los judíos residentes en Roma aguardaba el cortejo solemne de todo nuevo Pontífice para ofrecerle el libro de su Ley, ricamente encuadernado, en cuyo volumen leía el Papa algunas palabras diciendo finalmente: «Nos confirmamos vuestra Ley, pero condenamos vuestra exposición; porque Aquel de quien dice que vendrá ha venido ya, y es Jesucristo Nuestro Señor, como la Iglesia nos lo enseña y predica.»

Para el populacho de Roma, la elección de un Pontífice era pretexto de motines, diversiones brutales y saqueos. Entre dos Papados, la ciudad vivía un período anárquico, negando obediencia a las autoridades del Pontífice muerto y aprovechándose de la incertidumbre y desorientación de las autoridades recién nombradas.

Otra de sus costumbres era saquear el palacio del cardenal que acababa de ser elegido Papa. Como iba a instalarse en el Vaticano, el populacho se creía con derecho a apropiarse todo lo de su antigua vivienda, llevándose muebles, ropas y joyas. Años después, los cardenales que aspiraban a ser pontífices, antes de ir a encerrarse en el conclave procuraban dejar en sus palacios una guarnición de espadachines y arcabuceros para que repeliese el asalto de la muchedumbre en el caso de que su candidatura resultase triunfante.

Al llegar Calixto III al Monte Giordano, mientras realizaba la ceremonia de leer el libro de la Ley judaica y contestar a la diputación del *ghetto* las palabras rituales, el populacho se sintió tentado por la riqueza de este magnífico volumen encuadernado en oro, y para robarlo arrolló a los guardias del Pontífice. Se produjo tal confusión, que el anciano Borja viose próximo a morir aplastado por el gentío. Los soldados papales repelieron a las turbas con sus espadas y lanzas, pero esto no impidió que arrebatasen en su retirada el rico baldaquino que servía al Pontífice cuando era llevado en andas, dentro de las iglesias y que le seguía en este cortejo como símbolo de su dignidad.

Poco después, al pasar por el Campo dei Fiori, surgió otro incidente más grave. Napoleón Orsini andaba en pendencias con el conde de Anguillara, acuchillándose los partidarios de uno y otro dentro de Roma.

Orsini quiso aprovechar la ocasión y abandonando la comitiva papal corrió al Campo dei Fiori, donde habitaba dicho conde, haciendo saquear su vivienda. «¡Quien quiera bien a la casa de Orsini, que acuda en su auxilio!», gritaban los del mencionado partido. En pocos momentos se reunieron tres mil hombres armados a favor de los Orsini, mientras los Colonna, por la eterna rivalidad entre las dos familias, daban auxilio al conde de Anguillara, juntando otra tropa no menos considerable.

Ambos partidos se aprestaron a dar una verdadera batalla en presencia del nuevo Pontífice, siendo necesaria la intervención de los cardenales Colonna y Orsini para que, exhortando a sus parientes, restablecieran la tranquilidad.

Encargó Calixto III a Pedro Barbo y otros cardenales influyentes el afianzamiento de la paz en los estados pontificios, ajustando una tregua de varios meses entre las familias rivales. Él necesitaba su tiempo y su actividad para la organización de la guerra contra los turcos.

Resultaban sin fundamento los temores que había inspirado al principio de querer trasladar la Corte pontificia lejos de Roma, tal vez a España, imitando con ello a los pontífices franceses que la habían establecido en Aviñón.

—Este viejo español —siguió diciendo el canónigo— era de vista más larga y concepciones más universales. Sólo le preocupó la suerte del cristianismo; únicamente prestaba atención a la empresa de reconquistar a Constantinopla y los Santos Lugares.

Los humanistas, acostumbrados a vivir como parásitos de la generosidad de príncipes y papas, no encontraron apoyo en este antiguo jurisconsulto. Nunca se mostró hostil al Renacimiento, pero lo miró con indiferencia, preocupándole más el reunir dinero para la guerra contra los turcos que dar salarios a escritores venales y de estilo fácil, como lo había hecho su antecesor, Nicolás V, erudito confiado e ingenuo.

—Por un motivo inexplicable para muchos, el único humanista que protegió este Papa tan devoto fue el incrédulo Lorenzo Valla. Apenas elevado al trono pontificio, lo hizo secretario suyo, dotando liberalmente con algunos canonicatos al terrible librepensador. Sin duda le guardaba Calixto un gran afecto personal desde los tiempos que lo tuvo a sus órdenes como gobernador de Nápoles; pero Valla apenas pudo gozar las dulzuras de dicha protección, pues murió dos años después.

Todo el dinero de la Iglesia lo iba dedicando el ardiente anciano a la cruzada contra los turcos. Anunció que iba a empeñar para esto su propia tiara, y hasta arrancó sus encuadernaciones a muchos códices de la biblioteca del Vaticano, porque tenían adornos de metales preciosos.

El rey Alfonso de Nápoles, muy entendido en objetos de arte, compró al Papa ánforas, copas y otros servicios de plata y oro, cálices, patenas y un tabernáculo con valiosos esmaltes. El Pontífice comía en platos de barro, y afirmó en uno de sus Breves que iba a contentarse con una simple mitra de lino, enajenando todas las joyas de la Iglesia para la guerra santa.

Contempló Europa con admiración y al mismo tiempo con apatía los esfuerzos de este anciano, enardecido por una extraordinaria juventud.

—Quiero ser —dijo— el emperador y el campeón de la Cristiandad contra los infieles.

Sólo un español podía mostrar este ardor antimahometano. Las naciones del centro de Europa ya no se acordaban de las Cruzadas. Además, éstas sólo habían sido un episodio de su historia mientras en España la guerra contra los musulmanes se prolongaba siete siglos. Todavía en aquellos momentos poseían los moros el floreciente reino de Granada, representando un peligro nacional.

Su propósito era coligar todo el Occidente cristiano contra el nuevo emperador de Constantinopla, socorrer a los húngaros, amenazados por los turcos; crear una flota de guerra pontificia que fuese a atacarlos en el archipiélago griego, del cual se iban apoderando rápidamente.

Todos los cronistas de entonces se asombraron del celo guerrero y la fuerza de voluntad de este anciano, que muchos creían próximo a morir. Los asuntos generales de la Iglesia los trataba brevemente, pero de la cruzada discurría con gran prolijidad atendiendo a todos sus detalles.

Falto de dinero, licenciaba a cuantos escritores y artistas vivían a sueldo del Pontificado, y si retenía a algunos de los últimos, era para que trabajasen en cosas de la guerra. A los pintores y bordadores les encargaba estandartes. Los escultores tallaban pelotas de piedra para las bombardas. Enviaba exhortaciones a los reyes cristianos para que tomaran la cruz y marchasen contra los turcos. Exigía de los cleros de todos los países una contribución para el sostenimiento de dicha campaña...

—Pero, ¡ay!, la antigua fe guerrera —continuó el canónigo— se había extinguido. Los monarcas se embolsaban cínicamente las cantidades recogidas para la cruzada, siendo el primero en dar tan perverso ejemplo Alfonso V de Aragón. Aún hizo algo peor. Se apropió los buques que por encargo del Pontífice había reunido el arzobispo de Tarragona Pedro de Urrea, y que estaban mandados por Antonio Olcina. Estos buques, en vez de ir a Ostia, poniéndose a las órdenes del Papa, se unían a la flota del rey Alfonso para hacer la guerra a los genoveses y otros Estados cristianos enemigos de dicho rey.

Protestaba el viejo Pontífice inútilmente contra el arzobispo de Tarragona y Alfonso V, llamándolos *traidores*. Era el único, en todo el Occidente, que hacía algo por oponerse al avance de los turcos, y con asombro de todos los que ridiculizaban su empresa, considerándola quimérica, empezaron a verla realizarse bajo el influjo milagroso de una ardiente voluntad.

Las riberas del Tíber, siempre dormidas y casi desiertas, resucitaron a la vida del trabajo por obra de este anciano. En la Ripa Grande estableció arsenales, y junto a San Espíritu construyó un dique para limpiar galeras.

Carpinteros y marineros acudían de toda Italia contratados por los agentes del Pontífice. Éste gustaba de dirigir los preparativos personalmente, y cuando no escribía cartas a los reyes invitándolos a tomar la cruz, intervenía en las compras de hierro, brea y maderaje para las contrucciones navales, vigilando igualmente los acopios de pelotas de piedra y plomo para las bombardas, de ballestas, cascos, escudos, lanzas, espadas, cadenas, áncoras y cables. Lo mismo se preocupaba del bizcocho o galleta para las tripulaciones que de las banderas y gallardetes que debían ondear en las arboladuras de las naves. Hasta se cuidó de dar cinco resmas de papel a los jefes de su flota para que pudiesen escribirle acerca de las operaciones.

Ludovico Scarampo, el cardenal-almirante, uno de los príncipes de la Iglesia más ricos, deseaba quedarse en su lujoso palacio de Roma; pero como había demostrado ser el mejor hombre de guerra entre todos los del Sacro Colegio, venció Calixto su resistencia, y prendiéndole con sus propias manos en un hombro la insignia de cruzado, consiguió que al fin zarpase su flota de las bocas del Tíber a fines de junio de 1456.

Se componía de veinticinco naves, con mil marineros, cinco mil soldados y trescientos cañones. Este milagro naval lo había conseguido Calixto por sus propias fuerzas. El rey de Francia, Carlos VII, abusaba de su entusiasmo, lo mismo que el de Nápoles. En vano le recordó la historia de San Luis, héroe de las Cruzadas. El descendiente del santo rey se quedó con todo le dinero recogido, dedicando a guerrear contra los ingleses y napolitanos cuantos buques había juntado en Francia el Pontífice para su expedición.

Al mismo tiempo que enviaba la flota de Scarampo al encuentro de los turcos, haciéndose ilusiones sobre su eficacia, sin tener en cuenta el número limitado de los buques, se preocupó de auxiliar a los húngaros, contra los cuales había empezado a marchar el sultán Mohamed, invadiendo el centro de Europa.

Este auxilio terrestre era más espiritual que efectivo. Ningún rey cristiano le enviaba las tropas prometidas. Cada vez se veía más claramente que la época de las cruzadas había terminado. El Papa era el único que aún soñaba con la posibilidad de levantar contra los musulmanes toda la Europa, por cuyo motivo algunos soberanos de su época le llamaron irónicamente *el último cruzado*.

En realidad, sólo pudo enviar a Hungría dos hombres: el cardenal español Juan de Carvajal, enérgico y tenaz como él mismo en la lucha contra los infieles, y un fraile, igualmente amigo suyo, que tenía más de setenta años y estaba debilitado por una vida de privaciones: el futuro San Juan de Capistrano.

Carvajal vivió seis años en Viena y en Buda como legado pontificio, organizando con diversa suerte la cruzada contra los turcos. Gracias a sus gestiones para restablecer la paz entre los magnates húngaros, consiguió que muchos de éstos olvidasen sus querellas, tomando las armas contra los infieles. El más famoso de todos fue el heroico Juan Hunyades. Mientras tanto, Capistrano iba de un lado a otro predicando a las muchedumbres para que se armasen y tomaran la cruz.

Capistrano y Carvajal, que se habían presentado a los húngaros con las manos vacías, sin más auxilio que las palabras ardorosas de su Pontífice, consiguieron improvisar un ejército. Pareció éste ridículo a los verdaderos hombres de guerra comparado con el de los turcos, que era tenido por toda Europa como invencible. Hunyades organizó a su costa siete mil húngaros, y Capistrano y Carvajal le dieron como fuerza auxiliar una muchedumbre abigarrada, enardecida por sus predicaciones, compuesta de artesanos, labriegos, frailes, eremitas y estudiantes, armados casi todos con guadañas, venablos y horquillas. Muchos de los nuevos cruzados eran aventureros que iban en busca de botín; pero los más acudían a la pelea con el deseo de morir, ganando el cielo. Varios grupos de lansquenetes alemanes y guerreros polacos dieron cierta consistencia militar a esta masa confusa y mal armada, conducida por el fraile Capistrano.

El sultán Mohamed, con las tropas invencibles que habían tomado a Constantinopla y una artillería monstruosa, sitiaba a Belgrado, puerta de Hungría. Tomada esta ciudad, el Gran Turco pensaba invadir fácilmente todo el centro de Europa.

Avanzó Hunyades con su ejército irregular en auxilio de Belgrado. Junto a él marchaba Capistrano llevando en alto un crucifijo regalo de Calixto III e invocando el nombre de Jesús. Contra toda regla militar y con menosprecio de la ley de las probabilidades, dicha muchedumbre mal organizada, pero dispuesta a morir, rompió el cerco de los turcos y dio auxilio a los que defendían a Belgrado. Luego, revolviéndose contra los sitiadores, con una audacia desconcertante para éstos, consiguió desbaratarlos; apoderándose de su campamento, de su enorme artillería y obligando a huir al famoso conquistador de Constantinopla.

Tal combate, desarrollado entre el 14 y el 21 de julio, causó asombro en los pueblos cristianos. Todos esperaban la derrota del Papa. Quedaba deshecha la opinión general de entonces, que suponía invencible a la Media Luna. El viejo y tenaz español había derrotado por primera vez a los turcos.

La empeñada y sangrienta batalla de Belgrado la llamaron todos *la batalla de los Tres Juanes*, por ser éste el nombre de Hunyades, Capistrano y Carvajal. El anciano Alfonso de Borja, cuando llegaron a Roma las primeras noticias de la victoria, lloró de emoción y rió de alegría, con el desordenado regocijo de un niño. Los hombres le habían abandonado, pero Dios le apoyaba para que venciese él solo a sus enemigos.

Aunque la peste causaba grandes estragos en Roma, no

quiso abandonar la ciudad, como lo hacían los personajes de su Corte. Creyó que desafiando a la muerte le protegería mejor el Cielo en su empresa. Algunos embajadores, en las cartas dirigidas a sus gobiernos, se mostraban conmovidos por la férrea entereza de este varón casi octogenario. A pesar de su inesperada victoria, siguieron mostrándose los estados cristianos indiferentes a dicha guerra, y Venecia hasta contrajo alianza secreta con los turcos.

Una epidemia se había desarrollado sobre el enorme campo de batalla por la corrupción de montones de cadáveres. El heroico Hunyades murió de ella cuando sólo habían transcurrido algunas semanas desde su triunfo, y poco después perecía igualmente su compañero de armas San Juan de Capistrano.

Quedó Carvajal en Hungría, extremando su elocuencia para crear un nuevo ejército; pero las divisiones y rivalidades de los señores húngaros imposibilitaron su empresa.

Otro héroe, el famoso Scanderberg, por su verdadero nombre Jorge Castriota, príncipe de Albania, recibía de Calixto III el título de *Atleta de Cristo.* Este guerrero de historia novelesca, que entraba en los combates remangado un brazo para manejar con más soltura la espada o la maza, se sostuvo veinticuatro años cortando el paso a los turcos y batiendo sus ejércitos, diez o veinte veces mayores que el suyo.

Alfonso de Borja lo animaba en su resistencia, dándole sobrenombres honoríficos, ya que le era imposible enviarle soldados ni dinero. La más brillante y sangrienta de sus victorias, la llamada de Tomorniza, la obtuvo el *Atleta de Cristo* en 1457, y el Pontífice le confería por ella el título de Capitán General de la Curia.

La escuadra del Papa había dejado pasar semanas y meses sin hacer nada positivo contra sus adversarios. El cardenal-almirante Scarampo se veía mal recibido en las islas griegas. Sus habitantes, convencidos de la victoria final de los turcos, no querían comprometerse prestando ayuda a las naves papales. Al fin, Scarampo encontraba una flota turca cerca de Mitilene, batiéndola completamente y apoderándose por abordaje de veinticinco de sus buques.

Ésta fue la postrera satisfacción del *último cruzado.* Hasta su muerte se mantuvo en una firme actividad a prueba de desilusiones; pero no conoció ya nuevas victorias. Sus inesperados triunfos por mar y tierra no pudo explotarlos, falto de cooperación. Luchaba en medio de la indiferencia de los suyos, hostilizado sordamente por los príncipes cristianos y gran parte de su clero. Su dolor al verse solo le hacía decir: «La mies es grande y los obreros muy pocos.»

El canónigo quiso concretar su relato, añadiendo:

—Nuestro Papa español llegaba demasiado tarde para la defensa de la Cristiandad. Era el último Pontífice de la Edad Media entusiasta y lleno de fe. Sus asombrosos y rápidos triunfos no los apreció nunca como resultado de su actividad personal. Los consideraba modestamente un efecto de las plegarias que dirigía a Dios y de las rogativas ordenadas a los pueblos cristianos, ya que sus príncipes no querían ayudarle. De no traicionarlo y robado descaradamente estos gobernantes, ¿quién sabe si el primero de los Borgia habría acabado por plantar otra vez la cruz sobre las murallas de Constantinopla?

Figueras cesó de hablar. Rosaura se había puesto en pie y le tendía una mano.

—Son cerca de las cuatro. ¡Cómo pasa el tiempo escuchando a don Baltasar...! Debo irme; me esperan... Adiós. Nos veremos cuando vuelva usted de Roma... Porque espero que a su regreso se detendrá unos días en esta casa. Ahí se quedan ustedes hablando de cosas tan interesantes.

Y desapareció, dejando en Claudio Borja cierta duda sobre la intención de sus últimas palabras, haciéndole sospechar si ocultaban éstas una ligera ironía.

IV. DONDE SE CUENTA LA PRIMERA INVASIÓN DE ROMA POR LOS ESPAÑOLES, CÓMO LOS BORJA PASARON A SER BORGIA, Y OTRAS SINGULARIDADES DE LA FAMILIA DEL TORO ROJO

Una vez enfrascado en lo que él mismo llamaba su *tema favorito,* don Baltasar era incapaz de poner voluntariamente punto a sus relatos. Además, el presente día era el último que pasaba con su sobrino.

—De algo hemos de hablar, ¿no te parece...? Vámonos al jardín. Luego me acompañarás a Niza y te daré ciertas revistas que guardo en mi equipaje: artículos que he escrito sobre los Borja, y que tal vez te parecerán interesantes; todos son documentos nuevos encontrados por mí. Nadie conoce a esta familia como yo. Quiero que sepas algunas cosas más de ella.

Tomando asiento en el mismo lugar del jardín donde habían conversado días antes, siguió el canónigo su relato, sólo interrumpido de tarde en tarde por las preguntas curiosas de Claudio.

—El único defecto que le echan en cara a Calixto III fue un exagerado amor a su familia. Reconozco que estos Borja se querían y protegían con un cariño casi feroz, semejante a la fraternidad de los individuos de una tribu rodeada de enemigos. Pero ¿qué Pontífice de aquella época y de otras no protegió a sus parientes y puso en sus sobrinos un afecto de padre...? Además, *el viejo catalán,* como le llamaban sus enemigos, era extranjero para los romanos y necesitaba gente adicta, unida a él por intereses de familia o por la solidaridad que agrupa a los compatriotas.

Figueras habló con indignación contra los historiadores que censuraban a Calixto III por haber hecho cardenal a su sobrino Rodrigo de Borja, y nada decían de Nicolás III, Paulo II, Sixto IV, Inocencio VIII, Julio II y otros, que dieron el capelo a personas más indignas y de triste celebridad. Pedro y Rafael Riario, sobrinos de Papa o tal vez hijos, eran unos cardenales de conducta más escandalosa que los Borgia, y sin la elegancia de éstos, bestialmente groseros en sus pasiones.

—Pero toda esta gente había nacido en Italia —añadió el canónigo—, y Calixto III, así como sus parientes, tuvieron la audacia de gobernar a Roma siendo españoles.

Desde su juventud había sido mirado Alfonso de Borja por su numerosa parentela como el individuo más notable de la familia, confiando todos en sus futuros triunfos. No tenía hermanos varones, y sus hermanas eran cuatro: Juana, Francisca, Isabel y Catalina. Los Borja ricos, que conservaban en Játiva su rango social, al verlo amigo y consejero del rey Alfonso, empezaron a tratar con más atención a estos parientes pobres, de entre los cuales había surgido tan importante personaje. Isabel de Borja, la tercera hermana, casábase en Játiva con su pariente Jofre de Borja, hijo de uno de los adinerados de la familia.

—Todos los historiadores durante tres siglos han venido equivocándose al suponer que el caballero que casó con Isabel de Borja se apellidaba Llansol, y, por tanto, Rodrigo de Borja, el futuro Alejandro VI, debía llamarse en realidad Llansol de primer apellido. Y como no hay argumento que no se haya usado para ennegrecer la figura de Alejandro VI, le acusaron de renegar del apellido de su padre, Llansol, anteponiendo el de su madre para ser Borja... Todo falso, sin fundamento alguno, como la mayoría de las calumniosas historias que se atribuyen a esta familia. Los Llansol (tú sabes lo que significa esta palabra en valenciano: sábana o sudario) fueron caballeros de guerra que también bajaron de Aragón con el rey don Jaime a la conquista de Valencia. Cierto Llansol casó, efectivamente, con otra de las hermanas de Calixto III, y uno de sus hijos, Llansol y Borja, llegó a cardenal, confundiéndole los historiadores con Alejandro VI. Éste se llamó en realidad Rodrigo de Borja y de Borja, por ser del mismo apellido su padre y su madre.

Guardaba el canónigo un documento en el que Calixto III, simple rector entonces de la parroquia de San Nicolás, en Valencia, entregaba quinientos florines de oro aragoneses como parte del dote de su hermana Isabel de Borja, esposa de Jofre de Borja, doncel y vecino de Játiva.

—Don Jofre figura con el título latino de *domicellus* (doncel), que, según las leyes forales, equivalía a hijo de noble. *Miles* (caballero) significaba en toda la corona de Aragón noble ya armado, y el que aún no había recibido el espaldarazo tenía que contentarse con el título de doncel.

Continuó don Baltasar el relato de los descubrimientos que llevaba hechos en sus papeles propios y en el archivo de la catedral. Rodrigo de Borja nació en Játiva, en casa de su padre, don Jofre, cerca del Mercado, en una plaza llamada de los Borja. Un tal Antonio Nogueroles era su maestro y ayo, y le daba el pecho una mujer apodada la *Villena.* Todos le llamaban Rodriguet, y jugaba con una hermana suya, Tecla, igualmente designada con el diminutivo valenciano de Tecleta.

—Mis documentos me han enseñado que de niño fue muy moreno y *morrudet,* que es, como tú sabes, de labios gruesos. Su padre tenía cuatro caballos, y Rodriguet, a los ocho años, cabalgaba en una jaquita por las calles de Játiva. Muerto su padre cuando él sólo tenía diez, doña Isabel se trasladó con toda su familia a la ciudad de Valencia, viéndose allí muy atendida, como hermana de un personaje cada vez más eminente.

Siendo aún cardenal, Alfonso de Borja se llevaba a Roma a su sobrino Rodrigo, así como a un hermano de éste, mayor de un año, llamado Pedro Luis. Estudió Rodrigo en la Universidad de Bolonia los sagrados cánones y otras materias durante siete años, escribiendo algunas obras en defensa de la autoridad del Pontífice, que le valieron el ser tenido en la Corte romana por *eminentísimo y sapientísimo jurisconsulto.*

Según costumbre de la época su tío el cardenal le proporcionó ricas prebendas mientras continuaba sus estudios, haciéndolo finalmente protonotario de la Iglesia. Al mismo tiempo, un primo suyo, hijo de otra hermana de Alfonso de Borja, llamado Juan de Milá, recibía el obispado de Segorbe, en España.

Apenas el llamado cardenal de Valencia tomaba el nombre de Calixto III, los dos primos, Juan de Milá y Rodrigo de Borja, eran ascendidos a cardenales, y el hijo de don Jofre tomaba el título de cardenal-diácono de San Nicolás *in Carcere Tuliana,* siendo después prefecto de Roma, gobernador de Spoleto, legado en la Marca de Ancona y, finalmente, vicecanciller de la Iglesia, cargo el más elevado de la Curia pontificia, que hizo de él una especie de vicepapa.

Era igual a todos los Borja, «de índole regia, hermosos de cuerpo, sensuales y altaneros». Por algo en su escudo ostentaba un toro. Guicciardini, implacable enemigo de Rodrigo de Borja, reconocía «juntas en él una rara prudencia y vigilancia, madura consideración, maravilloso arte de persuadir y habilidad y capacidad para la dirección de los más difíciles negocios».

Calixto III, que únicamente pensaba en su guerra contra los turcos, se confió a la pericia de este cardenal de veintiséis años, encargándole todos los asuntos de Roma y los Estados pontificios. Según los historiadores de la época, tenía hermosa figura y una naturaleza ardientemente sensual, que sojuzgaba al otro sexo con fuerza irresistible. Un contemporáneo, Gaspar de Verona, lo describía así: «Es bello, de semblante sereno y gracioso, de una elocuencia dulce y llena de ornato. Con sólo mirar a las mujeres nobles, enciende en ellas el amor con maravilloso modo, y las atrae a sí más fuertemente que el imán atrae el hierro.»

Cambia la belleza según los gustos. Rodrigo tenía la hermosura varonil admirada en aquellos tiempos de ferviente culto a todo lo antiguo. Era grande, carnudo, vigoroso, con una majestad natural en el andar y en los ademanes, los ojos, negros, de mirar intenso; la tez, morena; la boca, sensual, de labios abultados; la barbilla, algo entrante. En la madurez de su vida se hizo obeso; pero esto pareció aumentar más la prestancia de su persona. Era como un reflejo viviente del símbolo que figura en el escudo de su familia. Sus fuerzas y su fogosidad carnal hacían recordar al toro rojo sobre su fondo heráldico de oro. Ocho llamas orlaban dicho escudo, cual si la mencionada bestia no bastase para expresar las pasiones ardorosas de los Borja.

Durante el pontificado de su tío dio poco que hablar el futuro Alejandro VI por sus malas costumbres. Esto lo reconocen sus más enconados enemigos. Se dedicó únicamente a los asuntos públicos, con una gravedad impropia de sus pocos años. Fue después de muerto Calixto III cuando Pío II (el célebre humanista Eneas Silvio) tuvo que reprenderle bondadosamente por primera vez, a causa de las fiestas que dio a las damas de Siena en los jardines de un amigo.

Claudio, que conocía el hecho y estaba igualmente enterado de la juventud desordenada del escritor Eneas Silvio, futuro Pío II, dijo sonriendo:

—Creo que usted conoce la frase, tío: «La vejez se consuela dando buenos consejos de no poder ya dar malos ejemplos.»

Fingió el canónigo no entenderlo y siguió su relato.

Reconocía el anciano Calixto las notables condiciones de su sobrino el cardenal como jurisconsulto y hombre de gobierno; pero lo mejor de su cariño era para el hermano mayor, Pedro Luis, que permanecía en estado seglar.

Su hermosura sobrepasaba la de Rodrigo, tal vez por realzar con los arreos militares y el lujo de su vestimenta. También mostraba algún ingenio, aunque sin las facultades intelectuales de su hermano, al que todos llamaban ahora el cardenal de Valencia, como en otros tiempos a su tío.

A los pocos meses del Pontificado de Calixto III se vio Pedro Luis capitán general de la Iglesia, gobernador del castillo de Sant'Angelo y comandante de todas las fortalezas pontificias. Los dos sobrinos del Papa mantenían estrechas relaciones con los Colonna, afirmándose en público que don Pedro Luis iba a casarse con una Colonna, lo que le puso en hostilidad con los Orsini.

Tanto el Papa como sus dos nepotes, para vivir rodeados de gente adicta, llamaron a su lado a muchos de los amigos que tenían en España.

—Además, una multitud de españoles acudieron a Roma al enterarse de que el nuevo Papa era de su país. Todos querían ser parientes de los Borja. Una verdadera invasión cayó sobre Roma.

—Ésta fue la primera invasión española —dijo, sonriendo Claudio—. En tiempos de Alejandro VI llegó la segunda... Y la tercera resultó la más terrible, el saco de Roma por las tropas de Carlos V.

Llegaban los españoles desde el vecino Nápoles, país medio hispanizado bajo el gobierno de Alfonso de Aragón. Otros venían directamente de las costas de España.

—Aquellos años —continuó el canónigo— fueron de gran miseria en el reino de Valencia, a causa de una larga sequía. Los campos estaban abrasados. Hasta la Albufera perdió parte de sus aguas, muriendo toda la pesca que se refugia en dicha laguna... Cuantos podían tomar pasaje en una galera y otros muchos a pie, se marchaban a Italia, buscando el amparo de dos compatriotas: uno, rey de Nápoles; otro, Papa de Roma.

De toda España, iban llegando a la Ciudad Eterna clérigos solicitantes y gran cantidad de soldados vagabundos, agrupándose muchos de éstos en torno a don Pedro Luis, «hombre violento y dotado de caballeresca hermosura».

Designaban los italianos a los españoles con el nombre común de *catalanes.* Los que se creían parientes del Papa, por llevar su mismo apellido en tercero o cuarto grado, suprimían los otros, ostentando sólo el último, lo que aumentó en Roma prodigiosamente el número de Borja.

—Tal apellido se había modificado —continuó Figueras—. Los italianos, al hablar del Papa Borja, pronunciaban *Borcha,* y la *ch* la escribieron *gi.* De este modo, los Borja de España, venidos a Roma, pasaron a ser Borgia para el resto del mundo.

El mismo Calixto III, a pesar de que la guerra contra los turcos no le dejaba fijarse en otras cosas, se alarmó del crecimiento de su familia ficticia y de las ambiciones de la verdadera, quejándose de sus hermanos y especialmente de Isabel, madre de Rodrigo y de Pedro Luis, porque procuraba engrandecer a sus hijas a costa del dinero de San Pedro, casándolas en España con nobles personajes.

Los alemanes y franceses que habían vivido hasta entonces emboscados en los altos empleos de la curia tenían que abandonar sus puestos, viéndose sustituidos por españoles. Todos los artistas de la Corte pontificia eran compatriotas del Papa, hasta los músicos y cantores de su capilla. También el viejo Calixto enviaba valiosos regalos a las iglesias españolas, especialmente a las de Valencia y Játiva. «En toda la ciudad no se ven más que catalanes», afirmaban las crónicas de la época.

—Roma, como ya te dije —siguió el canónigo—, era desde mucho antes un lugar de corrupción, lleno de cortesanos, de aventureros de todos los países, y el nuevo aporte de españoles, ávidos y ensoberbecidos, provocó frecuentes peleas y escándalos.

Vivía el Papa en abierta hostilidad con su antiguo amigo el rey de Nápoles. No podía olvidar cómo le había traicionado en la empresa de la cruzada, quedándose con el dinero y los barcos de la Iglesia. Alfonso V, por su parte, seguía viendo en Calixto III al antiguo rector de la parroquia de San Nicolás, en Valencia; al pobre hijo de un labrador de la *universidad* de Canals, y pretendía manejarlo a su capricho, como si aún fuese su secretario.

—La función hace al hombre —dijo don Baltasar—, y de todas las funciones existentes, ninguna transforma y engrandece al que la desempeña como la del Pontificado.

Al ceñirse la tiara Alfonso de Borja, sólo vio en el rey de Nápoles un monarca inferior a él. Además, era su vasallo, por considerar la Iglesia dicho reino propiedad suya, pudiendo dar o quitar su corona. Él mismo, cuando era simple jurisconsulto y vivía en Nápoles al lado del rey Alfonso, había dicho a éste repetidas veces que prestase homenaje al Papa de entonces, como feudatario de la Iglesia.

Seguía Calixto III en malas relaciones con su antiguo señor, cuando en el verano de 1458 se declaró la peste en Roma, con tal violencia, que todos los personajes de la Corte pontificia huyeron de la ciudad, menos el viejo Papa. Éste se mantuvo en el Vaticano, por reclamar en aquel momento su atención la grave enfermedad de su adversario el rey Alfonso, quien murió finalmente en Nápoles el 27 de junio.

Como no tenía hijos legítimos, el reino de Aragón y la isla de Sicilia los dejó a su hermano, don Juan II, padre de Fernando el Católico. El reino de Nápoles, que él consideraba propiedad individual, por haberlo conquistado con su espada, lo cedió a su hijo legítimo Fernando, nacido en Valencia, disposición que indignó al Papa.

En sus tiempos de secretario de Alfonso V había mirado siempre con menosprecio a este bastardo, y le era imposible admitirlo como rey. Un caballero de Valencia, avecindado en la calle de la Bolsería, se cuidó de educar al pequeño Fernando, al que luego sus súbditos italianos llamaron Ferrante, siendo el fundador de la dinastía de Aragón en Nápoles. Su madre, dama valenciana sin importancia, apenas había dejado recuerdos.

Calixto III, con su autoridad de gran jurisconsulto, declaraba el reino de Nápoles perteneciente a la Iglesia, no pudiendo ceñirse nadie su corona sin la aprobación papal. Por esto se indignó al saber que el bastardo, apenas muerto su padre, montaba a caballo con vestiduras reales, cabalgando por las calles de Nápoles entre la muchedumbre, que gritaba: «¡Viva el rey don Ferrante!»

Prefería el viejo Pontífice entregar dicha corona al partido francés, que venía disputándola hacía siglos, representado por el duque Renato de Anjou y su hijo Juan.

—El yugo se ha roto y al fin quedamos libres —dijo al recibir la noticia de la muerte de Alfonso.

Muchos creían en Roma que el anciano Borgia tenía en realidad el designio de hacer rey de Nápoles a su sobrino Pedro Luis. Entre éste y un bastardo como don Fernando no podía admitir Calixto comparación alguna. Aparte de la diferencia en la legitimidad del linaje, consideraba a su gallardo sobrino como un segundo Julio César, y hasta, según afirmaciones de sus enemigos, soñaba con verlo emperador de Constantinopla, si conseguía arrebatar esta ciudad a los turcos, o, cuando menos, monarca de Chipre.

—Los dos papas Borgia —dijo Figueras— mostraban el mismo empeño: hacer rey a uno de su familia que ciñese espada y tuviese afición a las cosas de la guerra. Calixto III se esforzó para dar una corona a Pedro Luis. Alejandro VI trabajó no menos por convertir en príncipe soberano, primeramente, a su primogénito, el duque de Gandía; luego, a César Borgia. Los papas necesitaban apoyarse siempre en algún rey capaz de defenderlos, el cual les hacía pagar muy cara su protección. Los Borgia pontífices consideraron más seguro y fácil crear esta monarquía guerrera y protectora de la Iglesia dentro de su misma familia.

Los últimos meses de Calixto III se compartían entre la cruzada y la sucesión al reino de Nápoles. Reclamó en una Bula como feudo vacante «el reino de Sicilia desde el Faro acá», o sea, Nápoles, a partir del estrecho de Mesina. Don Pedro Luis empezó a alistar tropas de voluntarios para hacer una demostración bélica contra dicho reino.

El Pontífice de ochenta años llamaba al nuevo monarca don Ferrante «pequeño bastardo, cuyo padre nadie sabe con certeza quién es; muchacho que no es nadie y usurpa el nombre de rey sin el permiso de Nos, pues Nápoles pertenece a la Iglesia».

Cuando todos creían próxima una guerra entre el Papa y el nuevo rey napolitano, sintió Calixto III que le abandonaban de pronto aquellas fuerzas extraordinarias, producto de su voluntad. Viéndolo próximo a la muerte, el populacho de Roma empezó a atacar a los llamados *catalanes,* siendo frecuentes las riñas en las vías públicas. La agonía del Pontífice resultó muy larga, de julio a agosto, con bruscas mejorías y decaimientos que cambiaban el curso de la opinión.

Este octogenario era quien menos creía en su propia muerte. Hasta el último instante se preocupó de la guerra contra los infieles. Cuando el cardenal español Antonio de Lacerda lo visitó para hacerle saber que los médicos le habían desahuciado y debía pensar en la salvación de su alma, como conviene a un Pontífice, contestó que no era cierto que hubiese de morir esta vez y aún le quedaban años para continuar su empresa contra el Gran Turco.

Todavía desde su lecho presidió un consistorio, dirigiendo los negocios de la Iglesia. Entre los asuntos espirituales de su Pontificado, dos atrajeron especialmente su interés.

Declaró santo al maestro predicador Vicente Ferrer, que había predicho su ascensión a la Santa Sede cuando aún se hallaba él en la infancia.

—Además, fue el primero —añadió el canónigo— en venerar a una amazona del cristianismo, una doncella francesa, Juana de Arco, que años antes había sido quemada en Reims por un tribunal de obispos, cual si fuese una hechicera. Alfonso de Borja rehabilitó su memoria, limpiando su nombre de tales calumnias, y ordenó las primeras gestiones para su santificación, que sólo ha decretado la Iglesia en nuestros días, cuatro siglos después.

Mientras Calixto III agonizaba, expedía don Ferrante desde Nápoles atrevidos emisarios para que clavasen en las mismas puertas de San Pedro una protesta contra las pretensiones políticas del Pontífice, amenazándole con hacer una revolución en Roma, ayudado por sus habitantes. Un grupo de cardenales guardaba el orden en la ciudad, luego de ponerse en inteligencia con don Pedro Luis, lo que resultó más fácil que ellos habían creído al principio, teniendo en cuenta su arrogancia y sus ambiciones.

Rodrigo de Borja influía en el ánimo de su hermano, aconsejándole prudencia, haciéndole ver los peligros que arrostraba quedándose en Roma. Gracias a esto, don Pedro Luis entregó todas las fortalezas de la Iglesia, incluso el castillo de Sant' Angelo, y sus tropas de aventureros italianos y españoles prestaron juramento de fidelidad al Sacro Colegio, sin que se diese cuenta de nada de esto al Papa, el cual seguía creyéndose muy lejos de la muerte. La comisión de cardenales se incautó, además, del tesoro de la Iglesia, en el que se hallaron ciento veinte mil ducados.

Enemiga la familia Orsini de don Pedro de Borja, quiso acabar con él, cortando su retirada por mar y por tierra. En el Sacro Colegio había cardenales agradecidos a Calixto III, que se preocuparon de salvar a su sobrino. Uno de ellos fue el célebra humanista Eneas Silvio Piccolomini, que el viejo Pontífice había hecho cardenal en los últimos meses, no obstante su vida anterior, de costumbres extremadamente libres. Otro cardenal, Pedro Barbo, que luego fue Papa con el nombre de Paulo II, aún se arriesgó más en la defensa del sobrino del Fontífice, arrrostrando las iras de los Orsini. Él organizó con Rodrigo de Borja la huida del hermano de éste.

El 6 de agosto, horas antes de amanecer, los cardenales Borgia y Barbo colocaron entre ellos, humildemente disfrazado, al que había sido hasta poco antes capitán general de la Iglesia, y con una escolta de trescientos jinetes y doscientos peones salieron de Roma a las tres de la mañana por la puerta del castillo de Sant' Angelo, dirigiéndose hacia Ponte Molle. Dicha salida no era más que un engaño para desorientar a los asesinos, que indudablemente galoparían en persecución al conocer esta fuga. Dando un rodeo volvió la tropa a entrar en Roma por la puerta de Popolo, y deslizándose silenciosamente a través de los barrios desiertos, cuyos vecinos estaban aún durmiendo, salió otra vez de la ciudad por la puerta de San Pablo.

Aquí, los cardenales Barbo y Borgia abandonaron a Pedro Luis, ordenando a la escolta que lo acompañase hasta Ostia, donde debía embarcar en una galera, a la que se habían enviado dos días antes sus bagajes y su dinero. Todos los soldados se negaron a ir más lejos, no queriendo proteger la fuga de este poderoso caído en desgracia, y empezaron a desbandarse.

Ni un solo caballerizo se quedó con él, por miedo a sufrir su misma suerte. Obligado a marchar solo, Pedro Luis llegó a Ostia sin ningún accidente; pero la galera que había fletado con anticipación no le aguardaba. Había huido con su equipaje y su dinero. Tuvo que tomar una simple barca para ganar Civitavecchia, refugiándose en la fortaleza de dicho puerto, donde murió seis meses después a causa, sin duda, de tantas emociones.

Mostró el cardenal Rodrigo en esta ocasión una conducta más valerosa y audaz que la de su hermano.

Vivía en Tívoli desde el mes de junio, por haber huido de la Ciudad Eterna, como la mayor parte de los romanos, para librarse de la *malaria*, fiebre palúdica que producía enorme mortandad; pero al saber el estado de su tío volvió a Roma, sin reparar en peligros, manteniéndose al lado del moribundo.

No le hizo retroceder el furor del populacho contra los *catalanes*. Su palacio acababa de ser asaltado y saqueado, muchos proferían en las calles gritos de muerte contra el cardenal de Valencia; mas no por esto cambió de conducta.

Después de favorecer la fuga de su hermano separándose de él en las afueras de Roma, podía haberse vuelto a su tranquila residencia de Tívoli. Pero, pensando que su tío iba a morir solo, volvió a entrar intrépidamente en la ciudad, yendo por las calles principales al Vaticano para rezar junto al lecho del agonizante. Mientras él despreciaba de este modo a sus enemigos, veíase obligado el cardenal Barbo a escapar de Roma, huyendo de los Orsini, que pretendían hacerlo pedazos por haber facilitado la fuga de Pedro Luis.

—Un valor tranquilo —terminó diciendo el canónigo—, reposado, inconmovible, fue la condición más característica de Rodrigo de Borja. Sus más ardientes detractores jamás osaron suponerle cobarde. Este valor, que no se eclipsó ni un segundo en el curso de su existencia, recordaba el coraje del toro. Dos veces estuvo próximo a naufragar en el Mediterráneo, y los marineros más viejos, quebrantados por una tormenta que duraba días y días, mostraron asombro ante la serenidad risueña de este hombre de la Iglesia.

V. DIOSA, TE AMO... DÉJAME PARTIR

Años enteros había pasado Claudio sin que le preocupase la necesidad de ver a su tío. Éste era un agradable recuerdo nada más, surgido de tarde en tarde en su memoria. Sus gustos y costumbres resultaban diversos, y Borja veíase unido a él únicamente por la evocación de su infancia.

Al marcharse don Baltasar, sintió el joven un *enorme vacío,* según sus palabras. Poco menos de una semana había bastado para que se acostumbrase al trato con el canónigo, haciéndole falta sus conversaciones y su presencia.

Extrañó inmediatamente el aislamiento verbal en que le hizo caer la desaparición de Figueras. Otra vez volvieron a transcurrir días y días sin que pudiese hablar en su idioma, fuera de las conversaciones sostenidas con su amante, y aun éstas eran muchas veces en francés si se presentaba alguna amiga. Nadie de la servidumbre hablaba español. Hasta aquella parienta pobre, encargada antes del cuidado de sus hijos, la mantenía Rosaura lejos de la casa, para que no conociese las intimidades de su caprichosa existencia.

Se había acostumbrado Borja a las interminables conversaciones del erudito sacerdote, basadas unas veces en sus estudios históricos, otras en particularidades de la vida española. Era la patria lejana y algo olvidada que volvía a él inesperadamente, conmoviéndolo con su abrazo.

Apreciaba el exacto valor psíquico del canónigo en sus relaciones con él. Lo había querido siempre con un cariño casi filial, sonriendo al mismo tiempo de la inocencia de su carácter y sus entusiasmos históricos. Mas ahora, por obra del ambiente, este santo varón era el símbolo de su propio pasado. Resucitaba con su presencia las olvidadas aspiraciones de su primera juventud, dejándolo en tenaz nostalgia al marcharse.

A continuación de aquellos días pasados con don Baltasar hablando horas y horas en español —idioma que siempre había moldeado su pensamiento—, sintió renacer antiguos fervores que le dieron cierta superioridad sobre las gentes frívolas tratadas a diario. Durante la noche, componía versos mentalmente, como en los entusiásticos y crédulos años de su adolescencia. Figueras era su antigua vida (¡quién lo hubiera sospechado días antes!), y le atormentaba un deseo imperioso de irse tras él.

Sus conversaciones con el panegirista de los Borgia habían hecho despertar igualmente en su memoria cierto número de personajes olvidados, volviendo a adquirir plasticidad de carne humana los que eran hasta poco antes indecisos fantasmas.

Contemplaba remozados por el atractivo de la novedad al solemne embajador en Roma, don Arístides Bustamante, a su cuñada doña Nati, al majestuoso Enciso de las Casas, «primer diplomático-artista de la América del Sur».

Estela Bustamante ya no era una muñequita tímida y modosita entre la bruma de vagarosos recuerdos. La dulce mediocridad de su carácter se transformaba en encanto místico. Era la Elisabeta de Tannhäuser, tolerante, abandonada y dispuesta a perdonar al poeta pecador rendido a los pies de Venus.

Le parecía reprensible su vida actual, monótonamente feliz, sin ningún altibajo de los que despiertan con su sacudida las energías del hombre, buenas o perversas.

Bostezaba en medio de un aburrimiento color de rosa, contando cada mañana al despertar, con anticipado cansancio, todas las fiestas, siempre idénticas, a las que tendría que asistir, siguiendo a Rosaura. Además, ¡aquellas gentes felices y aburridas lo mismo que él, considerándolo como un semejante suyo, sin sospechar que pudiese sentir aspiraciones superiores a la de sus hartazgos materiales...! Y así continuaría, sin saber hasta cuándo, esclavo de un amor que le había dado cumplidas todas sus ilusiones y empezaba a pesarle con la gravitación abrumadora de todo lo que no puede ya reservarnos la sorpresa de un mañana completamente nuevo.

No podía quejarse de Rosaura. Un poco aturdida e inconsciente por sus aficiones mundanas y nada más... Comprendía los afectos de otro modo que él, ignorando exclusivismos apasionados y celosos. Se permitía ciertas confianzas, a lo muchacho, con los hombres de su grupo social, y luego al quedar a solas con Claudio, mostraba inmediatamente el mismo amor que en los primeros meses de su vida común, tal vez más, reposado y profundo.

Habían seguido los dos su carrera amorosa de distinto modo, con falta de sincronismo. En el primer tiempo era él quien amaba con mayor vehemencia, y ahora reconocía que por una misteriosa ley de gravitación, este amor iba descendiendo. Ella, por el contrario, se había sentido al principio menos apasionada, con instintiva inquietud, como si temiese ir demasiado lejos.

«La mujer —se decía Borja— siempre es la que duda y teme en el primer momento. Luego se afirma su confianza, se entrega sin miedo, creyendo a ciegas en el amor del hombre, precisamente cuando éste empieza a sentir que se aminora su pasión por efecto de un disfrute seguro y monótono, o tal vez porque ya se ha extinguido la primera vanidad de su triunfo.»

Examinábase interiormente con la inquietud del que está cometiendo un acto reprensible. ¿Es que ya no amaba a Rosaura...? Inmediatamente se respondía con una sincera afirmación para tranquilizar su conciencia. La amaba como antes, pero le era imposible permanecer en aquel ambiente selecto y frívolo, fuera del cual ella no podía vivir.

Empezó a considerar muy lógica y puesta en razón cierta costumbre seguida por algunas parejas británicas y norteamericanas que él había conocido en París y la Costa Azul. Se amaban, pero tenían la certeza de que el amor no puede luchar a la larga con la monotonía del tiempo y necesita el auxilio del espacio para rehacerse con una separación momentánea. Todos los años estas parejas se partían, alejándose por algunos meses. Uno quedaba en Europa, el otro iba a América o a dar la vuelta al mundo. Se escribían como si fuesen novios y, transcurrido el plazo, tornaban a juntarse, con ilusiones y entusiasmos nupciales. ¿Por qué no hacer lo mismo Rosaura y él...?

Le parecían organizados los placeres casi lo mismo que en los tiempos prehistóricos, faltos de una dirección racional y previsora, admitiendo todos los humanos como dogma indiscutible la fijeza eterna de las pasiones verdaderas; y precisamente si éstas alegran nuestra vida es porque se renuevan, gracias al deseo de nuevos cambios que nos acompañan hasta la muerte.

Al sentirse sacudido Borja en su interior por el paso de este varón bondadoso, que nunca llegaría a sospechar el gran trastorno ocasionado con su presencia, le asaltaron las mismas inquietudes vagarosas de su juventud.

Era de la raza de los eternos inquietos. Recordaba a Fausto yendo, anhelante, del deseo a la satisfacción del placer, y cuando estaba harto de placer, languidecía nuevamente, intentando tornar al deseo. Así también Tannhäuser, con el que le comparaba la bella Rosaura en sus horas de intimidad.

Se reconocía un hambriento insaciable de todo lo inédito que guarda nuestra existencia. En sus avances marchaba entre titubeos y dudas, tentado por diversas cosas a la vez. Todo lo que el Destino dio en herencia a los hombres intentaba atesorarlo en su persona. Creía haber conocido últimamente cuantas alegrías sensuales se pueden gustar, mas esto no bastaba a su alma inquieta. Su naturaleza exigía otra cosa, el cambio incesante, ver paisajes renovados en cada excursión sentimental, nuevos rostros, ir al encuentro de la felicidad desconocida o de placeres ya olvidados que tornaban a presentarse.

Borja se comparó otra vez con su héroe favorito. Era el poeta Tannhäuser soñoliento a los pies de Venus, separando la cabeza de sus divinas rodillas, sordo a los cantos de las sirenas y amorcillos, extasiado por el lejanísimo son de la campana cristiana oída en su adolescencia. Resumía en su persona la eterna inquietud del hombre que sólo puede reposar en el regazo de la muerte.

El deleite de los sentidos no le bastaba para considerarse satisfecho. Quería ir siempre más lejos..., ¡más lejos!, para abrazar una dicha que retrocedía ante su avance, como los castillos encantados de las leyendas huyen delante del viajero.

Una voluptuosidad sin inquietudes le había hecho descubrir que el amor no es el principal objeto de la vida. Existe la libertad, la áspera libertad y la acción que exige también esfuerzos y dolores.

Sólo había sido hasta ahora el hombre del deseo, y quería ser el hombre de la acción. Le daba vergüenza que su juventud no conociese el sufrimiento, las lágrimas, el peligro y el combate. ¿Para qué había venido al mundo? ¿De qué podía servir a sus semejantes aquella llamita inquieta, pero continua, que brillaba en su pensamiento cual una lámpara de luz perpetua...? ¿Qué iba a quedar de su paso por la Tierra, si vivía siempre a los pies de Venus...?

Se iba formando un deseo impetuoso dentro de él, que le hacía aborrecer su felicidad presente. Ni siquiera intentaba razonar estos nuevos sentimientos. Le parecía inoportuno someter a análisis los frescos impulsos de su alma. ¡Inútil filosofar! Los hombres como él repelían el raciocinio, guiándose simplemente por impulsos que unas veces vienen del corazón y otras de los sentidos materiales.

Debía huir por unos meses, dejando de ver a Rosaura... La amaba siempre y volvería a tiempo, remozado por la ausencia, sintiendo un nuevo fuego primaveral. Abandonaría la Venusberg para vivir entre los hombres, interviniendo en sus luchas, participando de sus preocupaciones. No podía seguir adormecido a los pies de la diosa, como un caballero encantado. Necesitaba escribir, comunicarse con los otros humanos, darles una chispa de su pensamiento, reflejar como un mundo opaco la luz de los demás.

El canónigo, con sus entusiasmos históricos, había resucitado dentro de él todas las obras ya olvidadas que quiso producir en otro tiempo. Semanas antes, le parecía el Claudio Borja anterior a su encuentro con Rosaura en Aviñón un pobre joven digno de lástima. Ahora lo envidiaba como a un hombre superior porque sentía ambiciones y deseos de acción, porque soñaba con escribir un poema sobre *El Papa del mar*, uniendo a tal proyecto otras pretensiones literarias.

Esta vida interna de Claudio, provocada por el rápido paso del erudito sacerdote, empezó a revelarse en su exterior. Mostrábase preocupado. Su carácter, antes plácido y tolerante, era ahora pronto a la irritabilidad, sin motivo alguno.

Huía de Rosaura, inventando pretextos para no ir con ella a Cannes, Niza o Montecarlo. Luego, sin causa cierta, mostrábase celoso, suponiéndole coqueteos e intimidades con los amigos que habría encontrado en dichas fiestas, aprovechando su ausencia.

—Pero ¡si eres tú quien no ha querido acompañarme! —protestaba Rosaura.

No impedía esto que Claudio, con el ilogismo de su irritación nerviosa, insistiese en sus quejas injustas.

A los pocos días empezó ella a mirarle con estudiosa insistencia, reflejando cierto asombro en sus pupilas de mirar profundo, como si hubiese descubierto dentro de su amante ideas inesperadas. También se mostró otra en su trato diario, permaneciendo silenciosa cuando quedaba a solas, siguiendo a Borja con una mirada interrogante así que le volvía la espalda para alejarse.

Algunas veces, como resultado de internos soliloquios, movía Rosaura la cabeza, sonriendo al mismo tiempo con amarga expresión. Veía llegar algo que le había hecho sufrir, en ciertas ocasiones, un instante nada más, alejándose a continuación como el aleteo de gasas negras de un murciélago perseguido... «Demasiado joven para mí.»

¡Haberse embarcado en esta pasión ardorosa e incierta cuando la vida le ofrecía tantos amores fáciles y gratamente desiguales, pudiendo verse adorada lo mismo que el ídolo cruel e injusto que nunca ve disminuir los fanáticos prosternados a sus pies...! Conocía los peligros que hace arrostrar una primera juventud a las mujeres que se fían de ella, una juventud siempre agitada por el deseo del más allá. Venus recién surgida de la espuma de las ondas sólo representaba para un amante de veinte años el día actual, el triunfo del momento. En esa edad crédula se espera siempre, y la esperanza va acompañada de ingratitud. «Mañana aún se presentará algo mejor», piensa la petulancia juvenil. Sólo el amante en plena madurez sabe el valor del *hoy*, y lo aprovecha, agradeciendo su fortuna presente. «Guardemos lo que me da mi buena suerte y procuremos no perderlo.» Éste era el amor sumiso y agradecido que necesitaba ella.

Al fin le resultaron intolerables los largos mutismos de Claudio, sus celos sin causa seguidos de apartamientos que le dolían como menosprecios. Dejaba de acompañarla a las fiestas, no venía en busca suya a Montecarlo, y luego sus amigas lo encontraban paseando a solas por la orilla del mar. Otras veces lo veía volver cansado y polvoriento de excursiones a pie por los Alpes, emprendidas sin razón alguna. Era necesaria una explicación entre los dos.

Sintió resquemores de mujer agraviada, y el orgullo era en ella tan intenso como las vehemencias de la sensualidad. No podía comprender el amor sumiso, hecho de sacrificio y anulación voluntaria, que gustaba a otras, como un placer pasivo.

Ella misma buscó la deseada explicación, alegando una ligera jaqueca para no salir de su casa. Prefería pasar la tarde en el jardín, ocupando un profundo sillón de junco relleno de cojines pintarrajeados, en la parte más alta de aquella sucesión de mesetas floridas que iba a perderse entre las rocas de la costa.

Empezaba a atardecer. El mar brillaba irisado, con reflejos de madreperla. Era un Mediterráneo falto de buques, un infinito líquido sin nada que rompiese el nácar de su inmensa y plana superficie: ni una ola, ni una vedija de espuma, ni una vela.

A espaldas de la casa elevaban los Alpes sus cumbres amarillas y verdes, con turbantes nebulosos, blancos como algodones, que empezaban a empaparse en la sangre clara del ocaso. Parecía más pesada la atmósfera a causa de su inercia.

Esta calma lánguida, suspirante, de un rosa pálido, hacía recordar el descanso fatigoso y dulce a la vez, falto de ensueños, que sigue a los grandes excesos de amor.

Ocupaba Claudio un taburete de junco a los pies de Rosaura, la cabeza baja, la frente ceñuda, adivinando la próxima explicación, sintiendo miedo y deseo de ella. Fumaban nerviosamente dorados cigarrillos, y una atmósfera con leve perfume de opio ahuyentaba a las mariposas y otros insectos, acorazados de colores, quitándoles parte del espacio saturado de miel vegetal, que era suyo el resto del día.

—¿Qué piensas...? ¿Qué tienes...? Eres otro desde hace algún tiempo. ¡Habla! Entre nosotros debe existir una franqueza absoluta. Nada nos une que no pueda romperse... ¿Es que te cansas a mi lado?

Claudio empezó por balbucir, como si no encontrase palabras apropiadas para el disimulo de su pensamiento, y al fin dijo con voz sorda, sin levantar la cabeza:

—¡Tanto tiempo aquí...! Sé bien que no es más que un año, y me parece una vida entera... Nada de luchas; nada de deseos. Todos los días son iguales: todo es lo mismo. Es verdad que mi existencia no conoce el invierno ni las penas, pero tampoco hay para mí primavera, ni regocijo de vivir.

Sonrió Rosaura irónicamente, fijando los ojos en su amante, que continuaba con la cabeza baja, sin atreverse a mirarla.

—Ahórrate imágenes y palabras rebuscadas. Di toda la verdad. ¿Te sientes fatigado de mí...?

Borja levantó la cabeza, mirándola a su vez directamente. Ya no mostraba la indecisión del que dice mentira. Sus palabras tenían el calor de la sinceridad.

Habló ella de pronto, con decisión:

—No; te amo como antes, como te amaré siempre, y a mi pasión se une un intenso agradecimiento. Tú me hiciste conocer felicidades que nunca había sospechado, y gracias a tu amor me he creído igual a los dioses. Pudiste escoger entre los hombres más famosos; una de tus miradas habría bastado para hacerlos correr hacia ti en ardiente rivalidad, y, sin embargo, te fijaste misericordiosa en mi persona humilde, elevándola hasta la altura de tu belleza.

Calló Borja un momento, y al notar en los ojos de ella una expresión interrogante, no pudiendo sin duda armonizar tales palabras de pasión con el desaliento de sus deseos, continuó, como si se excusase:

—Tú eres digna de un dios, de un héroe; yo no soy más que un mortal lleno de debilidades, el corazón del hombre es siempre cambiante. A tu lado hay demasiada felicidad para mí; una paz olímpica. Y tal vez por eso mismo necesito la lucha, el sufrimiento, y te digo como el poeta, en las delicias de la Venusberg: «Diosa, te amo... Déjame partir.»

Rosaura volvió a mirarlo con una expresión irónica, y en seguida repuso ásperamente:

—Di más bien que te has cansado de mí. He hecho cuanto he sabido por alegrar tu existencia, y tú me lo agradeces con un menosprecio que disimulas bajo hermosas palabras. Está bien... Es el castigo que me impone la suerte por haber sido débil. ¡Quién me hubiera dicho que un hombre iba a permitirse la insolencia de abandonarme, cuando tantos me buscaron...!

Se apresuró Claudio a interrumpirla, no pudiendo aceptar su errónea interpretación.

—Siempre será feliz el hombre a quien hagas la regia limosna de tu amor. Conocerá la más ardiente de las embriagueces: transportes voluptuosos que sólo gustaron los inmortales. La felicidad que tú das va más allá de las felicidades que dispensan las otras. Sólo el que tú distingas con tu amor podrá haber apreciado la verdadera potencia de los atractivos de una mujer. Cuantos placeres encuentre yo en la Tierra inmensa durante los años que aún me quedan por vivir no serán nada comparados con los que conocí al lado tuyo.

Otra vez cambió de tono, añadiendo con un acento triste de excusa:

—Pero hay algo en mí que me arrastra muy lejos y no puedo resistirme a sus mandatos; un ansia de libertad absoluta, de vida pobre y modesta, de aislamiento casto y estudioso. Quiero ser alguien, quiero que mi vida tenga una finalidad. Necesito trabajar; necesito sentir deseos. Aquí lo tengo todo. Debo salir de este encantamiento feliz... Yo volveré, arrepentido, a implorar tu perdón, y tú me tratarás como quieras; pero ahora te repito lo mismo: «Rosaura, te amo... Deja que me marche.»

Siguió ella mostrándose indecisa ante las palabras contradictorias de su amante: ensalzando su amor y queriendo al mismo tiempo huir.

—Estás loco —dijo—. Hace días que noto el desconcierto entre tus palabras y tus acciones.

Y añadió inmediatamente, con una expresión celosa en los ojos y la voz:

—Tal vez ya no te gusto y te parece preferible alguna amiga mía. Te has entusiasmado, ¡pobre hombre!, por cualquiera de estas señoras pintadas como un cuadro y de historia larga que coquetean en la Costa Azul. ¡Hacerme esto a mí...!

Él no dejó que terminase sus quejas. Había cogido sus

dos manos amorosamente; avanzaba la cabeza hacia ella cual si pretendiese besarla; mas la dama, ofendida, rehuyó el encuentro de sus labios.

—No, Rosaura —dijo el joven—. Jamás fuiste tan hermosa como ahora... Sólo te amo a ti...; pero deja que me vaya.

Había tal sinceridad en sus palabras, que ella empezó a tranquilizarse y lo miró con ojos suplicantes.

—Tú no puedes irte... ¡Dios mío! ¿Cómo sería eso...? Jamás te di motivos de queja con mi conducta. Siempre te guardé fidelidad, y basta una palabra tuya, un leve enfado, para que te obedezca, plegándome a las exigencias de tus celos injustos y pasajeros. Yo, que jamás obedecí a los hombres por orgullo, dejo que me impongas tu voluntad... ¿Qué es lo que te falta? Vives en uno de los países más hermosos de la Tierra; llevas una existencia tranquila y dulce, digna de envidia; tienes quien te ama... Deja que continúe tu grato deslizamiento. ¿Qué más quieres...?

Esta mujer, que se mostraba generalmente ligera y frívola, siguió hablando con grave expresión, animados sus ojos por una luz de bondad:

—Yo también, Claudio, he pensado muchas veces en nuestra vida futura. No creas que para mí lo es todo lucir alhajas y vestidos, ir a comidas y bailes. Tu amor me ha hecho reflexionar sobre cosas serias, *aburguesando* mi alma, como tú dirías. «Dos años, tres nada más, he pensado muchas veces, lo necesario para que yo me sacie de esta existencia que a él no le gusta. Y luego, cuando ya no me atraigan las diversiones sociales, regularizaremos nuestra situación, nos casaremos, seré la señora de Borja; me esforzaré en acicalar mi persona para que no se note entre los dos ninguna diferencia de edad; llevaremos una vida de grave apasionamiento, con viajes a países lejanos, tal vez la vuelta al mundo juntos, y vendremos a descansar en este jardín, que ya no será la Venusberg ardiente, sino algo que haga recordar los pequeños jardines de que habla Claudio, por donde paseaban los filósofos griegos, apreciando serenamente las únicas felicidades durables de la existencia y la llegada inevitable de la muerte...» Así he pensado muchas veces y así puede terminar, con una majestad serena, nuestra vida común... Pero antes nos quedan todavía varios años de juventud y de amor, años de «transportes divinos», como tú dices, en los cuales vale casi tanto el recuerdo como la realidad. Y cuando yo preparo esta dicha futura y hago cuanto puedo por mantener la presente, ¡hablas de marcharte...!

Había vuelto Claudio a bajar la cabeza, cual si no pudiese resistir las miradas acariciadoras de Rosaura, y con voz sorda, lo mismo que si hiciese una confesión, empezó a decir:

—Nunca olvidaré esta época de nuestro amor. Un año nada más, y me parece inmenso como la historia humana. Cuando me sienta triste bastará que recuerde este año al lado tuyo, el único que vale de mi existencia, e inmediatamente sentiré el fuego de una divina embriaguez; y si soy viejo, por obra de tu recuerdo volverá a mí la juventud. El que beba en la fuente de tu amor no puede encontrar ya otra agua que apague su sed.

Y asaltado por tercera vez del entusiasmo que le inspiraba el pasado a la melancolía de su presente, añadió con humildad:

—Insúltame; lo merezco. Despréciame; soy un perturbado... Pero deja que me marche. La felicidad perpetua que gozo aquí me parece una esclavitud, y ser libre es ahora mi único deseo. Siento vergüenza al pensar lo mal que colocaste tu cariño. Me conozco; soy un ingrato, un miserable; mas para bien tuyo te repito mi súplica: «Diosa, déjame partir.»

Rosaura, con el ceño fruncido y la mirada dura, moviendo uno de sus pies nerviosamente, interrumpió las súplicas del joven:

—Márchate, si ése es tu capricho. Parte lejos y que se cumpla tu suerte. Eres libre. Me convenzo de que no mereces la vida que has llevado aquí. Tus gustos son ordinarios, como los de todos los seres que necesitan combatir para abrirse paso, conquistando el dinero o el renombre. Amas la vida ruda del luchador. Para ti es un tormento la feliz pereza de los que nacieron únicamente para gozar. No puedes amoldarte a la inactividad de los que ya tenemos nuestro puesto seguro en la vida por el trabajo de otros. Vuelve a la existencia que llevabas en Madrid y que tú me has contado muchas veces, de labores improductivas, de pequeñas luchas, de envidias, de tempestades en un vaso de agua, con la ambición de que tu nombre figure impreso en papeles. Ve a reunirte con tu tío el canónigo, para hablar de historias viejas que a nadie interesan. Puedes también ir a Roma, al lado de don Arístides y de su hija, esa pobre tontita de Estela, a la que sin duda amas. ¡Dios mío! ¿Cómo no he visto antes todo esto...? Cásate con ella; es la mujer que te conviene; y tened muchos hijos, allá en una casa de Madrid, dentro de un piso como una jaula... ¿Por qué no me dices valientemente la verdad...? ¡Cobarde...! ¡Cobarde...!

Protestó Claudio con sus ademanes más aún que con sus palabras confusas. Estela Bustamante vivía lejos de su pensamiento, y él se asombraba de que Rosaura la hubiese recordado.

—No te excuses; es inútil —continuó la dama con violencia—. Tú te imaginas de buena fe que la tienes olvidada; pero las mujeres sabemos de eso más que los hombres. Es ella la verdadera causa que te aleja de mí. El señor —siguió diciendo irónicamente— siente fatiga de verse querido por una dama *chic* y desea a la burguesilla tímida y boba. Te conozco, caballero Tannhäuser, mejor que tú mismo. Estás cansado de Venus, como me has llamado tantas veces, y quieres hacer una Elisabeta de esa pobre muchacha que vive en Roma, cerca del fantasmón de su padre... Ve en busca de la paz para no encontrarla nunca. Ni paz ni libertad hallarás en ese mundo de gentes vulgares que ahora te hace falta, y del que te has burlado tantas veces en mi presencia, creyéndote de raza superior.

Calló un momento, para añadir con expresión rencorosa:

—Te conozco y te veo ya volviendo a mí después de la triste experiencia. Vas a sentirte asqueado por la ordinariez de esas personas que ahora buscas; te hará falta la verdadera libertad, que es la de nuestro mundo, tolerante y feliz. Tal vez lamentarás igualmente la ausencia de mi cuerpo y de mi voz, y yo entonces me vengaré cual si fueses un mendigo importuno al que se repele por su tenacidad. Si te vas, que sea para siempre. No vuelvas, porque entonces me mostraré cruel.

Ofendido por la altivez majestuosa de ella, Claudio movió la cabeza negativamente.

—Nunca volveré. Mi dignidad te evitará el placer feroz de

despedirme como un pordiosero.

Hubo un larguísimo silencio.

Ahora era Rosaura la que permanecía con la cabeza baja, luchando entre los impulsos de su orgullo y los consejos bondadosos del amor. Dos veces levantó los ojos para mirar a su amante, que también permanecía con el rostro bajo, y la luz débilmente rosada del atardecer hizo brillar sus córneas lacrimosas. Al fin habló con una dulzura insinuante:

—No hagas caso de lo que he dicho. ¿Cómo podría yo repelerte si volvieses a mí...? ¡Qué estúpida amenaza! ¿Por qué darnos todas estas tristezas a causa de un simple capricho tuyo...? Sigue aquí y verás cuán pronto vuelves a encontrar dichosa la vida que llevas. Todo es efecto del paso de ese don Baltasar, excelente persona, que te ha perturbado sin saberlo. Déjate vivir. Sé egoísta; con ello a nadie causas daños, y a mí me haces feliz. El mundo será lo mismo que tú te preocupes de él o que lo olvides; que escribas en papeles o libros o que lleves la misma existencia frívola de muchos que tratas aquí diariamente. Piensa en ti nada más y un poco en mí.

Luego añadió, sonriendo con forzosa malicia:

—¿Qué te importa que las personas de la Costa Azul o de París que forman nuestro mundo conozcan tu valor intelectual o te consideren simplemente un hombre *chic*? ¿Qué vale su opinión...? Así es mejor, puedes dejar que se deslice tu existencia sin inquietudes ni rivalidades.

Pero Claudio, insensible a su sonrisa implorante, a las miradas de sus ojos, que parecían pedirle auxilio, contestó con tenacidad:

—Quiero hacer algo en mi vida. Ha llegado el momento de la decisión. ¡Permanecer aquí siempre...! Los verdaderos hombres aman a las mujeres, pero no se dejan dominar por ellas. ¿Qué soy yo...? Tu esclavo. Jaula de oro, mas al fin prisión. No me opongas celos y sospechas, no inventes sentimientos que no tengo. Si huyo de ti, no es para ir en busca de un nuevo placer. Tan grande ha sido tu amor, que no siento deseos de conocer otro. Es la aspereza de la vida libre lo que me atrae. La fatiga del trabajo representa para mí una felicidad desconocida. Deja que me vaya... Yo volveré, si quieres. Esta separación puede ser única, y luego nuestra vida se reanudará hermosa y tranquila, como tú la describiste antes.

Quedó en silencio Rosaura largo rato, mirándolo con fijeza, tal vez sin verlo, por estar absorta en la aparición de sus propios pensamientos, y al fin dijo, con una frialdad que les dio miedo a los dos:

—Márchate para ser libre, como tú dices. Si en eso consiste tu felicidad..., así sea. Créeme..., haces mal. Cuando vuelvas, si es que vuelves, no sé si podré recibirte. Nada de plazo. En nuestra situación el tiempo no cuenta. ¡Quién sabe si nos habremos olvidado a los pocos días...! ¡Quién podrá decir si un recuerdo tenaz no nos impulsará finalmente a buscarnos con toda clase de abdicaciones y bajezas...! Te repito que haces mal. En amor no son prudentes las experiencias ni los alejamientos. La juventud no puede sustentarse sólo de recuerdos... Y los amantes que se acostumbran a vivir sin verse, corren el mayor de los peligros.

SEGUNDA PARTE

LA FAMILIA DEL TORO ROJO

I. DE LA ESCANDALOSA VIDA ROMANA, DE «LA HIJA DE CICERÓN» Y OTRAS PARTICULARIDADES DE UNA ÉPOCA QUE MEZCLÓ EL SANTORAL CRISTIANO CON LOS DIOSES DEL OLIMPO

Vio Claudio a Enciso de las Casas casi igual a como era algunos años antes, cuando leía sus conferencias en el Ateneo de Madrid, ostentando en el lado izquierdo de su frac una colección de condecoraciones papales y casi todas las de los Imperios existentes entonces en Europa.

El ilustre diplomático sudamericano tenía ahora algunas canas en su barba rojiza, y el cráneo más desnudo, blanco y lustroso. Sus párpados estaban siempre un poco inflamados, lo que parecía obligarle, mientras hablaba, a cerrarlos y abrirlos con un tic nervioso.

Instalado en Roma, después de ocho meses de vida errabunda, gustaba Borja de conversar con dicho personaje. Creyendo conocerlo en su justo valor, dejaba sin eco las burlas de muchos que acudían a sus fiestas y tomaban asiento a su mesa, para ridiculizar luego su fervorosa actividad literaria. Guardaba, con las páginas sin cortar, todos los libros impresos en grueso papel que le había regalado Enciso, con pomposas dedicatorias, llamándole *eminentísimo poeta.* No le interesaba conocer por segunda vez particularidades del Renacimiento italiano leídas en su adolescencia; pero declaraba sinceramente a este diplomático gratuito, ansioso de honores, una excelente persona, amable, tolerante, con afición al estudio y gran respeto a la inteligencia ajena, condiciones que lo colocaban por encima de la mayor parte de sus amigos y parásitos, vulgares de gustos, cobardes ante la novedad, con un pensamiento rutinario.

Se retrató Enciso sin saberlo, al decir una vez a Borja que era capaz de ceder cuanto poseía en América y Europa: sus campos de café, su refinería de azúcar, el palacio comprado en Roma, tal vez hasta su mujer y sus hijas, a cambio de haber sido cardenal en los siglos XV o XVI, su época favorita.

Dicho palacio romano era un motivo de irónicas conmiseraciones para las personas envidiosas que asistían a sus banquetes. Hombre de negocios en su país, advinaba Enciso que le habían robado varios nobles de Roma amigos suyos, y, especialmente, una princesa, gentes que le sirvieron de intermediarios en la compra del edificio; pero esto no menguaba el orgullo de su posesión, creyéndolo palacio histórico por ser obra del sobrino de un Papa del siglo XIII, que los maldicientes suponían hijo ilegítimo.

Su interior lo había remozado hábilmente, pues el diplomático honorario mostraba cierto talento natural como ornamentista. De sus viajes por España había traído altares enteros. Las paredes desaparecían bajo tapices, columnas y frontones de madera tallada, con oros pálidos; gruesos angelotes policromos; santos cadavéricos; arquetas taraceadas de nácar sobre mesillas de diversos mármoles; bargueños de construcción moderna, con pistoletazos de perdigones o de sal que imitaban la perforación de la carcoma; sillones fraileros de cordobán y clavos enormes; cuadros representando sanguinolentos martirios, paisajes versallescos o mitológicas desnudeces. Las Vírgenes sobre fondo de oro o los Cristos moribundos alternaban con Venus desnudas. Por algo Enciso pretendía ser un cardenal del Renacimiento reencarnado al otro lado del Atlántico.

Todas las piezas de la casa parecían salones de museo. No quedaba un palmo de pared limpio de adornos, y había que avanzar por los recovecos que formaban los muebles, excesivamente abundantes, casi aglomerados al azar de compras favorables. El comedor parecía revestido de escamas metálicas; tantos eran los platos dorados de Valencia y de Sevilla que ornaban sus muros. El gran salón recordaba al visitante los estudios de ciertos pintores románticos que hace medio siglo fabricaron enormes cuadros de Historia. El mismo amontonamiento híbrido de objetos vistosos e incoherentes. Hasta del techo pendían, como solemnes guiñapos, banderas agujereadas y polvorientas.

Exhibía con orgullo Enciso de las Casas su origen hispanoamericano, como si fuese la más alta e interesante de las noblezas. Únicamente la de los príncipes romanos podía compararse con la suya. Era de un hispanismo optimista que halagaba a Claudio y al mismo tiempo le hacía sonreír.

Para este personaje, cuantos españoles marcharon en otros siglos a América fueron segundones de grandes casas, todos linajudos, todos muy caballeros y de valor heroico, lo mejor de la raza, y se abstenía modestamente de añadir que entre la selección aristocrática que pasó el Océano, los que llevaban sus dos apellidos eran los mejores. Su fe en la sangre noble de los que colonizaron el Nuevo Mundo —como si nunca hubiesen ido allá bandidos, ni buena gente de origen modesto— le hacía considerar con cierta simpatía a todos los que llegaban hasta él procedentes de España. Cuando más alto ponía a este país y más entusiásticas hipérboles dedicaba a su historia, mayor lustre creía dar a su propio origen y al nombre doblemente famoso, por la aristocracia y por la literatura, que iba a legar a sus hijas.

Apreciaba mucho a Claudio Borja, por ser español y por su apellido. Una de sus curiosidades era averiguar los grados de nobleza de cada uno de sus amigos, para lo cual se valía de varias obras de heráldica, colocadas preferentemente en su biblioteca, y de consultas, pedidas por escrito, a los llamados *Reyes de Armas* residentes en Madrid, técnicos indiscutibles de lo que él llamaba «la ciencia del blasón».

—Usted es de una gran familia histórica —dijo a Claudio—. Pertenece a la nobleza en la que yo hubiese querido figurar de no bastarme la mía, herencia de hombres de espada que pasaron el Océano, o sea, de los conquistadores. Procede usted de la aristocracia papal. ¡Gran familia la de los Borgia! Muchas veces siento la tentación de escribir un libro sobre ellos. Su tío don Baltasar me incitó a que lo hiciese, en su reciente visita; pero ¡son tantas las cosas que debo escribir antes...! Una familia que empieza a figurar en el mundo gracias a Calixto III, el octogenario e incansable cruzado, y termina un siglo después dando un gran salto, el cuarto duque de Gandía, cortesano elegante que se hace jesuita y acaba por ser San Francisco de Borja. Todos en ella se muestran ardorosos, enérgicos, de vigorosa personalidad. ¡César Borgia y San Francisco de Borja surgiendo de la misma estirpe en el transcurso de pocos decenios...! Unos Borja fueron héroes; otros, santos; otros, terribles pecadores, pero ninguno vulgar ni mediocre.

Y Enciso había terminado por decir un día, con el aire protector del maestro que da consejos:

—Amigo Claudio, usted que es joven, que empieza ahora su carrera y puede disponer de todo su tiempo, debía escribir algo sobre estos personajes tan calumniados o mal comprendidos.

Borja acogió fríamente dichas insinuaciones. ¡Escribir...! ¡Trabajar...!

Llevaba ocho meses de inacción, yendo de un lado a otro, con la inútil esperanza del enfermo que pasa de balneario en balneario sin encontrar reposo. Era dueño absoluto de su persona, vivía solo, con austera libertad: mas ¿de qué serviría la libertad...?

Se había dirigido a Madrid al marcharse de la Costa Azul. Fue a modo de una fuga, sin otra despedida que una breve carta.

La noche anterior había hablado con Rosaura tranquilamente. Los dos seguían viéndose; pero quedaba en su memoria el recuerdo de aquella conversación, frente al mar, en lo alto de la pendiente cubierta de flores, bajo la luz rosada del ocaso. Consideraban indudable la separación de que habían hablado, pero transcurrían los días sin que se realizase. Y de pronto, Claudio tomaba el tren, dejando en su vivienda una breve carta para que la llevasen a la villa de Rosaura.

Era una repetición inconsciente de lo que había hecho la argentina en Marsella un año antes.

Al llegar a Madrid, creyóse libertado para siempre de lo que él llamaba «esclavitud con cadenas de oro». Se imaginó haber suprimido el tiempo al verse lo mismo que antes que se encontrasen los dos en Aviñón. Al final conseguiría borrar los últimos meses de su existencia.

Vivió en el mismo hotel, visitó a sus amigos antiguos, se mostró discretamente en los lugares donde se reunían estos compañeros de su juventud. Seguían batiéndose y envidiándose entre ellos, lo mismo que antes. Necesitaban verse todos los días, como si la vida les fuese imposible sin este contacto hostil. Otra vez, animados por su presencia, le pidieron dinero, tratándolo con la consideración y el menosprecio de que juzgaban merecedores a todos los ricos aficionados a las Letras.

Había escogido a Madrid como término de su fuga, creyendo encontrar en esta ciudad un ambiente refractario a sus melancolías; pero los recuerdos de aquella mujer fueron saliéndole al paso. Un día, en el barrio de Salamanca, vio un edificio habitado en otro tiempo por Bustamante. Personas desconocidas lo ocupaban ahora. Doña Nati había creído prudente *levantar la casa* imaginando que el alto cargo de su cuñado en Roma sería eterno.

Aquí había visto él por primera vez a Rosaura. Evocaba con todo el relieve de las cosas recientes aquella comida en honor de la viuda de Pineda, así como el amoroso deslumbramiento que parecían sufrir los hombres y la envidiosa admiración de las señoras. Y procuró no pasar más por dicha calle. Era prudente impedir una resurrección molesta del pasado.

Nuevas imágenes fueron emergiendo en su memoria, nunca recordadas cuando vivía al lado de ella.

Un año antes la había visto en su automóvil por el paseo de la Castellana. Días después, ante los escaparates de una tienda elegante de la carrera de San Jerónimo, se fijó en unos hombres que miraban al interior, haciendo comentarios admirativos y salaces sobre una dama hermosísima que acababa de entrar, dejando su coche a la puerta. Era la hermosa viuda sudamericana, que no podía mostrarse en las calles sin excitar ávida curiosidad y carnales deseos.

«Esto pasará —se dijo Borja—. Mi fuga está todavía muy reciente. Aún no hace un mes que me separé de ella. Cuando trabaje de veras, estos recuerdos se disolverán como humo.»

Y se dedicó a organizar su trabajo, lo mismo que si preparase un remedio. Alquiló una casa en las afueras de Madrid, llevando a ella libros y muebles que las andanzas de su vida le habían hecho confiar a la custodia de varios amigos. Con repentino optimismo ideó la producción de varias obras literarias que llegarían a hacerse famosas. Indudablemente, su ruptura con Rosaura tenía algo de providencial. Iba a escribir en seguida la novela poemática del Papa Luna, contando sus aventuras pontificales de mar y tierra. Luego seguiría dedicándose al género novelesco, produciendo nuevas historias de la vida contemporánea.

Pensó un momento en escribir una novela sobre el tema de sus amores; las voluptuosidades y las inquietudes de un Tannhäuser moderno adormecido a los pies de Venus. Inmediatamente desistió de tal proyecto. Era destapar una herida propia, hundiendo en ella sus dedos, irritándola. Un poeta puede cantar sus dolores. La obra es rápida, un trabajo de horas, que no se prolonga más allá de la impresión momentánea. Al novelista sólo le es dado contar historias ajenas. Su trabajo exige muchos meses. ¡Imposible dedicarse día a día, en un plazo tan largo, a la evocación de penas propias ya casi olvidadas...! Es un suplicio superior a las fuerzas del hombre. Nada de su historia. Contaría las de los otros.

De pronto, esta energía productora se vino abajo, y su voluntad desfalleciente buscó excusas.

Había llegado el verano, iniciándose la desbandada de los habitantes de Madrid hacia las costas del Norte. Volvería a trabajar en los primeros meses del invierno. Ahora debía hacer lo mismo que los otros. Pero en vez de dirigirse hacia el mar Cantábrico, como los más, buscó el Mediterráneo, y fue a Valencia, por haber recibido una carta de don Baltasar Figueras.

Ya estaba el canónigo de regreso en su caserón-archivo, haciéndose lenguas de lo que llevaba visto en Roma, gracias al apoyo del embajador español y de aquel diplomático sudamericano, el señor Enciso de las Casas, que él apreciaba como uno de los personajes más importantes de la Ciudad Eterna, después del Papa, por su palacio comparable a un almacén de antigüedades, por su amistad con numerosos príncipes de la Iglesia que asistían a sus banquetes, por los libros que publicaba magníficamente impresos, de los cuales había dado algunos a Figueras, edición especial destinada a los bibliófilos.

Recibió don Baltasar a su sobrino con admirable tranquilidad, como si la existencia del joven y la suya propia no significasen nada al lado de las obras de erudición que llevaba entre manos y los descubrimientos de arte retrospectivo que acababa de hacer en Roma.

No se enteró siquiera de lo que esperaba hacer Claudio al instalarse de nuevo en España. Tampoco le preguntó por la señora de Pineda, ni quiso averiguar los motivos de este cambio de residencia. Como si no lo hubiese visto en la Costa Azul; como si no hubiera almorzado dos veces en la villa de aquella dama.

Inmediatamente le habló con entusiasmo de las habitaciones del Vaticano llamadas *Estancias de los Borgia*, preocupándose en especial del pavimento antiguo de dichas salas.

Sólo quedaban de él algunos fragmentos de ladrillos, guardados como reliquias artísticas. Había sido hecho indudablemente de azulejos de Manises, adornados con escudos heráldicos, en los que figuraba el toro rojo de los Borgia. Traía dibujos de ellos destinados a la ilustración de su próximo estudio sobre la azulejería valenciana.

Y dejándose arrastrar por sus entusiasmos de erudito, enumeró las glorias de este arte, que iniciaron los árabes en Valencia y fue perfeccionado por los cristianos, hasta convertirse en la producción decorativa más importante de la España medieval.

—Los azulejos de Valencia —dijo—, así como sus platos y jarrones de reflejos dorados, los llevaban a todas partes los marinos de Mallorca, y por eso todavía guardan en el mundo el título de *mayólicas*. Los azulejeros establecidos en los pueblos de Manises y Paterna eran verdaderos maestros. En los documentos de la época se los designa siempre en latín, con el título honorífico de *magister operis terrae*, y otras veces, cuando sólo fabrican azulejos en forma de ladrillos (en valenciano *rajoles*) se les da igualmente el título latino de *rajolarius*.

La fama de los azulejos de Valencia había llegado a Roma, y cardenales y papas encargaban las llamadas *mayólicas* para el adorno de sus nuevas construcciones, encontrándolas más alegres y atractivas a la vista que el mármol extraído de los monumentos ruinosos de la antigüedad.

—El primer Papa Borja, ocupado en combatir a los turcos, apenas construyó. Además, era un jurisconsulto. Alejandro VI, más artista, fue ensanchando el Vaticano y quiso adornar los salones papales con azulejos de Manises, encargando pisos enteros a los *rajolarius* de aquí, tal vez con arreglo a dibujos hechos por el Pinturicchio. Esto último es lo que me falta averiguar.

A Claudio no le interesaban las preocupaciones del canónigo, y hasta miró a éste con cierta hostilidad. Excelente persona, pero sin razón. Viejo y además clérigo. Un egoísta que sólo se preocupaba de sus *magister operis terrae.*

Ni una sola vez nombró a Rosaura. ¡Como si ignorase su existencia! Al pasar por la Costa Azul, en el viaje de regreso, su tren se habría deslizado a lo largo del jardín de ella, sin que se le ocurriese buscar con los ojos la villa lujosa donde había estado.

Deseó más noticias, e hizo preguntas intencionadas al canónigo para enterarse de cómo había sabido que él vivía ahora en Madrid, enviándole allá su carta.

—Me lo dijo el señor Bustamante antes que yo saliese de Roma —contestó con indiferencia don Baltasar, no dando importancia a sus palabras.

Así supo Claudio que don Arístides y su familia se habían enterado de su fuga de la Costa Azul, pocas semanas después de realizarla. Esto le pareció asombroso. Luego se dio cuenta de la continua relación que existe entre el mundo invernal agrupado en torno a Niza y la sociedad diplomática y cosmopolita establecida en Roma. Siempre hay gente que circula entre ambos núcleos, transmitiendo noticias y murmuraciones. Esta especie de policía voluntaria había llevado la nueva de la desaparición del joven, último *béguin* de la rica viuda argentina.

Sólo estuvo en Valencia unos días. Volvió otra vez a Madrid, no queriendo seguir el viaje en ferrocarril hasta Barcelona. Peñíscola estaba en el camino. Además, saliendo de España por la estación de Port-Bou caería en Aviñón, y esto le pareció equivalente a volcar con un pie la colmena de sus recuerdos, que, como abejas irritadas, le perseguirían en su fuga.

Permaneció una semana en San Sebastián, aburriéndose. Pasó a Biarritz, y el fastidio fue pisando sus huellas.

Al principio de su fuga había creído conveniente enviar a Rosaura algunas cartas y tarjetas postales con saludos corteses, para hacerle saber dónde se hallaba. Ninguna respuesta. Tal silencio le pareció natural. Luego fue espaciando dichos recuerdos epistolares, y, finalmente, se abstuvo de ellos.

Durante el verano sintió repetidas veces la necesidad de escribirle de nuevo; pero ahora fueron cartas largas, con evocaciones melancólicas del pasado, apuntando su deseo de implorar perdón y reteniéndose en seguida por miedo a la humildad del mencionado gesto.

No envió ninguna de las cartas. Después de escritas durante la noche, las dejaba sobre una mesa para echarlas al correo a la mañana siguiente..., y lo primero que hacía al levantarse era romperlas.

«Mejor es así —pensaba—. No intentemos reformar lo que ya está hecho. Debo mantener mi libertad.»

Y se preguntaba vanidosamente si ella habría procedido lo mismo, escribiendo apasionados llamamientos para que volviese a su lado, y rompiéndolos horas después, bajo la rabiosa sugestión del orgullo.

A pesar de que Claudio se juró a sí mismo muchas veces que Rosaura empezaba a serle indiferente, y según transcurría el tiempo su imagen se iba esfumando un poco en su memoria, procuró averiguar dónde vivía.

Estando en París a principios del otoño, hizo preguntas a muchos conocidos suyos, pertenecientes a la sociedad cosmopolita que cambia de domicilio a cada estación del año, según las exigencias de la moda. Todos acogían sus preguntas con un gesto igual: primero de asombro; luego, de duda.

—¿Madame Pineda...? Hace mucho tiempo que no la veo... Es cierto; nada se sabe de ella. ¿Dónde estará?

Los que presumían de mejor enterados daban noticias contradictorias. Afirmaron algunos haberla visto en Deauville durante el verano; otros, en Venecia. Uno hasta dijo que la había saludado en Biarritz; pero Claudio estaba allá en la misma época. En realidad, nadie sabía con certeza qué era de ella después del invierno anterior, pasado en la Costa Azul.

Pensó Claudio que tal vez vivía en Londres, cerca de sus

hijos. Las decepciones amorosas iban seguidas en esta mujer de un recrudecimiento del cariño maternal.

Sin saber cómo, al principio del invierno se vio Borja en Roma. El señor Bustamante le había escrito a París con tono de padre bondadoso, después de un año de frialdad epistolar; pero no fue esta carta ni el deseo de ver al solemne personaje lo que le impulsó a ir a dicha capital.

Cuando en su reflexiva soledad se preguntaba el motivo de tal viaje, atribuíalo a no existir en el presente momento ningún lugar de la Tierra que pudiese ejercer sobre él mayor atracción. Había vuelto a pensar en aquella novela suya cuyo protagonista era el Papa Luna, varón tenaz, empeñado en la conquista de Roma, y que nunca llegó a pisar su suelo.

«Yo iré por él —se dijo el joven—. Tal vez en esa ciudad, meta de todas sus ambiciones, vea yo al personaje bajo una nueva luz.»

Además, llevaba leídos los manuscritos y artículos de revista que don Baltasar le dio en Niza, apreciaciones sobre los Borgia y el Renacimiento italiano, que despertaron en su voluntad un vivo deseo de volver a visitar la metrópoli papal. Y se instaló en ella pensando que en Roma podría trabajar lo mismo que en Madrid.

Lo recibió como un hijo el ilustre Bustamante, en su palacio de la plaza de España. Toda su familia parecía haber pasado la existencia entera en este edificio destinado a los embajadores españoles acreditados cerca del Papa. Doña Nati se movía dentro de él como si estuviese en su casa paterna.

Nadie hizo alusión a la vida anterior de Claudio. Jamás surgió en sus conversaciones el nombre de la viuda de Pineda. Como si no la conociesen. Se adivinaba que era cosa convenida entre ellos no hablar ni aludir a lo pasado.

La cuñada del embajador fue la única que, en ciertos momentos, por una agresividad irresistible, mostró intención de recordar a la dama sudamericana, tan aborrecida por ella en otros tiempos. Pero inmediatamente desistía de sus propósitos la viuda de Gamboa, aunque no estuviese presente su ilustre cuñado para llamarla a la prudencia con significativos carraspeos y movimientos de párpados. Estela, por su parte, sentíase tan contenta de ver a Claudio, que para conservar este gozo se abstuvo de preguntarle qué había hecho durante tan largo apartamiento.

Guiaba y mantenía el hombre ilustre la prudencia de su familia, dando ejemplo de discreción en sus conversaciones con Borja. Continuaba hablando, como siempre, de las grandes familias hispanoamericanas, todas amigas suyas; pero al mismo tiempo, con la pericia del piloto que presiente la cercanía de un peligro oculto, deslizaba su verbosidad entre tantas personas allegadas a la viuda de Pineda, sin nombrar nunca a ésta.

Su propia gloria era el tema ahora de la mayor parte de sus conversaciones. Mostraba una melancolía de gran hombre, mal comprendido y peor remunerado, al quejarse de que su Gobierno no se daba cuenta de los inmensos servicios que estaba prestando en Roma. Casi todos los representantes diplomáticos de las repúblicas hispanoamericanas eran amigos suyos, y había pasado por Madrid para recibir los homenajes de la *Fraternidad Hispanoamericana.* Esto le permitía figurar a la cabeza de todos ellos, honor que no habían conseguido nunca, según don Arístides, los otros embajadores.

—Soy el cordón umbilical —dijo gravemente a Borja— que une a nuestras hijas de América con la Santa Sede. Todos sus ministros me buscan para que les sirva de intermediario. Habrás notado que esta casa se ve más frecuentada que nunca por la diplomacia de habla española.

Y acto seguido, como si hiciese una concesión, añadió con envidia e ingratitud, sin darse cuenta de ello:

—Únicamente Enciso tiene tanta gente en su palacio. Tal vez tenga más, pues convida a todos los cardenales... Pero él es rico, y gracias a su dinero, que le permite dar banquetes casi a diario, puede creerse un gran diplomático y un verdadero escritor.

Don Arístides tenía que limitarse a dar tés, bajo la dirección económica de su cuñada.

—No hemos venido aquí a arruinarnos —decía agriamente la viuda de Gamboa—. Nuestro Gobierno da muy poco para gastos de representación. Con un té cada mes hay de sobra. Que vayan todas esas gentes a matar el hambre a casa de Enciso, divirtiendo su vanidad de fantasmón.

Estos comentarios no impedían que la terrible cuñada de Bustamante fuese la primera en halagar con visitas puntuales y exagerados elogios a la esposa de Enciso y sus numerosas hijas. Era el medio más seguro para que no se olvidasen de invitarla a sus banquetes.

Viose Claudio rodeado al poco tiempo de igual ambiente que dos años antes en Madrid. Todos lo consideraban como yerno futuro del embajador de España. Ni siquiera hacían alusiones verbales a su noviazgo con la hija. Era algo sobre lo que resultaban imposibles las dudas.

La tía de la joven le había vuelto a tratar como un sobrino futuro, reservando para él las avaras dulzuras de su carácter. Lo invitaba a que las acompañase a ella y a Estela, en sus paseos por los alrededores de Roma, o en sus visitas a ciertos amigos comunes, disponiendo tales salidas hábilmente para que los dos *novios* pudiesen hablar a solas. Y Claudio se dejaba arrastrar por esta complicidad, encontrando un nuevo placer, pálido y discreto, en su trato con la joven.

Siempre, al iniciar la conversación con ella, resurgía en su memoria la imagen de Rosaura. Luego la olvidaba, influido por el encanto ingenuo y discreto de Estela. Seguía comparando mentalmente esta atracción con el perfume de la violeta silvestre. Además, llevaba muchos meses de aislamiento, y esta criatura modosita y tímida era una mujer, aunque ¡tan distinta de la otra...!

De pronto, en una de aquellas inconsecuencias de su naturaleza caprichosa, sentíase cansado de Bustamante y su cuñada, así como de toda la tribu (era su palabra) de cardenales, príncipes italianos y diplomáticos de diversas procedencias que acudían como a un refectorio a la mesa de Enciso de las Casas.

El recuerdo de Estela embalsamaba su memoria discretamente. Era el único ser que no le infundía odio en tales momentos; pero le resultaba grato vivir sin verla, manteniéndose recluido varios días en su casa.

Tenía alquilado un *villino* en las afueras de Roma, una construcción *género artista,* con pequeño jardín y estudio de pintor, propiedad de un joven yanqui aficionado a diversas artes que se mantenía a la puerta de todas ellas; situación casi igual a la suya en literatura. Se había ido a Nueva York por varios meses, y al conocerse ambos en París, en el salón de un amigo, el norteamericano le arrendaba a última hora su casa de Roma, incluyendo en tal cesión la servidumbre: un ayuda de cámara italiano y su mujer, que actuaba de cocinera.

Tendido en un profundo diván persa, con toldo de seda a rayas sostenido por lanzas, mueble el más importante del estudio, y entre pinturas que Claudio definía como *ultramodernistas*, dejaba correr su pensamiento a través del pasado. Sentía la influencia espiritual de Roma, la presión de un ambiente que hace amar la antigüedad hasta a los seres de gustos más vulgares, con inesperado romanticismo.

Entre los veinticinco siglos de vida de esta urbe, buscaba con predilección un período de cien años marcado por los historiadores con el título de Renacimiento.

También él sentíase agitado por un deseo semejante al de Enciso, que lamentaba no haber sido cardenal en el siglo XV. Le daban envidia los príncipes y *condottieri* de la época de Segismundo Malatesta y César Borgia, haciendo la guerra entre baile y baile, organizando las fiestas del Carnaval ante ciudades sitiadas, confundiendo en su existencia, para apurarlos de un solo golpe, como el ebrio que bebe de un trago toda su botella, cuantos vicios ha podido inventar el hombre y cuantos placeres ideales guardan las artes.

Moviéndose en pequeños escenarios, eran, sin embargo, para Borja los mayores hombres de acción que mencionaba la Historia. Todos morían jóvenes, como si, pasados los treinta años, no pudiendo ya reservarles la vida ninguna novedad, se marchasen de ella voluntariamente.

Hacía desfilar por su imaginación cuanto había oído a los eruditos sobre dicha época y lo que llevaba aprendido en incesantes lecturas.

Era un período de personajes hambrientos de gloria. Lo mismo los papas que los soberanos laicos, sólo pensaban en inmortalizar su nombre, y esto les permitía mirar a la muerte cara a cara.

El lujo resultaba mayor que nunca. Los florentinos, que habían llamado siempre *vaqueros* a los romanos, por ser su principal riqueza los rebaños salvajes de una campiña abundante en marismas, empezaban a reconocer que esta gente ruda rivalizaba con ellos en lujo y en placeres.

Venecia, Florencia y Nápoles eran de una riqueza considerable. Roma atraía el dinero de toda la Cristiandad. El juego causaba tantos estragos en las familias como el amor. Los novelistas a la moda extremaban los modelos que Boccaccio les había dejado en sus cuentos, divirtiendo al público con relatos que ponían en ridículo el matrimonio y la familia. Empezaba el teatro en los alcázares de los soberanos italianos, y todas las comedias tenían por base anécdotas lascivas.

Pontífices y reyes se ocupaban igualmente en la organización de las fiestas del Carnaval, como si fuesen un asunto de Estado. Les convenía que el pueblo se entregara a desenfrenadas diversiones, creyéndose de este modo completamente libre. Había que fomentar la inmoralidad estrepitosa del populacho para que no diese oídos a los revolucionarios.

Respetables personajes tenían esclavas orientales en sus casas e iban, además, de visita a los palacios de las cortesanas célebres. Escritores famosos ensalzaban el *vicio griego*, llegando a decir el poeta Ariosto que todos los humanistas de su época habían incurrido en dicha aberración sexual. Algunos de ellos, para justificarse, alegaban el ejemplo de la antigüedad, recordando a Platón y a Sócrates como de los mismos gustos.

No eran menos inmorales la pintura y la escultura. Se permitían los artistas los más audaces atrevimientos dentro de las iglesias, retratando a los contemporáneos en las imágenes santas. Segismundo Malatesta levantaba un templo en Rímini a la gloria de su amante, la bella Isotta, que no sabía leer y escribir —cosa rara en aquella época, por ser las mujeres muy letradas y artistas—, y en el interior hacía colocar estatuas de los dioses olímpicos, figurando Venus desnuda cerca de la Virgen.

Justificaba la corrupción general el excesivo celo y el fanatismo desorientado del virtuoso Savonarola, quien incluía en idéntico anatema la liviandad y los esplendores del arte, como si fuesen pecados iguales.

En vano legislaban príncipes y pontífices contra el lujo de la época. Un vestido de una de las Sforza hallábase de tal modo cubierto de perlas y bordados, que su valor se estimaba en cinco mil ducados de oro, cantidad equivalente a cincuenta mil dólares actuales. Los padres sólo podían casar a una de sus hijas, enviando las otras al convento. Una boda iba acompañada de tan fastuosas ceremonias, que arruinaba a una familia.

La usura era la principal industria de muchas ciudades italianas. Los judíos, únicos que la ejercían al principio, veíanse suplantados por los cristianos, resultando éstos al fin más sin entrañas que los prestamistas israelitas. El interés de treinta por ciento era ordinario, llegando algunas veces al setenta u ochenta. Todos querían dinero para divertirse, tomándolo sin fijarse en las consecuencias.

Los que se dedicaban al placer habían hecho voto de morir jóvenes. Nunca se conoció mayor desprecio por la vida ajena. El que tenía un enemigo lo asesinaba por sí mismo o valiéndose del auxilio de un mercenario. Los grandes mantenían un alquimista de cámara para que les preparase nuevos venenos. La liviandad de esposas e hijas daba origen a terribles venganzas. En la Roma de entonces raro era el amanecer que no se encontraba en las calles varios cadáveres; pero esto no impedía las arriesgadas aventuras de la noche siguiente: Además, según decían los humanistas, «los favoritos de los dioses deben morir jóvenes», y únicamente los burgueses, vulgares y tímidos, podían aspirar a una monótona vejez.

El humanismo, que parecía materialista, representaba en realidad una gran aspiración espiritual.

«Los hombres de estudio y los artistas —pensaba Borja— vivían postrados a los pies de Venus, divinidad despertada después de tantos siglos de sueño mortal, como las estatuas que iba desenterrando el arado en la campiña romana.»

Venus, ya no era solamente la diosa del amor; servía de símbolo a la belleza, a la razón, a la dulzura de vivir, evocadas por el Renacimiento.

Hasta el populacho sentía estos entusiasmos idealistas. Desenterraban los excavadores con sus picos un sarcófago de la antigua Roma, y dentro de él, una joven desnuda, blanca como el marfil, con la rubia cabellera semejante a los rayos del sol, conservada durante mil quinientos años por un líquido misterioso que llenaba su tumba.

Corrían las gentes a admirarla, dándole en seguida un nombre. Era *la hija de Cicerón*. No podía ser otra. Cicerón presidía, el Renacimiento, como el mago Virgilio la Edad Media.

Repartíase entre los poderosos el bálsamo protector de la *hija de Cicerón* para usos medicinales, y el cadáver de quince siglos, bello como la antigüedad clásica, se disgregaba a las cuarenta y ocho horas bajo la acción del aire y la luz, falto de su envoltura líquida. La blanca Venus había vuelto a la Tierra.

Veíase el cristianismo invadido por el paganismo. Los altos dignatarios de la Iglesia, bajo el influjo de los humanistas, eran los primeros en realzar la mezcla de las dos religiones, queriendo mostrarse así hombres de su tiempo con refinados gustos literarios.

Dios recibía el nombre de *Júpiter*, y el Cielo, el de *Olimpo*. Los santos eran llamados *dioses*; los ángeles, *genios*. Cristo, *el sublime héroe*, y María, *resplandeciente ninfa*. Las monjas se veían designadas con el nombre de *vestales*; los cardenales eran *senadores*; el infierno, *el Tártaro*, y Santo Tomás de Aquino, *el Apolo de la Cristiandad*. Y tal mescolanza paganocristiana que iba expresando las cosas del catolicismo con un lenguaje gentílico, conseguía implantarse en los púlpitos y las altas asambleas de la Iglesia, hablando los predicadores en la basílica de San Pedro de *María, madre de los dioses; de Cristo, dios del trueno*; viéndose además, comparados los pontífices por sus aduladores, en italiano o en latín, con César o Augusto, Aristóteles o Platón, Cicerón o Virgilio.

Este amor a la antigüedad no había extinguido las supersticiones, siendo la astrología la más saliente de todas ellas. Hasta los pontífices creían en la influencia de los astros sobre los destinos del hombre, consultando a los versados en dicho estudio.

Únicamente Pío II, el escritor, y Alejandro IV, el segundo Papa Borgia, mantuviéronse al margen de tales engaños. Alejandro hasta se negaba a recompensar varias obras de astrología que le dedicaron sus autores. En cambio, su hijo, César Borgia, casi siempre incrédulo, mostraba la misma superstición de todos los hombres de lucha que exponen frecuentemente su vida, y semejantes a numerosos capitanes de la misma época, consultaba a los astrólogos antes de emprender una batalla o poner sitio a una ciudad. Papas célebres, como Sixto IV, Julio II, León X, y, todavía más adelante, Paulo III, se dedicaban directamente a la astrología o escuchaban con gravedad los diagnósticos celestes de los profesionales. Un médico y erudito como Pablo Toscanelli servía de astrólogo a los Médicis, no perdiendo su fe en dicha ciencia hasta los últimos años de su vida, cuando se vio arruinado, a pesar de que los planetas le habían prometido grandes riquezas.

Todas las soluciones importantes de los soberanos y hasta los asuntos de su vida corriente, como, por ejemplo, la recepción de un embajador, un pequeño viaje o el tomar una medicina, se determinaban consultando antes a las estrellas. Tal era la superstición sideral, que entre las gentes ricas nadie se atrevía a comer, a ponerse un vestido nuevo o a intentar cosa alguna sin estudiar los astros.

Claudio terminaba siempre sus reflexiones acordándose de los Borgia y de las calumnias que los contemporáneos enemigos de dicha familia habían hecho pesar sobre ella.

Era absurdo juzgarlos con el criterio de los tiempos modernos. Resultaba falto de toda equidad no tener en cuenta su época y el ambiente en que se desarrollaron sus existencias.

«Si los salvajes que aún quedan en la Tierra —pensaba Borja— nos parecen repugnantes, es porque la barbarie de sus costumbres contrasta con la civilización más o menos relativa a que hemos llegado. Pero todavía existen en nuestra vida actual excesos, abusos e injusticias que los siglos futuros tendrán por execrables, mientras que a nosotros nos parecen una consecuencia forzosa del espíritu especial de nuestro tiempo. Para apreciar lo que fueron los Borgia hay que conocer los hombres y las costumbres de su época. Los devotos de ahora piensan con horror en Alejandro VI, Papa con hijos. Es porque en la actualidad el Papado vive como un simple poder espiritual, libre de las impurezas y tentaciones que trae consigo los gobiernos terrenales, y, además, vigilado y depurado por los enemigos que tiene enfrente, el anticlericalismo de los incrédulos y las numerosas Iglesias protestantes en que se fraccionó el cristianismo.»

Durante los siglos XV y XVI, el Papado era todo lo contrario. La Iglesia católica dominaba moralmente a los grandes estados de Europa, figurando al mismo tiempo como un Estado más, pues gobernaba políticamente a Roma y los territorios de la Santa Sede. El Papa era un soberano como los otros soberanos laicos, un rey electivo, lo mismo que los demás reyes. Y no resultaba Rodrigo de Borja el único Pontífice que tenía hijos y procuraba favorecerlos.

Casi todo el cardenalato de aquella época, del cual había de surgir el futuro Papa, estaba compuesto de ricos señores, acostumbrados a vivir con más ostentación que los príncipes seglares, por ser mayores sus rentas.

Se dedicaban a la protección de las bellas artes, se fortalecían en la caza cuando no podían hacerlo en la guerra, tenían numerosas amantes durante su juventud, que les daban no menos herederos, y llamaban a éstos unas veces sobrinos, concediéndoles otras el título de hijos francamente, cuando sentían halagada su vanidad paternal por las condiciones de sus retoños, buenas o malas.

II. DONDE PASAN Y MUEREN CUATRO PONTÍFICES, MIENTRAS EL VICEPAPA SE MANTIENE TREINTA Y CUATRO AÑOS ESPERANDO SU HORA

Tendido en el gran diván de su estudio, seguía recordando Claudio la vida del cardenal Rodrigo de Borja, tan interesante para él como su Pontificado.

Durante treinta y cuatro años, entre la muerte de su tío Calixto y su propia ascensión a la Santa Sede con el nombre de Alejandro VI.

En dicho período servía a cuatro papas: Pío II, Paulo II, Sixto IV e Inocencio VIII, conservándole todos ellos en su alto cargo de Vicecanciller de la Iglesia y añadiendo cada uno nuevas prebendas y lucrativos obispados, que convertían al llamado cardenal de Valencia en uno de los más ricos príncipes eclesiásticos.

De actividad infatigable, múltiple y contradictoria en sus acciones, como la mayor parte de los personajes del Renacimiento, dedicaba una mitad de su existencia a los placeres y otra a los negocios de Estado y a la devoción, pues los excesos del libertinaje iban unidos en él a la fe de un sincero creyente.

Esta complejidad no representaba un caso único. Muchos de los hombres de su época fueron iguales. Lorenzo de Médicis peroraba en la Academia Platónica de Florencia sobre la virtud y la moralidad, sosteniendo al mismo tiempo relaciones ilícitas con doncellas y casadas. Escribía poemas en honor de la Virgen y canciones licenciosas de Carnaval para ser entonadas en las orgías.

Si cuatro papas conservaban a Rodrigo de Borja en su alto cargo de vicecanciller, era porque le creían insustituible. Él llevaba adelante los negocios más difíciles de la Iglesia, y bajo su dirección se iba ensanchando el poder político de la Santa Sede.

La muerte de su tío no disminuía su influencia en el Vaticano. Mientras el populacho de Roma se ocupaba en saquear lo que había quedado oculto bajo las ruinas de su palacio o corría las calles gritando: «¡Mueran los catalanes!», él creaba un nuevo Papa, amigo suyo.

El sienés Piccolomini, bautizado Eneas Silvio, conforme a la moda impuesta por los humanistas, había sido siempre un escritor, fuera cual fuera el alto cargo que desempeñase. Su carácter ligero, agradable, dulce e inconstante parecía un reflejo de su estilo literario.

Había fluctuado durante su juventud del cisma a la legalidad pontifical, sirviendo a unos y a otros en los conflictos del Concilio de Basilea entre el Papa y el Antipapa. Su juventud era libertina, como la de todos los letrados de su época, teniendo dos hijos de una inglesa que vivió con él y suponiéndole sus enemigos una segunda prole más oculta y numerosa.

Escribía novelas, poemas y libros científicos, con arreglo al gusto contemporáneo. Su compendio de geografía, que dejó sin terminar, describiendo el mundo conocido hasta entonces, especialmente Asia, sirvió treinta años después a un visionario llamado Cristóbal Colón, figurando entre su reducido caudal de libros junto con otra enciclopedia cosmográfica escrita en el siglo anterior por el cardenal Pedro de Ailly.

Eneas Silvo amaba la Naturaleza, como Petrarca. Él mismo se dio el título de *amigo de los bosques*, y en su época papal huía, siempre que le era posible, de los palacios pontificios, para instalarse en alguna arboleda de la Umbría, abundosa en encinas seculares. Calixto III, preocupado en hacer la guerra a los turcos, no tuvo tiempo para proteger las artes y las letras; pero fijó sus ojos en este escritor, abriéndole la puerta más grande de la iglesia, y veinte meses antes de su muerte lo hizo cardenal.

Al reunirse el conclave, Piccolomini era el más moderno de sus individuos; pero tenía en su favor la popularidad literaria. El hábil Rodrigo de Borja, que sólo contaba en aquel entonces veintiséis años de edad, se propuso, con una audacia propia de su juventud ardiente, hacer Papa a Eneas Silvio, que era como de su familia, pues siempre se mostró agradecido a Calixto, su protector. No dejó que los cardenales se dividieran, sosteniendo cada uno a su candidato particular, y apenas reunido el conclave, se adelantó a todas las opiniones, proponiendo que Piccolomini fuese nombrado Papa por aclamación. Su elocuencia de meridional y la sorpresa causada por su iniciativa obtuvieron un triunfo instantáneo, y el nuevo Papa tomó el nombre de Pío II. Continuó siendo Borgia bajo su pontificado una especie de ministro universal de la Iglesia, pues a esto equivalía su cargo de vicecanciller.

Pío II, a los cincuenta y tres años, se mostraba de gran virtud por estar quebrantado su cuerpo, sufriendo especialmente el mal de gota a consecuencia de haber ido descalzo, por caminos helados, a una iglesia de la Virgen, en Escocia, para cumplir cierto voto hecho durante una tempestad en el mar. Sus dolencias le inmovilizaban en el lecho largo tiempo, y sólo en días de calma podía atender a los negocios del Papado o a continuar la redacción de su libro *Cosas memorables*, en el que iba transcribiendo historias oidas y todo lo digno de mención visto en sus viajes.

Pequeño de estatura, algo rechoncho, con la cabeza blanca, sus gestos eran una mezcla de severidad y mansedumbre. Vestía modestamente, y a su mesa resultaba frugal, contrastando dicha parquedad con el lujo que desplegaban los más de los cardenales.

Eneas Silvio hacía frecuentes viajes sin miedo a sus molestias. El *amigo de los bosques* se mostraba cada vez más sensible a las plácidas impresiones de la Naturaleza, e ir en busca de ella era el único placer que podía gozar. Viviendo en las arboledas de la Umbría, daba audiencia o firmaba sus documentos bajo el ramaje de una encina de varios siglos.

Este Papa, que no amaba la guerra, tuvo que hacerla arriesgadamente al más terrible capitán de entonces, el famoso Segismundo Malatesta, feroz como un oso en sus momentos de cólera, y a otras horas artista de gustos refinados. Dicho monstruo servía a los papas o se burlaba de ellos, según convenía a sus intereses de soberano de Rímini.

Adivinando la debilidad de este Pontífice imberbe, quiso despojarlo de una parte de las tierras de la Iglesia; mas el antiguo escritor acabó por aceptar la lucha venciéndolo para siempre.

La impiedad de Malatesta dio a esta guerra el carácter de una pequeña cruzada. El señor de Rimini había matado a muchos clérigos y frailes. Además, colocaba dioses paganos en los templos y una noche de orgía había ordenado que echasen tinta en todas las pilas de agua bendita de las iglesias de su capital para que al día siguiente los devotos se viesen, durante la misa, con las caras tiznadas.

Reproducíase bajo el Pontificado de Pío II el nepotismo de Calixto III y la invasión de sus conterráneos. Miles de habitantes de Siena corrían a Roma para obtener empleos de su compatriota, a semejanza de los *catalanes* durante el reinado del primer Borgia. Todos los que se llamaban Piccolomini exigían ricas prebendas sin alegar otro mérito que su apellido. Varios sobrinos del Papa ocupaban los primeros cargos laicos de la Iglesia. Repetíase una vez más lo ocurrido bajo los pontificados anteriores, y que lo mismo volvería a suceder en los siguientes.

Protestaba ahora el pueblo de Roma contra los sieneses herederos de su antiguo odio contra los *catalanes*. Mientras tanto Pío II saboreaba la vanidad de haber vencido a Malatesta, terror de príncipes y papas, instalándose, siempre que le era posible, en los montes Albanos, entre ruinas de la antigüedad, frente a los lagos Albani y Memi, cuyas orillas estaban cubiertas entonces de frondosos bosques. El antiguo humanista esperaba encontrar en dichas espesuras *dioses* o *ninfas*, y toda gruta lacustre le parecía el refugio de Diana.

Seis años duró su Pontificado, resultando un fracaso la cruzada organizada por él contra los turcos, a imitación de la del primer Borgia. El viejo y entusiasta español Juan de Carvajal, el de la *batalla de los tres Juanes*, dirigía esta nueva cruzada, cuyo punto de reunión fue Ancona.

Casi todos los cruzados, españoles y franceses, mientras llegaban las naves que debían llevarlos a Oriente, se mataban entre ellos en continuas pendencias. No encontrando el Pontífice buques ni dinero, moría en Ancona, viendo con tristeza, desde una ventana de su dormitorio, las pocas naves que había conseguido reunir y la muchedumbre sin orden y sin armas, que nunca llegaría a formar un verdadero ejército.

Al recibirse en Roma la noticia de su muerte, se reprodujeron los mismos desórdenes que al desaparecer su antecesor. El populacho dio el grito de «¡Mueran los sieneses!», matando a cuantos encontraba en las calles. Antonio Piccolomini, duque de Amalfi, sobrino favorito de Pío II, poseía el castillo de Sant'Angelo, como Pedro Luis de Borja en el Pontificado de Calixto III.

Cuando se reunió el conclave, unos hablaron de hacer Papa al infatigable y virtuoso Carvajal; otros defendieron al anciano Torquemada, también español, de costumbres austeras, tenido por el primer teólogo de su tiempo. Pero los dos candidatos, a causa de su nacionalidad, se veían desechados. Además, Rodrigo de Borja, agitador incansable y teniendo a su disposición un grupo adicto de electores, procuraba nombrar Papa a un amigo suyo.

El cardenal Pedro Barbo, rico y noble veneciano, muy afecto a los Borgia, había arrostrado las iras de los enemigos de dicha familia cuando facilitó en compañía de Rodrigo la fuga del hermano de éste. Tal interés tenía el cardenal Borja en el triunfo de su compañero Barbo, que se hizo llevar al Vaticano, gravemente enfermo de fiebre, con la cabeza cubierta de trapos y vendas. Otros cardenales se quedaron en cama a causa de la peste reinante, evitándose con ello las privaciones y el encierro del conclave, y Rodrigo de Borja se aprovechó de tales ausencias para hacer triunfar la candidatura de su amigo.

Barbo, que era de hermoso aspecto, quiso tomar como Pontífice el nombre de Formoso; pero los cardenales opusieron objeciones, por miedo a los comentarios del pueblo. Tampoco permitieron que se llamase Marcos, por ser San Marcos el grito de guerra de sus compatriotas los venecianos, y resolvió finalmente tomar el nombre de Paulo II.

La elección fue acompañada de los desórdenes y saqueos que eran cortejo inevitable de todo conclave. Barbo y el belicoso cardenal Scarampo, antiguo almirante de Calixto III, ante la posibilidad de ser electos, habían guarnecido sus palacios con soldados y cañones.

Primeramente corrió la voz de que Scarampo era el elegido, y el populacho se dirigió contra su palacio, viéndose rechazado. Luego, al saber que era Barbo el triunfador, intentó asaltar su lujosa vivienda, llena de riquezas y tesoros de arte, siendo igualmente recibido a tiros de bombarda y espingardazos. Al fin, como todos deseaban robar algo, corrieron al monasterio de Santa María la Nuova, por imaginarse que se guardaban allí las riquezas del Papa electo, pero lo encontraron previamente guarnecido de tropas. Cuando, engrosadas las turbas, se empeñaron por segunda vez en tomar el palacio Barbo, hizo un convenio el nuevo Papa con los jefes del motín, dándoles mil trescientos ducados de oro a cambio de que respetasen su vivienda. Esto no impidió que, al mismo tiempo, los servidores del Vaticano saqueasen la habitación ocupada por el cardenal Barbo durante el conclave.

Así vivían los pontífices en Roma. Paulo II tuvo que dar además treinta mil ducados a Piccolomini, duque de Amalfi, para que abandonase el castillo de Sant'Angelo y los de Tívoli, Spoleto y Ostia, que le había confiado su tío, el Papa anterior. Queriendo evitar que en lo futuro se repitiesen tales abusos, puso el mencionado castillo, llave de Roma, bajo el gobierno de un hombre seguro. Y por consejo de su amigo Borja, entregó dicha fortaleza al erudito español Rodrigo Sánchez de Arévalo, que unía poco después una mitra a su cargo de gobernador militar.

Activo y enérgico Barbo como cardenal, le hizo el Papado flojo de carácter, y, sobre todo, perezoso y algo misántropo. Empezó a vivir al revés de los demás, haciendo de la noche día, dando audiencia a las dos o las tres de la madrugada y obligando a esperar varias semanas a sus amigos más íntimos, deseosos de hablarle.

La suciedad de Roma y las charcas de su campiña prolongaban la peste hasta en los meses más fríos del invierno. La mortandad alcanzaba cifras aterradoras. Esto no impedía que el pueblo de Roma se preocupase del Carnaval como de la fiesta más importante del año, y Paulo II dispuso que sus procesiones de máscaras y sus carreras saliesen de la estrechez de la plaza del Capitolio, desarrollándose desde entonces en la calle más larga de la ciudad, la llamada vía Flaminia, que a consecuencia de tales desfiles tomó su moderno nombre de Corso. Una de las innovaciones del Carnaval fue establecer carreras de asnos, carreras de muchachos y carreras de judíos, siendo estas últimas las que divertían más a la grosera muchedumbre.

Tal fomento de las fiestas carnavalescas fue para Paulo II un medio de alejar al pueblo de los manejos revolucionarios. Durante su reinado se descubrió una conspiración que tenía por finalidad asesinar al Pontífice proclamando la República romana. La dirigían los humanistas, uno de ellos el célebre erudito Platina; pero el más temible por su actividad y su audacia fue el poeta Calímaco.

Su propósito era introducir secretamente en Roma a todos los proscritos, ocultándolos en las ruinas de las casas derribadas para engrandecer el Vaticano. Luego fingirían una riña delante del Palacio con los criados de los cardenales que esperaban a sus señores, llamando de este modo la atención de la reducida guardia del Pontífice, y mientras tanto, conspiradores ocultos penetrarían en el Vaticano, asesinando al Papa y a cuantos lo rodeaban.

Dicho plan, semejante al de Porcaro años antes, acabó por ser descubierto, fulminando Paulo II terribles anatemas contra la llamada Academia de Roma, donde se reunían los adeptos del humanismo, todos ellos *materialistas y paganos.*

Negaban a Dios, según el Papa, afirmando que no hay otro mundo fuera de este visible; que el alma muere con el cuerpo y el hombre puede entregarse a todos los deleites, sin miedo a los mandamientos divinos, cuidándose solo de no ponerse en conflicto con la Justicia criminal del Estado. Eran epicúreos, según las doctrinas de Lorenzo Valla, expuestas en su libro *Sobre el placer.* Comían carne en días de vigilia e insultaban a los sacerdotes por ser inventores de los ayunos y haber prohibido que se tomase más de una compañera. Reproducían las doctrinas del misterioso libro *Los tres impostores,* del que tanto se había hablado en la Edad Media, afirmando que Moisés engañó a los hombres con sus leyes. Cristo fue un adormecedor de pueblos y Mahoma hombre de gran espíritu, pero así mismo engañador. «Se avergüenzan de sus nombres cristianos —continuaba el Papa—, prefiriendo otros gentílicos, y se permiten también los más escandalosos vicios de la antigüedad.»

Calímaco y otros dos humanistas comprometidos conseguían huir de Roma. El célebre Platina sufrió larga prisión en el castillo de Sant'Angelo, y como el gobernador de éste, Rodrigo Sánchez de Arévalo, obispo de Calahorra, era también muy versado en letras clásicas, cruzábanse numerosas epístolas en latín entre el guardián y el prisionero, dando por resultado tal correspondencia una creciente dulzura en las condiciones de su cautividad.

El único príncipe de la Iglesia respetado de todos era el anciano Carvajal. Vivía en una casa modestísima, repartiendo su dinero entre los pobres de Roma, avejentado y enfermo prematuramente por los seis años pasados en Hungría oponiéndose al avance de los turcos. Los demás cardenales eran grandes señores procedentes de familias ilustres o parientes de papas que habían obtenido los más ricos obispados de la Cristiandad, derrochando alegremente sus rentas enormes.

Rodrigo de Borja, uno de los más jóvenes, tenía delante a otros príncipes eclesiásticos de mayor edad, que le superaban en opulencia. El más famoso, Scarampo, almirante pontificio, era apodado *el cardenal Lúculo* por los derroches de su mesa. Al mismo tiempo que mantenía numerosos palacios y costosas amantes, daba protección al célebre francés Mantegna. Otro cardenal, el francés Guillermo de Estouteville, poseedor de incalculables rentas, vivía igualmente como un príncipe seglar, con numerosos hijos, sin miedo a los escándalos que provocaba su vida licenciosa y pensionando también a pintores y escultores.

Al fallecer estos dos magnates eclesiásticos, Rodrigo de Borja quedó a la cabeza de los cardenales que la gente llamaba *aseglarados*, a causa de sus costumbres.

Paulo II moría casi repentinamente en 1471 a consecuencia de un hartazgo de melones, después de cenar al aire libre en los jardines del Vaticano, a la hora en que la atmósfera parecía más envenenada por las pestilencias palúdicas.

Como los venecianos habían sido los más influyentes durante el Pontificado de su compatriota, el pueblo de Roma los aborrecía, lo mismo que años antes a los sieneses y a los españoles. Otra vez Rodrigo de Borja, que figuraba al frente del importante grupo de cardenales aseglarados, ricos audaces e inquietos, influyó en la elección pontifical, ayudado por sus compañeros Gonzaga y Orsini, que tampoco eran de mejores costumbres. Fue el elegido un genovés, antiguo fraile, el cardenal Francisco de la Rovere, que tomó el nombre de Sixto IV.

La primera preocupación del nuevo Pontífice y del Sacro Colegio fue buscar los tesoros reunidos por Paulo II durante su Pontificado. Poco antes de su fallecimiento había hecho saber al consistorio que guardaba medio millón de ducados para hacer la guerra a los turcos si los príncipes de la Cristiandad se decidían a ayudarle. Lentamente fueron descubriendo estas riquezas que el Papa noctámbulo había ocultado en distintos lugares: cincuenta y cuatro copas de plata llenas de perlas, enorme cantidad de oro sin labrar, numerosas piedras preciosas y cuatro depósitos de monedas acuñadas, que sumaban más de cuatrocientos mil ducados. Todos estos tesoros se confiaban a la custodia del obispo de Calahorra, alcaide del castillo de Sant'Angelo.

Era el cardenal Borja quien ceñía la tiara al nuevo Pontífice, viendo asegurada por tercera vez su autoridad en el manejo de sus negocios de la Santa Sede. Pero aunque Sixto IV le apreciaba en mucho y le favorecía con valiosos donativos, se fue entregando a la influencia de sus nepotes, que formaban los grupos igualmente rapaces, los Rovere y los Riario, hijos estos últimos de una de sus hermanas.

A la cabeza de los Rovere estaba Juliano, cardenal de carácter ardoroso y enérgico, semejante en costumbres y ambiciones a Rodrigo de Borja, sobrino del Papa como éste, licencioso en su vida lo mismo que el cardenal de Valencia, amigos ambos unas veces por la comunidad de gustos, y tenaces adversarios en otras ocasiones, hasta los mayores extremos de enemistad. Juliano de la Rovere había de ser el eterno conspirador contra Alejandro VI, ciñiéndose la tiara, después de la muerte de éste, con el nombre de Julio II.

En realidad, Sixto IV mostraba mayor afecto por otro sobrino suyo, Pedro Riario, al cual hizo cardenal teniendo veinticinco años. Juliano no pasaba de los veintiocho cuando recibió la púrpura al mismo tiempo que su primo. Muchos contemporáneos tenían la certeza de que el cardenal Riario era hijo, y no sobrino, de Sixto IV, explicándose así que el Pontífice lo prefiriese a Juliano de la Rovere, de más talento y carácter.

Jamás llegaron los Borgia a las fastuosidades de este cardenal Riario, presunto hijo del Papa, el cual pasó repentinamente de ser un pobre frailecito a malgastar las riquezas de la Santa Sede. Le dio su padre tantos obispados, abadías y otros cargos fructuosos, que sus rentas anuales ascendieron a tres millones de francos oro, y aun con esto no tenían bastante para su desatinada prodigalidad.

Sólo comía en vajilla de oro; montaba los más valiosos corceles; su servidumbre vestía de seda y púrpura; iba a todas partes llevando un cortejo de poetas y pintores; daba la importancia de negocios de Estado a la organización en sus palacios y jardines de funciones teatrales y representaciones bélicas. «Quiso competir —dijo Platina, el humanista protegido por él y nombrado por Sixto IV bibliotecario del Vaticano— con todos los personajes antiguos en grandiosidad y magnificencia..., lo mismo en las cosas buenas que en los vicios.»

Este joven, que era fraile franciscano meses antes, andaba por sus palacios con vestiduras de oro y «cubría a sus amigas de perlas finas desde la cabeza a los pies». Los personajes que pasaban por Roma, reyes cristianos de Oriente empujados por el avance de los turcos, o soberanos occidentales, no podían disimular su asombro ante las fiestas con que les obsequiaba el cardenal Riario.

Hacía construir palacios de madera para banquetes de gala que sólo duraban unas horas, deshaciéndolos a continuación. Cada servicio lo anunciaba su senescal entrando a caballo en el comedor, con traje distinto y seguido de músicos que escoltaban los platos.

A una princesa de la dinastía Aragón de Nápoles la obsequiaba con un banquete que duró seis horas, sirviéndose en el transcurso cuarenta y cuatro platos: ciervos enteros asados con su piel, cabras, liebres, terneros, grullas, pavos y faisanes conservando su plumaje. El plato más enorme, llevado en hombros por una docena de servidores vestidos de seda, tenía la apariencia de un oso de tamaño natural, con un palo en la boca. El pan había sido dorado, y los peces, así como otros manjares, llegaban a la mesa cubiertos de plata. En las obras de confitería intervenían los mejores escultores de Roma. Los doce trabajos de Hércules, todos ellos con personajes de dimensiones ordinarias, estaban esculpidos en materias azucaradas. Otro plato era una montaña con una sierpe gigantesca que se movía lo mismo que un reptil viviente.

También desfilaban ante las mesas castillos embanderados; todos de confitería, y estas obras eran arrojadas a continuación por los balcones del comedor sobre el populacho, que coreaba desde fuera con sus gritos las músicas del banquete. Igualmente estaban hechos de turrón y otras materias semejantes diez navíos que se presentaban cargados de peladillas en forma de bellotas, por figurar la bellota en el escudo de los Rovere. Como final, aparecía Venus en su carro de nácar tirado por cisnes; una montaña que se partía, saliendo de ella un poeta para expresar en forma rimada su admiración ante tal banquete; y tropas coreográficas de mujeres bailando danzas antiguas, pretexto, según el gusto de entonces, para excitar la concupiscencia.

En los tres años que duró su cardenalato, gastó Pedro Riario trescientos mil ducados de oro (varios millones de la moneda actual), dejando aún deudas por valor de sesenta mil. Sixto IV le lloraba con un dolor de padre, olvidando sus despilfarros y la enfermedad crapulosa que ocasionó su muerte en pocos días, viendo solamente lo que este joven, digno de su época, había hecho en favor de las artes, protegiendo a pintores, escultores y arquitectos. Todos los poetas de Roma le lloraron en sus versos como un nuevo Mecenas.

La desaparición de Pedro Riario dejó campo libre a las ambiciones de su primo Juliano de la Rovere. Además, éste pudo robustecer su influencia entre los cardenales aseglarados, sin obstáculo alguno, por hallarse Rodrigo de Borja fuera de Roma.

Pretendió Sixto IV organizar de nuevo la cruzada contra los turcos, enviando legados a las principales potencias cristianas para que le ayudasen en dicha empresa. A Borja le encargó que fuese a España, emprendiendo éste el viaje en mayo de 1472.

Era la primera vez que regresaba a su patria, de la que había salido siendo adolescente, y luego de dicha visita nunca volvió a ella. Según era costumbre, todos los cardenales residentes en Roma escoltaron a su compañero hasta la puerta de San Pablo, dándole el beso de despedida. En el puerto de Ostia tuvo que aguardar que pasase un furioso temporal, y emprendió su navegación días después en dos naves del rey Ferrante de Nápoles, haciendo escala en Córcega y llegando el 17 de junio a la playa de Valencia.

Llevaba con él varios obispos italianos, abades, jurisconsultos, poetas, que le servían de secretarios, y dos pintores napolitanos, que acabaron quedándose en España.

Valencia era entonces la ciudad más rica del Mediterráneo español y la de costumbres más alegres y libres. Juan II, padre de Fernando el Católico vivía en incesante lucha con los catalanes, negándose Barcelona a reconocer su autoridad, y todo el movimiento marítimo había pasado a Valencia. Su puerto era, desde el reinado de Alfonso V, un centro receptor y distribuidor del comercio con Italia.

Recordaba Claudio Borja lo que había leído en las Memorias de un tal Münzer, viajero alemán que visitaba dicha ciudad en el último tercio del siglo XV, admirando sus campos de limoneros, naranjos y palmeras, y aún más la elegancia de sus mujeres.

«Las valencianas —decía el alemán— visten con singular, pero excesiva, bizarría, pues van escotadas de tal modo que se les pueden ver los pezones, y, además todas se pintan la cara y usan afeites y perfumes, cosa en verdad censurable. Los habitantes de Valencia acostumbran pasear de noche por las calles, en las que hay tal gentío que se diría estar en una feria, pero con mucho orden, porque nadie se mete con el prójimo. Las tiendas de comestibles no se cierran hasta medianoche. No hubiera creído que existiera tal espectáculo a no haberlo visto.»

Esta ciudad rica y jocunda, que parecía reflejar las costumbres de la Italia del Renacimiento, situada enfrente, en la otra ribera del Mediterráneo occidental, recibió al embajador del Papa con el mismo aparato que si fuese un rey. Tuvo que pasar Rodrigo de Borja dos días en un monasterio inmediato, mientras preparaban su recibimiento. El cortejo ocupó una extensión de dos kilómetros. El cardenal de Valencia entró a caballo bajo un palio que sostenían los personajes más importantes de la ciudad, entre timbales y trompetas, por las calles cubiertas de ricos tapices, precediéndoles todas las parroquias con cruz alzada y numerosas hermandades. En días sucesivos empezaron los banquetes dados por Borja en su palacio episcopal.

Este vicecanciller de la Santa Sede poseía, además de las ricas mitras de Valencia, Cartagena y Oporto, numerosas abadías y la fortuna heredada de su hermano Pedro Luis. Todas sus rentas las gastaba espléndidamente.

Viviendo en Roma, había vencido, en 1461, a los cardenales más opulentos cuando se estableció una pugna entre ellos por quién arreglaría mejor la fachada de su palacio en la fiesta del Corpus. El pueblo romano lo apreciaba como el más generoso y munificente de los príncipes de la Iglesia. También había sobrepasado a sus compañeros del Sacro Colegio al disponer Pío II grandes fiestas para recibir en Roma la cabeza del apóstol San Andrés y al intentar dicho Pontífice la organización de una escuadra contra los turcos. En esta ocasión era el único que le obedecía, regalando un buque completamente armado.

La gula resultaba, según sus enemigos, el sólo vicio ignorado por él. Le gustaba comer un plato único, pero abundante, y cuando fue Papa, los cardenales temían como una desgracia que los invitase a su mesa. Tampoco mostraba afición al vino, condición de muchos hombres del Mediterráneo, enérgicos y ardorosos, y cuando lo bebía era mezclado con agua.

Todo esto no fue obstáculo para que el fastuoso cardenal —obispo de Valencia— diese grandes banquetes en su palacio. La ciudad había adornado sus calles en relación con la especialidad de los comensales o menestrales establecidos en ella. En la Tapinería, donde trabajaban los comerciantes de *tapines,* o chapines, calzado alto, inventado por los moros, que aumentaba la estatura de las mujeres y cuya moda se etxendía hasta Venecia, las casas se mostraban cubiertas de chapines de los más caros, que tenían las suelas con adornos de oro, plata y diamantes. En la calle de las Platerías, los orfebres ostentaban sobre tapices de brocado sus obras más suntuosas, y en la Puerta Nueva, cerca del sitio donde se iba a construir poco después la famosa Lonja, aparecían revestidos dos edificios, del tejado al suelo, con piezas de ricas telas. Los señores circulaban entre la muchedumbre montados en mulas y llevando a la grupa a su dama.

El sobrino de Calixto III era saludado por el pueblo como una gloria nacional. Todos presentían que iba a ser Papa, como su antecesor. Tuvo que abandonar la ciudad para ir en busca del rey de Aragón y su hijo, el futuro don Fernando el católico, que estaba sitiando a Barcelona. Éste último se había casado con la princesa Isabel, hermana del rey de Castilla, y necesitaba que le ayudase el cardenal para la legitimación de dicho matrimonio.

Como los que se llamaron después Reyes Católicos eran parientes en tercer grado de consanguinidad, habían visto negada por el Papa Paulo II la dispensa necesaria para su casamiento. El Pontífice obedecía a las sugestiones de los reyes de Castilla y de Portugal, opuestos a la mencionada unión. Pero el entonces arzobispo de Toledo, don Alfonso Carrillo de Acuña, hombre enérgico, de pocos escrúpulos en las cosas eclesiásticas, por considerarlas como propias, falsificó una dispensa del Papa, y el matrimonio pudo realizarse, fingiendo los Reyes católicos no estar enterados de dicha irregularidad.

Después, cuando Isabel la Católica mostró remordimientos, viéndose en estado de concubinaje, según las leyes de la Iglesia, el cardenal Rodrigo de Borja, que se había interesado por los dos, como español, obtuvo una bula de Sitxo IV, en la cual recriminaba el Pontífice a los contrayentes por haber ido a vivir juntos sabiendo que el casamiento era nulo; pero de todos modos comisionaba al arzobispo de Toledo para que lo revalidase.

Esta dispensa, en realidad, no era gratuita. Sixto IV esperaba que, a cambio de ella, don Fernando, rey de Sicilia y heredero de la corona de Aragón, diese barcos y hombres para la cruzada contra los turcos.

Luego de pasar varios meses en Cataluña volvió a Valencia el legado para avistarse con don Pedro de Mendoza. Éste era entonces obispo de Sigüenza nada más y Borja le traía el capelo cardenalicio. En adelante fue el famoso cardenal Mendoza, que llegó a ministro universal, llamándole muchos por su influencia *el tercer rey de España.*

Viajaba don Pedro de Mendoza con más aparato que los monarcas, siendo su lujo tan grande como el de los demás fastuosos cardenales. Entró en Valencia precedido de una música de negros a caballo, entre muchos señores castellanos, que llevaban sobre sus pechos pesadas cadenas de oro, y seguido de una escolta de doscientos jinetes y una tropa no menor de halconeros y monteros. Como Borja conocía la esplendidez del prelado de Castilla, le obsequió con un banquete, que hizo recordar a los cronistas de Valencia el lujo de Alfonso el *Magnánimo.*

Entre ricas tapicerías estaba servida la mesa, con letras góticas sobre el mantel hechas de flores, que repetían la leyenda del escudo episcopal de Borja: *Ave María gratia plena.* Ocho obispos pertenecientes a ambas comitivas sentábanse al banquete, con los dos poderosos magnates eclesiásticos y numerosos invitados seglares.

El lavatorio de las manos lo hacían en *grandes bacines de plata dorada con el fondo de esmalte,* poniéndose inmediatamente sobre la mesa varias copas llenas de jengibre verde, planta aromática que se mezclaba entonces en todas las salsas. Luego aparecían siete grandes platos con dos pavos cada uno rodeado de numerosas perdices, siendo doradas las cabezas de aquellos animales y pendiendo de sus cuellos cartelitos con el escudo de los Borja. Desfilaban a continuación cuatro fuentes de plata, enormes como rodelas, llevadas cada una por cuatro hombres, en las que había altísimos pastelones rellenos de ocas, ánades, fúlicas, palomas, gallinas, terneras, cabritos y otras viandas. Todos estos manjares eran acogidos con músicas de los ministriles, que ocupaban un tablado, y llevaban su escolta correspondiente de salsas.

A continuación eran presentados dos soberbios platos, teniendo ambos el aspecto de una montaña cubierta de verdura, sobre cuya cúspide se erguía un pavo con todo su plumaje y la cabeza intacta, lanzando por su pico un chorro de agua perfumada. Y mientras los trinchantes cortaban la carne por debajo de las alas, los dos pavos seguían derramando sus fuentes de perfume. Luego venía la *comida blanca,* llamada así por ser de leche, huevos y gran abundancia de azúcar, terminándose el pantagruélico banquete con numerosas variedades de confites y conservas dulces.

Duraban muchos días los festejos y mascaradas, y una vez más el cardenal Borja abandonaba a Valencia para irse a Castilla, siendo recibido en Madrid con gran pompa y bajo palio, al lado del rey don Enrique, apellidado el *Impotente,* que iba a su izquierda. Se esforzaba el cardenal por inclinar al monarca a favor de la sucesión de su hermana, doña Isabel, contra las pretensiones de los partidarios de su hija única, apodada la *Beltraneja*, por creerla adulterina, ocasionándole todo esto grandes enemistades. Al fin conseguía que don Enrique hiciera las paces con su hermana y cuñado Fernando, y en julio de 1463 volvía de nuevo a Valencia, preparando su regreso a Roma.

Esto fue en el mes de septiembre. Muchos valencianos de familia noble y otros dedicados a las Letras se dispusieron a seguir al cardenal. Tenían gran fe en su porvenir, repitiendo la tradicional marcha a Roma de los españoles en tiempos de Calixto III.

Varios centenares de caballeros y estudiantes componían ahora el cortejo del legado. Todos se dirigieron al puerto tan alegres «que parecían iban a bodas», según expresión de un cronista contemporáneo. Los del nuevo cortejo y los del antiguo, llegados con el cardenal, se embarcaron en dos navíos venecianos, cuyos capitanes hacían pagar de un modo abusivo el precio del pasaje.

Apenas salidos al mar, se desencadenó una de las horribles tempestades que agitan el Mediterráneo al iniciarse el otoño, acompañándolos dicha tormenta en toda la travesía, que duró más de un mes, por haber tenido que refugiarse en varios puertos.

El 10 de octubre, hallándose frente a Liorna, se recrudeció la tempestad, y asaltando las olas de través a una de las galeras la echaron a pique, desapareciendo instantáneamente. La otra nave, rota la quilla y descuadernada, pudo aproximarse a tierra, salvándose el cardenal Borja con algunos señores de su séquito.

Al día siguiente aparecían en la playa más de doscientos cadáveres, entre ellos los de tres obispos italianos y otros personajes que habían seguido al legado en su viaje a España. Setenta y cinco familiares de la servidumbre del cardenal se ahogaron igualmente, y con ellos doce jurisconsultos, seis caballeros y gran número de jóvenes valencianos que iban a Roma por el gusto de vivir en ella o para estudiar en la Universidad de Bolonia.

Todas las ropas y alhajas del fastuoso cardenal se perdieron, así como gran cantidad de valiosos regalos que le habían hecho en España reyes y próceres, y numerosas cajas de vajilla de Manises.

Rodrigo de Borja no llevaba más que la camisa puesta cuando lo sacaron en hombros. Su valor sonriente había infundido admiración a los más duros marineros.

Según costumbre de la época, los habitantes de la costa, que consideraban todo naufragio un presente de Dios, se arrojaron sobre el buque, robando lo que no se había llevado el mar y apoderándose igualmente de las ropas de los cadáveres.

Volvió el cardenal de Valencia de su legación en España con las manos vacías; pero Sixto IV le hizo un recibimiento como si hubiese obtenido éxitos enormes a favor de la Santa Sede. En realidad, traía grandes promesas de los reyes españoles para ayuda de la cruzada, pero ninguna de ellas llegó a cumplirse.

A partir de este viaje, empezó Rodrigo de Borja a tropezar con la influencia, cada vez más grande, del cardenal Juliano de la Rovere. Los dos eran igualmente hábiles, de carácter enérgico y pocos escrúpulos, con arreglo a la política de entonces, pero Borja llevaba la ventaja de su serenidad majestuosa, su valor tranquilo, su cautela, que le hacía contenerse a tiempo y no decir palabras irreparables. Juliano era más impetuoso, y parecía repulsivo a muchos por sus cóleras sombrías y sus vengazas. Adivinando Borja que Rovere preparaba su candidatura para el Papado, empezó también a pensar en su próxima persona como aspirante a la tiara.

Celebró el pueblo romano, en 1481, con fiestas e iluminaciones, la muerte de Mohamed, el terrible sultán conquistador de Constantinopla. Sixto IV había conseguido reunir una flota de treinta y cuatro barcos, mandada por un cardenal. Esta escuadra pontificia, con otros buques del rey de Nápoles, reconquistó a Otranto, puerto tomado por los turcos; pero, después de tal victoria, tuvo que volverse, por la flojedad de su almirante y la insubordinación de la marinería, asustada de la gran mortandad que empezaba a causar en ella la peste. Una vez más fracasaba el Papado en su guerra contra los turcos.

Continuó Sixto IV hasta su muerte sustituyendo los cardenales que fallecían con otros, en su mayor parte de vida mundana y pocos años. Mientras tanto, sus numerosos sobrinos, todos príncipes de la Iglesia, eclesiásticos o laicos, se dedicaban a deplorables operaciones, concediendo por dinero las cosas más santas. Hasta el mismo Papa era acusado, sin prueba alguna, de dedicarse al acaparamiento de cereales para venderlos más caros al pueblo.

Al morir Sixto IV, en agosto de 1484, el vecindario romano se entregaba a mayores excesos que al finalizar los Papados anteriores. Odiaba ahora a los genoveses, escandalosamente protegidos por el Papa difunto. La muchedumbre asaltó el palacio de su sobrino Jerónimo Riario, saqueándolo de tal modo que sólo quedaron las paredes. Hasta los árboles de su jardín desaparecieron. Todo lo que en Roma pertenecía a genoveses fue robado o destruido: numerosos almacenes de cereales, dos barcos cargados que estaban en el Tíber, muchas tiendas de comestibles.

Este trastorno general iba a provocar, una vez más, la guerra civil entre Colonnas y Orsinis. Los vecinos se ocultaban en sus casas. Los palacios de los cardenales aparecían transformados en fortalezas. Especialmente Juliano de la Rovere y Rodrigo de Borja habían guarnecido sus elegantes viviendas con tropas de mercenarios a sueldo, levantando, además, bastiones de tierra ante las puertas, con abundante artillería. Toda la gente belicosa de la ciudad estaba en armas, dispuesta a la batalla.

Finalmente, las gestiones de los cardenales más viejos lograban establecer cierta calma, y se reunía el conclave para elegir el nuevo Pontífice.

Borja y Rovere iban a luchar frente a frente en esta elección; pero como ambos eran astutos y veían sin engaños la realidad, se dieron cuenta de que aún no había llegado su hora.

El número de cardenales aseglarados había sido aumentado por Sixto IV, y ya no era Borja su único capitán. Rovere, sobrino de Papa, lo mismo que él, rico, fastuoso, mujeriego y además, muy jugador, dirigía igualmente a estos príncipes de la Iglesia, semejantes en pasiones y vicios a los magnates laicos.

Algunos cardenales de sanas costumbres pensaron en elegir a su compañero Juan Moles, que era español y se había mantenido ajeno a las contiendas de Roma, viviendo con el decoro de un anciano virtuoso: pero su nacionalidad resultaba un obstáculo, y los italianos desistieron de su candidatura. Todos los embajadores residentes en Roma creían en la elección de Rodrigo de Borja, y él había fortificado su palacio para que no lo saqueasen, considerando seguro, durante algunos días, su próximo triunfo.

Rovere, su adversario, convencido de su propio fracaso, trabajó por crear un Pontífice que se lo debiera todo a él y siguiese su dirección, fijándose en Juan Bautista Civo, cardenal de origen genovés, como su tío Sixto IV. Apeló Juliano a todos los medios para hacerlo triunfar, valiéndose hasta de soborno, y, finalmente, ganó la votación el cardenal Civo, tomando el nombre de Inocencio VIII.

Era un hombre grande, fuerte, carilleno, extraordinariamente blanco y de ojos muy débiles. Su familia, genovesa, aunque pobre, estaba emparentada con la riquísima de los Doria. Tenía dos hijos legítimos: Teodorina y Franceschetto. Sus enemigos afirmaban que estos hijos eran únicamente sus predilectos y que había dado la vida a muchos más, haciéndolos ascender algunos comentaristas a siete, y otros, a dieciséis.

Sixto IV lo había protegido por su carácter blando y tolerante, que le permitía ser benigno con todos. Juliano esperaba obtener cerca de él una influencia mayor que durante el pontificado de su tío. Todos los embajadores escribían a sus potencias que el cardenal de San Pedro, o sea, Juliano de la Rovere, iba a resultar el verdadero Papa.

Pronto se dio cuenta de que no era tan absoluto su poder como se lo había imaginado en el momento de la elección. El Pontífice tenía un hijo cerca de él, Franceschetto Civo, deseoso de aprovechar la buena fortuna paternal para reunir dinero y entregarse a toda clase de desenfrenos. Como era extremadamente jugador y poco favorecido por la suerte, intervenía en toda clase de negocios a cambio de valiosas comisiones. Mientras tanto, Inocencio VIII parecía preocuparse de la organización de una cruzada, lo mismo que sus antecesores, pero sin éxito alguno. Su única victoria fue traer a

Roma al príncipe turco Djem o Hixem, como decían los españoles.

A la muerte del gran Mohamed, dos de sus hijos se habían disputado la corona imperial. Era Bayaceto quien sucedía al victorioso padre, y su hermano menor, Djem, que contaba con muchos partidarios, tenía que huir de Constantinopla, en 1482, para que aquel no lo suprimiese, buscando refugio entre los caballeros de San Juan, que ocupaban la isla de Rodas. El Gran Maestre de dicho orden veía en Djem un poderoso medio para tener en jaque a Bayaceto, y ajustaba, finalmente, con éste, un tratado, en virtud del cual los llamados caballeros de Rodas guardarían en custodia al pretendiente Djem, a condición de que el emperador turco no atacase su isla, pagando, además, con pretexto de la manutención de su hermano, un tributo anual de cuarenta y cinco mil ducados.

Djem era enviado a unas tierras que los sanjuanistas poseían en Auvernia, y desde entonces los reyes de Francia, de Nápoles y de Hungría, la República de Venecia y el Papa —todos los que deseaban ser temidos de Bayaceto para que los dejasen en paz— pretendieron tener bajo su custodia al *Gran Turco,* pues así llamaban al príncipe Djem.

Inocencio VIII pudo más que sus contendientes, dando el capelo cardenalicio al Gran Maestre de Rodas, así como muchos privilegios y libertades a la mencionada Orden, y el príncipe turco pasó a vivir en Roma con una guardia, para su propia seguridad, de caballeros sanjuanistas. Además, como Djem iba a ser huésped del Papa, éste cobraría en adelante los cuarenta y cinco mil ducados anuales que entregaba el sultán.

Roma entera se puso en movimiento para recibirlo. Tal era el pavor infundido por Mohamed después de la toma de Constantinopla, que había circulado la predicción de que el soberano de los turcos iría un día a apoderarse de la Ciudad Eterna, estableciendo su alojamiento en el Vaticano. Y todos creyeron ver un acto de la voluntad divina al cumplirse tal vaticinio, pero de diferente modo, llegando el *Gran Turco* como cautivo y no como vencedor.

Se aposentó Djem en el Vaticano y allí vivió tranquilamente varios años, sin dejar de inspirar inquietudes a su hermano Bayaceto, pues una parte del pueblo turco, así como los jenízaros, parecían dispuestos a sublevarse a favor suyo si se presentaba en el país.

Otro suceso más importante hizo olvidar la llegada de Djem. En la noche del 31 de enero de 1492 recibió el Papa la noticia de haberse rendido Granada a los Reyes Católicos el 2 de dicho mes, colocando en las torres de la Alhambra las banderas cristianas y un gran crucifijo de plata regalado por Sixto IV para que precediese a las tropas en esta última guerra contra los infieles.

La rendición de Granada la consideraron en Roma como una especie de compensación por la pérdida de Constantinopla. Los futuros Reyes Católicos enviaron al Papa cien prisioneros moros, en agradecimiento a los auxilios que les había prestado durante su campaña.

A pesar de hallarse muy enfermo, fue Inocencio VIII en procesión desde el Vaticano a la iglesia de Santiago, en la plaza Navona, que era propiedad de los españoles, celebrando allí una gran fiesta. Los regocijos públicos resultaron numerosos. El embajador español pagó una representación pública de la conquista de Granada, el cardenal Rafael Riario organizó un cortejo reproduciendo la entrada triunfal de los soberanos españoles en dicha ciudad, y Rodrigo de Borja dio en la plaza Navona la primera corrida de toros a estilo de España, que presenciaron los romanos.

El sultán turco, en relaciones continuas con el Papa desde que éste guardaba a su hermano Djem, le envió como regalo una preciosa reliquia: la lanza con que Longinos había abierto el pecho de Cristo clavado en la cruz. El musulmán Bayaceto garantizaba la autenticidad de dicha reliquia.

Los cardenales más afectos al Papa, presididos por Juliano de la Rovere, salieron lejos de Roma para recibir a los mensajeros turcos, incautándose de la Santa Lanza. Inocencio VIII, próximo ya a la muerte, abandonó el lecho para presidir dicha solemnidad. El arma bendita fue llevada en procesión a través de Roma hasta las habitaciones particulares del Pontífice.

Al verse Rodrigo de Borja suplantado por Rovere, que ocupaba en la ceremonia el sitio más honorífico después del Papa, quiso abrumar a dicho rival con su riqueza y su gallardía, y asistió al recibimiento de la Santa Lanza, vestido lujosamente a la española, montando un brioso corcel, que manejaba con su habilidad de consumado jinete, la espada al costado, y en la cabeza, una gorra con adornos de perlas, rematada por airoso penacho.

Dicha procesión fue el último acto público de Inocencio VIII. De junio a julio estuvo entre la vida y la muerte, y la certeza de su próximo fin agravó la falta de seguridad en Roma.

No pasaba un solo día sin asesinatos. Las turbas vivían olvidadas de todas las imposiciones del orden. El médico del Papa, que era judío, hizo degollar a tres niños de diez años —según contaban las crónicas de entonces—, llevando al enfermo la sangre de ellos para que la bebiese, único medicamento capaz de reanimar su vigor. Éste remedio monstruoso no era raro en la Medicina de aquella época, siempre predispuesta a emplear la sangre humana para fines terapéuticos.

Se negó Inocencio a admitir el terrible brebaje, y en sus últimos días aún tuvo fuerzas para llamar a los cardenales en torno a su lecho, exhortándolos a la concordia, pidiendo que eligiesen un Pontífice mejor que él.

El 25 de julio de 1492, en las primeras horas de la noche, moría Inocencio VIII. Sus actos más notables habían sido dar ayuda a los Reyes Católicos en la expulsión de los judíos de España y publicar una bula contra las brujas y hechiceros existentes en Alemania, documento que sirvió de base a ulteriores persecuciones de la Inquisición.

También en su tiempo se falsificaron muchas bulas pontificias por empleados de la Santa Sede, ganosos de adquirir dinero fuese como fuese, a imitación de Franceschetto Civo, el hijo del Pontífice. Éste, cuando no andaba a altas horas de la noche por las calles de Roma con un grupo de libertinos, intentando penetrar a viva fuerza en las casas donde vivían mujeres bonitas y recibiendo las más de las veces palizas de padres y esposos, se dedicaba al juego en casa del cardenal Riario, que era un incansable tahúr. Una noche perdió Franceschetto catorce mil ducados, y fue a quejarse a su padre de que el cardenal jugaba con cartas marcadas. Así debía de ser, pues todos los que jugaban con Riario, aunque fuesen compañeros suyos de consistorio, salían perdiendo.

Claudio Borja recordaba la tumba de Inocencio VIII. Como

era un monumento de bronce con hermosas esculturas del arte cuatrocentista, la había conservado, pasando de la antigua iglesia de San Pedro a la actual basílica. Gracias al valor artístico de dicha sepultura, la memoria de Inocencio VIII se perpetúa más que la de otros Pontífices superiores a él, caídos en olvido.

Lo designaba la inscripción sepulcral como el Papa bajo cuyo reinado había sido descubierto el Nuevo Mundo.

«Una falsedad escandalosa —pensó Claudio—. El Papa murió el veinticinco de julio de mil cuatrocientos noventa y dos, o sea, cuando Colón vivía aún en Palos, sin saber cómo iniciar su viaje por falta de marineros, y Martín Alonso Pinzón lo salvaba reclutando tripulaciones.»

Esta inscripción de la tumba de Inocencio VIII había sido redactada muchos años después de la muerte de dicho Papa. Los enemigos y calumniadores del español Alejandro VI hasta pretendían robarle la gloria del gran acontecimiento geográfico ocurrido bajo su Pontificado.

III. EN EL QUE SE HABLA DEL RUIDOSO TRIUNFO DEL VICECANCILLER, DE LA BELLA JULIA, «ESPOSA DE CRISTO», Y DE SU HERMANO «EL CARDENAL FALDERO»

Cuando doña Natividad, la cuñada de Bustamante, torcía el curso de su humor agrio contra Enciso de las Casas, formulaba siempre la misma crítica.

—Le gustan las gentes de mala conducta; no lo puede evitar. ¡Un hombre que la echa de cristiano! ¡Un padre de familia con tantos hijos, y una esposa tan buena... y tan tonta!

Si el embajador oía tales críticas, procuraba excusarlas con una benevolencia protectora.

Su rico amigo, y ahora compañero de diplomacia, quería ser, ante todo, un artista, un escritor. Tenía una concepción romántica de la vida. Todos los grandes hombres, según él, habían llevado una existencia desordenada, hasta incurrir a veces en los mayores vicios. Le parecía imposible el talento sin ir acompañado de escandalosos defectos y hasta de aberraciones. Y por una lógica a la inversa, imaginábase que todos los que vivían emancipados de la moral corriente debían ser de gran talento, aunque no lo demostrasen. Por eso consideraba con irresistible simpatía a los intelectuales y a los pecadores, cual si unos y otros perteneciesen a la misma familia.

Doña Nati no iba completamente descaminada en sus maledicencias. Este personaje que visitaba al Papa todos los meses y mantenía una estrecha relación de amistad con la mayor parte de los príncipes eclesiásticos, se consideraba obligado a ser *un poco bohemio* dentro de la magnificencia de su vida, perdonando fraternalmente a cuantos menospreciaban las conveniencias sociales y morales, manteniéndose al margen de ellas. Por algo escribía libros y coleccionaba cosas antiguas.

La concurrencia a su mesa y sus salones resultaba algo heterogénea. Al lado de los cardenales tomaban asiento gentes de vida aventurera, pero de nombre célebre: aristócratas arruinados y sospechosos, artistas cuyas costumbres eran contadas al oído con guiños de ojos y rubores.

—A mí lo que me interesa —decía Enciso— es que las gentes tengan una novela en su vida. Lo importante es ser alguien. El malo acaba por hacerse bueno; Dios perdona a todos y debemos imitar su bondad infinita.

Esta tolerancia causaba extrañeza a muchos de sus comensales. No podían explicársela en un hombre clasificado para siempre entre las gentes tranquilas y de morigeradas costumbres. Invitaba a todas las familias de su país que pasaban por Roma y sonreía conmovido agradeciendo los elogios dedicados a su lujosa vivienda.

—Me distingo algo de mis colegas de las otras repúblicas de América —decía con falsa modestia—. Esto consiste en que soy un poco artista. Tengo aficiones que ellos no conocen. ¡Y pensar que en nuestro país no se enteran de la importancia que les estoy dando con mi prestigio en Roma...!

Algunas matronas sudamericanas resumían su admiración deseando para sus hijas un esposo tan rico y tan bueno como Enciso de las Casas.

—¡Qué suerte ha tenido Leonor! —éste era el nombre de su esposa—. ¡Qué marido insustituible!

Para Enciso resultaban molestos y hasta ofensivos estos elogios a su fidelidad conyugal y que todos la considerasen fuera de duda.

—No se fíe, señora —contestaba con una expresión maliciosa, según él—. Tal vez la estoy engañando con mi hipocresía. ¡Soy muy diablo!

—¿Usted, Manuel...?

Y quedaba confundido y apesadumbrado al mismo tiempo por la extrañeza casi burlona de las damas. De ningún modo podían admitir que fuese *un diablo.* Todas se resistían a creerle de vida desordenada y secreta... *como los hombres de talento.*

Definitivamente era un padre de familia que sólo podía pensar en los suyos; un personaje tranquilo, incapaz de tener una historia secreta; un *burgués* que debía quedarse para siempre ante las puertas de la bohemia, sin conseguir penetrar en ellas por más que hiciese. Pero esto no disminuía su afecto hacia los que estaban dentro de aquel infierno, cerrado para él.

A Claudio Borja considerábalo interesante a pesar de su gravedad melancólica y poco expresiva. Incluíalo entre los que *tienen novela.* Y al español le agradaba que Enciso aludiese en sus conversaciones a la hermosa viuda, mostrando gran aprecio por su persona.

Era el único que parecía acordarse de la existencia de Rosaura, sin duda porque ésta también *tenía novela.* Con una discreción sonriente procuraba mencionar a la argentina, valiéndose de los más diversos pretextos, y al mismo tiempo sus ojos de pupilas claras, con las córneas un poco purpúreas, miraban al joven como diciéndole: «Lo sé todo y envidio su buena suerte.»

En realidad, había pensado muchas veces en Rosaura como algo que se admira de muy lejos, con el convencimiento de no poseerlo nunca. Una mujer así hubiese redondeado su vida de *artista.* Pero juzgándola fuera de su alcance, dedicaba una parte de la mencionada admiración a los que habían sido más dichosos que él, viendo en Claudio un reflejo de la personalidad de la otra.

Ésta era la causa, tal vez, de que lo invitase con frecuencia a su palacio, conversando ambos en la vasta biblioteca, cuyos libros parecían luminosos por la rutilancia de sus encuadernaciones.

—Yo soy un creyente —dijo una tarde después de haber almorzado con Borja—. Acepto cuantas reglas me imponga la Iglesia; pero al mismo tiempo soy muy humano y conozco las debilidades del hombre, consecuencia lógica de su imperfección. Simpatizo con los Borgia, sin que esto disminuya mi catolicismo. No incurriré en el absurdo de querer hacer de ellos unos santos calumniados, como algunos de sus panegiristas; pero tampoco fueron unos demonios, como quieren sus detractores. En punto a pecados, resultaron iguales a sus contemporáneos, y si alguna vez llegaron un poco más lejos que ellos (un poco nada más) fue por la fogosidad excesiva, por la tendencia al contraste y a desafiar a la opinión, propias de las gentes del Mediterráneo... Todos ellos se mostraron religiosos y creyentes. No hablemos de Calixto III, varon de santa memoria. Alejandro VI, el Borgia más abominado, fue un Pontífice eminente que manejó con maestría los intereses de la Iglesia y la dejó poderosa, hasta el punto de que su adversario y sucesor Julio II le debe la mayor parte de grandeza, heredada de él. Usted sabe que Rodrigo de Borgia mostró siempre una sincera devoción a la Virgen y llevaba a todas horas una hostia consagrada dentro de un relicario de cristal pendiente del pecho o de una muñeca, para poder comulgar sin pérdida de tiempo en el caso de que le sorprendiera la muerte.

Hizo don Manuel una pausa mientras parecía retroceder con su pensamiento a través de la Historia.

—Los que juzgan el pasado con arreglo a su mentalidad moderna —siguió diciendo— se equivocan de un modo lamentable y no pueden comprender el alma de los hombres de aquellos tiempos. Era más completa que la nuestra; vivían en el período renacentista, donde todos luchaban entre las ansias de placer, despertadas por la literatura, y una educación cristiana adquirida en su juventud. Comprendo perfectamente la devoción mística por la Virgen que mostró el Papa Alejandro, la Santa Forma acompañándole a todas horas, y al mismo tiempo sus varios hijos legítimos, su lubricidad acometedora, sólo comparable a la del animal que figura en su escudo.

Casi todos los cardenales y muchos pontífices eran parecidos a él. Aún no se habían purificado las costumbres eclesiásticas para hacer frente a las críticas de los protestantes. Los papas vivían como reyes, teniendo sus mismos defectos, y los cardenales como príncipes laicos. Estaba lejos todavía el Concilio de Trento con su nueva disciplina eclesiástica. Los pecados de la carne acometidos por gentes de la Iglesia provocaban regocijados comentarios, nunca indignación o severidad como ahora.

Enciso se valía de una imagen para aminorar los defectos

de Rodrigo de Borja y de los papas y cardenales de aquella época, igualmente culpables por sus lascivias y escándalos. Los comparaba al soldado que merece castigo por faltar a los reglamentos militares: desobediencia a sus jefes, mal ejemplo para sus compañeros, palabras sediciosas, costumbres desmoralizadoras. Pero este soldado criminal no es un traidor a su país, no ha renegado de su bandera, no ha servido a los enemigos de su patria.

Aquellos pontífices y cardenales pecadores continuaban siendo, en medio de sus desórdenes, buenos católicos y muchas veces (el caso de Alejandro VI) servían a la grandeza de la Iglesia mejor que los papas virtuosos, gracias a su talento y a su carácter. Ninguno de ellos incurría en herejías; antes bien, se mostraban intolerantes y enérgicos en la defensa de la fe.

—Rodrigo de Borja se preocupó en todo momento de mantener la pureza del dogma y ensanchar los dominios de la Iglesia. Ésta no perdió nada durante su Pontificado; al contrario, aumentó enormemente su poder temporal. Era sobrio en la mesa, apenas bebía vino, nunca se mostró jugador, como Scarampo, los Riario y otros cardenales. Su pecado fue gustarle las mujeres de un modo irresistible, hasta en su más extrema ancianidad, sin incurrir nunca en el *vicio griego*, como muchos de sus compañeros de cardenalato... Podía haber ocultado fácilmente sus hijos, por ser ilegítimos, llamándolos *sobrinos*, a imitación de otros pontífices; pero este español era incapaz de tapujos e hipocresías en sus afectos. Amaba a sus retoños con un apasionamiento extremado de meridional; fue un *padrazo*, preocupándose sin recato de engrandecerlos. Una lujuria de toro bravo, siempre fecunda, y un ambicioso deseo de elevar a su prole fueron los dos grandes defectos de este varón, indiscutiblemente superior, por la firmeza de su carácter, por su coraje reposado y sereno y por sus talentos de gobernante, a todos sus contemporáneos.

Animado Enciso por la atención con que le escuchaba Claudio, siguió comunicándole algunas particularidades de la vida de sus remotos antepasados, seguramente desconocidas para él. Guardaba en su biblioteca cuanto se había escrito acerca de los Borjas, convertidos en Borgia al establecerse en Roma. Todos le eran familiares; sabía cómo habían sido sus casas, su manera de vivir, sus comidas, sus aventuras.

Describió el segundo palacio de Rodrigo de Borja con arreglo a una carta recientemente descubierta del cardenal Ascanio Sforza, su amigo íntimo en el Sacro Colegio. El cardenal de Valencia, frugal en su mesa ordinariamente, daba una espléndida cena a Sforza y otros tres príncipes eclesiásticos, entre ellos Juliano de la Rovere. Todo el palacio estaba adornado con magnificencia, siendo admirables los tapices que cubrían sus paredes, representando sucesos históricos. Cada uno de los salones, según la moda de entonces, tenía un rico lecho de aparato, por considerarse este mueble el más importante de todos. Las alfombras y tapices estaban en perfecta armonía de colorido con el resto del decorado. En el último de los salones, el lecho de honor era de tela de oro y las alfombras traídas de Egipto. Había varias credencias o aparadores, con vajillas de oro y plata cinceladas por los más famosos orfebres de la época.

—En aquel momento —continuó el diplomático—, Borja y Rovere eran amigos. Se juntaban y apartaban según las conveniencias políticas; pero en realidad Rovere mostrábase más implacable en su odio, por no hallarse éste exento de envidia. Sentíase indignado sordamente por los éxitos mundanos del cardenal de Valencia, por aquel *imán misterioso* que atraía de un modo irresistible a las mujeres, según decían los cronistas. Por la certeza de que iba a ser Papa antes que él, no obstante la influencia que venía ejercitando sobre Inocencio VIII, influencia que indignaba a muchos embajadores, haciéndoles gritar que «ya tenían bastante con un Pontífice y no necesitaban dos».

Junto a la cama de Inocencio VIII, enfermo de muerte, disputaban un día ambos cardenales, faltando poco para que viniesen a las manos. Borja, vicecanciller de la Iglesia no podía admitir los aires de verdadero Papa que se daba Rovere... Y el cardenal de Valencia, siempre alegre, insinuante y cortés, resultaba temible cuando, de tarde en tarde, conseguía algún enemigo que montase en cólera.

Era grande, vigoroso, ágil para la acción, y tenía la costumbre de ir casi siempre en traje seglar y ciñendo espada.

Ascanio Sforza, el cardenal más amigo suyo, gustaba especialmente de la caza, y como recibía al año rentas eclesiásticas por valor de un millón y medio de francos oro, ningún monarca de la Tierra poseía caballos, perros y halcones como los suyos, con todo el personal necesario para el cuidado de tantas y tan costosas bestias.

—Cardenales como Borja, Sforza y Rovere —siguió diciendo Enciso— no eran una excepción. Casi todos los de entonces, a semejanza de los senadores de la antigua Roma, vivían rodeados de una curia de parásitos, a más de sus numerosos sobrinos o hijos. Cabalgaban vistiendo traje guerrero, iban a diario con capa y espada, tenían en sus palacios una servidumbre de centenares de personas, aumentándola en caso de peligro con tropas de matones a sueldo. Los más ricos y mundanos capitaneaban una facción de partidarios de su nombre, porfiando entre ellos por quién desplegaría mayor esplendidez en las fiestas de Carnaval, costeando carros triunfales llenos de máscaras, orquestas y cantores para dar serenatas, o compañías de cómicos que representaban en medio de la calle, ante sus palacios.

La antigua nobleza de Roma veíase humillada por los príncipes de la Iglesia. Cada uno de los cardenales tenía sus pintores, sus escultores y, sobre todo, sus humanistas y poetas, que componían obras en loor suyo o de su familia. Rodrigo de Borja había tenido un hijo llamado Pedro Luis, de una dama romana cuyo nombre se ignoró siempre, y una hija, Jerónima, habida probablemente de otra madre. Esto ocurrió algunos años antes de 1463, fecha en que el cardenal de Valencia, que se había mantenido hasta entonces simple diácono, tuvo que recibir la orden sacerdotal para posesionarse del obispado de Albano.

—Después de ser sacerdote continuó su vida irregular teniendo nuevos hijos. La mujer que le dio mayor descendencia y vivió más tiempo con él fue Juana de Catanzi o Catanei, una romana apodada la *Vannoza*, de la que no ha quedado ningún retrato; pero la opinión general la supone grande, de hermosura rozagante, con carnes pomposas y frescas como todas las mujeres del Transtevere, una especie de Juno popular. Fue la amante de *todo reposo* para Rodrigo de Borja, que además no era tornadizo y predispuesto a cambiar de mujer, dando a sus relaciones ilícitas una tranquilidad familiar. Tal vez esta tendencia al concubinaje permanente y sólido le libró de la más terrible enfermedad de la época, que hacía entonces estragos horribles, y de la que no se libraron cardenales ni papas. Su enemigo Rovere, menos franco en sus amoríos y también menos consecuente, aficionado a pasar de una mujer a otra sin ligarse con ninguna, fue víctima de una sífilis, y se agravó su dolencia de tal modo, que en una ceremonia de Viernes Santo le fue imposible descalzarse por no mostrar las llagas que el vergonzoso mal había abierto en sus pies.

La *Vannoza* daba cuatro hijos al cardenal Borja: Juan, que fue segundo duque de Gandía, César, Lucrecia y Jofre. Poseía en Roma una casa cerca del palacio de su amante, y por tres veces se casó con italianos que aceptaron una posición tan deshonrosa a cambio de los buenos empleos proporcionados por el cardenal.

Cuando Borja llegó a Papa ya hacía tiempo que la *Vannoza* había dejado de ser su amante, pasando a la tranquila situación de madre de sus hijos. Esta mujer moría devotamente en Roma a los setenta y seis años, mucho después de la desaparición de los Borgia. Todas las gentes del barrio la tenían en altísimo concepto porque costeaba grandes funciones religiosas en la iglesia de Santa María del Popolo, y se había hecho construir en ella una tumba cuyo epitafio latino mencionaba a sus cuatro hijos con una vanidad de plebeya triunfante: Juan, duque de Gandía; César, duque del Valentinado; Jofre, príncipe de Esquilache; Lucrecia, duquesa de Ferrara.

Los dos hijos anteriores del cardenal Borja desaparecieron antes de su Papado. Jerónima moría joven, y sin historia. Su verdadero primogénito, Pedro Luis (igual nombre que su tío, el favorito de Calixto III), después de una brillante y rápida juventud se extinguía igualmente. El cardenal lo había enviado a España para que hiciese la guerra contra los moros a las órdenes de Fernando el Católico, distinguiéndose en varios combates como soldado ardoroso. Su padre compraba para él un ducado, el de Gandía, consiguiendo, además, que se esposase con doña María Enríquez, hija de un tío del rey don Fernando. El joven tuvo que volverse a Roma en 1488, donde enfermó gravemente, muriendo poco después, y el ducado de Gandía pasó al primer hijo de la *Vannoza*, el llamado Juan, destinado por su padre a ser hombre de guerra.

César, el segundo hijo de la romana, dedicábalo Rodrigo desde su niñez al estado eclesiástico, sin consultar su voluntad. Seguía con esto la tradición de la familia: el hermano mayor debía ser soldado y el segundo cardenal; lo mismo que Pedro Luis y él, bajo Calixto III.

El eterno vicecanciller era de mano larga para la protección de los suyos. Sixto IV dispensaba al pequeño César, teniendo éste cinco años, del obstáculo canónico para recibir las órdenes, por ser su padre un cardenal-obispo y su madre una mujer casada. A los siete lo hacía protonotario, dándole, además, beneficios eclesiásticos en Játiva y otras ciudades españolas.

Inocencio VIII lo nombraba obispo de Pamplona siendo niño aún. Esto no parecía extraordinario en aquel tiempo. Pocos eran los obispos residentes en sus diócesis. Los que recibían la investidura episcopal enviaban a un sacerdote para que gobernase en su nombre, preocupándose solamente de cobrar las rentas de su mitra.

—Yo he leído repetidas veces —continuó Enciso— la carta del cardenal Borja al cabildo de Pamplona anunciándole el nombramiento de este obispo de diez años. Una obra admirable por su amabilidad insinuante y el conocimiento que revela su autor del egoísmo humano. Recuerda el cardenal a los canónigos de Pamplona que es vicecanciller de la Santa Sede, tan poderoso casi como el Papa y se ofrece a ellos y a su aglesia para servirlos en Roma. ¿Cómo no contestar agradecidos...?

Jofre, único de sus hijos, insignificante y sin historia, que recibió el mismo nombre puramente valenciano de su abuelo, fue también en su infancia canónigo y arcediano de la catedral de Valencia. Lucrecia, por su sexo, no podía aspirar a ninguna prebenda eclesiástica, y su padre la destinó a unirse en matrimonio con el hijo de algunos de aquellos señores de la nobleza valenciana, grandes amigos de la familia Borja desde los tiempos en que Calixto III figuraba como secretario del rey Alfonso.

Los contemporáneos de Rodrigo tuvieron a éste por «hombre de ingenio, hábil para todo, de altos pensamientos, sagaz por naturaleza y de admirable actividad en el manejo de los negocios». No era gran orador, pero mostraba una palabra elocuente en conversaciones y pequeñas asambleas, que parecía agrandar sus conocimientos literarios deslumbrando al auditorio.

—Me lo imagino —siguió diciendo don Manuel— cuando ya Pontífice hablaba a cardenales y embajadores. Su voz fue indudablemente abaritonada, en consonancia con su figura majestuosa y sus ojos negros, acariciadores y tenaces. Debió de tener mucho de hombre de teatro, expresándose a todas horas con cierta solemnidad, lo que es bastante común en las gentes del Mediterráneo.

Recordó Enciso la relación de un embajador de Venecia a su Gobierno, hablando de esta oratoria algo dramática que usaba Alejandro VI, no sólo en los actos públicos, sino igualmente en la vida privada. Cuando el Papa tenía que comunicarle algo secreto (y muchas veces el tal secreto era un engaño diplomático), lo hacía entrar en un pequeño gabinete, cerraba la puerta por dentro, y señalándole un sillón, decía con majestuosa gravedad:

—Sentaos, embajador, y todo cuanto aquí hablemos sólo tres lo sabrán; vos, yo y Dios que nos escucha.

Levantaba la mano al decir esto señalando al cielo, y era tan solemne el tono de su voz, que al veneciano, no obstante ser un escéptico y tener al Papa por admirable comediante, le era imposible impedir la propia emoción.

Su palacio, sito en el comedio del camino entre el puente de Sant'Angelo y el Campo di Fiori, lo consideraban entonces el mejor de Roma.

—Puede usted verlo cuando quiera, querido Borja. Es el actual palacio Sforza Cesarini.

Sólo el cargo de vicecanciller le producía anualmente ocho mil ducados de oro. Sus obispados dábanle mayores rentas, y todos conocían en Roma sus numerosas alhajas, su afición a las perlas, sus tapices, sus ricos ornamentos sacerdotales, su biblioteca abundante en libros de literatura y de ciencias. Como jinete que había empezado a cabalgar a la edad de ocho años, tenía una caballeriza mejor que la del Papa y la de muchos reyes. Todos sospechaban, además, que guardaba ocultos valiosos tesoros en dinero acuñado. Durante treinta y siete años de cardenalato había ido acumulando riquezas, no obstante su generosidad y la opulencia de su vida. Era una reserva irresistible para cuando llegase el momento de entablar la batalla definitiva con su adversario Juliano de la Rovere.

La luenga agonía de Inocencio VIII dio tiempo al Sacro Colegio para evitar aquellas alteraciones del orden público que seguían a la muerte de todo Pontífice, y el conclave se reunió en medio de una relativa tranquilidad. «Sólo han sido un centenar de heridos y muertos», decía un embajador al relatar los sucesos de Roma después del fallecimiento de Inocencio.

El 6 de agosto de 1492 se reunía el conclave en la Capilla Sitxina, compuesto de veintitrés cardenales, y el sermón de costumbre era pronunciado por el obispo español don Bernardino López de Carvajal, describiendo el grave estado de la Iglesia y excitando a los cardenales a «una pronta y buena elección».

Juliano de la Rovere, verdadero Papa durante el Pontificado de Inocencio, quería ocupar ahora directamente la silla de San Pedro, apelando al soborno de los cardenales dispuestos a tal venalidad, lo mismo que ya había hecho en la elección anterior. Como estaba al servicio de los intereses de Francia, se contaba en Roma que el rey Carlos VIII había hecho depositar en un Banco doscientos mil ducados por su elección, y otros cien mil la República de Génova.

Todos los genoveses de Roma daban por seguro el encumbramiento de su compatriota. El rey de Nápoles también parecía inclinarse hacia Juliano.

Frente a él figuraban como candidatos probables el cardenal portugués Costa, varón de austeras costumbres; Ascanio Sforza, el cardenal Carafa y solo en cuarto lugar Rodrigo de Borja.

Únicamente el obispo Boccaccio, embajador de Ferrara, vio con más claridad que los otros diplomáticos residentes en Roma. «Borgia —dijo en una comunicación a su Gobierno— tiene el cargo de Canciller, que equivale a un segundo Papa, y tantos obispados, tantas abadías ricas, tantas rentas de miles y miles de ducados, tantos palacios, que tal vez acaben por elegirlo los cardenales, con la esperanza de que así quede vacante lo que ahora posee y poder repartírselo.»

Pesaba contra él su calidad de español. Muchos cardenales italianos no querían hablar siquiera de la posibilidad de un Papa extranjero, *un Papa ultramontano*, nacido más allá de los Alpes.

Como si Boccaccio el de Ferrara hubiese conocido de antemano las intenciones del cardenal de Valencia, éste, que aparecía como el último de los candidatos, fue iniciando hábilmente su obra de amigable soborno frente a los trabajos de la misma índole realizados por su adversario Juliano con el dinero de Francia y de Génova.

Ascanio Sforza, convencido de que no reuniría bastantes sufragios para que le eligiesen Papa, empezó a escuchar las tentadoras proposiciones de su amigo Borgia. Éste le ofreció, a cambio de sus votos, el cargo de vicecanciller, su propio palacio con todos los muebles y riquezas que tanto admiraba Sforza, y además del castillo de Nepi, el obispado de Erlau, que daba una renta de diez mil ducados, y otros beneficios.

Las fuertes e importantes ciudades de Monticelly y Soriano, que eran suyas, las cedió al cardenal Orsini con la legación de la Marca y el obispado de Cartagena. Al cardenal Colonna, la abadía de Subiaco con todos los lugares fuertes que la rodeaban; al cardenal Savelli, Civita-Castellana y el obispado de Mallorca; a Palavicini, el obispado de Pamplona, que era de su hijo César; al cardenal Michiel, el obispado de Porto, y a los cardenales Sclafenati, San Severo y Riaro, otras ricas abadías y valiosos beneficios. Hasta el cardenal Domenico de la Rovere abandonó a su pariente Juliano porque Borgia le ofrecía mayores recompensas. Además, los cardenales aseglarados esperaban bajo su gobierno una existencia más grata aún que la que habían llevado hasta entonces.

Con los votos que Borgia consideraba propios y los del partido de Sforza, llegó a reunir catorce. Le faltaba uno para obtener la mayoría de los dos tercios, pero resultaba difícil conseguirlo. Ninguno de los del bando de Juliano quería ceder, conociendo la rivalidad implacable entre su jefe y Rodrigo. Sólo quedaba el anciano cardenal Gerardo, de noventa y cinco años, casi irresponsable, al que pretendían ganar uno y otro bando; pero el insinuante Borgia y el hábil Sforza consiguieron al fin conquistar a este macrobio, y su voto fue decisivo en favor del cardenal de Valencia.

En la madrugada del 11 de agosto se abrió la ventana del conclave para anunciar que el vicecanciller Rodrigo de Borja había sido elegido Papa y tomaba el nombre de Alejandro VI.

Tal noticia fue acogida con estupor en el primer momento. Muy pocos habían creído en la posibilidad de que triunfase. Era un extranjero, un español, y todos temían que surgiese un nuevo cisma si consiguiera la tiara un cardenal no italiano.

Aquí pudo verse el prestigio simpático que Borgia había adquirido en Roma y el concepto en que le tenían las diversas cortes de Italia, así como el resto de Europa.

En vano sus enemigos murmuraron contra los procedimientos empleados en el conclave, y escribió el mordaz Infesura que «Alejandro VI, para ser creado Papa, había repartido antes sus bienes a los pobres». Pasado el primer instante de sorpresa, todos reconocieron que este cardenal, versado como muy pocos en los asuntos eclesiásticos por haber sido vicecanciller durante cinco papados, resultaba el Pontífice más oportuno en aquel momento.

Poseía las condiciones de un gran soberano temporal, y nadie como él guiaría a la Iglesia entre las dificultades presentes. Alababan también su celo incansable para el trabajo, recordando que en treinta y siete años de vida cardenalicia no había dejado de asistir a un solo consistorio, salvo en casos de enfermedad, lo que no podía decirse de ningún otro cardenal.

Al pueblo de Roma, admirador de hermosas exterioridades, le gustó mucho este nuevo Papa, majestuoso como un rey. El célebre Pico de la Mirandola escribió un panegírico en honor del nuevo Pontífice, ensalzando todos sus méritos, hasta el de su hermosura corporal.

—De sus amores faltos de recato —dijo don Manuel— y de sus hijos reconocidos nadie hizo caso. En la Italia de entonces, lo mismo que en las demás naciones cristianas, juzgábanse los escándalos de las altas personalidades eclesiásticas con una indulgencia que ahora nos parece increíble. Era algo que se veía todos los días, mereciendo solamente comentarios regocijados. Los mismos enemigos de Borja hubieron de reconocer que dentro y fuera de Italia fue saludada su elección con sinceras muestras de alegría.

Lo mismo que Juan Pico de la Mirandola (el autor más popular entonces), muchos literatos escribieron para hacer públicas sus esperanzas, viendo en el trono pontificio a «un hombre de condiciones tan eminentes, lleno de fuerzas prometedoras de un brillante y largo Pontificado».

En el atardecer del mismo día de la elección, *los conservadores de Roma,* nombre que se daba entonces a sus ediles, juntos con los ciudadanos más distinguidos de la ciudad, en número de ochocientos, se dirigieron a caballo y con antorchas a la residencia papal, para prestar homenaje al nuevo Pontífice. En las calles llameaban alegres fogatas. El pueblo daba gritos aclamando al antiguo cardenal de Valencia.

Su coronación, el 26 de agosto, resultó una ceremonia extraordinaria por su fastuosidad. Los embajadores escribían a sus cortes que «nunca se había visto una coronación tan esplendorosa». Toda la nobleza de los estados pontificios acudía a Roma. Las calles ostentaban ricos tapices, guirnaldas de flores, arcos de triunfo con poesías laudatorias para Alejandro VI, escritas en el estilo pagano, de moda entonces. Tales eran el entusiasmo y la adulación inspirados por Borja, que en uno de los arcos figuraba este dístico:

Un César hizo grande a Roma, y ahora la levanta Alejandro,
osadamente, hasta el cenit. Hombre fue aquél; éste, un dios.

Los cronistas expresaban con ingenuidad la admiración provocada en el pueblo por este Pontífice «grande de cuerpo, rebosando salud, de aspecto naturalmente majestuoso, montado en un corcel blanco como la nieve, con aire de experto jinete, el rostro sereno, bendiciendo a la muchedumbre con nobleza». Uno de ellos, Miguel Fernus, terminaba el relato de la gran fiesta con estas exclamaciones: «¡Qué serenidad noble en su frente! ¡Qué liberalidad en su mirada! ¡Cómo la veneración que inspira se aumenta con el brillo y el equilibrio de una hermosura enérgica y con la salud floreciente de que goza!»

Tardó la comitiva papal muchas horas en ir desde el Vaticano hasta Letrán, a través de una multitud enardecida que luchaba con los guardias papales para poder tocar los pies del nuevo Pontífice o su caballo blanco.

Como era en agosto, el ardor del sol y el polvo flotante en la atmósfera produjeron numerosos desmayos. El mismo Papa, a pesar de su recia complexión, fue acometido de un síncope al echar pie a tierra frente a la basílica de Letrán y no volvió en sí hasta que le rociaron el rostro con agua.

—Esta apoteosis espontánea —siguió diciendo Enciso—, no obtenida por ninguno de los pontífices anteriores, contrastó con los inauditos insultos y las inverosímiles calumnias de que iba a ser objeto Alejandro, algunos años después, por parte del mismo pueblo romano y de los poetas que ahora lo ensalzaban hasta la adulación.

El resto de Italia se unía al entusiasmo de Roma. En Milán y Florencia hubo grandes regocijos públicos para celebrar el advenimiento del Papa español. Pudo influir en Milán el hecho de ser cardenal Ascanio Sforza, pariente del soberano milanés y gran amigo del nuevo Pontífice; pero Florencia se asoció igualmente a dicho homenaje, y hasta en la República de Génova, patria de su enemigo Rovere, todos los que no eran partidarios de la mencionada familia recordaron con gratitud a Calixto III, saludando la elección de su sobrino. En Alemania afirmaban los cronistas que «el mundo tenía mucho que esperar de las virtudes del nuevo Pontífice», y el regente de Suecia le envió embajadores con un regalo de caballos magníficos y preciosas pieles.

Durante los primeros tiempos de su gobierno fue justificando las esperanzas que su elección había hecho sentir a la mayoría de sus contemporáneos. Impuso ante todo el orden en Roma, para que sus habitantes pudiesen vivir tranquilamente.

Sólo en los pocos días transcurridos entre la última enfermedad de Inocencio VIII y la coronación de Alejandro VI se habían perpetrado en Roma doscientos veinte asesinatos. Por voluntad del Pontífice, cuatro delegados suyos oyeron las quejas de los vecinos, y el mismo Alejandro concedió audiencia a los que deseaban presentarle sus reclamaciones directamente.

Para ordenar la hacienda de la Iglesia dio ejemplos de economía, dedicando a los gastos de su casa todos los meses, setecientos ducados nada más (unos tres mil quinientos francos). Su mesa era de tal simplicidad, que los cardenales, acostumbrados a suntuosos banquetes, consideraban una desgracia recibir convites del Pontífice, especialmente su amigo Ascanio Sforza. El cardenal Juan de Borja, sobrino del Papa, y su mismo hijo César procuraban también evitar estas comidas de un solo plato.

Todos los embajadores lo elogiaban. Era el Papa deseado que iba a reformar la despilfarradora Corte de Roma, a restablecer el orden en la ciudad, a inaugurar una vida pontifical modesta y justa con arreglo a los principios cristianos. Conocían su existencia anterior, su juventud y su madurez extremadamente alegres, sus amantes y sus hijos; pero en aquella época todos hacían diferencia entre el hombre y la función, y el hecho de que el cardenal Rodrigo de Borja hubiese vivido escandalosamente, como otros tantos, no hacía dudar de que pudiera ser un gran Papa.

—Por desgracia —siguió diciendo don Manuel—, un exagerado amor a los suyos, el deseo de elevar la Casa de los Borgia a un poderío permanente, dominó sus pensamientos y designios. En el fondo era lo mismo que había intentado Calixto III al proteger a su sobrino Pedro Luis; pero Alejandro VI ponía en sus deseos mayor vehemencia, y, además, sus herederos no eran sobrinos, sino hijos. Apenas se vio Papa recompensó a sus cardenales electores dándoles todo lo prometido, y en el mismo consistorio otorgó a su hijo César (de quince años entonces) el arzobispado de Valencia, creado por el Pontífice anterior a instancias suyas, una de las mitras más ricas de la Cristiandad, rentando al año dieciséis mil ducados de oro. A la vez nombró cardenal a su sobrino Juan de Borja, que era ya arzobispo de Monreale.

Sonrió amablemente el diplomático, como si pidiera a Claudio que le perdonase lo que iba a decir, teniendo en cuenta su calidad de español.

—No hay que olvidar, además, la invasión que sufrió Roma de parientes y compatriotas de los Borgia. Llegaban muchos valencianos sin más título que el de ser de la misma tierra que Alejandro, y mayor número de españoles de otras regiones de la Península, enardecidos por la novedad de ver un Papa compatriota de ellos. Fue a modo de una nube de langosta que se posó sobre el Vaticano, sus dependencias y propiedades. La marcha a Roma en tiempo de Calixto III resultaba insignificante en comparación con la que inició el triunfo de Alejandro VI.

Era éste liberal y dadivoso por naturaleza, y aunque había pasado casi toda su vida en Italia y tenía en ella sus mejores amigos, le gustaba verse rodeado de españoles hablándoles en el idioma natal. Los empleos más íntimos de su servicio dábalos a gentes de Valencia, con las que podía expresarse en valenciano, lengua familiar de los Borgia.

A estas causas, que perturbaron los buenos propósitos del Pontífice impulsándole a vivir poco más o menos como sus antecesores, vino a unirse otra de mayor escándalo, un amor tardío, una pasión senil, que divirtió al principio a las gentes de Roma y luego a toda Italia.

Sus relaciones con la *Vannoza* no eran ya más que un lejano recuerdo, atestiguado por la existencia de cuatro hijos: Juan, César, Lucrecia y Jofre. Estos amoríos con la buena moza del Transtevere habían empezado al regreso de su legación en España. Cuando el cardenal Borja tenía cincuenta y dos años, ella contaba ya cuarenta, no inspirando ningún deseo al poderoso personaje. Además, esta romana, no menos fecunda que ardiente, al abandonarla el cardenal, tomó un segundo marido, letrado intrigante, sin ningún escrúpulo sobre el pasado de su mujer.

Después de tal separación, Rodrigo de Borja había vivido mucho tiempo sin dar ningún escándalo público, mientras algunos de sus compañeros del Sacro Colegio jugaban desenfrenadamente o mantenían con ostentación a sus amantes. Sólo parecían preocuparle los cuatro hijos de la *Vannoza*, atendiendo a su porvenir. Los había alejado de la casa de su madre por juzgar que esta transteverina guapetona, apasionada, de buenos sentimientos, pero ignorante y vulgar en sus gustos, no podía ser una buena educadora.

Figuraba entonces en la aristocracia romana una sobrina suya, Adriana de Milá y Borja, nieta de Catalina de Borja, la segunda hermana de Calixto III.

—Sabe usted que las hermanas del primer Papa Borja, apodadas en Valencia las *Bisbesas* (las Obispas) cuando Alfonso de Borja no era más que obispo de aquella ciudad, se preocuparon de casar a sus hijas con caballeros de la más alta nobleza valenciana. Las *Obispas* hasta habitaban el palacio episcopal de Valencia, por estar ausente su hermano, recibiendo en sus salones a los novios de sus niñas. Esto lo hicieron tres de las hermanas, pues la menor de ellas, doña Francisca, quedó soltera, muriendo en olor de santidad. Fue una precursora de San Francisco de Borja, en esta familia de individualidades enérgicas, donde todos se mostraron extremados, llegando a ser santos o grandes pecadores.

Doña Catalina, hermana mayor de doña Isabel, la madre de Rodrigo, contrajo matrimonio con un noble caballero de Játiva, don Juan de Milá, y nieta suya era esta doña Adriana, que pasó a Roma como descendiente de un Papa y sobrina del famoso cardenal vicecanciller, llegando a casarse con Luis Orsini, dueño del lugar de Basanello.

Dicha señora había quedado viuda con un solo hijo, y era muy dada a la vida elegante, ostentando vanidosamente su doble calidad de Borgia y de Orsini. Para el vicecanciller representaba una buena suerte tenerla a mano, y le confió la educación de sus cuatro hijos en el palacio que ella poseía en Roma, cerca del Monte Giordano.

Adriana de Milá, con todas sus pretensiones aristocráticas, era pobre y vivía obediente a lo que le mandase su tío, cada vez más poderoso.

—Hay que reconocer su obra de preceptora— siguió diciendo don Manuel—. Los cuatro hijos de la populachera *Vannoza*, bajo la educación de esta Orsini valenciana, adquirieron todos los conocimientos escogidos que podían obtener en aquella época los primogénitos de los príncipes. Debió de ser hembra enérgica y algo dura en sus lecciones. Lo prueba el hecho de que los hijos del Papa, cuando fueron personajes célebres, aunque no dejaron de tratar a su prima y maestra, mostraban siempre hacia ella cierta frialdad rencorosa.

Se interrumpió un momento el diplomático, para añadir con malicia:

—Tal vez, aparte de esto, la odiaban por el papel que desempeñó cerca del padre. En los años posteriores a su Papado, allá por el mil cuatrocientos ochenta y nueve, Rodrigo de Borja experimentó una emoción muy profunda al visitar a su sobrina Adriana. Sus hijos Juan y César ya no estaban al lado de ella. Seguían sus estudios lejos; César, en la Universidad de Perusa, aprendiendo las bellas letras y ejercitándose en todos los deportes de entonces. Lucrecia, destinada a un precoz casamiento de conveniencia política, también se había alejado de su aristocrática prima, así como Jofre. En cambio, encontró en el palacio de Orsini una jovencita rubia, de una belleza que empezaba a ser célebre en Roma, la cual, según costumbre de aquel tiempo, estaba prometida en matrimonio desde su niñez, al hijo de Adriana, llamado Ursino Orsini. Dicha adolescente, Julia Farnesio, era de tal hermosura, que todos la designaban con el simple nombre de *la bella Julia*. La alegría y malicia de su carácter resultaban tan extraordinarias como su belleza. Tenía dieciocho años, y el cardenal podía ser dos veces su padre, por contar cuarenta más que ella. La viuda de Orsini se percató inmediatamente de la profunda impresión que *la bella Julia* había causado en su tío. Éste acababa de cumplir cincuenta y ocho años, la edad de las grandes pasiones para los libertinos viejos que se sienten tentados por una extremada juventud.

Movida Adriana por sus vanidades aristocráticas y por su desorientado deseo de engrandecer a su hijo, pensó sin duda en las muchas familias nobles que debían su prosperidad al hecho de haber sido alguna de sus mujeres amantes de un rey. Su tío el cardenal podía llegar a monarca algún día, pues los más consideraban segura su ascensión al Pontificado.

La maliciosa y precoz Farnesio pensó lo mismo. Además, seducía su vanidad de romana verse solicitada por el más eminente de los príncipes del Sacro Colegio. No salieron fallidos los cálculos de *la bella Julia*. Sus amores con este personaje que podía ser su abuelo sirvieron de punto de arranque a la vertiginosa ascensión de la familia Farnesio.

Sólo había producido hasta entonces dicha familia pequeños señores pobres, y a partir del amancebamiento de Julia con el futuro Papa, se encumbró de un modo rápido. Alejandro VI hizo cardenal a Alejandro Farnesio, hermano mayor de su tierna amante. El pueblo romano, al conocer tal nombramiento, dio al nuevo príncipe de la Iglesia el apodo de cardenal *de la gonnella* (cardenal de la falda o cardenal faldero). Aludía con esto a las faldas de *la bella Julia* y a los libertinajes de dicho Farnesio, más escandalosos y violentos que los de los Borgia. Este *cardenal faldero* no perdía el tiempo en cortejos ni atraía a las mujeres *como el imán,* según decían de Rodrigo de Borja en su juventud. Robaba simplemente a mano armada todas las que habían excitado sus deseos, aunque para ello tuviese que derramar sangre. Años después, el hermano de *la bella Julia* llegó a ser Papa con el nombre de Paulo III, y la última de los Farnesio, la reina del mismo apellido, moría en 1758 ocupando el trono de España.

—Sabe usted, querido Claudio, que el protegido del Papa Borgia fue más afortunado que éste después de su muerte. Los restos de Alejandro VI los guarda una tumba modesta en la iglesia de Montserrat, que es la de los españoles en Roma, mientras los de Paulo III, el *cardenal faldero,* se ofrecen a la veneración del mundo cristiano en un monumento imponente dentro de la basílica de San Pedro, figurando al pie del sarcófago una estatua de la Justicia, para la que sirvió de modelo su graciosa hermana, al principio completamente desnuda, y cubierta casi en nuestros tiempos con una camisa metálica para que no se escandalicen los fieles.

Veíase Rodrigo de Borja elegido Papa en el momento que más intensa era su pasión por esta amante primaveral y maliciosa. Adriana, la suegra de Julia, amparaba dichos amores. La había casado con su hijo Ursino Orsini, y al día siguiente del matrimonio, que se celebró en el mismo palacio del cardenal, salía el joven esposo para su castillo de Basanello, mientras la Farnesio se quedaba en Roma con el título de dama de honor de Lucrecia, hija del vicecanciller. Éste, terriblemente prolífero, hacía madre *a la bella Julia,* llamada también la *Farnesina,* en 1492, poco antes de ser elegido Papa.

—Lo increíble —dijo Claudio— fue que aún tuviese de ella un segundo hijo, Juan de Borja, en mil cuatrocientos noventa y ocho, cuando ya contaba sesenta y siete años de edad y cinco de Pontificado.

Este hombre de ardores impetuosos, a pesar de su vejez, satisfacía durante mucho tiempo los sentidos y las ilusiones de *la bella Julia.* Mostraba ésta menos cuidado que su sacro amante en ocultar el escándalo de tales amoríos.

Ni ella ni su suegra Adriana, desmoralizadas por las costumbres licenciosas de la aristocracia a fines del siglo XV, veían ningún sacrilegio en el hecho de ser amante de un Pontífice. La Farnesio hasta exhibía su concubinaje por los vivos halagos que proporcionaba a su vanidad.

La envidiaban, la felicitaban, y en vez de huir las gentes de ella, la perseguían con adulaciones y súplicas, implorando su preciosa protección.

Grandes familias de Italia tenían como origen de su poder el haber estado emparentadas con mancebas de pontífices en los siglos XIV y XV. Así habían obtenido honores y beneficios. Algunos hombres de fe ardorosa y costumbres puras gritaban contra la licencia de la Corte papal; pero la gente sólo veía en ellos unos fanáticos indignos de interés, no dando importancia a la conducta privada de los papas. Cuando más, reían de éstos, pero sin indignarse.

Al avanzar Alejandro VI en su Pontificado, creándose cada vez mayores enemigos a causa de su política, las inscripciones injuriosas y las sátiras anónimas empezaron a llamar a Julia Farnesio *la esposa de Cristo.*

Tal apodo sacrílego nunca la hizo llorar; antes bien, despertó su regocijo, encontrándolo ingenioso. Representaba una broma, no un insulto. Lo importante para ella era que prosperasen los Farnesio a la sombra del Pontificado.

—Y hay que reconocer —dijo el joven español, comentando las palabras del diplomático— que consiguió sus deseos. Cuentan que la hermosa y pizpireta *Farnesina,* tan fácil en la distribución de sus encantos, después de la muerte de Alejandro VI, fue amante de Julio II, el implacable enemigo de los Borgia, para que siguiese protegiendo a su hermano, el futuro Paulo III. Supo trabajar con sus herramientas naturales, de un modo incansable, para el triunfo de la parentela... ¡Un Papa, una reina Farnesio...! Todo gracias a Rodrigo de Borja, y a su inagotable capacidad amorosa, simbolizada por el toro rojo, emblema de su familia.

IV. DE CÓMO SE CASÓ POR PRIMERA VEZ MADONA LUCRECIA, Y SU PADRE PARTIÓ EL MUNDO EN DOS PEDAZOS

Enciso continuó describiendo a Alejandro VI tal como lo veía a través de sus lecturas.

—Si se hubiese limitado a gobernar la Iglesia, sin intervenir en la política de su tiempo, los excesos de su conducta privada habrían quedado olvidados, como los de otros pontífices. Pero el deseo de robustecer la autoridad papal, desobedecida y menospreciada más allá de las puertas de Roma, no le dejó vivir en pacífico egoísmo. Además, era español, y Fernando el Católico, el más astuto diplomático de aquella época, pretendía dirigirlo como un autómata, creándole temibles adversarios y dejándolo abandonado algunas veces después de meterlo en difíciles aventuras. Los que juzgan a Rodrigo de Borja como un político sin entrañas, guiado únicamente por su interés personal, olvidan que vivió en un tiempo de reyes ladinos y complicados: el terrible Luis XI de Francia, Fernando V de España y Enrique VII de Inglaterra. Al lado de estos hombres, de un disimulo y una falsía desconcertante, Alejandro VI y aun el mismo César Borgia resultaban francos y de noble conducta.

Tenía que gobernar el nuevo Papa en medio de la anarquía de los estados italianos. Su enemigo Rovere, enfurecido por su elección, poníase de acuerdo con el rey de Nápoles, adversario de la familia Borgia desde los tiempos de Calixto III. El reino de Nápoles, así como Florencia y otros estados, se ensanchaban quitando tierras al patrimonio de la Iglesia.

Pocos soberanos tuvieron que luchar con dificultades tan enormes como Alejandro VI. Apenas sentado en el trono pontificio, Franceschetto Civo, hijo de su antecesor Inocencio VIII, vendía a Virgilio Orsini, capitán general al servicio del rey de Nápoles, los estados de Cervetti y Anguillara, que había recibido en feudo de su padre el Papa. Dicho Orsini no podía poseer los cuarenta mil ducados que entregó a Civo. Todos sabían que la mencionada cantidad la había facilitado el rey de Nápoles para colocar un pie, de este modo, dentro de los dominios pontificios. Juliano de la Rovere mediaba en la operación para crear conflictos a su adversario.

Indignóse la mayoría del Sacro Colegio contra esta conducta de un cardenal, tan desfavorable para los intereses de la Iglesia, y Rovere huyó de Roma, yendo a encerrarse en la ciudadela de Ostia, junto a la desembocadura del Tíber, juzgada inexpugnable por todos los de la época y que le mantenía en comunicación con Nápoles.

Al mismo tiempo, Ludovico Sforza, apodado el *Moro*, que gobernaba el ducado de Milán como tutor de su sobrino Juan Galeas Sforza, negábase a entregar a éste su Estado. Juan Galeas había contraído matrimonio con Isabel de Aragón, perteneciente a la dinastía de Nápoles, y ella impetraba el auxilio del rey napolitano para que defendiese la herencia de su marido.

Para no efectuar Ludovico Sforza dicha restitución, incitaba al nuevo rey de Francia, Carlos VIII, hijo del terrible Luis XI, a que invadiese a Italia, apoderándose de Nápoles, cuya corona había pretendido siempre como heredero de los Anjou.

Toda la península italiana se veía envuelta en una red de intrigas, y Alejandro VI necesitaba moverse entre dificultades interminables, armándose unas veces con Nápoles y ajustando luego alianzas con sus reyes, rechazando las pretensiones de Carlos VIII y fingiendo a continuación admitirlas mientras las combatía en secreto.

Empezaba a vivir junto a él su hijo César, y a pesar de que éste aún no contaba diecisiete años, su padre le hacía saber los secretos y enredos de la vida italiana, teniendo muy en cuenta sus palabras.

—Estos Borgia jóvenes —dijo el diplomático— fueron de asombrosa precocidad, a juzgar por las cartas que poseemos de ellos, en las cuales el padre y los hijos tratan de los asuntos públicos. Un hombre de tan gran talento político como Alejandro VI consulta a Lucrecia cuando ésta tiene catorce años. El mayor, Juan de Borja, hermoso, bravucón y vano, así como Jofre, el más insignificante de todos, sólo piensan en vivir y en brillar, mostrando una deplorable inferioridad mental comparados con César y Lucrecia.

César se había educado en la Universidad de Perusa, entre dos camaradas de estudio y a la vez guardianes puestos por su padre, ambos españoles: Juan Veda, natural de Valencia que era a modo de ayo suyo, y Francisco Remolino de Ilerda, casi de su misma edad.

Gustaba especialmente de los estudios literarios, escribía versos, y en dicha Universidad le sorprendió la noticia de que su padre era Papa, no volviendo a Roma hasta el año siguiente (1493).

Boccaccio, embajador de Ferrara, el único que supo adivinar la elección de Alejandro, se hizo gran amigo de César, describiéndolo como un príncipe laico, elegante y mundano, a pesar de su nombramiento de arzobispo de Valencia y su próxima elevación al cardenalato. Lo veía unas veces vestido de seda; otras, luciendo rico traje de caza, siempre con la espada al costado, y apenas si un pequeño redondel abierto en su cabellera recordaba la tonsura eclesiástica. Elogió su humor sereno, su alegría continua, así como cierta modestia en la conversación, que le hacía muy preferible a su hermano Juan, el duque de Gandía.

—Las descripciones de este obispo Boccaccio parecen referirse a un hombre de treinta y cinco años; tal era el conocimiento de los negocios públicos mostrado por César y su asombrosa precocidad para juzgarlos... Y en dicha época sólo tenía diecisiete.

Necesitaba Alejandro crearse alianzas para hacer frente a los soberanos italianos y salvar al mismo tiempo los intereses de la Iglesia. Como el rey de Nápoles era su más temible enemigo, procuró buscar auxiliares contra él, valiéndose del matrimonio de los suyos.

—No hizo con esto —dijo Claudio Borja— más que imitar a su amigo Fernando el Católico. Éste se proporcionaba aliados en Europa casando a sus hijas, por razones políticas, sin consultar su voluntad ni preocuparse de su porvenir doméstico. La suerte de Juana la *Loca* y de Catalina de Aragón, mujer de Enrique VIII de Inglaterra, prueban el mal éxito de una diplomacia sin entrañas.

Según costumbre de entonces, el cardenal Rodrigo, antes de ser Papa, había procurado ligar a su hija por medio de una promesa de casamiento con altas familias que acrecentasen el prestigio de los Borja. Y como estaba en relación con los más poderosos nobles de Valencia, ajustaba primeramente el matrimonio de Lucrecia, cuando sólo tenía ocho años, con don Querubín de Centelles, señor del valle de Ayora, y luego, siendo aquélla de once, con don Gaspar de Prócida, conde de Almenara. De no ser elegido Papa, la célebre Lucrecia Borgia se habría casado con un noble de Valencia, yendo a llevar en la tierra de su padre una vida de señora tranquila y sin historia, teniendo muchos hijos y entregándose a austeras devociones al perder su belleza y su juventud.

—Ésta era tal vez su vocación verdadera —añadió don Manuel—. Sabe usted que, a pesar de sus éxitos mundanos y de la elevada posición en que acabó sus días como esposa de príncipe reinante, usaba cilicio debajo de sus vestiduras lujosas y murió de un mal parto, luego de haber tenido varios hijos.

La elección papal de su progenitor la alejó de España. Alejandro VI no podía ya unir a Lucrecia con un noble de su país. Era poca cosa para una hija única que necesitaba emplear como instrumento diplomático, lo mismo que hacían los reyes.

Dio una indemnización de tres mil ducados a don Gaspar de Prócida para que no reclamase más a su futura, haciendo valer un antiguo contrato matrimonial firmado ante notario, y casó a Lucrecia con Juan Sforza, señor de Pésaro, pequeño Estado feudal de la Santa Sede, a orillas del Adriático.

En realidad, no valía éste más que los dos prometidos españoles; pero el modesto señor de Pésaro era sobrino de su gran amigo el cardenal Ascanio Sforza y sobrino también de Ludovico el *Moro*, déspota de Milán interesado especialmenten en apoyar al Papa contra Nápoles.

La boda se celebró en febrero de 1493, con la condición de que los cónyuges no se juntarían maritalmente hasta pasado un año. Lucrecia apenas contaba trece años, y era prudente retardar la consumación del matrimonio. El marido, que ya era de veintiséis, se hizo representar en Roma para la ceremonia nupcial, quedándose en su ciudad de Pésaro, donde celebró tal acontecimiento con una gran fiesta.

—El legado del Papa en Pésaro, un obispo, presidió el baile dado en el castillo para solemnizar la boda. Las danzas duraron toda la noche, y dicho obispo las hizo continuar en las calles, guiando una cadena de invitados, que, en forma de *farandola,* corrió toda la ciudad. En nuestros días resulta difícil imaginarse tal fiesta; un baile en Palacio, el nuncio del Papa dirigiendo las danzas y colocándose finalmente, con su sotana violeta, a la cabeza de una larguísima fila de caballeros y señoras, saltando con ellos a través de las calles iluminadas, entre los aplausos y aclamaciones de una muchedumbre popular asociada a tal regocijo. En aquel tiempo parecía todo esto natural y corriente. Por ello insisto, amigo Borja, en que, para juzgar a los remotos antecesores de usted, es preciso conocer antes las costumbres de la época y formarse una opinión de acuerdo con ellas.

Inquietó al rey de Nápoles el matrimonio de Lucrecia con Juan Sforza. Significaba la unión del Papado con el duque de Milán, y para contrabalancearla restableció el rey Ferrante las relaciones con Alejandro VI, iniciando un proyecto de matrimonio entre César y una de sus hijas naturales.

Dos bastardos reconocidos y generosamente dotados podían servir para una alianza diplomática en aquellos tiempos, en que la mayor parte de los príncipes ostentaban un nacimiento ilegítimo. El rey de Nápoles también es bastardo de Alfonso el *Magnánimo.* Además, no era un secreto que César, arzobispo de Valencia, detestaba la carrera eclesiástica.

Había seguido el Papa ciegamente una tradición de su familia. Su hijo mayor, Juan, debía ser hombre de espada, a semejanza de Pedro Luis bajo el reinado de Calixto III. César, el segundo, iba a vivir como cardenal, lo mismo que él en la época de su tío. Pero este segundón, el más notable de todos los Borgia jóvenes, no obstante sus altas dignidades eclesiásticas, seguía ejercitándose en el manejo de las armas, llegando a ser, como su padre en otro tiempo, el primer jinete de Roma. Dotado de igual temperamento ardoroso que su progenitor, y notabilísimo por su belleza varonil, iniciaba a los diecisiete años su historia amorosa, favorecido por las libertinas costumbres de la época y el entusiasmo que inspiraba a las damas. Éstas empezaron a popularizar los nombres con que luego le fueron designando sus panegiristas: el *rubio César, nuestro César, el único César.*

Desde el pontificado de Calixto III, las relaciones de la Santa Sede y Nápoles fluctuaban entre la guerra y la concordia, siguiendo Alejandro VI esta política de balanza. Cuando el Pontífice se encontraba en una situación difícil, el rey napolitano lo combatía; si el Papa se afirmaba, sostenido por un protector poderoso, el monarca de Nápoles hacía toda clase de concesiones para restablecer la amistad.

Bajo la influencia de Ascanio Sforza, y deseoso de recobrar las posesiones de la Santa Sede usurpadas por la dinastía de Nápoles, entró Alejandro en una alianza formada por Venecia, Milán y otros estados italianos. Esta Liga iba a proporcionarle tropas con que combatir a Virgilio Orsini, quitándole los dominios de la Iglesia vendidos indebidamente por Civo, el hijo de Inocencio VIII.

Para dar, sin duda más fuerza a dicha coalición, en la que representaba Ludovico Sforza el principal poder ofensivo, se efectuaron en el mes de junio las bodas verdaderas de Lucrecia y Juan Sforza, siendo celebrado tal suceso con uno de los banquetes más famosos de aquella casa.

Las necesidades de la política no permitieron el transcurso del año que se había marcado como plazo para que se juntasen los esposos, y Juan Sforza entró en Roma a la cabeza de un séquito brillante, entre sus cuñados Juan y César, que habían salido a recibirlo.

Lucrecia lo vio pasar desde un balcón de su palacio de Santa María in Portico, donde vivía con Adriana de Milá, su antigua educadora, y la *bella Julia,* su dama de honor.

El señor de Pésaro, hermoso jinete, la saludaba graciosamente con su gorra, y ella devolvía el saludo a este esposo visto por primera vez. Después de la ceremonia del matrimonio celebrábase un banquete en el Belvedere del Vaticano, al que asistían ciento cincuenta damas de la nobleza romana, los embajadores, los personajes más notables de la ciudad, once cardenales y numerosos obispos. También estaba presente la señora Teodorina, hija de Inocencio VIII, y su hija, la marquesa de Gerase. Los hijos de los pontífices difuntos continuaban figurando honorablemente en la Corte de los papas herederos. Su situación era comparable a la de las familias de los ex presidentes de República, que siguen teniendo entrada libre en las fiestas de los presidentes sucesores si es que no existe una enemistad irreconciliable.

Además, sentábase a la mesa toda la tribu de los Farnesio, escoltando a *la bella Julia.* Asistían así completas las dos familias del Papa, la antigua y la moderna, la procedente de la *Vannoza* y la de la *Farnesina.*

Duró muchas horas este banquete nocturno, y fue seguido de representaciones cómicas y trágicas, de recitaciones poéticas y bailes lascivos, que excitaron la concupiscencia de los asistentes.

—Este último espectáculo no resultaba extraordinario, dadas las costumbres de la época. Usted no ignora, Borja, que en todas las cortes de la Italia de entonces la alegría de vivir se preocupaba poco de la moralidad. Lo interesante era gozar, fuese como fuese. Una de las diversiones finales, a las cuatro de la mañana, fue ofrecer a los esposos cincuenta copas de plata llenas de confites. Infesura, implacable enemigo de los Borgia, dice en su crónica que fue el mismo Papa quien ordenó que vertiesen los confites en los escotes de las hermosas invitadas. Y como todas las señoras tenían al lado cardenales o personajes laicos que no eran sus maridos, pues ya existía en aquellos tiempos el uso de separar a los esposos en los banquetes, cada invitado se cuidó de extraer los bombones y almendras azucaradas del escote que tenían más cerca, dando lugar dicha diversión a «muchas risas e inmoderadas palpitaciones de senos».

Varios embajadores que asistieron a la fiesta, dijeron en las cartas a sus soberanos que el banquete duró hasta el amanecer y se divirtieron mucho en él; pero sin mencionar nada especial que lo distinguiese de las otras fiestas de la época.

En realidad, la unión de los dos cónyuges fue sólo aparente. El Papa, cuidadoso de la salud de su hija, dejó para más adelante la realización material del casamiento, o sea, cuando se cumpliese el plazo convenido de un año, fecha en que Lucrecia iría a Pésaro, capital de las tierras de su marido.

—Por su parte, Juan Sforza no tenía ninguna prisa en la consumación del matrimonio, según se vio más adelante. Fue al ir a Pésaro cuando Lucrecia empezó a quejarse de no estar *servida* por su esposo, como ella esperaba, pronunciándose finalmente el divorcio, después de probar que la joven Borgia continuaba virgen. Sforza se vio acusado, por unos de impotencia y por otros de inversión sexual, luego de negarse a realizar la prueba de su virilidad, exigida por los jueces.

Así empezó su vida matrimonial la famosa Lucrecia Borgia, descrita por los enemigos de su estirpe como un monstruo nunca visto desde los tiempos de Mesalina, y calumniada por las invenciones de su primer marido, deseoso de vengar de tal modo un divorcio que le afrentaba como hombre.

—Más de tres siglos —continuó Enciso— ha creído la gente en los crímenes de esta mujer, que fue dulce de carácter y falta de voluntad, como si todas las energías de la familia, los regocijos ardientes y las cóleras terribles se los hubiesen llevado los Borgia varones.

—Víctor Hugo —dijo Claudio—, con la maravillosa difusión de la poesía, fijó inconscientemente en la memoria de todos esa Lucrecia monstruosa inventada por los foliculários al servicio de los señores feudales, del cardenal Rovere y demás enemigos de Alejandro VI. En realidad no sintió otros deseos que verse admirada por su hermosura y su elegancia, casándose y divorciándose según convino a la política de su padre (lo mismo que las hijas de todos los reyes de entonces), y en el curso de su vida sólo tuvo uno o dos *flirt* verdaderos. Fue preciso que los historiadores revisasen de nuevo su existencia, casi en nuestros días, para que recobrara su legítima personalidad. Por suerte, únicamente en novelones terroríficos, buenos para porteras, vive ya la Lucrecia Borgia de melodrama que conocimos de niños.

Dos protestantes, el inglés Roscoe y el alemán Gregorovius, estudiando directamente los documentos de la época, se convencían de tan enorme calumnia histórica, emprendiendo la rehabilitación de dicha princesa comparable, por su carácter, a las Gracias antiguas, y que los enemigos de la familia Borgia habían pintado como una Euménide sedienta de sangre, con un puñal y un frasco de veneno en sus manos.

Describía Enciso a Lucrecia tal como la había visto en los documentos de su época, con vestiduras casi siempre blancas y muy bordadas de oro, mangas abiertas, fijas en sus muñecas con brazaletes a la moda española y llevando al cuello una sarta de perlas enormes.

—Las perlas fueron su orgullo y su ambición, apreciándolas tanto como su hermano César, aunque ambos no llegaron nunca al entusiasmo de su padre. Puede llamarse a la perla *la favorita de los Borgia.* Muchas veces los embajadores encontraron al Pontífice junto a la ventana del Vaticano contemplando al trasluz gruesas perlas regaladas a Lucrecia. Cuando la hija del Papa fue la duquesa de Ferrara, una de las mayores satisfacciones consistió en poseer el célebre collar de perlas y rubíes que había pertenecido a su suegra.

Todos los contemporáneos alababan su hermosura, su esbeltez, su boca, un poco grande, pero fresca y carnosa (una boca de Borgia); sus dientes brillantísimos, su pecho firme y blanco, visible en gran parte por los audaces escotes de entonces, y sobre todo, su dulce sonrisa. Esta alegría de su rostro la había heredado de su padre rara vez triste, aun en los momentos más difíciles de su vida, jocundo hasta en su concupiscencia.

Esbelta y graciosa de jovencita, redondeábase luego de formas, sin perder la elegante ligereza de sus movimientos. Había algo en ella de blando, revelador de una voluntad floja y sin iniciativa. Era de pocos nervios, incapaz de resistirse al Destino, dejándose llevar por él, buscando solamente las alegrías momentáneas, sin energía para ir más allá de los goces de su vanidad, mostrándose en toda ocasión un instrumento dócil de su familia.

—No heredó la energía de los Borgia, pero sí el talento. Ella y César fueron los hijos de Alejandro más inteligentes. Vivía esclava de su propio medio, haciendo lo mismo que las personas que la rodeaban. Mientras existió su padre mostróse aficionada a los asuntos políticos y hasta gobernó tierras de la Iglesia en ausencia del Pontífice. Al morir Alejandro y quedar en Ferrara, como esposa del príncipe Alfonso de Este, vigoroso soldado, la hija del Papa fue *la perla de las esposas, la triunfante princesa, la santa madona Lucrecia.* El poeta Ariosto cantaba sus virtudes, el pintor Tiziano la admiraba al tratarla en su Corte... Es una esposa que sólo piensa en sus hijos, en el gobierno de su palacio y sobrelleva resignada y afable las infidelidades de un marido rudo, que en el fondo la adora.

Claudio Borja se la imaginaba en su primera juventud, tal como la habían descrito muchos, creyendo reconocerla en la Santa Catalina pintada por el Pinturicchio, con su rostro gracioso e ingenuo de niña un poco *paradita,* orlado de magnífica cabellera rubia y luminosa, comparable a una nube de oro fluido.

—En algunas ocasiones, madona Lucrecia, que el Papa llamaba siempre a la española, *doña Lucrecia mi hija,* tenía oculta su esplendorosa mata de pelo dentro de amplia redecilla de oro con una piedra preciosa en cada cruce de sus mallas. Otras veces, orgullosa de tal opulencia capilar, daba suelta a sus chorros esplendorosos, que descendían casi a sus pies. Todavía se conserva en la Biblioteca de Milán un lindo rizo color oro de fuego, de esta beldad hispanoitaliana, bucle cuyo tono brillante desafía al tiempo, y que hizo ensoñar tres siglos después a Lord Byron, sumido en su contemplación.

Acogió Enciso, con una sonrisa escéptica, los entusiasmos del joven.

—Siento decirle, querido Borja, que su remota parienta nunca fue rubia. Era una valenciana de tez morena, clara y mate, semejante al color pálido del arroz. César Borgia también debió de ser algo moreno, y, sin embargo, le llamaban las damas de entonces *il biondo Cesar...* Tal vez tuvo Lucrecia los cabellos castaños; pero esto no le impidió ser rubia oro ardiente, rubia veneciana, ensalzando su cabellera color de antorcha pintores y poetas. Algo semejante ocurre en la actualidad. Las damas teñidas conocen mejor que nadie el secreto de su falsificación, y, no obstante aceptan de buena fe los elogios de personas igualmente enteradas de que no son rubias. Ya sabe que vivimos de convencionalismos e ilusiones. ¡Qué haríamos sin la mentira...!

Los alquimistas vendían muy cara la receta de los *cabe-*

llos de oro. En España, el mismo tinte recibía el título de *lejía de enrubiar,* siendo uno de los secretos de la madre Celestina para ganar dinero.

—Todas las damas de la época eran rubias, hasta el valeroso marimacho Catalina Sforza, de la cual conoce usted el heroico remangamiento de faldas, apreciado por la Historia como un hecho sublime. De este virago batallador llegó hasta nosotros una receta para enrubiar, escrita por ella misma, a fin de que ninguna otra mujer participase de su secreto. Consistía en ceniza de madera y paja de cebada, hervidas un día entero. A esta lejía se agregaban flores y hojas de nogal durante una noche. Bastaba lavarse la cabeza a la mañana siguiente para tener los cabellos dorados; pero había que secarlos al sol, con el peligro de las neuralgias de que se quejaba con frecuencia madona Lucrecia.

Una de las preocupaciones de la hija del Papa era el lavatorio de la cabeza, acto indispensable todas las semanas. Cuando partió de Roma para siempre, yendo a reunirse con su tercero y último esposo en Ferrara, invirtió veintisiete días en el viaje. Cada cinco días, el lento y majestuoso cortejo hacía alto en una población para que madona Lucrecia pudiera *lavarsi il capo.* Y príncipes, embajadores, damas de honor, escuderos, hombres de armas, suspendían su marcha un día entero, mientras la nueva princesa de Ferrara permanecía varias horas bajo los ardores del sol, llevando encima de sus vestidos un peinador de seda blanca, de gran finura y sutilidad, llamado *schiavonetta,* y en la cabeza, un sombrero de paja sin cumbre, por cuya abertura pasaba la cabellera, abrigando sus bordes los ojos y el cuello de la beldad.

—La coqueta Borgia decía que necesitaba lavarse la cabeza todas las semanas, a causa de sus neuralgias, y eran, por el contrrio, estas teñiduras solares las que exacerbaban los dolores de su cerebro. Indudablemente, César también se teñía la barba, adorno capilar de moda reciente entre los hombres. Todos los jóvenes se dejaban crecer la barba, al revés de sus padres, que habían mantenido durante el siglo XV la costumbre de rasurarse el rostro a la romana. Fueron los humanistas, imitando a los filósofos y poetas griegos, los que resucitaron esta moda, generalizada por Carlos V y Francisco I años adelante.

Enciso volvió a ocuparse de Lucrecia.

—Muy mujer, muy aficionada a vestidos y joyas: ninguna de su tiempo poseyó tantos trajes, y hay que pensar que cada uno de ellos valía entonces una fortuna. Algo indolente y pasiva pero de gran talento. Hablaba el italiano, el francés, el griego y el latín. (Inútil mencionar las lenguas castellana y valenciana, que eran las íntimas de la familia.) Sabía igualmente el alemán, aunque menos que los idiomas ya citados, y escribió poesías muy aceptables en algunos de ellos. César también había hecho versos en la Universidad. En esta familia de exaltados y ardorosos, todos tenían algo de poetas. Una hermana de Alejandro VI, doña Tecla de Borja, fue notable poetisa en su tierra, muy loada por el gran trovador Ausias March. Al morir la lloraron casi todos los poetas de Italia.

Claudio se acordó de su tío. Esta señora era la Tecleta que jugaba con su hermano Rodriguet el futuro Pontífice, en el caserón señorial de Játiva, según le contó repetidas veces el canónigo.

Mientras tanto, don Manuel había abandonado a los hijos de Alejandro VI para hablar de las aventuras políticas de éste.

Asustado el rey de Nápoles al ver unido al Pontífice con sus adversarios, pedía auxilio a su primo ilegítimo Fernando el Católico, para que interviniese en la política del Vaticano. Consideraba dicho rey al Papa Borgia como un súbdito, abusando de su españolismo, y le hizo saber, por medio de su embajador en Roma que, siendo la dinastía de Nápoles obra de su tío, Alfonso el *Magnánimo*, la consideraba igual a su propia familia.

—Es justo reconocer que Rodrigo de Borja mostró al principio un afecto sincero por Fernando e Isabel reyes de origen no muy legítimo, a los que había ayudado en sus primeros años de matrimonio, cuando no eran más que príncipes. Después de la toma de Granada, apenas ascendido al Papado, les dio el título de Reyes Católicos, que aún usan los actuales monarcas españoles. Todo lo que le pedía don Fernando se apresuraba a concederlo, entre otras cosas, los maestrazgos de las Órdenes militares, regalo que representaba cuantiosas rentas. En realidad, el Papa Borgia dio a los Reyes Católicos más que éstos a él. Las exigencias continuas de Fernando fueron causa de que el Pontífice, aconsejado por su hijo César, se inclinase finalmente al lado del rey de Francia, más atento con su persona y con los suyos.

En los primeros tiempos de su Pontificado admiraba a Isabel la Católica como una de las damas más hermosas y prudentes de aquella época. Aficionada a trajes costosos y ricas alhajas, era, sin embargo, de una virtud escrupulosa, exagerándola hasta la austeridad. Cuando su marido estaba ausente, aunque sólo fuese por una noche, hacía colocar su lecho en un gran salón, durmiendo rodeada de sus hijos y las damas de Palacio, encargadas de velar el sueño de los reyes, que recibían el título de *cobijeras*. Así se ponía a cubierto de maliciosas suposiciones en aquel tiempo de grandes escándalos. Todos los héroes de la guerra contra los moros estaban enamorados de doña Isabel, románticamente sin esperanza y sin carnales deseos. Tenían por *dama de sus pensamientos* a esta reina de rubio indiscutible, con ojos azules, grandes y tranquilos.

Fernando el Católico inspiraba al Papa Borgia un afecto de compadre, y sonreía al hablar de sus hijos ilegítimos, tan numerosos como los suyos. Uno de dichos bastardos era arzobispo de Zaragoza. El cardenal Rodrigo de Borja, en sus tiempos de vicecanciller, había hecho este favor a su amigo, entonces simple heredero de la corona de Aragón. Otros hijos del rey ocupaban cargos eclesiásticos, y las hijas entraban en conventos.

Una vez más, el nuevo Pontífice obedeció desinteresadamente las insinuaciones del monarca católico. Lo que a él le convenía, en realidad, era seguir fiel a su primera alianza con el Milanesado y Venecia, detrás de la cual se mantenía oculto el rey francés. Dicha alianza representaba un peligro inmediato, por estar Carlos VIII preparando numerosas tropas para entrar en Italia y apoderarse del reino de Nápoles.

El austero Savonarola, que tenía algo de charlatán, como la mayoría de los taumaturgos, enterado en secreto de la próxima campaña invasora de los franceses, anunciábala en sus sermones como una revelación que le había hecho Dios para castigo del Pontífice y del rey tirano de Nápoles. Y en un momento tan crítico, su amigo don Fernando le exigía que abandonase a los más fuertes y se uniera a un monarca próximo a ser destronado...

Sin embargo, aceptó, y los dos reyes procuraron endulzar con seductores presentes su aventurada resolución.

Jofre Borgia, el menor de sus hijos, se casaría con doña Sancha, hija natural de Alfonso de Aragón, heredero de la corona de Nápoles, llevando ésta como dote el principado de Esquilache y el condado de Caliata, en Calabria. Por su parte, Fernando el Católico propuso para Juan de Borja, segundo duque de Gandía, el matrimonio con doña María Enríquez, prima suya, que ya había estado prometida a Pedro Luis, el primer hijo de Alejandro Sexto.

Al mismo tiempo, don Ferrante de Nápoles procuraba reconciliar con el Papa a todos los enemigos de éste que se habían puesto a su servicio.

—De un lado, el peligro de la invasión francesa, que aún estaba lejos; de otro, la amenaza más inmediata de ver atacados los Estados romanos por el rey de Nápoles, sostenido ocultamente por el rey de España... Y optó, al fin, por esta última alianza que al mismo tiempo ofrecía brillantes matrimonios para sus hijos.

El cardenal Juliano de la Rovere fue cínicamente a reconciliarse con Alejandro VI, sentándose a su mesa él y Virginio Orsini, por ordenarlo así el monarca de Nápoles. Virginio entregó treinta y cinco mil ducados a cambio del señorío feudal de las tierras de la Iglesia ocupadas por él. Todos quedaron amigos, y Juan de Borja se embarcó en una galera española con séquito de príncipes y gran cantidad de alhajas, para ir a Valencia y casarse allá con la prima de Fernando el Católico.

Pocos días después, Jofre se unía por poderes con doña Sancha de Aragón, dejando para más adelante como ocurrió con Lucrecia, la consumación de su matrimonio. Sancha tenía catorce años y Jofre doce.

A la vez que ocurría esto, llegaba a Roma un enviado de Carlos VIII para solicitar del Pontífice —que aún creía amigo— la investidura del reino de Nápoles, antes de conquistarlo. Y Alejandro, que estaba ya comprometido con el monarca napolitano, sólo dio al embajador vagas palabras.

Los tres matrimonios efectuados en un solo año: el de

Lucrecia, el de Jofre y el del duque de Gandía, habían ocasionado gastos enormes al Papa, empobreciéndolo. Únicamente podía contar con los treinta y cinco mil ducados de Virginio Orsini, que en realidad eran de Nápoles, y para reunir más dinero acudió a uno de los expedientes empleados por otros pontífices: hacer una promoción de nuevos cardenales.

Once príncipes de la Iglesia nombró en un consistorio celebrado en septiembre de 1493. Dos de ellos era indudable que no habían dado nada a cambio de su nueva dignidad, por pertenecer a la familia del Pontífice; Alejandro Farnesio, más tarde Paulo III, y César Borgia, que solo contaba dieciocho años al recibir la púrpura. El público apenas habló de la elevación de César. Encontraba natural esta generosidad de padre, que ya habían mostrado otros papas. Las ironías y los comentarios escandalosamente se concentraron sobre el hermano de *la bella Julia,* que entraba de un modo tan retorcido en el Sacro Colegio. Y entonces fue cuando le infligieron el epíteto de *cardenal faldero.*

—En la vida extraordinaria de este Papa Borgia, de carácter tan complejo —dijo don Manuel—, alternaron las anécdotas íntimas, agrandadas por la crónica escandalosa, las intrigas políticas en incesante juego de balanza y los más grandes sucesos históricos. Un día recibió Alejandro la noticia de que *cierto Cristóbal Colón,* que había salido con un centenar de españoles y tres naves en busca de las tierras del Gran Kan de la Tartaria, en el extremo oriente de Asia, atravesando para ello el Océano siempre al Occidente, acababa de encontrar por tan nuevo camino las islas más avanzadas del mundo asiático trayendo de allá muestras de oro y especiería. Algunos empezaban a sospechar si estas tierras descubiertas, sin más que hombres desnudos y una civilización rudimentaria, no serían de Asia, sino de un mundo completamente nuevo, ignorado hasta entonces.

Alejandro no era un sabio, pero dedicó a la lectura gran parte de su juventud, guardando en su biblioteca todos los libros impresos o manuscritos, célebres entonces. Muchas veces había conversado de cosmografía con Eneas Silvio, el Papa cuyo tratado geográfico iba a servir de guía a Colón. Inmediatamente se preocupó de las tierras descubiertas, organizando una misión de frailes españoles para evangelizar e hizo obispo de ellas al padre Boil, religioso catalán.

—Como si el destino de este Pontífice fuese ser el Papa del descubrimiento de América en todas sus zonas, también había despachado poco antes una misión de evangelizadores para que fuesen a recuperar las tierras de la Groenlandia. Sabe usted que la América extremamente septentrional fue conocida por los navegantes escandinavos en el siglo diez, estableciéndose en ella algunas misiones cristianas, que acabaron por extinguirse. En los primeros meses del Pontificado de Alejandro VI iban de nuevo los misioneros a dicha América fría, levantando otra vez sus pobres iglesias de madera, al mismo tiempo que los frailes españoles elevaban los primeros templos de piedra y ladrillo en aquellas tierras inhóspitas, bajo el cielo tropical de las Antillas.

Claudio Borja quiso hablar, pero Enciso, como si adivinase sus pensamientos, añadió:

—Sé lo que usted va a decir. También hizo Rodrigo de Borja el reparto más grande que se conoce en la Historia. Desde Alejandro el Magno hasta Napoleón, ningún conquistador trató con tanta desenvoltura la faz de la Tierra, ni dividió sobre los mapas superficies tan enormes.

Partían los navegantes de la Península Ibérica al descubrimiento del mundo entero. Los portugueses navegaban al Oriente y los españoles al Occidente, buscando las flotas de unos y otros las riquezas de Asia, las maravillosas tierras del Gran Kan, descritas por Marco Polo y Mandeville. Todos iban en busca de las llamadas Indias.

El descubrimiento de Colón alarmaba al rey de Portugal, agriando sus relaciones con los reyes de España. Era preciso establecer un acuerdo entre ambas monarquías católicas, para que no se peleasen en lo futuro, dejando bien marcados los límites de sus respectivas zonas de descubrimientos.

—Aconsejado por cosmógrafos y marinos y basándose en sus propios estudios, trazaba el Papa Borgia una línea de Norte a Sur, más allá de las islas de Cabo Verde, partiendo el globo terráqueo en dos hemisferios al Oriente de la llamada *línea alejandrina*, todo era para los navegantes portugueses, y al Occidente para los españoles. Que cada cual navegase siguiendo su rumbo propio hasta que vinieran a encontrarse en la cara opuesta del planeta.

Enciso, influido por el entusiasmo que le inspiraba España, se apresuró a quitar importancia a la decisión del Pontífice.

—Muchos autores extranjeros ignorantes de nuestra Historia, han creído ver una gran audacia científica del Papa Alejandro en esta partición del mundo. Es verdad que su acto representa el primer reconocimiento público de la redondez de la tierra hecho por la Iglesia. Nunca habían hablado de ello los anteriores pontífices. Pero resulta falso elogiarlo, como si entonces las gentes de estudio ignorasen que la Tierra es redonda y sólo hubieran descubierto Colón y los sabios del Vaticano dicha esfericidad... Usted sabe que, antes de la Era cristiana, Tolomeo y Eratóstenes ya habían probado la redondez de nuestro planeta, midiéndolo más o menos, aproximadamente, a las dimensiones que le da la ciencia moderna. Luego, los árabes volvieron a establecer dicha redondez, especialmente su geógrafo Alfagramo. Los moros de España enseñaban en sus escuelas, durante siglos, la esfericidad de nuestro planeta, y los judíos españoles servían de intermediarios, revelando la geografía árabe a los hombres estudiosos de la Cristiandad. Una oculta y sincera relación científica unía las escuelas de mezquitas y sinagogas con las bibliotecas de los conventos.

Era cierto que, en los primeros siglos de la Iglesia, algunos santos padres no creían en los antípodas y consideraban absurda la afirmación de que el mundo fuese redondo. Durante la primera Edad Media imperaba la geografía mística y absurda del monje bizantino Cosmos Indicopleustes; pero en la segunda Edad Media, a partir del siglo XIII, aurora del Renacimiento, era en España, país de moros, judíos y cristianos, donde más se creía en la llamada *esfera*.

—Colón —siguió diciendo Enciso—, en vez de ser perseguido por la ignorancia española, como han supuesto tantos autores ligeramente, copiándose unos a otros, resultó en España un ignorante, comparado con muchos que escuchaban sus planes. Usted sabe que Colón no creía que el mundo fuese redondo, sino más bien en forma de pera, teniendo colocado en su pezón, o parte más alta, el Paraíso terrenal. También afirmaba que en nuestro planeta, dividido en siete partes, seis de ellas son tierra firme y sólo una la ocupan los mares. En cambio, un obispo de España, cuando algunos colegas suyos criticaban por rutina el proyecto de Colón de ir hacia Occidente dando vuelta a la Tierra, fundándose en que San Agustín y otros autores sacros dudaban de dicha esfericidad, contestó con energía: «San Agustín y otros respetables varones son autoridades en materias teológicas, pero de ningún modo en cosmografía.»

—Hubo un silencio, y Claudio Borja dijo con aire pensativo:

—De todos modos, fue un acto hermoso e interesante el del padre de madona Lucrecia partiendo la Tierra en dos pedazos. Demuestra la autoridad que aún gozaba entonces el Pontífice, no obstante sus propias liviandades y las de muchos antecesores. Pudo repartir el mundo como cosa propia... Lo malo fue que ya empezaba entonces a moverse en Alemania un frailecillo agustino llamado Martín Lutero.

V. LA ESCANDALOSA «GUERRA DE LA FORNICACIÓN», Y CÓMO PRODUJO, CON DIVERSOS NOMBRES, UN ESPECTRO LÍVIDO QUE TODAVÍA EXISTE

Enciso se aproximó a una de las ventanas de su biblioteca, mirando al exterior.

—Llueve. No se vaya usted aún. Fumemos otro cigarrillo.

Brillaban calles y techumbres bajo una lluvia tenaz que obscurecía prematuramente el cielo del atardecer.

Claudio Borja, que ya se había puesto en pie para marcharse, volvió a ocupar un sillón, tomando el grueso cigarro ofrecido por el diplomático.

Se quedaría media hora más, esperando que pasase el chubasco. Y reanudaron su evocatoria e histórica conversación.

—El año mil cuatrocientos noventa y cuatro —dijo Enciso después de reflexivo silencio— resultó para el Papa Borgia el más peligroso de su existencia. A fines de enero supo la muerte casi repentina del rey Ferrante o Fernando, aquel bastardo nacido en Valencia, que fue cabeza de la dinastía napolitana de Aragón. Su heredero Alfonso II se apresuró a buscar el apoyo del Papa, único soberano de Italia que podía ayudarle. Veíase amenazado el nuevo monarca por la expedición de Carlos VIII y la hostilidad del pueblo y los barones de Nápoles, tratados con rudeza por el difunto don Ferrante.

Otra vez se consideró Alejandro VI en un dilema angustioso. El rey de Francia le enviaba embajadores amenazándole con reunir un Concilio que le quitaría la tiara si no se unía a él. Juliano de la Rovere, separado del rey de Nápoles, empezaba a trabajar por el monarca francés. Además corría el peligro de perder a su íntimo amigo el cardenal Ascanio Sforza, partidario también del rey de Francia por su parentesco con el tirano de Milán.

Quiso contemporizar inútilmente, enviando la Rosa de Oro a Carlos VIII como símbolo de amistad, y prometió al mismo tiempo dar la investidura al nuevo rey de Nápoles; esto último por complacer a su amigo Fernando el Católico.

Presintiendo Alfonso II las justas vacilaciones del Pontífice, por convenirle a éste en realidad ser enemigo de la dinastía napolitana ratificó las proposiciones que había formulado su padre referente a los Borgia, haciéndolas aún más tentadoras. Su hija natural, doña Sancha, se casaría con el pequeño Jofre Borgia, llevándole además del principado de Esquilache cuarenta mil ducados de renta y una compañía pagada de cien hombres de armas para su guardia personal. El dote de Sancha sería de doscientos mil ducados (más de un millón y medio de francos oro). El hijo mayor de Alejandro VI, Juan, duque de Gandía, recibiría del rey de Nápoles el principado de Tricarico, en la Basilicata, y a tal presente irían unidos ricos beneficios eclesiásticos en las diócesis napolitanas para el joven cardenal de Valencia César Borgia, que acababa de recibir las órdenes del subdiaconato, entrando en la vida clerical contra su voluntad.

En abril se decidía el Papa resueltamente a favor de Nápoles, encargando a su sobrino Juan de Borja, cardenal de Monreale, que coronase a Alfonso II. Jofre le acompañó para consumar su matrimonio con doña Sancha. Cinco días después, Juliano de la Rovere se embarcaba en Ostia, la noche del 24 de abril, abandonando a su hermano Juan la defensa del castillo en la desembocadura del Tíber. Un navío le llevó a Génova, pasando de allí a Francia enviado por Ludovico el *Moro*, señor de Milán, para que acelerase la marcha invasora de Carlos VIII.

Alejandro llamó a Roma al conde Pitigliano, encargándole el sitio del castillo de Ostia, y a pesar de la fama de éste como fortaleza inexpugnable, capituló con sólo un mes de asedio.

Durante varias semanas vio satisfecha el Pontífice su vanidad paternal, gozando de las delicias de una paz que fue a modo de breve paréntesis en los sucesos de dicho año, tan angustioso para él.

El 7 de mayo se celebraba en Nápoles la boda de don Jofre y doña Sancha con gran aparato. Alfonso II, padre de la novia, deseaba levantar su crédito ante los napolitanos y los barones de su reino, dando gran brillo a las ceremonias nupciales para inspirar confianza al país, haciéndole creer que su nuevo parentesco con el Pontífice era una garantía contra la anunciada expedición francesa.

Claudio Borja creyó del caso recordar una carta del cardenal de Monreale a su gran amigo el valenciano don Juan Marrades, camarero o cubiculario íntimo del Papa, contándole lo ocurrido en esta boda para que lo transmitiese al duque de Gandía, residente en Valencia. Dicha carta la guardaba el canónigo Figueras en el archivo de su catedral, y era notable por la alegre crudeza con que relataba en valenciano algunos detalles de las nupcias del pequeño Jofre.

—La moral de aquellos tiempos —siguió diciendo— era más desenfadada que la presente. Usted habló antes del nuncio del Papa en Pésaro presidiendo un baile hasta el amanecer y conduciendo la última *farandola* por las calles. El cardenal Juan de Borja, según costumbre de la época, fue en compañía de los padres de la novia y otros de la familia a visitar a los nuevos cónyuges cuando ya estaban acostados. En todas las bodas aristocráticas de entonces era de ritual dicha visita, riendo padres y amigos ante las caricias preliminares de los recién casados.

Hacía elogios el cardenal de la valerosa desenvoltura de su primo Jofre, que aún no había cumplido catorce años. Sin duda debió de deslizar una mano bajo las ropas del lecho, pues afirmaba en su carta que salió del dormitorio seguro de que el nuevo príncipe de Esquilache «estaba muy alegre y bien preparado para la batalla».

Esta certidumbre del cardenal-legado fue de corta duración. El menor de los Borgia se convenció pronto de que había caído en la más terrible de las esclavitudes sexuales. Doña Sancha, mezcla de napolitana y española, era de un temperamento furiosamente lúbrico, que acortó su existencia. Antes de los veintiséis años de edad, en 1506, murió agotada por sus demasías licenciosas.

—Esta hispanonapolitana —siguió diciendo Claudio— fue culpable, a causa de sus ardores, de la horrible fama que durante tres siglos ha pesado sobre la pasiva y sonriente Lucrecia. Los enemigos de Alejandro, para desacreditar más a su familia, pasaron a la cuenta de la hija todos los desenfrenos de la nuera, y los escritores de la Reforma, arrastrados por el odio religioso mantuvieron dicho error.

Cuando dos años después los jóvenes príncipes de Esquilache volvieron de Nápoles a Roma para vivir en el Vaticano, doña Sancha, todavía muy jovencita, pero en plena erupción de su temperamento precoz y perversamente lujurioso, se entregó a los mayores excesos, encontrando tal vez una ampliación de sus placeres en el escándalo que provocaban.

—Hacía gala de sus amoríos con sus dos cuñados: Juan y César. Era inútil que estos guardasen cierta prudencia; ella, con cínicos alardes, se encargaba de hacer saber a todos sus placeres incestuosos. Al mismo tiempo se entendía con otros hombres de la Corte papal que eran de su gusto, así eclesiásticos como laicos. Lo raro fue que no atentase contra su propio suegro el Pontífice, pues éste, a pesar de su vejez, continuaba mostrándose alegre y galante con las damas en las fiestas del Vaticano... Alejandro sentíase, en realidad, indignado por la conducta de su nuera y la triste situación de su hijo Jofre. Éste sólo deseaba que su mujer lo dejase tranquilo y olvidado. Ella lo escarnecía por la prudencia con que cuidaba su salud, y tales y tan continuos fueron los escándalos dados por la napolitana, que el Papa, en sus últimos tiempos, acabó por encerrarla en el castillo de Sant'Angelo, para que no hablasen más en Roma de su ostentosa impudicia.

Al día siguiente de dicho matrimonio, el cardenal de Monreale coronaba con gran aparato a Alfonso II de Nápoles, renovándose acto seguido para el Papa la sucesión de conflictos que llenaron todo el curso de 1494, el año más tenebroso de toda su vida.

Después de haberle abandonado Rovere hizo lo mismo Ascanio Sforza. Los dos cardenales habían vivido siempre como implacables adversarios; pero se unieron en la presente ocasión para combatir juntos al Papa: Juliano, como protegido del rey de Francia; Ascanio, como hermano de Ludovico el *Moro,* de Milán.

Además, el peligro se alzaba repentinamente para Alejandro VI dentro de su propia casa. Toda la nobleza romana que había recibido sus estados en feudo de la Santa Sede declarábanse en rebelión. Los Colonna, Orsini, los Savelli y tantos otros, bajo la influencia de Ascanio Sforza, se unían al tirano de Milán y a Carlos VIII.

Más de la mitad de Italia era enemiga del Papa. Sólo podía apoyarse en el rey de Nápoles, y éste, a su vez, buscaba su protección, temiendo a los señores feudales y al pueblo de sus propios estados, por tener la certeza de que se sublevarían contra él apenas avanzase la expedición de los franceses.

Se daba cuenta Alejandro de su gran error diplomático, aunque en realidad lo había visto claramente desde el principio. Era su amigo el rey de España quien le había impulsado a tomar esta determinación, más que el propio deseo de engrandecer a sus hijos. Y Fernando el Católico sólo le enviaba palabras de amistad y esperanzas de auxilio, sin que llegase detrás de ellas soldados ni dinero.

El peligro inminente le hizo pensar en la seguridad de su familia. Lucrecia vivía en Pésaro con su esposo. Este Juan Sforza, sobrino del duque de Milán, no podía permanecer tranquilo en Roma desde que el Papa desertó de la Liga formada por milaneses y venecianos, uniéndose con Alfonso II de Nápoles. Creía más prudente vivir lejos de la Ciudad Eterna, en sus tierras propias, y Alejandro VI dejó que se llevase a su esposa.

También temía Borgia los horrores de una invasión, pensando en *la bella Julia* y demás mujeres de su familia ilegítima. Todas ellas siguieron a Lucrecia en dicho viaje, con pretexto de pasar el verano junto al Adriático, y en realidad para mantenerse a cubierto de la próxima guerra. La *Farnesina,* doña Adriana de Milán y la *Vannoza* emprendieron el viaje a Pésaro. El único de sus hijos que permaneció en Roma cerca de él fue César, ayudándole con una serenidad de juicio y una sangre fría impropias de sus pocos años.

Se esforzó el Papa por hacer frente al próximo avance francés. Como Venecia estaba en relaciones con el sultán de Constantinopla, envió a éste un agente secreto, llamado

Bocciardo, pidiéndole aconsejase al Gobierno veneciano que se pusiera de parte de Nápoles. El hecho de guardar en su poder a Djem, hermano del sultán Bayaceto, facultaba al Pontífice para intentar dicha gestión. Al mismo tiempo, el enviado debía pedir al jefe del Islam que pagase anticipada una anualidad por el mantenimiento de su hermano en Roma. Dicha pensión, de cuarenta mil ducados, serviría al jefe de la Iglesia para defenderse de la invasión francesa.

Mientras tanto, Carlos VIII justificaba sus preparativos guerreros con un fin falsamente religioso. Luego que se apoderase del reino de Nápoles, iría a conquistar a Constantinopla y Jerusalén (¡el eterno pretexto de la cruzada!); pero ni él ni sus capitanes pensaban en cumplir tales promesas.

Salía de Roma el Pontífice para avistarse con Alfonso II cerca de la frontera napolitana, examinando los medios de resistir con las armas a los invasores. Alejandro VI y el joven cardenal César sostenían la conveniencia de ir al encuentro del adversario con un movimiento ofensivo, aprovechando la dispersión de sus fuerzas en el avance. Alfonso temía salir del reino con sus escasas tropas por miedo a la sublevación, que seguramente estallaría apenas se alejase.

El 3 de septiembre pasaba el rey de Francia la frontera de Saboya. Iban con él quince mil hombres de armas y escuderos, ocho mil arcabuceros gascones, ocho mil alabarderos suizos, mil quinientos arqueros franceses y ciento cincuenta cañones enormes. Esta aglomeración de hombres armados, la más grande en realidad que se había visto en aquella época, no llevaba tiendas de campaña, ni víveres ni dinero. Las tropas vivían sobre las tierras conquistadas. Además, este ejército de franceses iba hacia la rica Italia en el mismo estado de ánimo que las andrajosas y famélicas bridas de la República, tres años después, cuando el principiante Bonaparte les mostraba desde lo alto de los Alpes la tierra de promisión.

Carlos VIII, hijo degenerado del terrible Luis XI, era feo de rostro, débil de piernas, poco inteligente, pero con un insaciable apetito genésico. La campaña de Italia iba a servirle para conocer nuevas mujeres, uniendo al deleite carnal el incentivo de la violencia.

—Esta expedición francesa —dijo Borja— no pudo ser más

fácil ni proporcionar mayores placeres. Tan imponente número de guerreros atravesó la mayor parte de Italia sin esgrimir sus armas, pudiendo entregarse finalmente en Nápoles a la más ruidosa de las orgías. Sólo a la vuelta, al salir de la península, tuvieron que pelear una sola vez, con verdadero empeño, para abrirse paso. En realidad, la tal campaña merece el nombre de *guerra de la fornicación*. No hicieron otra cosa el joven rey de Francia, apodado el *Cabezudo*, por su fealdad, y los treinta mil hombres de su ejército.

Enciso acogió con gestos afirmativos el título de dicha guerra. Resultaba exacto.

Dos soberanas, la duquesa Blanca de Saboya y la marquesa de Monferrato, abrían la península al joven conquistador. La primera, lo recibía espléndidamente en Turín, y la segunda, en Casale. Entradas triunfales sin ningún combate previo, justas y torneos antes de los grandes banquetes, por la noche danzas con las damas, y luego, el reposo de cada héroe en un lecho de finas telas, *con carnes dulces que palpar*. Si el monarca y sus paladines llegaban con el deseo de conseguir numerosas conquistas femeninas, las hermosas señoras italianas mostrábanse aún más vehementes y prontas a entregarse, olvidando a padres y maridos con la esperanza de alegar luego el haber sido forzadas por los invasores.

—Todos los documentos de aquel tiempo, lo mismo las crónicas particulares que las comunicaciones diplomáticas, hablan de la fornicación general de las tropas y de sus capitanes, empezando por el rey. Según testimonio de los franceses, las bellas italianas no esperaban a ser violadas o solamente rogadas, sino que se ofrecían espontáneamente. Después de haber gozado de todas maneras la hospitalidad de la duquesa Blanca de Saboya y la marquesa de Monferrato, se hacía prestar Carlos VIII, con una franqueza admirable, las joyas de estas hermosas damas, empeñándolas para pagar sus tropas. Luego la orgía continuaba en el Milanesado.

La joven esposa de Juan Galeas, verdadero señor de Milán, se echaba a los pies del rey francés haciéndole saber que el usurpador Ludovico el *Moro* guardaba a su sobrino preso para conservar el gobierno del país. Lloró Carlos VIII de emoción escuchando tan justos lamentos; pero como Ludovico era quien le abría la península italiana, dejándolo entrar en Milán, se enjugó las lágrimas y siguió adelante. Poco después, Galeas moría envenenado por su tío para que la viuda no hiciese más protestas.

Pasaba de Milán a Florencia el ejército invasor, siendo acogido en todas las ciudades lo mismo que en Turín: fiestas, torneos, banquetes, fornicación general, y al marcharse, grandes contribuciones de guerra.

César Borgia abandonó a Roma, encerrándose en Orvieto —ciudad confiada a su gobierno por el Papa— para improvisar su defensa.

Este hijo de español nacido en Roma empezó a mostrar un orgullo italiano, del que parecían desprovistos los más de sus compatriotas. Ya que todos se sometían al invasor y numerosas mujeres aumentaban tal bajeza con su liviandad escandalosa, él sería el único en protestar por medio de las armas. Y la sola resistencia que encontraron los franceses antes de su llegada a la frontera de Nápoles fue la de Orvieto. Contra su ciudad chocaron inútilmente las olas de la invasión, teniendo que seguir adelante.

Mientras Carlos VIII avanzaba de Florencia a Roma, dos grandes contrariedades entristecieron al Papa, que había quedado solo.

Bocciardo, su agente secreto, desembarcaba cerca de Ancona, en el Adriático, con un enviado turco de Bayaceto portador de los cuarenta mil ducados de la pensión de Djem. Ambos viajeros caían en poder de una banda capitaneada por Juan de la Rovere, hermano del cardenal, expulsado del castillo de Ostia. Se apoderaba aquél de los cuarenta mil ducados, dejando en libertad al mensajero del sultán. A Bocciardo manteníale preso, y, despojado de todos sus papeles, lo enviaba al cardenal Juliano, que había venido de Francia en el séquito de Carlos VIII.

Sirvió la pensión de Djem para los gastos de la campaña, y los papeles fueron utilizados por Juliano, quien los desfiguró, publicándolo luego para desacreditar a su adversario. Basándose en dichos documentos falsificados, inventó una calumnia digna de su violento carácter, diciendo que Bayaceto proponía al Papa la muerte de su hermano Djem, ofreciéndole trescientos mil ducados a cambio de su cadáver.

—Esta calumnia, demasiado grosera —dijo Claudio—, no

produjo el efecto que esperaba Juliano. Se deshizo sin tocar a su enemigo. Era posible que Bayaceto hubiese escrito dicha proposición. Varias veces intentó, en el Pontificado anterior y en el de Borgia, asesinar a su hermano por medio de enviados turcos o de italianos, que aceptaban sus planes sin realizarlos nunca. El interés de los papas era, por el contrario, guardar a Djem para tener en respeto al Gran Turco y percibir la pensión anual de cuarenta mil ducados. Matarlo equivalía a suprimir *la gallina de los huevos de oro,* pues el mantenimiento de dicho personaje no costaba ni la décima parte de la cantidad percibida.

—Nadie hizo caso del violento Juliano de la Rovere, es cierto —añadió Enciso—. Mas transcurrido un siglo, los escritores de la Reforma recogieron la olvidada calumnia para acusar al Papa Borgia de la muerte de Djem, ocurrida meses después, y perfectamente explicable por sus excesos alcohólicos, cuando ya estaba en manos de Carlos VIII.

Al llegar el rey de Francia a Luca, encontraba al cardenal Piccolomini, sobrino de Pío II, hombre bondadoso y transigente, encargado por el Papa de intentar un acomodamiento con él. Conocían los del séquito real la situación desesperada de Alejandro VI, sin medios de resistencia, abandonado de todos, con su propia vida en peligro. Los barones romanos sublevados no esperaban más que una ocasión favorable para apoderarse de la capital pontificia y tal vez para asesinarlo.

Se negó el monarca a recibir a Piccolomini, alegando no tener necesidad de intermediarios para hablar con el Papa. Ya trataría con éste directamente durante las fiestas de Navidad, que era cuando pensaba entrar en la Ciudad Eterna.

Un gran disgusto de índole privada vino a unirse en noviembre al desaliento político de Alejandro VI. La *bella Julia,* siguiendo uno de sus caprichos, se había separado de Lucrecia en Pésaro para ir a Viterbo, donde estaba su hermano el cardenal, en compañía de una cuñada suya y doña Adriana de Mila.

Varios jinetes franceses, mandados por Ives d'Allegre, el mismo que iba a ser años adelante compañero de armas de César Borgia, hicieron prisioneras a las tres damas, pidiendo por ellas rescate, como de costumbre. La guerra y el bandidaje apenas se diferenciaban entonces.

—A pesar de que Ives d'Allegre habló con entusiasmo de la belleza de Julia a Carlos VIII, éste se negó a verla, decisión que no se explica, tratándose de un hombre de insaciable curiosidad en el conocimiento de beldades italianas. Tal vez Rovere y los otros cardenales que iban con él evitaron, por toda clase de medios, que llamase a la bella prisionera, temiendo que ésta lo sedujese con su hermosura y lo inclinara a favor de Alejandro VI.

Mostró el Papa las angustias de un viejo enamorado al enterarse del suceso, haciendo toda clase de gestiones para la liberación de las cautivas. Envió inmediatamente los tres mil ducados de rescate exigidos por el capitán d'Allegre y despachó a dos cardenales para que solicitasen de Carlos VIII la cesión de las prisioneras, protestando contra la delicadeza de dicho rapto. Las tres damas fueron enviadas a Roma con fuerte escolta, y el cubiculario secreto del Papa, Juan Marrades, su hombre de confianza, salió a recibirlas fuera de la ciudad.

Su cautiverio sólo había durado cuatro días, y Borgia se consoló momentáneamente de sus inquietudes políticas al ver otra vez a *la bella Julia.*

Tal accidente, digno de la *guerra de la fornicación,* hizo reír a media Italia.

Ludovico el *Moro* protestó al enterarse del modesto rescate fijado por el capitán francés.

—¡Tres mil ducados! —dijo—. ¡Qué locura! El Santo Padre habría dado diez veces más, cien veces más, por entrar otra vez en posesión de su bella concubina.

Aproximábanse a Roma, al mismo tiempo, por un lado el ejército francés, y por otro, un ejército napolitano, cuyo auxilio no podía inspirar confianza, ya que su jefe, el duque de Calabria, aconsejaba al Pontífice que huyese de su capital, refugiándose en Nápoles.

Alejandro no sabía qué hacer. Su valor sereno y confiado le evitaba las ofuscaciones del pánico. Seguía esperando un auxilio providencial, aunque ignoraba de dónde podía venir. Los reyes españoles, que le habían empujado a la situación presente, sólo enviaban promesas.

Hubo un momento en que resolvió huir, por no verse con Carlos VIII, que pensaba exigirle el reconocimiento de sus derechos sobre el reino de Nápoles. Pero ya era tarde. Las avanzadas francesas galopaban por la campiña romana, y desde el Vaticano podía ver el Papa a sus jinetes en las alturas del monte Mario. El castillo de Sant'Angelo, muy descuidado por sus antecesores, no podía oponer una resistencia seria.

—Iba a empezar para él —dijo Enciso— un verdadero calvario, que duró un mes; pero tan larga prueba hizo palpable hasta dónde llegaba su habilidad y su firmeza, consiguiendo finalmente salir victorioso de tantos peligros.

Aceptó que Carlos entrase en la ciudad con sus tropas, pero a condición de mantenerlas en la ribera izquierda del Tíber. En los últimos días de diciembre, algunas fracciones del ejército invasor se alojaron en Roma, fuera de la llamada Ciudad Leonina, cometiendo iguales atropellos que en las otras poblaciones italianas, especialmente en la persecución de las mujeres.

Mientras tanto, el monarca francés consultaba a sus astrólogos el día más favorable para hacer su entrada en la Ciudad Eterna. Estos designaron el de San Silvestre, y el 31 de diciembre penetró Carlos en Roma con el aparato de un triunfador, dando por segura los enemigos de Rodrigo de Borja la pérdida de su tiara. Rovere y los cardenales que iban en el séquito real proyectaban la reunión de un conclave que le depondría, nombrando a otro Pontífice.

Escuchó Alejandro pacientemente todas las imperativas exigencias de los delegados del joven monarca. Pedían la entrega inmediata del príncipe Djem, y que permitiese una guarnición francesa en el castillo de Sant'Angelo, César Borgia seguiría en rehenes a Carlos VIII hasta que éste conquistase a Nápoles, y el Pontífice debía darle en seguida la investidura de dicho reino, legitimando así sus derechos como heredero de los Anjou.

Ante unas exigencias tan rudamente expuestas por los enviados regios, no había más que aceptarlas con una abdicación vergonzosa, o romper las entrevistas, negándose a todo. Alejandro no hizo ni una cosa ni otra. Discutió, dio largas a la resolución de cada una de las peticiones. Cuando se veía obligado a responder acto continuo, sufría un síncope, y era preciso dejar el asunto hasta el día siguiente.

César había abandonado a Orvieto al ver la plaza libre de sitiadores, y, adelantándose a éstos con uno de aquellos galopes sorprendentes que empleó luego en sus campañas, estaba otra vez al lado de su padre. Él aconsejó la única medida enérgica que se podía adoptar, y el 7 de enero, Alejandro y sus cardenales abandonaron en secreto el Vaticano por el pasaje subterráneo que une éste al castillo de Sant'Angelo, refugiándose en dicha fortaleza, como si pretendieran defenderse desesperadamente.

Tan grande era aún el prestigio del Papa, que el rey de Francia no osó atacarlo ni deponerlo, como le aconsejaban Juliano de la Rovere, Ascanio Sforza y tres cardenales más que figuraban en su séquito. Temía el descontento que pudieran provocar dichos actos en Francia y fuera de ella. Al mismo tiempo, el Pontífice y sus cardenales se daban cuenta de que el castillo de Sant'Angelo no podría resistir un verdadero asalto, y esta doble consideración hizo que por ambas partes se reanudasen las conferencias, poniéndose de acuerdo, finalmente, el 15 de enero.

Dicha convención, casi fue un triunfo para el Pontífice, al que todos creían perdido días antes. El príncipe Djem quedaba confiado al rey de Francia en todo el curso de la expedición contra los turcos; pero el Papa continuaría cobrando del sultán la pensión de cuarenta mil ducados. César Borgia iba a acompañar a Carlos VIII en su campaña durante cuatro meses no en rehenes, sino como legado pontificio, con todos los honores debidos a tan alto cargo. Una guarnición francesa ocuparía Civitavecchia mientras el ejército del rey atravesaba los estados de la Iglesia, y Juliano de la Rovere se reinstalaría en el castillo de Ostia.

Alejandro VI, en compensación, debía conservar el castillo de Sant'Angelo, recibir testimonio de obediencia públicamente del rey de Francia, gobernar con entera libertad sus estados y ser protegido por dicho monarca contra todo ataque. ¡Y ni una palabra sobre el reconocimiento de los derechos de Carlos VIII al reino de Nápoles, que era lo que deseaba evitar Borgia...! Tal omisión y el juramento de obediencia del rey francés al Pontífice representaban una victoria diplomática enorme, un triunfo de su autoridad espiritual.

Volvía Alejandro, por el mismo pasaje secreto, desde el

castillo a su Palacio, recibiendo con gran majestad a Carlos VIII. Hizo tanta impresión en el joven monarca este Pontífice, al que veía por primera vez, y lo sedujo luego con tan agradables palabras en la intimidad, que ya no habló de su investidura de Nápoles, contentándose con dejar dicho asunto para otra ocasión.

Necesitaba el conquistador partir cuanto antes. Roma estaba amenazada por el hambre. Las tropas francesas habían devorado cuantas reservas se guardaban en la ciudad y sus cercanías. El pueblo no podía sufrir la arrogancia de los invasores. Diariamente surgían peleas. Los muchos españoles residentes en la ciudad se batían en todas las encrucijadas con estos soldados insolentes enemigos de los Borgia. Los alabarderos suizos excitaban especialmente la cólera popular. En su embriaguez perseguían y violaban a las mujeres hasta en mitad de las calles, mostrándose las plebeyas romanas menos fáciles que las altas señoras.

El 28 de enero de 1495 abandonó Carlos VIII la capital pontificia al frente de sus tropas. César Borgia cabalgaba a su derecha, llevando sobre su vestido de viaje la capa roja de cardenal. Había aceptado, con aparente conformidad, este papel de legado que disimulaba su verdadera condición de rehén. Los que lo conocían sospechaban que tanta mansedumbre debía ocultar algún propósito secreto.

Veinte carros, con vistosas fundas ostentando las armas de los Borgia, contenían el equipaje del joven cardenal. La primera etapa fue de Roma a Marino, y cerca de esta última población dos de los mencionados carros tuvieron que apartarse de la vía y quedar inmóviles por habérseles roto las ruedas. Eran los únicos que verdaderamente iban cargados con la vajilla preciosa y otros objetos de uso del legado.

La etapa resultó más larga al día siguiente, y la comitiva regia llegó a Velletri, donde el monarca francés, el príncipe Djem y César debían ocupar distintos alojamientos, preparados por el obispo de dicha ciudad.

Acompañó el cardenal de Valencia al rey hasta su casa, retirándose luego a la que le habían destinado. Una guardia de honor velaba en torno a su persona como representante del Pontífice, aunque en realidad su misión era la de vigilarle. Al cerrar la noche, César huyó de su alojamiento por una puerta trasera, vestido de caballerizo. Atravesó las calles a pie, sin darse prisa, para no llamar la atención; salió al campo, ya en la Vía Apia, lejos de las últimas casas de la ciudad, un hombre surgió de un grupo de árboles para ir a su encuentro, llevando de la rienda un caballo magnífico. Era un hidalgo de Velletri que César Borgia había conocido durante su permanencia en Marino el año anterior, cumpliendo una misión del Papa. Admirable jinete, saltó el cardenal sobre el fogoso corcel y a todo galope volvió a la Ciudad Eterna, entrando en ella antes de que apuntase el día.

Nadie lo vio, ni su propio padre. Sólo, mucho tiempo después, se supo que había vivido oculto en la casa de un español, Antonio Flores, auditor de la Rota, eclesiástico humilde, muy favorecido luego por los Borgia y que llegó a ser nuncio en Francia.

Al enterarse Carlos VIII de la desaparición del cardenal, montó en cólera, considerando esta fuga como una afrenta para él. Su indignación aún fue en aumento al ser registrados los dieciocho carros cubiertos con fundas blasonadas, que no se habían movido de Velletri por ignorar sus conductores la huida de su amo, viéndose que sólo contenían sacos de tierra y piedras. Esto demostró la premeditación de dicha fuga, y cuando una partida de jinetes fue en busca de los otros carros que se habían detenido en la jornada anterior, por rotura de sus ruedas, resultaron tan invisibles como el cardenal de Valencia.

Encontró el pueblo de Roma muy graciosa la jugarreta de César. Era hijo de su ciudad: un verdadero romano, nacido de una transteverina. Además, todos se mostraron furiosos por los atrevimientos de los invasores. Los Borgia eran mirados ahora con cariño, y César fue de pronto el héroe popular, ayudando a tal prestigio su misteriosa desaparición.

Inventó el entusiasmo público venganzas patrióticas, atribuyéndolas al joven cardenal. Hasta propaló que unos suizos ebrios del ejército invasor habían penetrado en casa de la *Vannoza*, violando a esta matrona, que todavía se conservaba apetecible, y su hijo, sabedor del atentado, había ido matando a puñaladas a sus autores. La noticia era falsa, pues la *Vannoza* estaba en Pésaro al lado de su hija Lucrecia; pero de todos modos el pueblo admitía como indiscutibles cuantas heroicidades vengadoras le contasen del que llamaban *nuestro César.*

Mientras tanto, el Pontífice, alarmado por una fuga de la que su hijo no le había hecho la menor confidencia, daba excusas a Carlos VIII y ordenaba que un grupo de burgueses de Roma, amedrentados por el acto del cardenal de Valencia, fuese a Velletri inmediatamente para protestar por el insulto inferido al rey francés y suplicarle que no se vengase en su ciudad.

Tuvo Carlos que seguir adelante, furioso por esta burla que le privaba de llevar junto a su persona un legado de la Santa Sede, dando apariencias de aprobación papal a su guerra. Esto hizo pensar a los cardenales enemigos de Borgia si la fuga sería una combinación del padre y el hijo, pues ayudaba perfectamente a la política de Alejandro.

En el mismo Velletri sufrió Carlos otra molestia. Al día siguiente de la huida de César se le presentaron unos embajadores españoles, enviados por Fernando el Católico, para protestar contra su expedición a Nápoles y la ocupación de las fortalezas del Papa. Al fin llegaba para Alejandro el apoyo de su amigo el rey español, aunque sólo fuese en forma de protesta diplomática.

Siguió adelante el joven conquistador, menospreciando dicha reclamación, en busca de una victoria que no podía ser más fácil. La guerra resultaba un simple paseo militar.

En vista de la flojedad y escasez de sus tropas, el rey de Nápoles había huido a Sicilia, abandonando sus estados. A pesar de que nadie osaba oponer resistencia, el ejército invasor, ávido de pillaje, saqueó e incendió algunos pueblos al pasar la frontera napolitana, y esto fue suficiente para que las más de las ciudades apresurasen su rendición. Unas pocas semanas bastaron a Carlos para posesionarse del reino napolitano sin tirar de la espada.

El 22 de febrero ya había entrado en Nápoles con honores de héroe. Llegaba el momento de cumplir sus promesas de cruzado, marchando sobre Constantinopla, luego de pasar por Grecia, que le esperaba impaciente por librarse de los turcos.

Tres días después de entrar en Nápoles moría el príncipe Djem. Contra toda verosimilitud, los enemigos del Papa le atribuían la muerte de este príncipe, diciendo que lo había entregado al rey de Francia, envenenado con un mes de anticipación, como si esto fuese posible.

Verdaderamente, el hermano del sultán sentíase enfermo desde mucho antes, a consecuencia de sus excesos en la comida y la bebida. El célebre pintor Mantegna, que le visitó repetidas veces en su alojamiento del Vaticano, declaraba que Djem comía de ordinario cinco veces al día copiosamente, y estaba ebrio a todas horas. Era gran jinete, pero a pie resultaba grotesco por su extremada gordura y la fealdad de su rostro.

César Borgia y su hermano Juan habían tenido con él cierta intimidad, y más de una vez, por la influencia de dicho trato amistoso, los dos hijos del Papa se mostraron en las calles de Roma con turbante y caftán, montados a la turca, imitando el aspecto del príncipe cautivo.

—Alejandro VI —dijo Enciso— no tenía ningún interés político en la muerte de Djem. Mientras viviese seguiría cobrando del sultán la pensión de cuarenta mil ducados. En cambio, de continuar Djem al lado de Carlos VIII, éste iba a verse en la obligación de aprovechar la influencia del cautivo, marchando inmediatamente a la conquista de Constantinopla. El rey de Francia, que nunca pensó seriamente en dicha conquista, a quien convenía la muerte del príncipe turco, y si existió envenenamiento, a él debe atribuirse... Pero, en realidad, Djem murió de sus excesos, que aún fueron mayores al abandonar el Vaticano y seguir a un ejército en el que todos iban ebrios o acuciados por la lujuria.

La vida de Carlos VIII en Nápoles resultaba un final digno de la *guerra de la fornicación.* Allí se desarrollaron las fiestas más suntuosas y las mayores aventuras libertinas. Ni el rey ni sus capitanes parecían acordarse ya de la promesa de guerrear contra los infieles. El ejército se iba empequeñeciendo con alarmante rapidez a causa de los excesos venéreos y las enfermedades. Todo Nápoles era una orgía. Además, estos vencedores sin combate maltrataban a los napolitanos, lo mismo que habían hecho en los otros países robándolos individualmente e imponiéndoles fuertes contribuciones.

Commines, embajador de Francia en Venecia, escribía a su rey, alarmado por la opinión que empezaba a levantarse en Italia, aconsejándole que retrocediese cuanto antes.

Fernando el Católico creaba desde España una Liga contra Carlos VIII, entrando en ella el Papa, el emperador de Austria, Venecia y hasta el mismo Ludovico el *Moro*, que había abierto a los franceses las puertas de Italia y estaba arrepentido en vista de sus excesos. Dicha Liga fue proclamada el 12 de abril de 1495, y Carlos tuvo que replegarse inmediatamente hacia la frontera francesa para que no le cercasen los aliados dentro del reino de Nápoles.

No tenía barcos para evadirse por el Mediterráneo, y España y Venecia dominaban con sus flotas este mar, así como el Adriático. Debía volver a salir por los Alpes, lo mismo que había entrado, y para ello necesitaba atravesar otra vez las tierras pontificias.

Dejando una parte de su ejército en Nápoles, mandado por el duque de Montpensier, tomaba el camino de Roma, anunciando su regreso al Papa con las palabras más amables. Pero Alejandro, zorro viejo, no iba a caer en las trampas puestas por este mancebo alegre. Tal vez quería apoderarse de César Borgia, llevándolo a su lado como escudo protector para atravesar la Italia sublevada, entrando en Francia. Además, le placería mucho vengarse de un cardenal más joven que él, que lo había puesto en ridículo con su fuga de Velletri.

Para que el Papa lo esperase en Roma, le ofreció un regalo inmediato de cien mil ducados y un tributo anual de cincuenta mil a cambio de la investidura de Nápoles. Como aún tenía parte de sus tropas en dicho reino, consideraba indiscutible su conquista, no pudiendo imaginar que Fernando el Católico enviase un ejército desde España para quitárselo.

Ni las ofertas del rey ni las amenazas de los embajadores franceses conmovieron al Papa; e imitando la táctica de César, huyó de Roma con veinte cardenales, refugiándose en Orvieto.

Carlos apenas se detuvo en Roma para ir también a Orvieto; mas entonces Alejandro, que no quería verlo a todo trance, se marchó a Perusa, mientras las tropas de la Liga formada contra aquél se iban reuniendo en Parma.

Tal noticia hizo desistir al rey francés de su entrevista con el Santo Padre, y precipitó su retirada hacia los Alpes, al mismo tiempo que Alejandro retrocedía tranquilamente a Roma guiado por César, quien meses antes había salido de su escondrijo en la casa del clérigo Flores, y seguía a su padre en estas hábiles marchas y contramarchas.

Hubo de librar Carlos una furiosa batalla para abrirse paso a través de los confederados. El peligro le hizo combatir valerosamente, siendo esta lucha la única digna de mención en toda la guerra.

Aunque consiguió ponerse en salvo, tuvo que dejar en manos del enemigo todos los bagajes de su ejército, así como el botín robado en Nápoles. Hasta los objetos personales del monarca quedaron abandonados en el campo de batalla, especialmente una colección de pinturas representando a todas las beldades *conocidas* por Carlos VIII en Italia.

—Aseguran que el rey cambiaba casi todos los días de amante —dijo Borja, sonriendo—, y su expedición duró once meses. Calcule usted, don Manuel, cuántos serían los retratos de las damas.

Esta guerra de una batalla única resultaba terriblemente mortífera por los combates de la fornicación más que por los de las armas. Una demencia lujuriosa parecía haberse apoderado de los treinta mil hombres desde que atravesaron los Alpes. Cierto cronista napolitano que dio alojamiento a dos señores franceses relataba cómo cada uno de ellos tenía ordinariamente siete hermosas jóvenes o mujeres casadas a su servicio, las cuales se renovaban, disputándose sus caricias.

—Además, dicha guerra —siguió Borja— hizo conocer una de las grandes calamidades que todavía afligen a los humanos. El espectro lívido de la sífilis tomó cuerpo repentinamente, aterrando a todos con la visión explosiva de su fealdad. Es probable que existiese antes, pero en una forma distinta, confundiéndose con la lepra... Por un misterio todavía inexplicable, exacerbado tal vez dicho mal por las licenciosas costumbres del Renacimiento, se difundió de pronto como un estallido, abarcando igualitariamente a todas las clases sociales, royendo las narices y las gargantas de reyes y papas, diezmando las naciones con la ferocidad de una epidemia. Los medios curativos de entonces, con su ineficacia, facilitaron estos progresos del mal.

—Nunca perecieron tantos personajes a un mismo tiempo como en aquella época —dijo Enciso—. Y como los enfermos morían cubiertos de abscesos, desfigurados por hediondas gangrenas, atribuía el vulgo tales defunciones a envenenamientos preparados por la venganza o la codicia. Todos consideraban dichas lacras un exceso de ponzoña que se escapaba a través de la piel.

Muchas muertes originadas por el legendario veneno de los Borgia eran verdaderamente obra de la sífilis, atribuyéndose al mencionado tósigo el aspecto horrible que presentaban los atacados de dicha enfermedad. Y como ésta se cebaba con preferencia en los ricos y poderosos, el vulgo encontraba fáciles razones para suponerlos envenenados.

—Lo raro fue —dijo Borja— que al mismo tiempo que la epidemia sexual se difundía por Europa, los descubridores españoles la encontrasen en América, dándole el nombre de *mal de bubas.* Tal dualidad hizo que durante mucho tiempo se atribuyese a los pobres indígenas del Nuevo Mundo el terrible regalo de la sífilis hecha al mundo viejo.

Puso término Enciso al asunto con expresión escéptica.

—En este suceso nadie está de acuerdo y no existe una sola verdad. Cada cual sostiene la suya. Durante varios siglos, la terrible dolencia propagada por la expedición de Carlos VIII ha tenido un origen denigrante para el vecino, según se hablase de ella a un lado o a otro de los Alpes. Los italianos la llaman aún *mal francés* o *mal gálico,* y los franceses la conocieron con el nombre de *mal napolitano.*

VI. LA INCONVENIENTE CONDUCTA DE CLAUDIO BORJA EN EL PALACIO DE ENCISO DE LAS CASAS

Algunos días después, la vida monótona y plácida, alimentada por recuerdos históricos, que venía llevando Claudio Borja en Roma, quedó conmovida por dos opuestos motivos.

El embajador Bustamante lo llevó a su despacho a la terminación de uno de aquellos almuerzos *de confianza* a que le invitaba frecuentemente, y empezó a hablarle con la autoridad cariñosa de un antiguo tutor, recordando su amistad íntima con el padre de Claudio. Siempre consideraba al joven como de su familia. Hasta podía decir que Estela y él se habían criado juntos, no obstante la diferencia de algunos años entre sus respectivas edades. Don Arístides no había perdido de vista la *afinidad* electiva que ligaba a los dos.

—En Madrid todos daban por seguro vuestro matrimonio. Después..., después pasó lo que pasó. No hablemos de ello. Yo también soy un hombre, y he tenido mis debilidades, de las que no quiero acordarme... Pero ahora, por suerte parece que mi hija y tú habéis vuelto a ser novios. No me lo niegues; se ve claramente. Estela vive más contenta, y mi cuñada me ha dicho que cuando salís los tres juntos, vosotros dos procuráis marchar delante de ella, hablando a solas, lo que satisface y molesta al mismo tiempo a la pobre Nati.

Y el solemne personaje creía llegado el momento de intervenir en este asunto amoroso. Era preciso darle una solución, ya que empezaba a resultar inexplicable para los amigos de la casa. ¿Cuándo se casaban...?

Luego, Bustamante le fue explicando con aire paternal la conveniencia de adoptar pronto dicha resolución. Era hora de que terminase su vida de soltero, sin finalidad y sin provecho alguno. Trabajaría mejor al lado de su esposa, en casa propia, llevando la existencia ordenada de todos los varones dignos de respeto que sirven a la sociedad, recogiendo al mismo tiempo provechos y honores. Hasta le insinuó hábilmente lo que iba a ganar en consideración social siendo yerno del embajador Bustamante. Podría pretender en España honorables cargos públicos; se vería admitido en Roma, por derecho propio, en el mundo de los representantes diplomáticos, que don Arístides trataba ya como si fuese su ambiente natal.

Reconoció que Borja se veía aceptado en dicho mundo como un joven simpático y de cualidades recomendables; pero tal vez el mayor de sus méritos consistía en ser allegado a la familia del embajador de España.

Quedó Claudio indeciso ante las insinuaciones de su antiguo tutor. En realidad, no había hablado jamás de casamiento con Estela. Como se tuteaban desde niños y existía entre ellos una confianza de camaradas, podían conversar de todo, cual si sus destinos tuvieran una finalidad común, pero sin concretar nunca el carácter de tales destinos. Se miraban sonrientes, se estrechaban las manos, tenían en sus palabras y movimientos una confianza igual a la de los muchachos que se entregan juntos a sus juegos; mas nunca habían hablado concretamente de amor. ¡Notaba él tal distancia entre sus conversaciones con Estela y otras desarrolladas en un hermoso jardín frente al Mediterráneo...!

Jamás la había besado ni sentido la tentación de hacerlo. Era a modo de un amigo dulce, plácido, de una simpatía reposante para él... y que llevaba faldas. Tal vez la amaba sin darse cuenta de hasta dónde podía llegar su pasión, pero con un amor distinto a los otros que había conocido en su existencia.

A dichas consideraciones se unió un poco de cólera contra la tía de Estela. Aquella doña Nati, agria de carácter, obligada a enormes esfuerzos para demostrar una amabilidad falsamente maternal, ¿con qué derecho se metía a interpretar sus sentimientos, dando como noviazgo digno de matrimonio lo que era solamente una dulce amistad nacida en los tiempos de su infancia...?

Extinguida esta protesta interior contra la viuda de Gamboa, volvió Borja a considerar las proposiciones de don Arístides con el mismo respeto que cuando vivía sometido a su tutela. ¿Por qué no casarse...? Alguna vez tendría que imitar el ejemplo de los demás, y mejor era Estela que cualquiera otra de las mujeres que podían salirle al camino. Aquellas embozadas promesas de honores alcanzados por el hecho de ser yerno de Bustamante no le emocionaban. Sólo tenía en cuenta el dulce carácter de ella, mejor dicho, su ausencia de verdadero carácter, lo que le haría plegarse en todo a las costumbres y las ideas de su esposo.

Y contestó finalmente al embajador admitiendo sus consejos. Estaba dispuesto al matrimonio, siendo don Arístides quien debía arreglar lo necesario para que se realizase.

Hombre imaginativo, acostumbrado a concentrar voluntades y deseos en la última idea aceptada, apreció Claudio su casamiento como una dicha un poco monótona, dulce y plácida, semejante a uno de esos días de bruma ligeramente enrojecida por el sol, en que personas y cosas parecen acolchadas fluidamente, dando a los movimientos una sensación de blandura silenciosa y elástica.

Además, por una regresión caprichosa de su pensamiento, él, que nunca se preocupaba de la moral, considerándola incompatible con el arte y el amor, admiró la pureza y la inocencia de esta joven, cualidades que meses antes habría llamado «el dote natural de una muchacha algo tonta». Hasta se dijo que la vida común con una mujer ingenua y sencilla de carácter influiría en su porvenir, libertándole de las angustias y contradicciones mentales que habían amargado su juventud. Esta Elisabeta iba a hacer del caballero Tannhäuser un personaje *ponderado* y *ecuánime*, como decía don Arístides al completar el retrato de cualquiera de sus amigos hispanoamericanos.

A partir de dicha entrevista Claudio y Estela se consideraron futuros esposos, sin que ninguno de los dos hubiese dicho una palabra concreta. El padre y la tía se encargaron de fijar la próxima unión y hacerla saber a todos los que frecuentaban la Embajada.

Sintió Borja en torno de él un nuevo ambiente más favorable. La vida de la alta sociedad romana consiste en comidas y fiestas que hacen encontrarse casi a diario a las mismas gentes. Existen más embajadas y legaciones que en ninguna otra capital del mundo. La representación diplomática es doble: una, para el Papa; otra, para el rey de Italia. Y los dos representantes de un mismo país, en el Vaticano y en el Quirinal, se miran con rivalidad, queriendo superarse mutuamente. Esto hace que todos los días se celebre alguna recepción, a la que acuden los diversos grupos de los dos ejércitos diplomáticos acampados en Roma, llevando detrás de ellos la aristocracia pontificia o la puramente italiana, a más de los extranjeros distinguidos que están de paso.

Acompañando a Estela se dejó tomar Borja poco a poco por el engranaje de esta doble existencia vana y representativa. Comió todas las noches en una Embajada o asistió a un baile, viéndose rodeado de gentes frívolas y solemnes, respetuosas de las jerarquías hasta la superstición, las cuales lo miraban con nuevos ojos al saber que era futuro yerno de su excelencia Bustamante.

Rara era la noche en que no se ponía el frac. El *villino* alquilado sólo le servía para dormir. Almorzaba invariablemente con don Arístides y su familia en el palacio situado en la Plaza de España. Manteníase silencioso el embajador, sonriendo a los suyos con aire distraído, cual si estuviese resolviendo en el magín angustiosos problemas internacionales. Claudio y Estela sonreían igualmente comentando con frivolidad las murmuraciones de aquella Roma diplomática que en el fondo les interesaba muy poco.

Era doña Nati la que hablaba más, desahogando la acidez de su carácter contra el Gobierno de su majestad católica. ¿Cómo quería tener buenos embajadores pagándoles tan parcamente...?

Enumeraba cantidades con tono rabioso, comparando el sueldo de Bustamante con el que recibían ministros y embajadores de otras naciones más poderosas. Así se explicaba que los mencionados diplomáticos pudiesen dar tantas fiestas mientras ella, encargada de la administración de la Embajada, debía ir espaciando las suyas con diversos pretextos, ocupándose en estudiar la manera de que costasen menos sin perder su falsa brillantez. Y una vez más repetía: «Nosotros hemos venido a servir a nuestro país, no a arruinarnos.»

El millonario Enciso de las Casas buscaba a Borja en muchas de estas fiestas para hablarle aparte, tomando aires de gran hombre anulado por sus deberes oficiales.

—De seguir mis gustos, querido Borja, me quedaría en mi biblioteca, estudiando, escribiendo. En realidad, soy un escritor, no un diplomático; pero debo sacrificarme por mi país. Si yo me retirase, aquella República no se cuidaría de tener una representación digna cerca del Papa.

Fingía despreciar la frivolidad de una existencia de continuas recepciones, en las que se veían siempre las mismas gentes, y sin embargo, asistía a todas ellas, aun sintiéndose enfermo, y no pasaba semana sin que diese una comida en su palacio-museo.

Al hablar a Borja de su futuro parentesco con don Arístides Bustamante, sonrió casi lo mismo que el embajador. «Hace usted bien —parecía decir con su sonrisa—. Llegó la hora de la seriedad, joven. Debe usted casarse, como todos nosotros.»

Y los muchos consejos de sensatez iban acompañados de cierta envidia sin rencor, una envidia semejante a la del niño ante los goces destinados a las personas mayores. No podía olvidar la buena suerte de Claudio con aquella Rosaura que simbolizaba para él todas las tentaciones de la vida.

Una noche, en los salones de la Embajada francesa, buscó a Borja para darle una noticia:

—¿Sabe usted quién está en Roma...? La viuda de Pineda. Tal vez venga esta noche. No la he visto; pero sé que está aquí por un joven que es secretario de una Legación sudamericana y la visita con frecuencia.

Luego fue examinando con ansiosa curiosidad a todas las damas que entraban en el salón, como si esperase ver de un momento a otro a la bella argentina.

Acogió Claudio la noticia con aparente frialdad, no pudiendo conocer Enciso la verdadera impresión que causaba en él. Tal vez era de sorpresa nada más, y pasado el primer momento, no pareció interesarse por la próxima llegada de Rosaura.

Ella no vino finalmente, y al salir don Manuel de la fiesta

con su mujer y tres de sus hijas, las abandonó por unos momentos, para hablar otra vez a Borja:

—Indudablemente, no ha podido venir —dijo, sin nombrar a la viuda de Pineda, como si a ellos dos les fuese imposible preocuparse de otra persona—. Pienso visitarla mañana en su hotel. Vamos a dar una modesta comida uno de estos días; pequeña fiesta entre amigos para celebrar cierta distinción que acabo de recibir, sin mérito alguno.

El millonario representante gratuito de su país hablaba siempre de modestos banquetes, pequeñas fiestas y distinciones recibidas inmerecidamente. Un gran hombre debe expresarse así. Lo que no impedía que fuese a la caza, sin descanso, de condecoraciones y dignidades académicas, y para *las modestas comidas de amigos,* vistiese a una docena de domésticos, propios y alquilados, con casaca de seda amarilla, calzón corto y peluca blanca, que hacía chorrear sudor las frentes de estos pobres italianos disfrazados. Su alma de cardenal de otros siglos, en la que se mezclaban la devoción y el pecado —aunque este pecado fuese sólo de pensamiento— creía indispensable una servidumbre aparatosa, en consonancia con el aspecto de su palacio.

Al recibir Borja por escrito una invitación de Enciso de las Casas, abundante en ingenuas confidencias, se enteró de que el banquete era para celebrar una gran cruz pontificia que acababan de concederle, la única que faltaba en la brillante colección con que cubría el lado izquierdo de su frac.

Acompañó a don Arístides y su familia en la noche fijada por la invitación, encontrando desde los primeros peldaños de una escalinata del siglo XVIII, que era motivo de orgullo para Enciso —enorme como la de un museo, con balconajes de mármol y bustos de diosas y héroes—, a todos los domésticos de los días de gala, ostentando sus pelucas y sus libreas de seda color oro.

Salió el dueño de la casa a recibirlos en la puerta del gran salón. Aunque el banquete era de los *sencillos,* y los altos personajes amigos suyos venían simplemente de frac, sin las condecoraciones reservadas para las comidas oficiales, él se había colocado en el lado izquierdo de su pecho una placa de falsos brillantes, con la imagen de un santo en el centro, y una banda bicolor sobre la pechera de la camisa, insignias de la nueva distinción que el Vaticano dejaba caer sobre él.

Debía dar tal muestra de gratitud a su eminencia, que estaba entre los demás invitados: uno de los muchos cardenales amigos suyos, a los que adoraba unas veces, no pudiendo vivir sin ellos, o repelía con momentánea indiferencia, según las fluctuaciones de su apasionada amistad, pues mostraba caprichos y veleidades de coqueta nerviosa en sus relaciones con el Sacro Colegio.

Ahora su gran hombre era un cardenal que figuraba en todas las comisiones para los asuntos del Vaticano, y había vivido mucho tiempo fuera de Roma, como nuncio del Papa en importantes capitales.

—Es el futuro Pontífice —decía Enciso con tono misterioso—. Estoy bien enterado y no puedo equivocarme. La tiara es para él.

Y sus amigos se acordaban de las numerosas veces que les había hecho la misma confidencia respecto a otros cardenales, designando como Papa futuro a todo el que era en aquel momento su amigo favorito.

Como el embajador de España y su séquito familiar llegaban un poco retrasados por culpa de doña Nati, los saludos en el gran salón de techo altísimo, muros cubiertos de cuadros y muebles dorados, con sedas rojas, fueron muy rápidos. Además, todos se conocían. Eran unas treinta personas pertenecientes a la diplomacia papal y a la antigua nobleza romana, servidora por tradición del Vaticano.

La presencia del príncipe de la Iglesia estorbaba esta noche la confraternidad con los diplomáticos acreditados en el Quirinal y ciertas gentes extremadamente mundanales que otros días invitaba Enciso. El único a quien no conocía su eminencia era Borja, y el dueño de la casa lo presentó a este sacerdote delgado, pálido, de pómulos salientes, frente alta y ojos de cuencas profundas que miraban con una expresión alternativamente grave o maliciosa.

El cardenal lo acogió lo mismo que si lo conociese de mucho antes. Igual hacía con todos. Vivía entre las gentes como si nadie pudiera sorprenderlo, como si nada le fuese ignorado y adivinase con anticipación todo lo que podía ocurrir.

Mientras pasaban los invitados al enorme comedor, construido doscientos años antes, sin tener en cuenta el espacio, por unas puertas tan amplias que podían atravesarlas tres parejas a la vez, don Manuel habló unos momentos a Borja, considerando preciso darle una explicación.

—Estaba invitada por mí, pero a última hora se ha excusado. Sin duda no quiere ver a sus antiguos amigos. Prefiere estar sola, o, mejor dicho, acompañada nada más por el que es actualmente su predilecto.

Y la sonrisa con que el plenipotenciario acompañó sus últimas palabras hizo daño a Borja.

Fueron sentándose los invitados con arreglo a la sabia distribución del dueño de la casa. A pesar de lo frecuentes que resultaban sus banquetes, todos ellos eran precedidos de una conferencia de Enciso con su secretario, apreciando ambos los méritos de cada comensal, para que ninguno se colocase indebidamente con relación a los otros.

Su eminencia era esta noche el personaje más alto. Aparte de sus méritos propios, necesitaba mostrarle agradecimiento Enciso, pues a él debía su última distinción. Únicamente don Arístides, por ser embajador, podía igualársele, y los demás ocuparían los mejores puestos de la mesa. Se aburrió Borja entre un periodista católico, compatriota de don Manuel, de paso en Roma, y cierta condesa de escote fláccido, que ostentaba uno de aquellos apellidos romanos tantas veces leídos por él en la historia de los Borgia.

Además, la comida no era digna de aprecio en este palacio de banquetes frecuentes. Resultaba vulgar y descuidada, como la de los hoteles de muchos huéspedes. El dueño no podía fijarse en su preparación, por preocuparle más el aspecto de sus salones y el orden jerárquico de sus invitados.

Sonreía el cardenal a todos los de la mesa, cuidándose de dedicar una palabra amable a cada uno de ellos, con arreglo a sus gustos o su patria. Este prócer eclesiástico usaba la amabilidad como una herramienta profesional.

Borja no lo perdió de vista en el curso de la comida. Era el más interesante de los convidados. Admiraba la sonrisa enigmática de sus labios sutiles, la expresión felinamente acariciadora de sus ojos profundos. ¿Qué estaría pensando su eminencia de toda esta gente que lo rodeaba con devoción, y de la cual sólo Bustamante se atrevía a tratarlo con cierta familiaridad, por su carácter de embajador?

Maquinalmente fue apurando Borja las copas que tenía delante, y que llenaban acto seguido los servidores empelucados. Parecía buscar con este continuo beber una compensación al solemne aburrimiento de la comida y a la mala calidad ostentosa de los platos.

Cerca de los postres, un repentino silencio hizo sonar con extraordinario diapasón, en un extremo de la mesa, las voces de doña Nati y otras señoras de la diplomacia sudamericana, hablando todas ellas en español.

Se estremeció Borja al oír el nombre de la señora de Pineda. Estaban sin duda hablando mal de Rosaura.

Fijóse igualmente Enciso en dicho diálogo, a causa del repentino silencio, y miró a donde estaban la cuñada de Bustamante y las otras, con una expresión dulcemente correctiva, cual si les aconsejase tolerancia con los ausentes.

A pesar de esto y contra la voluntad de don Manuel, la conversación sorprendida se hizo general, por el deseo que siente todo grupo humano de abandonar las frases banales y corteses, los diálogos sin objeto, entregándose al comentario mordaz, que anima voces y gestos con maligno placer.

Muchos dejaron de hablar a su vecino para enterarse de lo que decían estas damas vehementes en voz alta. Las más de ellas habían olvidado el italiano y se expresaban en español. Todos los de la mesa lo entenderían. El mismo cardenal había vivido varios años como nuncio del Papa en una República de la América del Sur. Seguía sonriendo de un modo enigmático, mirando a unos y a otros mientras hablaban, sin que nadie pudiese traslucir su pensamiento.

Doña Nati y sus compañeros de diálogo dábanse noticias mutuamente sobre la hermosa argentina, recién llegada a Roma, exagerando la expresión de su voz para mostrarse escandalizadas o desdeñosas... Huía del trato con las personas decentes; por eso no aceptaba invitaciones. Todas las tardes la veían bailar a la hora del té en el *dancing* del gran hotel donde estaba alojada. Ahora iba con cierto joven secretario de legación.

Varias señoras mostraron extrañeza por tal *amistad.* Conocían a dicho joven: unas, lo menospreciaban por insignificante; otros, hacían relación de sus defectos. Las más bondadosas en sus comentarios compadecían a Rosaura luego de haberla admirado tantas veces.

—¡Ella tan hermosa, tan elegante...! No comprendo ese capricho.

Por una tendencia instintiva al contraste, registraban el pasado de la hermosa viuda, hablando de Urdaneta, el general-doctor, al que todas conocían; personaje ya algo decadente, pero que había tenido sus tiempos de *hombre irresistible.*

Descendiendo luego en sus recuerdos, empezaron a balbucir, como el que sospecha que puede decir una inconveniencia, quedando mudas finalmente, mientras sus ojos miraban a un mismo punto de la mesa, cambiando de dirección al encontrarse con los de Borja.

El dueño de la casa, siempre tolerante y afable, creyó del caso pasar de los gestos disimulados a las palabras para cortar dichas murmuraciones.

—Un poco de caridad, señoras. Piensen que es una amiga, y que esta noche debía haber estado entre nosotros.

Pero no resultaba fácil cortar de golpe la murmuración, por tratarse de una persona que las más de las mujeres presentes odiaban y admiraban a un tiempo.

Obedeciendo la esposa del plenipotenciario a una ojeada de éste, se levantó de la mesa, y todos pasaron al gran salón, donde iban a ser ofrecidos el café y los licores. Formaron diversos grupos; pero el de doña Nati y sus amigas fue atrayendo a los demás invitados. Muchos arrastraron sus sillones hasta este corro de señoras o permanecieron junto a él, en pie y silenciosos, para enterarse de la conversación.

Los que no conocían a la rica argentina sentíanse interesados, por haber leído y oído muchas veces su nombre. Otros que se decían amigos suyos mostraban un malsano placer asistiendo impasibles a este despedazamiento verbal de la ausente, y si la defendían, era con una flojedad que exacerbaba más las críticas. Su eminencia manteníase aparte con los señores de la casa, el embajador español y unas damas italianas que preferían seguir hablando en su idioma.

Acabó por mostrarse francamente irritada la viuda de Gamboa al notar que sus compañeras de murmuración sentían aún cierto afecto admirativo por Rosaura. Su antigua enemistad le hizo expresarse con terrible encarnizamiento.

—Lo que yo no me explico es que una mujer de conducta tan irregular pueda ser recibida en casas respetables.

Esta agresión produjo un silencio temeroso en los oyentes, apreciándola todos como un ataque a Enciso de las Casas. Doña Nati no se dio cuenta de su torpeza y siguió dejándose arrastrar por su moralidad peleadora. Como su sobrina era la única señorita que había asistido al banquete y estaba con su padre al lado del cardenal, siendo todas las que le escuchaban casadas o viudas, empezó a expresarse crudamente.

—Eso no es una señora... ¿En qué se diferencia de una cocota? Sólo en que no pide dinero a los hombres. ¿Quién sabe si el dinero tiene que darlo ella...? Porque a mí no me digan ustedes que es una belleza. Únicamente los tontos pueden admirarla. Hay que verla de cerca, como yo la he visto muchas veces... Pinturas, arreglos, artimañas de mujer mala, que las verdaderas personas decentes nos resistimos a usar.

Había olvidado la presencia de Claudio Borja. Hablaba de la moral con autoridad, como si fuese algo propio que le perteneciera desde su nacimiento. Por esto miró en torno con extrañeza, cual si no creyese en sus sensaciones auditivas al quedar cortada su peroración por una voz varonil, algo temblona de cólera, lo mismo que la de ella.

—¡La moral! ¿Qué es eso...? Hay muchas morales: la del vulgo, la de los envidiosos que murmuran, las de las malas personas... y la de las gentes superiores, que están más allá de los prejuicios burgueses.

Después de mirar la cuñada del embajador a un lado y a otro, acabó por fijarse en Claudio Borja. ¡Era él quien hablaba...!

No le produjo menos extrañeza su rostro pálido, con las alillas de la nariz palpitantes y un brillo de agresividad en los ojos. Era una cara de hombre que necesita pelear. Sin duda había bebido.

Reconoció el mismo Borja en su interior dicho estado anormal. Efectivamente, sentíase algo ebrio; pero estaba seguro de que en completa abstinencia habría dicho lo mismo.

Su voz dura se extendió por todo el salón, creando el silencio de los otros; mas este mutismo escandalizado, en vez de imponerle respeto, pareció exacerbar su acometividad. Y siguió hablando al grupo de señoras, sin miramiento alguno, como si fuesen hombres, fijos sus ojos en la tía de su novia.

¿Qué tenían que decir contra la señora de Pineda...? Todo envidia, desesperación por no poder igualarse con una mujer superior. A ella le era lícito vivir más allá de la moral corriente, al margen de las preocupaciones vulgares, con un derecho que las demás no conseguirían nunca. Su moral era la moral de las diosas de la antigüedad. Podía hacerlo todo; para eso había nacido más hermosa y más inteligente que las otras mujeres. Las que la criticaban no pertenecían a su misma especie. Sus palabras malignas las comparaba al croar de las ranas frente a una majestuosa estatua de Venus erguida en la orilla de un estanque. ¿Qué sabían ellas de la verdadera belleza y del amor...?

—Todas creen haber vivido y haber amado porque comen, duermen y repetidas veces en su existencia conocieron a un hombre. Y se van del mundo imaginándose que lo saben todo... El amor es como el talento, como la riqueza, como la hermosura: el privilegio de unos pocos. Y los que nacieron para conocer de veras el amor no están sometidos a las mismas leyes vulgares que el gran rebaño en el que figuramos los demás. No podemos entender su modo de razonar, y lo juzgamos indigno... Dejen tranquilas a las personas superiores, ya que les es imposible comprenderlas.

Tuvo que callar de pronto, sintiéndose entre dos voces que le interrumpían: una de ellas a sus espaldas, la del embajador Bustamante, el cual le había puesto su diestra en un hombro:

—¿Qué dices...? ¿Qué disparates son esos...? ¿Estás enfermo...? ¿Qué te pasa?

Y al mismo tiempo la viuda de Gamboa, roja de cólera, se abanicaba rudamente, fijando en el joven los dos rayos de sus ojos, mientras decía entre balbuceos:

—Claro..., ¡fueron tan amigos! El señor se acuerda de aquella vida escandalosa que nos afrentó a todos... ¡Y mi cuñado piensa dar su hija a un hombre así! Yo me he opuesto siempre..., ¡siempre!

Pero de pronto calló, obedeciendo a una mirada de don Arístides.

La intervención de Enciso, que había acudido también al oír las palabras de Borja, puso fin a este rápido incidente.

Los invitados, como si obedeciesen a una consigna, se juntaron en pequeños grupos, hablando, con voces exageradamente altas, de asuntos que no les interesaban.

Claudio se vio solo de pronto. Todos fingían ignorar su presencia, alejándose. Al mirar en torno, únicamente encontró los ojos de su eminencia fijos en él. Nada de severidad. Continuaba sonriendo para su persona, lo mismo que para los otros. Su mirada seguía brillando felina y acariciante. Tal vez apuntaba en ella un nuevo interés. ¿Quién sabe si lo consideraba más digno de su atención que al principio del banquete, cuando lo habían presentado como uno de tantos jóvenes de aquel mundo frívolo y solemne...?

También encontró la mirada furtiva de unos ojos agrandados por el asombro y el dolor: los ojos de Estela, que parecían preguntarle: «¿Qué has hecho?»

Bebió con lentitud dos tazas de café, manteniéndose erguido junto a una mesa antigua de mármoles incrustados. Hasta los servidores se acercaban a él con titubeos, no obstante su porte falsamente majestuoso, como si temieran incurrir en el desagrado de la respetable concurrencia.

Aún latía en su interior la cólera que le había hecho prescindir de las conveniencias sociales, diciendo lo que pensaba con insolente franqueza. Quiso desafiar con su presencia a los que simulaban no verlo. Se quedaría allí para demostrarles que no le inspiraban miedo.

Luego sintió de pronto todo el peso de aquella reprobación que le circundaba, y fingiendo interés por los cuadros y estatuas de los varios salones, fue pasando de una obra a otra, hasta llegar a la puerta del más lejano de aquéllos..., y huyó.

Mientras un servidor, también con peluca blanca, le entregaba en la antesala su sombrero y su gabán, una mano amiga le tocó en la espalda.

Enciso, enterado de su fuga discreta, venía a despedirlo. Le estrechó la diestra silenciosamente, haciendo un gesto melancólico, lo mismo que si lo saludase en un entierro.

El gran hombre parecía sinceramente apenado por lo que acababa de ocurrir. ¿Qué pensaría su amigo el futuro Papa...? Mas no por ello el apretón de su mano y su mirada parpadeante dejaron de ser afables. Quería hacerle ver que continuaba teniéndolo por amigo suyo. Tal vez hasta le parecía su conducta justa y lógica.

Había defendido a una mujer que él mismo juzgaba adorable. Además estaba ligado a ella por su pasado,. ¡Muy bien! Lo terrible eran que hubiese hecho esto en su casa.

Acompañó silenciosamente a Borja hasta la meseta final de su majestuosa escalinata, oprimióndole siempre una mano y sin decir palabra. Creyó el joven adivinar sus pensamientos. El *diplomático* abominaba de su franqueza escandalosa; el *escritor* la creía admirable.

Por algo había dicho muchas veces la tía de Estela que este padre de familia simpatizaba de un modo instintivo con todas las gentes de conducta irregular.

TERCERA PARTE

NUESTRO CÉSAR

I. DONDE CLAUDIO PIENSA EN «LAS NIÑAS DEL VATICANO», Y SE HABLA DEL ASESINATO DEL DUQUE DE GANDÍA Y LA RUIDOSA DESESPERACIÓN DE SU PADRE

Claudio Borja se sintió avergonzado al día siguiente recordando su conducta en casa de Enciso. Luego, para defenderse de su propio remordimiento, se mostró arrogante.

«No volveré a ver a esas gentes —pensó—. Ahora me alegro de lo ocurrido. En realidad, me interesan muy poco.»

Y satisfecho de haber cortado sus relaciones con el *diplomático-artista* y con su antiguo tutor, se juró a sí mismo no permanecer en Roma más de una semana. Necesitaba este plazo para resolver ciertos pequeños asuntos de la vida diaria que tenía pendientes y entregar el *villino* a un amigo de su propietario. Le dolía acordarse de la dulce Estela, *víctima inocente, merecedora de compasión,* y a la vez su orgullo le hacía considerar la insolencia de la noche anterior como un acto providencial. Gracias a él, iba a librarse de su matrimonio con la hija de Bustamante.

Pasó la mañana en su casa. Rehuyó el salir de ella, temiendo encontrar a alguno de los que habían escuchado sus palabras en el palacio de Enciso. Luego consideró tal aislamiento una acción cobarde. ¿Qué le podía importar que lo saludasen o fingieran no verlo aquellos personajes antipáticos...?

Al salir de su *villino* dirigióse instintivamente hacia la Ciudad Leonina. Frente a la basílica de San Pedro se unió a un grupo de viajeros, entrando en el Vaticano para ver las Estancias de los Borgia, llamadas por el Renacimiento latinizante las *Aedes Borgiœ.*

Repetidas veces llevaba hecha esta excursión, admirando los siete salones donde vivió Alejandro VI. El Pinturicchio había pintado sus bóvedas y los dos tercios superiores de sus muros, quedando desnudo el tercio inferior para cubrirlo con tapices.

Admiraba Borja esta decoración, dispuesta por un Papa artista, protector de pintores y escultores que luego tomaron a su servicio Julio II y León X, usurpándole una parte de su gloria de precursor. Especialmente Julio II (Juliano de la Rovere), había dedicado sus años de vida papal a destruir o calumniar la memoria de su antiguo adversario. Al cerrar las Estancias de los Borgia, inició una leyenda sacrílega, que fue agregando en el transcurso de tres siglos. Como nadie podía ver dichos salones, se hablaba de ellos como de un lugar abominable, cubierto por el Pinturicchio de pinturas lascivas. En uno de los frescos estaba representada la Virgen con el rostro de Julia Farnesio, y el Papa Alejandro a sus pies. Todos los Borgia figuraban igualmente en otras pinturas.

León XIII, el Pontífice diplomático, admirador de la obra política de Alejandro VI, daba fin en el siglo XIX a esta leyenda mentirosa, restaurando y abriendo al público los abandonados y misteriosos salones. La calumnia histórica se venía al suelo inmediatamente. Todo falso. Alejandro aparecía de rodillas, pero ante una imagen de Cristo resucitado saliendo de su sepulcro. Por ninguna parte se veía a la *bella Julia.* Fueron otros, algunos años después de muerto dicho Pontífice, los que la copiaron desnuda, abajo, en plena iglesia de San Pedro.

Tampoco resultaba cierto que Lucrecia Borgia fuese la Santa Catalina de uno de los frescos y César el tirano que la condena al martirio. Cuando el Pinturicchio terminó este cuadro, los hijos del Papa eran todavía adolescentes.

Lo único que representaba a dicha familia en las famosas Estancias era el toro de los Borgia repitiéndose como un motivo ornamental. La evocación de la historia antigua, a que tan aficionados se mostraban todos en aquella época, había reproducido igualmente en una de las pinturas la apoteosis del buey Apis, por su parentesco con la brava bestia heráldica del escudo del Pontífice.

En el piso superior encontraba Claudio las llamadas Logias de Rafael. En tiempo de Alejandro VI servían de habitaciones a su hijo César, y en ellas debió de dar éste algunos de sus banquetes silenciosos.

Saliendo del Vaticano, seguía Claudio la calle llamada del Borgo Novo. Resultaba ahora estrecha, pero en el momento de la apertura fue celebrada con versos y fiestas, por la rectitud de su trazado, que iba suprimiendo callejuelas tortuosas y edificios ruinosos. Al inaugurarse se llamó vía Alejandrina, por ser el Papa Borgia el autor de dicha obra, que dio aire y luz a la vieja ciudad en torno al Vaticano. Esta calle la había abierto, para el jubileo de 1500, que atrajo a Roma enormes muchedumbres de peregrinos.

Recordó Borja que uno de los que llegaron a dicho jubileo fue cierto hombre del Norte llamado Nicolás Copérnico. El verdadero estudio de la misteriosa inmensidad astronómica iba a empezar bajo el reinado del mismo pontífice que había intervenido en los más grandes descubrimientos geográficos.

Paseaba Claudio por la Roma moderna, capital de la unidad italiana, en igual estado de ánimo que Platina y los humanistas de fines del siglo XV. Éstos sólo tenían ojos para lo antiguo, considerando indigno de mención lo que no fuese estatuas desenterradas, ruinas de termas o palacios. Borja menospreciaba la Roma actual y también la remota antigüedad clásica. Sólo merecían su atención los recuerdos del llamado Renacimiento, especialmente en su primera época, cuando los españoles influyeron en Roma por obra de los dos pontífices compatriotas suyos.

El resto de la tarde y gran parte de la noche, hasta que le acometió el sueño, lo pasó Claudio en aquel estudio, que era la mejor habitación de su casa, leyendo y reflexionando.

Los apuntes manuscritos y artículos impresos entregados por su tío en Niza, meses antes, acababa de encontrarlos por casualidad en una maleta, y su lectura le hizo buscar ciertos libros recientemente adquiridos.

Veía a Alejandro VI triunfante, mas no por esto seguro, después que el rey de Francia huía de Italia. El de Nápoles había abdicado en su hijo, el joven Ferrantino; pero como era incapaz de reconquistar su reino, venciendo a los diez mil franceses acampados en él. España enviaba al célebre Gonzalo de Córdoba, llamado más adelante el Gran Capitán, y éste, con escasos recursos, iba poco a poco expulsando a los enemigos.

También el Papa tenía su guerra. Necesitaba castigar a los feudatarios de la Iglesia que en vez de defenderlo se habían unido a Carlos VIII, haciéndole sufrir grandes humillaciones y poniendo en peligro su vida.

César Borgia había contemplado, en un silencio reflexivo de guerrero, la deslealtad de los barones romanos mientras organizaba mentalmente el porvenir.

Siguiendo una tradición de familia, vio el Papa, en esta campaña contra los Orsini y otros señores, una oportunidad para engrandecer a su primogénito, el segundo duque de Gandía, y lo hizo venir de Valencia, donde se había instalado como un príncipe, después de casarse con la sobrina de Fernando el Católico.

Conocía Claudio la vida íntima de este jovenzuelo, hermoso, valiente, pero de una inteligencia superior a la de César y Lucrecia. En los papeles del canónigo Figueras había encontrado la copia de varias cartas dirigidas por el Pontífice a su hijo mayor. Le daba consejos sobre su manera de vivir, recomendándole que no fuese dispendioso, y se mostrara siempre afable, bueno con los humildes, procurando en todas ocasiones no dar motivo de intranquilidad o disgusto a su esposa la duquesa, pues la paz de la familia debía ser más importante para un caballero cristiano que las fugaces aventuras amorosas. Le aconsejaba igualmente que fuese devoto de la Virgen y le reñía por algunas travesuras de su desenfrenada juventud.

«Un Papa Borgia —pensó— muy distinto al de las leyendas, donde aparecen padres e hijos de tal familia realizando juntos los actos más desvergonzados. De ser ciertas dichas calumnias, ¿cómo Rodrigo de Borja iba a enviar semejantes cartas, recomendando una vida moral y cristiana a hijos que le habían acompañado en sus orgías...? Son cartas de un padre igual a todos los padres, que ha podido tener sus aventuras amorosas, pero dentro de su casa procura conservar la disciplina tradicional.»

No era hipocresía su devoción a la Virgen. La adoraba de buena fe, sin dejar por ello de ser un gran pecador. Tal mezcla de religiosidad y costumbres licenciosas se encontraban en todos los hombres notables de entonces, quienes unían ingenuamente el cristianismo con el paganismo.

«Su alma compleja —siguió pensando— no la comprendemos los modernos; mas no por eso deja de haber existido. A mí me inspira admiración un Papa pecador y creyente. Cuando se duda de la existencia de otra vida, con sus premios y castigos, el pecado no representa ningún acto valeroso. Algunos pontífices sucesores de Alejandro VI, uno de ellos León X, fueron sospechosos de ateísmo. Rodrigo de Borja creía en Dios y en la Virgen; estaba seguro de su perdición eterna, y, sin embargo, se dejó llevar por sus pasiones ardientes. "Le vencía la carnalidad", como dijo uno de sus contemporáneos. Era de la misma patria de Don Juan, español libertino y católico. Un sincero arrepentimiento podía salvarlo a última hora.»

Recordaba Claudio haber visto en Valencia una tabla pintada en el siglo XV representando a todos los hijos de Alejandro VI. Tal vez era regalo del mismo Papa, el cual envió numerosos cuadros a las iglesias y conventos de su país. En dicha tabla se mostraba al duque de Gandía con el rostro de perfil, una barbilla rubia cortada en punta, las facciones puras y tranquilas, un ojo rasgado en forma de almendra y la pupila de expresión dulce, algo burlona.

El primogénito del Pontífice se embarcaba en Valencia, venciendo la disimulada oposición de Fernando el Católico, el cual prefería conservarlo en España para dominar mejor al Papa. Se despedía de su esposa y de sus hijos, uno de los cuales iba a ser padre del futuro San Francisco de Borja. Al subir a su galera, cubierta de flámulas y gallardetes como un navío de príncipe, estaba lejos de imaginarse que ya no vería más a sus pequeños, pues empezaba a navegar hacia la muerte.

Todos los hijos del Pontífice se juntaron en Roma. Lucrecia había abandonado a su marido, volviendo al lado de su padre. Se quejaba de que Juan Sforza no la *servía* como era su deber. Además, en el curso de la gran tormenta, arrostrada por Rodrigo de Borja, este yerno procedía de un modo alevoso, manteniéndose en secreta relación con sus enemigos.

El primero en llegar era Jofre, nuevo príncipe de Esquilache, con su inquietante esposa la napolitana doña Sancha. Habían vivido durante la invasión francesa ocultos en Calabria, y las victorias de Gonzalo de Córdoba acababan de sacarlos de dicho confinamiento, entrando en Roma dos años después de su matrimonio.

Preparó Alejandro una recepción ostentosa a los jóvenes príncipes, saliendo a caballo todos los cardenales y las corporaciones fuera de las puertas de la ciudad para acompañarlos hasta la presencia del Santo Padre, rodeado de su Corte y de los embajadores.

Sancha se hacía gran amiga de su cuñada Lucrecia. Ésta no era un modelo de virtud; casi ninguna mujer de aquella época lo era en Italia; pero su reposado temperamento la mantenía al margen de la mala conducta, mientras Sancha, de ardores voluptuosos inextinguibles, no reconocía obstáculos para la satisfación de su lubricidad, mostrándose audaz y escandalosa en gestos y palabras.

Juntábanse en la Corte papal tres mujeres jóvenes. La más vieja de ellas apenas pasaba de los veinte años, y sus dos amigas vivían aún lejos de dicha edad: la bella Julia Farnesio, Lucrecia y Sancha.

Claudio las veía imaginativamente cubiertas de joyas, vestidas con un lujo asombroso, seguras de su influencia sobre los hombres, atrevidas al poder contar con la más alta de las protecciones, tomándolo todo a risa, con la ligereza e inconstancia propias de su edad, y las llamaba en su interior *las niñas del Vaticano.*

Julia sólo pensaba en el engrandecimiento de su familia; Sancha era moralmente la más terrible de las tres, buscaba el amor por el amor, sin importarle el escándalo, uniendo a su ardorosa sexualidad cierta gracia literaria que le hacía manejar la pluma con soltura, describiendo en largas epístolas las fiestas de entonces.

Durante la solemnidad religiosa en la basílica de San Pedro con motivo del recibimiento de los príncipes de Esquilache, predicó un capellán del obispo de Segorbe, pedantón español, que, enardecido por la majestad del ambiente y lo escogido del auditorio, habló más de una hora, aburriendo al Papa, muy admirador de la verdadera elocuencia, y a toda su Corte. Lucrecia y Sancha, ocupando un lugar prominente del coro, empezaron a bromear en voz alta con la corte de señoras romanas sentadas en el suelo, alrededor de ellas. El Papa, sus cardenales y demás próceres eclesiásticos, que daban muestras de impaciencia ante el interminable sermón, acabaron por mirar benévolamente la desenfadada actitud del grupo femenino.

La belleza morena picante de Sancha se armonizaba con el esplendor rubio y la hermosura tranquila de Lucrecia, cuyos encantos podían llamarse pasivos. Diversas por su temperamento, se parecían a causa del perpetuo desacuerdo en que vivían con sus esposos. Las dos se quejaban de falta de *servicio* marital: la una, por estar casada con un adolescente débil; la otra, por los vicios de Juan Sforza, que hacía presentir un pronto divorcio.

El duque de Gandía entró en Roma tres meses después, en agosto de 1496, desplegando el Papa igual pompa en su recibimiento y haciéndolo figurar un escalón más abajo de su trono, como presunto gonfaloniero o capitán general de la Iglesia. A los pocos días le confío las tropas pontificias, pero aunque era valiente, como todos los Borgia, sabía muy poco del arte de la guerra, y el Pontífice tuvo que colocar a su lado a uno de los *condottieri* más célebre de entonces: Guidobaldo, duque de Urbino.

Había llegado el momento de recobrar las tierras dadas en feudo a aquellos señores, prontos a la explotación de los papas en sus horas de debilidad y a abandonarlos en caso de peligro. El mismo plan, madurado en silencio, por César Borgia, iba a intentar realizarlo con poco éxito su hermano mayor, el más brillante en apariencia de los hijos de Alejandro y el de menos condiciones intelectuales.

Empezó la guerra atacando a los Orsini por ser los más

temibles entre los feudatarios mencionados. Al principiar el invierno de 1496 todo se mostró favorable para el duque de Gandía y su maestro Guidobaldo, apoderándose de numerosas fortalezas.

El cardenal César Borgia, completamente solo y disfrazado de caballero de Rodas, salía de Roma para examinar de cerca las operaciones militares. Quería estudiar sobre el terreno la estrategia y las maniobras de un capitán famoso como lo era Guidobaldo, amaestrándose secretamente para sus empresas futuras. Con tanta audacia avanzaba en dichas excursiones, que una vez, a orillas del lago Braciano, sólo pudo salvarse de los enemigos gracias a la ligereza de su corcel.

Nadie ayudaba al Papa en esta campaña. Los Savelli, los Colonna y otros feudatarios de la Santa Sede, incluso el señor de Pésaro, marido de Lucrecia, se mantenían expectantes, deseando en el fondo de su ánimo la derrota del Papa. Ésta surgió inesperadamente a fines de enero de 1497. Gandía y Guidobaldo levantaron el sitio de Braciano para cortar el paso a un ejército de refuerzo que enviaban los enemigos de los Orsini. El choque ocurrió cerca del pueblo de Soriano, una de las batallas más sangrientas y empeñadas de aquella época, que tuvo como final la fuga de las tropas papales. Guidobaldo quedó prisionero, y el duque de Gandía, herido en el rostro, tuvo que huir, luego de batirse valerosamente.

Por suerte para el Pontífice, Ferrantino o Fernando II, rey de Nápoles, le envió a Gonzalo de Córdoba para que sustituyese al duque de Urbino, y el Gran Capitán español, reorganizando las huestes pontificias, consiguió algunas victorias que permitieron al Papa ajustar una paz honrosa con los Orsini.

Padre de exagerados afectos, quiso Alejandro engañarse a sí mismo sobre las capacidades militares de su primogénito, y le concedió toda clase de honores, como si realmente hubiese obtenido un gran triunfo.

Tenía a su lado como maestro de ceremonias a un alemán, el famoso Burckhardt, testigo desleal, exagerado y rencoroso, que iba escribiendo en su *Diarium* cuanto veía hacer de lejos a su protector el Papa y, lo que resultaba más terrible, todo lo que oía decir o murmurar contra él, prescindiendo las más de las veces de buscar pruebas.

Hablando Claudio con Enciso, éste había concretado su opinión sobre Burckhardt y su famoso *Diario*:

—Me hace recordar a ciertos hombres de nuestra época que escriben sus Memorias para que se publiquen después de su muerte. Poco a poco se apasionan por ellas con un cariño de autor; quieren que sean interesantes como una novela; se entristecen cuando transcurren días sin poder añadir algo sensacional, y acaban por aceptar serenamente toda clase de chismes y calumnias, sin otra precaución que poner al frente de ellas un *se dice*. Alejandro VI mostraba cierto afecto por los alemanes. Después de los españoles, eran aquéllos los más numerosos en la Corte papal. En realidad, el tal maestro de ceremonias sólo intervenía en los actos públicos, sin tener entrada en la vida particular del Papa, como el español Marrades y otros; pero suplió la falta de intimidad recogiendo en su *Diario* todas las calumnias y murmuraciones de antesalas y plazuelas contra su protector.

El *Diarium* de Burckhardt, escrito en latín con letra casi ininteligible, había permanecido inédito hasta principios del siglo XVIII.

—Los escritores protestantes —continuaba don Manuel— lo descubrieron con verdadero regocijo, y allí donde el texto no se dejaba entender lo interpretaron suponiendo un nuevo crimen de los Borgia.

Recordó Claudio que en ocasión de las últimas campañas del duque de Gandía, este maestro de ceremonias había escrito en su *Diario*, con rara justicia, sobre los dos capitanes de la Iglesia que acababan de sacar al Papa de su difícil situación. «El uno, Gonzalo de Córdoba —decía—, es un verdadero hombre de guerra y un verdadero hombre de Estado; el otro, el duque de Gandía, un pobre príncipe de comedia cubierto de oro y de joyas.»

Al restablecerse la paz, tenía el Papa que combatir a los enemigos dentro de su propia casa, siendo el peor de ellos su yerno Juan Sforza.

Pariente de los Sforza de Milán y relacionado con la mayor parte de los adversarios del Pontífice, se había mantenido siempre en actitud ambigua, trabajando ocultamente contra la familia de su esposa. Además, Lucrecia no hacía un misterio de la frialdad y displicencia con que la trataba su marido.

Era este Juan Sforza de carácter inquieto, gritón, calumniador, sin límite ni recato en sus mentirosas invenciones, defectos propios de su mala calidad.

—Indudablemente fue un homosexual —había dicho Enciso—, y los de tal especie ganan a las más terribles comadres en mala lengua.

Él dio origen a las acusaciones inauditas contra los Borgia, que luego agrandaron los calumniadores de dicha familia y han llegado hasta nuestra época: él inventó la Lucrecia Borgia falsa y legendaria, atribuyendo a su mujer envenenamientos e incestos.

«De ser los Borgia unos monstruos como él supuso —siguió pensando Claudio—, fácil habría sido para el Papa y sus hijos deshacerse de este Sforza, dándole muerte. César demostró en el curso de su existencia que no necesitaba auxiliares para suprimir a un enemigo. Lo hizo francamente algunas veces y por propia mano.»

En vez de esto, el Papa se limitaba a entablar una acción de divorcio, anulando el casamiento de Sforza con su hija, y para esto nombró un Tribunal en el que figuraban las personas más respetables e íntegras de entonces. Como dicha anulación tenía por base el hecho de que Lucrecia aún estaba virgen, fue invitado el marido, según costumbre de la época, a demostrar su virilidad delante de testigos, y se negó obstinadamente a esta prueba.

Su tío Ludovico el *Moro*, tirano de Milán, por honor de su familia y para evitar los comentarios regocijados de toda Italia, que cubrían de ridículo a un Sforza, le exigió, lo mismo que el Tribunal de Roma, que se sometiese a probar su virilidad ante testigos y tampoco quiso obedecer dicha orden.

A lo vergonzoso de esta confesión tácita de impotencia se unió la amargura de tener que restituir la considerable dote que le había aportado Lucrecia, viéndose obligado, de no hacerlo, a la entrega de su señorío de Pésaro, dependiente de la Santa Sede.

Finalmente, huyó de Roma, afirmando que hacía esto para salvar su vida, y no le faltaba razón. Con su facundia venenosa, había empezado a lanzar acusaciones dignas de una mentalidad anormal y que equivalían al mismo tiempo a una demostración de que jamás había amado a su mujer. Él fue quien inventó la inconcebible calumnia de que Lucrecia era amante de su padre y sus hermanos. Es seguro que de haber permanecido unos días más en Roma, el mismo César le habría matado a puñetazos.

«Este hispanoitaliano —se dijo Borja—, sereno y frío en los cálculos de la política y la guerra, mostraba una furia que casi era demencia cuando alguien insultaba a sus más próximos parientes. Algunos de sus crímenes no tuvieron otro origen. Además, por un pundonor que parecía heredado de sus abuelos valencianos, nunca quiso encargar a otros sus venganzas de familia. Era él quien debía realizarlas por su propia mano.»

El parlanchín Sforza se refugió en Venecia, donde vivían los principales adversarios del Papa, y desde allí fue inventando nuevas atrocidades para la leyenda negra de los Borgia, que muchos años después reprodujeron los propagandistas de la Reforma, con el deseo de hacer daño al Papado, sin pararse a examinar su veracidad ni a sostenerlas con pruebas.

Los Borgia asesinos y envenenadores podían haber matado muchas veces a este calumniador valiéndose del puñal de un esbirro o de su famoso veneno, inventado por la fantasía de los enemigos. Sin embargo, Juan Sforza siguió viviendo, y del único que procuró librarse fue de su antiguo cuñado. Sólo osaba viajar por Italia cuando César estaba muy lejos. Durante las campañas militares del joven Borgia el señor de Pésaro se guardó muy bien de ponerse a su alcance, huyendo de su persona como de la hidra.

En aquella época, las calumnias de este degenerador fueron comentadas con la afición que muestra siempre el público a los escándalos que afectan a los grandes; pero nadie creyó en ellas. Después de repetir las vociferaciones del señor de Pésaro, la gente se ensañaba con él, diciendo que más fácil le habría sido, para salir del paso honradamente, prestarse a la prueba de su virilidad, y glosaba el abandono en que había tenido a su esposa. Además, cuando el cobarde Sforza, para justificar su fuga de Roma, dijo que los Borgia querían envenenarlo, todos recordaron que en esta materia los Sforza eran famosos, y sobre todos ellos, Ludovico el *Moro*, que se había apoderado del ducado de Milán, envenenando públicamente a su sobrino, dueño verdadero de dicho estado.

Continuaba la Corte pontificia, en 1497, ofreciendo un aspecto brillante. Todos los hijos de Alejandro VI vivían en Roma, menos Lucrecia, que se había retirado a un convento, algo avergonzada por su divorcio. César, más soldado que cardenal, se instalaba en el castillo de Sant'Angelo vigilando sus obras de reparación. Su cuñada, la ardiente doña Sancha, seguía en relaciones incestuosas con él.

Mostrábase el joven cardenal de Valencia muy reservado en sus amores. Nunca fueron conocidos por indiscreciones suyas. Sancha estaba instalada en el palacio Aleria, cercano al castillo, comunicándose con éste por un pasaje subterráneo semejante al que unía dicha fortaleza y los jardines del Vaticano. Pero César Borgia se preocupaba de la gloria y la riqueza, bases del poder, con preferencia a las voluptuosidades carnales. Sus luchas con los hombres le atraían más que las dulzuras amorosas. Dirigía la nueva fortificación del castillo de Sant'Angelo para que resultase un refugio inexpugnable si otra vez venían invasores a atacar el Papado en su capital. Y poco a poco las relaciones entre estos dos grandes apasionados fueron menos frecuentes, apartándose atraídos por nuevos afectos.

La sensual Sancha, que dormía en cama aparte, con gran satisfacción de su joven esposo, pudo dedicarse sin obstáculos a la satisfacción de su lascivia, y al llegar a Roma su otro cuñado, el duque de Gandía, mostró por él una pasión más vehemente que la inspirada por César.

Era, en realidad, un hombre superficial, no correspondiendo su carácter a su brillantez exterior. Mas para una hembra como ella resultaba apetecible este varón, de cuya elegancia y vigor masculino se hacían lenguas muchas damas.

Mientras su esposa, doña María Enríquez, y sus dos hijos vivían en Valencia, él amenazaba su celibato temporal en Roma con frecuentes y efímeros amoríos. Hermoso, rico, jactándose de una gran potencia genésica y con una falsa gloria después de sus triunfos, debidos al Gran Capitán, era el hombre de moda de aquella ciudad de costumbres licenciosas, donde resultaban contadísimas las mujeres que no se rendían por sensualismo o por ganancia. Algunas veces permanecía oculto un día entero, sin que esto inquietase a su familia. Se hallaba indudablemente en una encerrona amorosa, esperando la noche para salir de la vivienda de alguna dama y evitar que el escándalo manchase su nombre.

En junio de 1947, los asuntos de Nápoles volvían a preocupar al Papa. Ferrantino acababa de morir sin descendencia, cuando Gonzalo de Córdoba había expulsado ya a los franceses de casi todo su reino. Su tío Federico, muy amado por los napolitanos, le sucedería en el trono. Por cuarta vez iba a conferir Alejandro VI la investidura del reino de Nápoles.

A César Borgia, hecho camarlengo recientemente, lo nombró legado *ad látere*, encargándole la coronación de Federico, Juan lo acompañaba, para que el nuevo rey le diese la investidura de los ducados de Benevento, Terracina y Pontecorvo, que acababa de concederle, con el deseo de tener propicio al Papa.

Por vanidad burguesa, al verse la *Vannoza* madre de un duque tan poderoso y un cardenal que iba a Nápoles, como segundo Papa, quiso reunir antes de dicho viaje a sus dos hijos en un banquete de despedida.

Verdadera romana, había empleado todas sus riquezas en la ciudad, adquiriendo muchas casas, especialmente hospederías, que daban buena renta a causa de ser casi continua la afluencia de peregrinos. Numerosos clérigos poseían también posadas, industria muy fructuosa en las grandes peregrinaciones, y cuando éstas faltaban, volviendo la ciudad a su población ordinaria, dichos edificios daban hospedaje a espadachines y rameras, convirtiéndose sus propietarios eclesiásticos en dueños de mancebía.

La madre de tan grandes personajes se había construido un palacio cerca de la iglesia de San Pedro Advíncula, con una viña a sus espaldas. Además de César y Juan, asistieron a la comida su hermano menor, Jofre; Sancha, su mujer, y el primo de todos ellos, Juan de Borja, cardenal de Monreale.

Era ya avanzada la noche cuando los convidados de la *Vannoza* se marcharon. Juan y César salieron los primeros, el uno a caballo y el otro en una mula, cabalgadura ordinaria de los cardenales.

Juan llevaba delante de su corcel un palafrenero a pie, y en la grupa, a un desconocido, pequeño de cuerpo, con una máscara sobre el rostro. Esto no resultaba extraordinario en la Roma de entonces. De noche iban a caballo o a pie damas y señores con careta, para pasar inadvertidos, e igualmente usaban antifaz los portadores de misivas reservadas. Una vida romántica y tenebrosa, pródiga en amores trágicos, apasionadas intrigas, desafíos y asesinatos, justificaba esta prolongación del Carnaval durante todo el año.

Hacía varias semanas que el duque se mostraba en público con este individuo misterioso, siempre enmascarado, que le acompañaba a todas partes, sin que nadie conociese su enigmática personalidad.

Cuando llegaron ante el palacio Cesarini —habitado ahora por el cardenal Antonio Sforza y construido por Rodrigo de Borja cuando aún no era Papa—, los dos hermanos se despidieron. Juan pretextó el capricho de un paseo nocturno que deseaba hacer solo, y esto, unido a la presencia del enmascarado, hizo suponer a César que su hermano se encaminaba a una cita galante. Lo mismo creyeron el Papa y todos los de su intimidad al ver que al otro día, 15 de junio, el duque no regresaba a sus habitaciones del Vaticano, suponiéndolo oculto en la casa de alguna dama, no pudiendo salir hasta la noche, por miedo a la vigilancia del padre y del marido.

Empezaron a mostrarse inquietos en el curso del día los allegados al Pontífice. El palafrenero del duque había sido encontrado al amanecer en la llamada plazoleta de los Hebreos, cerca del sitio donde se despidieron los dos hermanos, herido tan gravemente que apenas podía hablar. El caballo del duque, con silla y riendas, erraba por las calles inmediatas. Interrogado el moribundo, respondió dificultosamente que había seguido a su señor hasta la expresada plazoleta, y allí le había ordenado que esperase una hora y se volviera solo al Vaticano si no le veía aparecer en dicho tiempo. Y no pudo explicar cómo lo habían sorprendido y herido de muerte durante la mencionada espera.

Todavía creyeron a Juan de Borja oculto por una cita amorosa; pero al día siguiente, 16, su persistente desaparición comenzó a justificar las peores conjeturas. En vano el prefecto de Roma con sus tropas de esbirros registró las calles y casas de la barriada donde había desaparecido el primogénito del Pontífice. Sus investigaciones se dirigieron luego hacia el Tíber, testigo de tantos delitos y que guardaba para siempre el secreto de los numerosos cadáveres arrojados a sus aguas. Dos esclavones que habían velado a orillas del río contaron entonces lo que vieron en la noche del 14 de junio. Uno de ellos guardaba montones de leña recién desembarcada. El otro, batelero de profesión, dormía en su barca y despertado por el frío nocturno, asistió al mismo espectáculo que su compatriota.

Dos hombres habían salido con precaución, cerca del amanecer, de una calleja inmediata al hospital llamado de los Esclavones para explorar si la ribera estaba desierta. No viendo a nadie, retrocedían, regresando luego con otros dos individuos, que permanecieron junto al Tíber vigilando los alrededores, mientras los primeros tornaban por segunda vez a la calleja. Cuando se mostraron por tercera vez luego que los vigías les hicieron señales para que avanzasen sin miedo, escoltaban a un jinete, llevando éste sobre la grupa de su caballo blanco, tendido a través, un cadáver cuyos brazos y piernas pendían a ambos lados de la bestia.

Llegó el grupo al borde del Tíber, deteniéndose en un lugar donde desaguaba un albañal. El jinete volvió la grupa de su caballo hacia el río, sus ayudantes tiraron del cadáver, sosteniéndolo por los pies y los brazos y luego de balancearlo dos o tres veces para que adquiriese más impulso, lo echaron al agua. Al volver el caballero su montura cara al río, vio flotar la capa de la víctima e hizo un signo. Entonces sus acompañantes arrojaron piedras, hasta que la capa desapareció. Hecho esto, los cinco hombres se reunieron, alejándose por una callejuela distinta.

Riñó el prefecto de Roma al humilde mercader de leña y al batelero por no denunciar antes dicho crimen; pero ambos respondieron con sencillez que habían visto en el curso de su vida arrojar al Tíber más de cien cadáveres durante la noche, sin que nadie se inquietase al otro día en averiguar su procedencia.

Esto no era una especialidad del tiempo de los Borgia. En el siglo XV, robos y asesinatos figuraron como accidentes ordinarios en la vida romana, y así continuó ésta bajo los pontificados siguientes.

Trescientos pescadores del Tíber fueron convocados para registrar las aguas, y a mediodía del 16 uno de ellos sacó en su red el cadáver del duque de Gandía, cerca de la iglesia de Santa María dei Popolo. El cuerpo de Juan de Borja estaba vestido, con la garganta cortada y el pecho atravesado por nueve heridas. Su elegante justillo no tenía un solo botón sin abrochar. Los guantes, largos y perfumados, los llevaba pendientes de su cintura y su bolsa contenía treinta ducados de oro.

Cubierto con una capa fue llevado en barca hasta el castillo de Sant'Angelo, donde lo desnudaron y purificaron, revistiéndolo después con el suntuoso traje de gonfaloniero. En la misma noche fue expuesto el cadáver en Santa María dei Popolo y enterrado con gran pompa. El féretro no tenía tapa, viéndose el rostro del muerto. Detrás marchaban doscientos hombres con antorchas, toda la nobleza romana amiga del duque, los embajadores de España y de Milán, muchos cardenales y obispos.

Al mismo tiempo, los españoles que había capitaneado Juan de Borja en su última campaña se esparcían por Roma, espada en mano, dando gritos de venganza, buscando inútilmente al asesino, siendo por su exceso de celo un verdadero peligro para el vecindario.

Contaba la gente que al pasar el entierro nocturno frente al castillo de Sant'Angelo, un grito desgarrador partió de una de sus ventanas. Era el Papa, que se había trasladado por el pasaje subterráneo desde el Vaticano a la fortaleza, para contemplar por última vez el rostro de su hijo preferido, acostado en un féretro, bajo los purpúreos resplandores de doscientas antorchas.

Tan violento fue el dolor de Alejandro, que tomó aspecto de demencia. El hombre meridional, con sus complejidades inexplicables y sus arrepentimientos ardorosos, reaparecía en este varón siempre sereno y jocundo. Tres días estuvo encerrado en su cámara, sollozando como un niño. A través de las puertas se escuchaban sus lamentos entremezclados con rezos o imprecaciones terribles. Del miércoles al sábado no tuvo un sólo instante de calma. El cardenal de Segovia, su allegado más íntimo, permaneció en el umbral de su puerta durante los tres días, siendo el único que pudo decidirle finalmente a que comiese un poco.

Después de estos extremos ruidosos de pena se entregó al desaliento, mostrando una humildad que hizo dudar a muchos de su razón. Habló de renunciar a la tiara para dedicarse en absoluto a la penitencia, llevando una vida de asceta. Dejó estupefactos a sus cardenales con un discurso en el que se acusó a sí mismo de ser un objeto de escándalo, pidiendo perdón a Dios y a los hombres, jurando emprender inmediatamente una reforma completa de las costumbres eclesiásticas, purificación que prometían todos los papas y ninguno osaba realizar.

Entrecortó su discurso con lamentos, se golpeó el pecho, expresando su desesperación ingenuamente, con hipérboles semejantes a las de la poesía oriental: «Si Nos tuviésemos siete tronos —decía—, todos ellos los daríamos por devolver la vida al duque.» Y lo que más le apenaba era recordar que el cadáver de aquel hijo, siempre cubierto de sedas y joyas, el primer elegante de su tiempo, había sido recogido junto a un albañal, en la parte más infecta del Tíber, por una red de pescador.

—¡Lo mismo que un saco de basura! —esclamaba dolorosamente el Pontífice.

Parecía asociarse la Naturaleza de un modo dramático a este dolor ruidoso. Una violenta tempestad empezó a rugir en Roma. La lluvia y la crecida del río inundaron las calles. El rayo cayó en las habitaciones privadas del Papa y también sobre el castillo de Sant'Angelo, derribando la estatua del arcángel que servía de coronamiento a la antigua Moles Adriana. La superstición popular añadió nuevos detalles a este cuadro trágico, asegurando que una procesión de espectros había desfilado durante la noche, bajo el estrépito de la tormenta, por las naves de la basílica de San Pedro, y que el duque de Gandía, en forma de fantasma, vagaba a medianoche por el mencionado castillo pidiendo que le vengasen.

Rodrigo de Borja, hombre de acción en su mocedad, incapaz de sufrir ninguna ofensa, abandonaba de pronto su actitud devota, resignada ante la desgracia, para dar órdenes furiosas al prefecto de Roma, y a sus esbirros, así como a los capitanes españoles que estaban a sus órdenes y todos los que pudieran ayudarle en su justa venganza. Era preciso encontrar a los matadores del duque, imaginando los más atroces suplicios para su castigo. Pero transcurrieron los días sin descubrir un indicio que permitiese conocer la verdad.

Claudio Borja pensaba en que iban pasados más de tres siglos sin que nadie pudiese aportar una prueba convincente de quién había sido el asesino. En realidad, Juan de Borja, con sus aventuras de amor incesantes y audaces, estaba destinado a perecer de tal modo, dadas las costumbres vengativas de entonces.

En los días siguientes al de su muerte, todos creyeron empezando por su padre, que ésta había sido obra de algún marido celoso. El hecho de quitarse los guantes, pasándoselos por el cinturón de su espada, era una demostración de que lo habían sorprendido y asesinado cuando iba a dar sus manos a alguna mujer. Luego, el misterio de dicha muerte fue agrandando el círculo de los comentarios. La hembra que le había dado la cita nocturna bien podía ser un agente al servicio de los enemigos del duque, deseosos de acabar con él. Además, el recuerdo de aquel enmascarado que le acompañaba desde semanas antes a todas partes y había sido su guía en la noche del crimen corroboraba tal suposición.

Se tuvieron sospechas de los Orsini, enemigos del Pontífice y en especial de Gandía, el cual les resultaba más insufrible que su padre, a causa de su jactanciosa mocedad. Se sospechó también del cardenal Ascanio Sforza, que había disputado recientemente con Juan; de Bartolomé de Albiano, enemigo suyo; del duque de Urbino, prisionero en el desastre de Soriano, que se mostraba furioso contra los Borgia porque no le habían ayudado a pagar su rescate; de Juan Sforza, el antiguo esposo de Lucrecia, y hasta de los Colonna, siempre amigos de aquéllos.

El Papa examinó estas culpabilidades presuntas con una resignación dolorosa que le hizo mostrarse imparcial y justo. Él mismo disculpó al cardenal Sforza: unas veces su colaborador; otras, su adversario, cuya acusación parecía por determinadas circunstancias, la más verosímil de todas. No sólo defendió a su amigo Ascanio, proclamando su inocencia; también hizo lo mismo con otros acusados por la voz pública. Únicamente guardó silencio en lo que hacía referencia a los Orsini. No los acusó, pero se abstuvo de defenderlos como a los otros.

«Indudablemente fueron los Orsini —pensaba Claudio— los que ejecutaron u ordenaron el asesinato del duque de Gandía.»

Y repasaba en su memoria las opiniones de los pocos historiadores modernos que habían estudiado la vida de los Borgia de un modo concienzudo, sin hacer caso de apasionamientos y mentiras procedentes de aquella época. Aun siendo enemigos de los Borgia, reconocían en este asesinato del hijo mayor del Pontífice una venganza de la familia Orsini, furiosa por la muerte de su mejor capitán, Virgilio Orsini, preso en el castillo del Huevo, en Nápoles, y al que sus parientes supusieron envenenado.

El dolor ruidoso del Pontífice conmovió a la Cristiandad entera. Todos los reyes le enviaron cartas de condolencia. Hasta el austero Savonarola cesó en sus ataques al Papa, impresionado por la desesperación que mostraba el padre.

Permanecía ahora resignado y silencioso, absteniéndose de nuevas acusaciones ¿Para qué...? Su hijo no podía resucitar. Transcurrieron nueve meses sin que los maldicientes, ni aún los más exagerados, ligasen a este asesinato el nombre del cardenal César Borgia, que se había ido a Nápoles poco después de dicho suceso para conferir su investidura al nuevo rey. A nadie se le ocurrió la monstruosa suposición de que César hubiese asesinado a su hermano.

Pasados los mencionados nueve meses, se forjó en Venecia tan infame patraña, siendo tal vez su primer inventor el lenguaraz invertido Juan Sforza.

Después de repasar Claudio sus estudios mentales, se convencía de la no existencia de pruebas que demostrasen la certidumbre de este fratricidio inútil. César Borgia había cometido crímenes; pero ¿a qué añadirle uno más, inverosímil y sin ningún fundamento? Bastante tenía ya con los suyos.

Sus enemigos, para justificar la calumnia, le describían roído por la ambición, viendo en su hermano un obstáculo para su gloria, haciéndole asesinar con la esperanza de que así conseguiría librarse del cardenalato, ser príncipe laico, sucediendo a Gandía en el mando de las tropas de la Iglesia.

«Todo falso —continuaba diciéndose el joven—. Precisamente Juan de Borja moría asesinado en el momento de su descrédito, después de la derrota que le habían infligido los Orsini en el combate de Soriano, cuando todos estaban convencidos, hasta su mismo padre, por más que lo ocultase, de que era un pobre príncipe de comedia, brillante, simpático, generoso, pero sin condiciones militares ni políticas. Incapacitado de ejercer en lo futuro ningún mando, toda la autoridad positiva de los Borgia iba viniendo a las manos de César. Éste no necesitaba ya para conseguir sus fines hacer desaparecer al fracasado duque, crimen horrendo que le podía alienar en cambio el apoyo de su padre y de su familia.»

Resultaba absurda también la suposición de que Alejandro VI había transigido, por miedo o por mantener incólume el honor de su estirpe, con el asesino de su hijo mayor, luego de confesar César su culpabilidad, como decían los calumniadores. Rodrigo de Borja, violento en sus cariños, era incapaz de aceptar un crimen tan inaudito. Jamás habría podido tener con el supuesto fratricida la confianza que le mostró en los años posteriores, ni sentir entusiasmos tan sinceros por sus victorias.

Algunos, para probar el crimen de César empleaban como argumento el silencio y la resignación del Papa ante la muerte de su primogénito luego de las manifestaciones coléricas o desesperadas de los primeros días.

Claudio se explicaba tal cambio de conducta en un hombre sanguíneo, arrebatado en sus pasiones. Después de sus ruidosas y terribles agresividades, caía en una pereza de sentimientos que le impulsaba a la mansedumbre y la tolerancia. Se decía, tal vez, que resultaba más doloroso y cuesta mayores esfuerzos castigar a los enemigos que perdonarlos.

Sabiendo que los Orsini eran los autores más o menos directos de la muerte del duque, no mató a ninguno de ellos. También Juliano de la Rovere, su eterno adversario, y otros cardenales no menos hostiles, estuvieron repetidas veces a merced de su voluntad, pudiendo vengarse en sus personas, y, sin embargo, el Papa de los innumerables asesinatos y del terrible *veneno de los Borgia* no atentó contra su existencia, ni siquiera alteró su bienestar encarcelándolos.

Quejándose una vez ante sus cardenales de las violencias de César, que realmente era vengativo y no tenía empacho alguno en exterminar a sus adversarios si lo consideraba útil, el Papa dijo así:

—Yo opino de otro modo, tal vez porque no soy joven, y moriré con la conciencia tranquila pensando que en muchas ocasiones pude quitar la vida a gentes que me habían causado grandes daños, y, sin embargo, no lo hice.

Además, César nunca fue en sus combinaciones criminales amigo de tapujos. Luego de organizar el *bello engaño* de Sinigaglia para librarse de sus capitanes rebeldes, se jactó de la maestría con que había preparado dicha ejecución. Mataba él mismo, bajo el imperio de su cólera, o confiaba el homicidio a sus íntimos, públicamente, asumiendo la responsabilidad.

En plena Corte papal, casi en presencia de su padre, daba de puñaladas al español Pedro Calderón, que se había alabado de ciertas privanzas amorosas con su hermana Lucrecia. Estos amoríos, más verbales que carnales, y el *flirt* epistolar en castellano con Pedro Bembo, futuro cardenal, fueron las dos aventuras conocidas de Lucrecia.

Parecido a todos los hombres de acción de su época, César tenía el orgullo de sus crímenes, apreciados entonces menos severamente que ahora, y justificados, según él decía, por la necesidad de «matar para que no lo matasen».

Durante su corta y ruidosa existencia nadie le acusó terminantemente y con pruebas del asesinato de su hermano. La mayoría dudó siempre de esta suposición. Sólo al transcurrir los años hizo la calumnia un argumento de los propios triunfos de César, para sostener la hipótesis del fraticidio.

Viéndolo victorioso de los tiranuelos italianos, apoyado por el rey de Francia, apoderándose uno tras otro de los pequeños estados, conquistas que iban a colocar en su cabeza la corona de toda Italia, los enemigos dijeron que César no habría podido ser nunca lo que era ahora de seguir viviendo su hermano Juan. Y sacaron la conclusión de que para llegar a ello lo había asesinado. A falta de pruebas materiales de su culpabilidad, esto les parecía suficiente.

Al recordar Claudio Borja dicha imputación criminal, se encogía de hombros.

«Con tal sistema —pensó— todos los que heredan a sus antecesores, o los que se valen para su propia grandeza de lo que aquellos prepararon antes, podrían ser acusados igualmente de haberles dado muerte para abrirse camino.»

II. DEL TERRIBLE DON MIGUELITO Y DE CÓMO EL CARDENAL DE VALENCIA PASÓ A SER DUQUE DE VALENCIA EN FRANCIA, CASÁNDOSE Y ENVIANDO A SU PADRE EL PAPA UNA CARTA CON UN NÚMERO «OCHO»

«Ni reforma de las costumbres de la Iglesia —siguió pensando Borja—, ni abdicación de la tiara, ni vida de penitencia. Al Pontífice le ocurrió lo que a muchos hombres enérgicos cuando surgen indemnes de una gran borrasca y recobran su tranquilidad. Fue semejante al marino o al militar que hace una promesa viendo su existencia en peligro, y después la olvida.»

Su lucha con los turbulentos feudatarios de la Santa Sede y sus propios intereses de padre, ansioso de engrandecer a sus hijos, le hicieron recobrar el equilibrio de su vida diaria, olvidando al muerto.

César Borgia procedía en todo como un príncipe laico. Cuando se presentaba en público era siempre con la espada al cinto, vestido elegantemente a la española, o sea de negro, con larga pluma blanca en el birrete. Otras veces lo veían los romanos a caballo, llevando turbante y rico caftán, por gustarle las modas orientales después de su amistad con el príncipe Djem.

Se había hecho fabricar una espada, magnífica obra de arte, en cuya hoja estaban grabados los episodios más interesantes de la historia de Julio César, y una inscripción latina, que luego fue el lema de su existencia, tan corta y abundante en aventuras: *Aut Cesar aut nihil* (o César o nada).

Manteníase en su familia una ambición tradicional que podía titularse borgiana. Desde Calixto III, los Borgia deseaban crear un reino en Italia que sirviese de apoyo al Pontificado. César se creía igual a los príncipes reales, destinados a heredar una corona. La única diferencia consistía en que él necesitaba adquirir el reino por su propio esfuerzo, apelando a la astucia y a la espada.

Lo más urgente era librarse de su cardenalato. Luego realizaría lo que no pudieron conseguir ninguno de los Borgia hombres de guerra; ni el arrogante Pedro Luis, predilecto de Calixto III; ni su propio hermano el hermoso e inútil duque. Todos sabían en Roma que el cardenal de Valencia pensaba abandonar la carrera eclesiástica. El mismo Papa no hacía un secreto de ello, diciendo que, «en vista de su conducta mundana, era mejor que renunciase a la púrpura cardenalicia para salvar su alma».

Dando ya por seguro este cambio de estado, César concentró su ambición en la Casa reinante de Nápoles. Deseaba casarse con Carlota, hija de Federico, al que había impuesto la corona él mismo como legado. Este último monarca de la Casa de Aragón rechazó todas las insinuaciones para dar su hija a César Borgia.

—No puedo tener por yerno a un capellán, hijo de otro capellán —dijo rudamente.

Soñaba César con ocupar el trono de Nápoles por herencia. Todos los Borgia se consideraban con derecho a dicho reino, creado por Alfonso el *Magnánimo*, el amigo de Calixto III, y ocupado por los descendientes de un bastardo valenciano, del que había sido maestro y protector dicho personaje antes de verse Pontífice.

Nápoles, los estados de la Iglesia y lo que César fue conquistando luego, formarían un gran reino italiano, regido por una dinastía Borgia, protectora de pontífices elegidos bajo su influencia. Pero el rey Federico siguió negándose a todas las propuestas indirectas de Alejandro y de su hijo.

—Que el Papa —dijo a los intermediarios— cambie las reglas de la Iglesia, si quiere ser mi consuegro, y declare que un cardenal puede tomar mujer.

Dándose cuenta después de su débil situación y necesitando del apoyo papal, se ofreció a unir a su sobrino Alfonso, hermano de doña Sancha, con Lucrecia, la divorciada del señor de Pésaro. Los dos cónyuges eran de nacimiento ilegítimo; pero esto nada tenía de extraordinario en aquella época de príncipes bastarlos. El Pontífice acabó por aceptar dicho matrimonio con la esperanza de que facilitase luego el de César con Carlota de Aragón.

Las bodas de Lucrecia y Alfonso se celebraron en Roma al principio del verano de 1498. Presentábase al novio en la ciudad papal, dotado por su tío el rey de Nápoles con los ducados de Biseglia y de Quadrata. Al contrario de su hermana Sancha, este Alfonso era débil de carácter y algo tímido. Tenía diecisiete años, uno menos que Lucrecia, y no parecía sentir gran entusiasmo por el matrimonio. En cambio, la hija del Papa mostró una verdadera pasión por este joven napolitano, esbelto, elegante y de bello rostro. Su carácter, siempre pasivo hasta entonces, se caldeó con el fuego del deseo. Fue ella la que amó verdaderamente, y el duque de Biseglia se dejó admirar, correspondiendo con cierta tranquilidad a los transportes de su esposa.

De todos modos, el segundo casamiento de Lucrecia no se pareció en nada al que se había roto siete meses antes, pues dentro del mismo año la joven duquesa de Biseglia quedó embarazada.

Alfonso y la hija del Papa se instalaron en el palacio de Santa María in Portico. Adriana y la bella Julia Farnesio ocupaban ahora el palacio Orsini, en Monte Giordano. Las bodas de Lucrecia dieron ocasión a largos festejos. Doña Sancha, que era ágil de pluma, relató detalladamente sus magnificencias. El banquete nupcial se celebraba de noche y las danzas duraron hasta la salida del sol.

Mostraba el Pontífice una afición extraordinaria por el baile, atribuyéndolo los italianos a su origen español. Lucrecia y su hermano César eran consumados danzarines. Los cardenales y demás personajes de la Corte tenían verdadero gusto en ver bailar a madona Lucrecia, poseedora de una gracia especial para las danzas españolas, heredada, sin duda, de sus abuelas paternas. Toda la tribu de los Borja más o menos auténticos venidos de España para engrandecerse; los señores romanos afectos a la familia y los cardenales fieles a Alejandro, figuraron en dichas fiestas. De acuerdo con las costumbres de entonces, era un honor servir los platos y las bebidas al Pontífice. Un prócer le escanciaba los vinos, otro le servía de *paje de pañizuelo*, ofreciéndole la servilleta. Tres horas duraba el banquete, y antes de levantarse los manteles hacía entrar Su Santidad los regalos destinados a doña Lucrecia: dos fuentes enormes de plata cincelada con dos copas no menores, en cuyo interior había muchas joyas; dos candelabros del mismo metal para sostener hachones; una nave, también de plata, con sus velas desplegadas, y guardando en su casco, bajo llave, toda clase de especias; una caldereta de agua bendita, con su hisopo, y en su interior un collar de oro con numerosas piedras preciosas.

Los cardenales presentes le fueron entregando, por turno, sortijas y otras alhajas. Madona Lucrecia era una princesa, a la que convenía halagar para tener propicio a su omnipotente padre.

Terminado el banquete, todos se dirigían a las Estancias nuevas, o sea los salones pintados pocos años antes por el Pinturicchio.

César, cardenal de Valencia, aparejaba una montería en dichos salones. Uno de estos, donde estaba el sitial de Su Santidad, figuraba un bosque y en la pieza inmediata existía una fuente con cascada y varias culebras nadando en ella, para dar un carácter más auténtico al decorado.

Saltaban y rugían a través de los árboles varios invitados y familiares del Pontífice vestidos de fieras: Barleta, en forma de raposo; don Rodrigo Corella, de jirafa; el príncipe de Esquilache, marido de doña Sancha, de pato marino; el prior de Santa Eufemia, hermano del cardenal Borgia, de coribante; don Juan Caños, de ciervo; Nogué, de león, y el cardenal de Valencia, último de todos, en figura de unicornio. El aspecto de estas bestias resultaba convencional. Disfraces de raso y de brocado imitaban con sus colores los de las mencionadas animalías. Únicamente sus cabezas se aproximaban a la realidad de los irracionales representados.

Llegaron bailando a la presencia del Pontífice, fingiendo que reñían unos con otros para poder beber en el gran tazón, hasta que se presentaba el unicornio, con «un cuerno en la frente según es de su naturaleza», y establecía la paz entre ellos.

Cuando acabaron estos *bailes de momos*, el cardenal de Valencia pidió permiso a Su Santidad para danzar con su hermana doña Lucrecia *la baja y la alta*, que era la danza de España más celebrada entonces, y todos hubieron gran placer en ella, por ser ambos los más famosos danzarines de Roma, especialmente en bailes hipanomoriscos, muy de moda en aquel tiempo. El primero en admirar a dicha pareja era el Pontífice. Sonreía embelesado, siguiendo los graciosos y elegantes movimientos de sus hijos.

«Era un verdadero padrazo —se dijo Borja—, semejante en esto a Fernando el Católico, otro hombre terrible, también muy padrazo, que lloraba como un niño por los disgustos que le daban sus hijas, y sobre todo doña Juana la Loca, aconsejada por su esposo.»

En estas fiestas palaciegas, hombres y mujeres se trataban de muy distinto modo que en los tiempos presentes. Aunque hubiera sitiales sobrantes, la galantería recomendaba que los hombres se instalasen sobre la alfombra, a los pies de las señoras, apoyando la espalda en sus piernas, y otras veces, encima de sus rodillas.

Doña Sancha contaba en su relación que el cardenal de Valencia, fatigado de bailar, venía a sentarse en sus faldas; su marido, el príncipe Esquilache, en las rodillas de su hermana Lucrecia, y así los demás invitados.

Todas las damas de la familia Borja lucían trajes enviados de Valencia, con adornos de oro a martillo y cuentas de vidrio de colores, que se llamaban *a la capellana* y eran entonces la última novedad en el adorno femenino. César y sus compañeros de montería regalaban sus disfraces lujosos a los criados que presenciaban la fiesta, vistiéndose inmediatamente trajes de corte y ciñendo sus espadas para seguir bailando con las señoras.

Al día siguiente celebrábase en la parte del Vaticano llamada de Belvedere otra fiesta nocturna, desde las ocho de la noche hasta las cuatro de la mañana. Varias compañías de truhanes hacían juegos de gimnasia y prestidigitación, empezando a media noche las danzas de los señores y otra vez César y Lucrecia, a pedimento del Pontífice, bailaban *la baja y la alta*. A la salida del sol les servían una colación de cien platos grandes de confitería que tenían inscritos versos latinos en honor de los cónyuges y de Alejandro VI.

La última fiesta era una corrida de toros en los jardines del Vaticano, a la que asistían más de diez mil personas. Avanzaba el cardenal de Valencia al frente de su cuadrilla, compuesta de doce jinetes, llevando un traje a la morisca, como los sarracenos españoles, compuesto de marlota de raso, blanca y roja, que doña Sancha había bordado de oro; bonete carmesí con penacho, borceguíes azules y una espada forjada expresamente para dicha fiesta. Iba montado en un caballo blanco con ricos jaeces y blandía en su diestra un lanzón, regalo también de doña Sancha. Doce mozos vestidos de raso amarillo y terciopelo carmesí marchaban a pie delante de él.

Los doce caballeros que le seguían eran todos españoles: don Juan de Cervellón, don Guillén Ramón de Borja, don Ramón y don Juan Castellar, don Miguel Corella y otros, vestidos igualmente a la morisca, sobre caballos ricamente encaparazonados.

César costeaba todo este lujo. Los romanos aclamaban al Borgia generoso que les ofrecía, a sus expensas, una fiesta tan interesante. En los estrados o cadalsos figuraban las damas de la Corte pontificia y de la aristocracia de la ciudad, muchas con los mismos trajes a la española que se habían hecho años antes para las fiestas en celebración de la toma de Granada.

Se corrían ocho toros en cinco horas, y el cardenal de Valencia mataba por sí mismo dos de ellos: el primero, de una lanzada que lo atravesó el pescuezo, acabándolo instantáneamente; el segundo, a pie, con una capa en una mano y la espada en la otra.

Le dio tan gran cuchillada, que no necesitó repetir el golpe, haciéndolo caer con el pescuezo partido. El pueblo aclamó al que llamaba *nuestro César*, asombrado del vigor inaudito de este joven débil en apariencia y de elegante fragilidad.

En esta evocación de las fiestas profanas que se iban desarrollando en el Vaticano y sus jardines, olvidaba Claudio Borja inmediatamente a César, *el único*, para concentrar su atención en un personaje que había empezado a figurar al lado de éste, siguiéndole a todas partes como la sombra al cuerpo.

Era un hidalgo valenciano, don Micalet Corella, cuyo nombre castellanizaban los otros españoles residentes en Roma, llamándolo don Miguelito y al que los italianos dieron meses adelante una celebridad terrorífica convirtiéndolo en don Michelotto.

Hijo bastardo del marqués de Cocentaina, noble de Valencia, había venido a Roma en compañía de su hermano legítimo, Rodrigo de Corella, en busca de la protección de los Borgia. Desde el tiempo de Calixto III existía un amistoso comercio entre ambas familias. Alfonso el *Magnánimo* tenía de confidente íntimo a un Corella, y éste, gran amigo de Alfonso de Borja, había cuidado de la educación del bastardo real don Ferrante, luego rey de Nápoles.

Muchos años después, al ir el cardenal Rodrigo de Borja como legado a España, conocía en Valencia al sucesor de Corella, ya marqués de Cocentaina, residente en dicha ciudad. Los hijos de éste, Rodrigo y Micalet, al ver elegido Papa al amigo de su padre, se dirigían a Roma.

Rodrigo Corella, segundón de ánimo grave, esperando heredar algún día el marquesado de Cocentaina por muerte de su hermano mayor, entraba especialmente al servicio del Pontífice, acompañándolo en sus paseos como hombre de confianza, pues a la par que de costumbres tranquilas era muy valeroso. El bastardo don Micalet sentíase atraído por César, y le dedicaba toda su existencia con la fidelidad agradecida que un perro feroz puede mostrar al que le favorece.

Había ido a Italia como el que va a bodas. Ningún país podía convenirle mejor que éste, por el desprecio absoluto a la vida ajena que mostraban en aquella época lo mismo los grandes señores que las gentes del pueblo.

Para Micalet, matar a un hombre era accidente sin importancia. La estocada frente a frente o la puñalada por detrás le parecían iguales. Lo interesante era suprimir al enemigo. Su fuerza extraordinaria procedía más de los nervios que de los músculos. Incapaz de olvidar ofensas, y sin respeto alguno para los que fuesen adversarios de sus amigos, pronto adquirió su nombre una terrible celebridad, que contrastaba con lo ruin de su cuerpo, en apariencia débil, y con su exigua estatura, lo que motivó que todos lo tratasen en diminutivo, llamándole Micalet, Miguelito o Michelotto.

En los últimos años de César, al mandar éste ejércitos, su fiel matón, desconocedor de las reglas y escrúpulos que guían a los otros hombres, se convirtió en un buen capitán de guerra. Fue el jefe de confianza del hijo del Pontífice, y cuando todos lo abandonaron, él se mantuvo leal.

Llamándose el capitán don Miguel Corella, combatió al lado de don Hugo de Moncada y otros españoles célebres, así como de los *condottieri* italianos de mayor renombre, y tuvo tratos con Leonardo da Vinci, el ingeniero militar de César Borgia. Su vida fue tan corta como la de su protector, marchando detrás de él con la fidelidad amenazante de un mastín.

Siempre bondadoso el Papa para sus compatriotas, veía vagar por los salones del Vaticano a este hombrecito inquietante, con las mandíbulas apretadas y unos ojos pequeños, de mirar agudo y receloso, que parecían ir esparciendo alfilerazos en torno a su persona.

«¡Micalet...! ¡Micalet...!», decía Alejandro VI moviendo el índice de su diestra pontifical, como si presintiese alguna mala acción de esta bestezuela temible y le amenazase de antemano.

Varias veces provocó riñas dentro del Palacio, sacando a luz sus armas. Prefería el trato con César, que era de su edad, y acabó por vivir cerca de él a todas horas.

Figuraba el Corella legítimo en las fiestas palatinas entre los gentiles, hombres del séquito del Papa, y éste le había dado varias prebendas, especialmente a raíz de una aventura en que le salvó la vida.

Le acompañaba una tarde Rodrigo Corella en su paseo por una huerta cercana al Belvedere, cuando vieron venir hacia ellos un enorme león. Lo tenían guardado en una casa inmediata y había huido de su jaula. Todo el acompañamiento papal, prelados, domésticos, cubicularios y otros servidores, huyeron despavoridos, dejando solos al Pontífice y al joven español.

—Santo Padre —dijo éste sin perder un momento su serenidad—, poneos detrás de mí y no os separéis.

Rodrigo de Borja, famoso por su valor tranquilo, siguió estas indicaciones, y Corella, con la espada en la diestra y la capa enrollada en el brazo izquierdo, continuó marchando, siempre de frente a la fiera, teniendo a sus espaldas al Papa, más alto y corpulento que él. Tal situación angustiosa duró largos minutos, mostrándose indeciso el león ante la actitud resuelta de la masa humana formada por los dos hombres. Al fin, los fugitivos, que habían dado la alarma en los jardines del Vaticano, volvieron con numerosos soldados españoles de la guardia del Pontífice, y éstos acosaron al león hasta su jaula, terminando así tan peligroso episodio.

Concedió Alejandro VI varios beneficios a su joven acompañante, asegurándole una renta de dos mil ducados al año, y hubiese hecho de él un cardenal; pero Rodrigo Corella no quiso dedicarse a la Iglesia, esperando heredar algún día a su hermano mayor, y así fue, volviendo finalmente a Valencia para casarse y tomar el título de marqués de Cocentaina.

El bastardo don Micalet sólo entraba ya en el Vaticano para acompañar a su señor y amigo el cardenal, y si participaba de las fiestas papales era únicamente en corridas de toros y otros regocijos que exigían especialmente fuerza y destreza.

Su nombre empezaba a adquirir celebridad. Para los enemigos de César Borgia era don Michelotto a modo de un dragón que nunca podían sorprender dormido, pronto a dar el zarpazo de muerte en defensa de su amo. Los calumniadores de la familia papal intentaron hacer una misma persona de don Michelotto y aquel enmascarado que acompañaba al duque de Gandía en la noche de su asesinato. La pequeñez de cuerpo de ambos fue el único detalle para justificar tal identidad, lo que resultaba pueril. El duque Juan conocía perfectamente a Micalet como un familiar de su casa, y no podía equivocarse por más antifaces que se colocara el otro. Al ocurrir el crimen, nadie hizo tal suposición sobre don Miguelito, y éste continuó siendo admitido en el Vaticano y tolerado por el Pontífice.

Un mes después de la boda de Lucrecia, el cardenal César Borgia renunciaba a su capelo, y el Sacro Colegio admitía la abdicación. Intentó el embajador de España, Garcilaso de la Vega, oponerse en el consistorio a dicho acto, siguiendo las instrucciones de su rey. Sin duda, Fernando el Católico temía ver convertido en príncipe laico a César Borgia, por creerlo el más temible de los hijos del Papa, poco dispuesto a someterse a su dirección, como lo había hecho el ligero duque de Gandía.

Supo acallar el Pontífice al embajador español, y a los cardenales dispuestos a apoyarle, prometiendo que cuantos empleos y benficios dejase vacantes el cardenal de Valencia al abandonar su estado eclesiástico se repartirían entre los miembros del consistorio amigos de la Corte de España, e inmediatamente quedó César desligado de sus votos. En realidad, sólo tenía las órdenes menores y su caso no era sin precedentes.

Al mismo tiempo desembarcaba en Ostia un enviado del rey de Francia con documentos interesantes para el Pontífice y su hijo. Carlos VIII, el de la expedición a Roma, había muerto, heredándole su primo, Luis XII. Éste vivía mal con su esposa y ansiaba divorciarse para contraer matrimonio con la bellísima Ana, duquesa de Bretaña, unión que satisfacía sus gustos amorosos, aportando a Francia un nuevo Estado.

Conocedor el Papa de los deseos de dicho rey, mostrábase dispuesto a satisfacerlos; pero creía la ocasión propicia para vender caro su consentimiento, creando de tal modo la verdadera grandeza de su hijo. Igualmente veía César en Luis XII el único monarca capaz de apoyar sus ambiciones, que asustaban a otros. Vivía rodeado de españoles; el castellano y el valenciano eran las lenguas que empleaba en la intimidad; pero no tenía, como su padre, los recuerdos de la niñez que unen a la tierra originaria. Había nacido en Roma, era verdaderamente un italiano, y mostraba poca afición hacia Fernando el Católico. Conocía muy bien a este viejo e infatigable zorro de la diplomacia, que engañaba a todos los reyes de su tiempo y no podía permitir que alguien medrase a su sombra.

Convenció a su padre de que, sirviendo al rey de España, serían siempre una especie de autómatas, moviéndose a ciegas, sin saber adónde quería llevarlos aquél. Resultaba preferible entonces unirse al monarca de Francia, más inexperto y necesitado del apoyo papal.

Un convenio secreto se estableció entre el Pontífice y Luis XII. César, que era ahora príncipe laico, iría como embajador a Francia para entregar al rey el documento pontificio divorciándolo de su primera esposa y la dispensa para contraer matrimonio con la bella Ana de Bretaña. Luis XII daría a su vez al hijo del Papa el condado de Valencia (Valence), convirtiéndolo en ducado. Así, el antiguo cardenar de Valencia pasaría a ser duque de Valence y personaje francés, luego de haber figurado como arzobispo español.

La parte secreta del convenio era que el monarca de Francia procuraría el casamiento de César con una dama de familia real (Carlota de Nápoles), y el Santo Padre facilitaría a Luis XII los medios para apoderarse de Milán y Nápoles, con más eficacia que lo había hecho su antecesor. A su vez Luis XII ayudaría al nuevo duque de Valence a reconquistar los dominios de la Iglesia, fundados a principios de la Edad Media por Pepino y Carlomagno desposeyendo uno tras otro a los barones feudales que detentaban las antiguas tierras de los papas, representando un peligro permanente para éstos.

En agosto de 1498 todos hablaban en Roma de que César iba a partir para Francia, donde lo harían duque; pero nadie conocía las cláusulas políticas del tratado, guardadas cuidadosamente.

César, héroe del Renacimiento, terrible y fastuoso, gran amigo de exterioridades, dispuesto a conversar con los artistas de su cortejo, entre dos asuntos políticos o dos batallas, sobre los dibujos de un tapiz, la autenticidad de una estatua antigua o el cincelado de un puñal, se ocupó varias semanas en sus preparativos del viaje, que fueron enormes, amontonando vestiduras lujosas, pedrerías, armas, jaeces de caballos, libros valiosos, toda clase de ricos presentes.

Para los gastos llevaba doscientos ducados de oro, cantidad enormísima en aquella época. Gran parte de dicho dinero se lo sacaron él y su padre a los judíos residentes en Roma. Su séquito componíase de treinta gentileshombres, un médico, un mayordomo y cien criados, pajes y escuderos. Doce carros y cincuenta mulas de carga llevaban su equipaje. Sus caballos de montar eran tantos, que ellos solos ocuparon un navío.

Además del buque de guerra enviado por Luis XII, en el que se embarcó con sus más íntimos compañeros, dos naves de cabotaje y cinco galeras del puerto de Ostia formaron una pequeña flota, acompañándolo hasta Marsella.

Desde este puerto a Turena, donde se encontraba Luis XII,

el viaje de César fue una brillante cabalgata. El cardenal Juliano de la Rovere, residente en Aviñón como legado del Pontífice, había vuelto a buscar la amistad de éste al verlo en alianza con el monarca francés. Rodrigo de Borja le cortaba todo camino. Ya no podía encontrar nuevos aliados para combatir y le convenía ser su adulador.

Claudio Borja sentía cierto desprecio al pensar en la conducta del futuro Julio II, el cual figuraba en la Historia como hombre enérgico, incapaz de servilismos, no obstante haberse agachado tantas veces ante Alejandro VI, su rival. Éste pudo aplastarlo en justa venganza y lo perdonó con una bondad de varón realmente fuerte, sin sospechar que luego de su fallecimiento sería el encargado de ennegrecer su memoria, fabricando una biografía falsa, que ha durado tres siglos.

Siempre que hablaba de Alejandro VI con sus íntimos lo llamaba *judío, marrano* o *circunciso*. Como entre los españoles avecindados en Roma los había que eran *marranos*, o sea judíos conversos, los italianos, por odio al extranjero, creían de origen israelita a todos los procedentes de España. En cuanto al apodo de *circunciso*, aludía Rovere, al mismo tiempo que a un imaginario judaísmo, a ciertos rumores de la maledicencia popular, que suponía en Rodrigo de Borja, cuando era cardenal y atraía a las mujeres *como el imán al hierro*, un monstruoso desarrollo de cierta parte de su organismo.

El hipócrita legado en Aviñón recibía a César como a un príncipe real, y tales eran sus fiestas y banquetes al hijo del *circunciso*, que en una semana gastó siete mil ducados de oro. Luego escribía entusiásticas cartas al Pontífice alabando la modestia y las virtudes del que todos empezaban a llamar el duque del Valentinado.

Esto último no lo consideró Claudio hipérbole adulatoria, pues el valor de las palabras cambia con los tiempos. *Modestia* significaba entonces simpatía, y eran llamadas *virtudes* la elegancia, la cultura y el gracejo en la conversación.

Seguía adelante el duque del Valentinado, siempre de fiesta en fiesta, acogido regiamente por los más altos señores franceses, que habían recibido órdenes de su monarca para obsequiarlo cual si fuese un príncipe heredero. En Lyon le daban un banquete pantagruélico, con trescientas sesenta piezas de volatería o caza mayor y ciento sesenta y dos platos montados de confitería, corriendo verdaderos ríos de hipocrás y los mejores vinos de Francia. Por Valence, capital de su ducado, pasaba casi sin detenerse, pretextando que debía ser investido por el mismo rey en persona, y también se negaba a recibir el collar de San Miguel, presentado por un embajador del monarca, arguyendo que él sólo podía aceptarlo de manos de Luis XII.

Al fin se encontraba con éste en Chinon, y tan esplendoroso era el cortejo de César, que Brantôme hablaba de él en su libro *Vida de hombres ilustres*, mostrándose deslumbrado como los otros cortesanos, por el lujo del hijo del Papa, y burlándose al mismo tiempo a impulsos de la envidia.

Los grandes señores franceses se reconocían algo rústicos e incultos al lado de este príncipe de origen eclesiástico que traía de Italia todas las exquisiteces de la nueva existencia creada por el Renacimiento. Comparado con ellos, que vivían como hombres de guerra, resultaba un poco afeminado este joven, vestido a todas horas de seda y terciopelo, lo mismo que una dama, luciendo armas de oro y piedras preciosas semejantes a joyas, esparciendo al andar perfumes orientales, seguido en su entrada triunfal de servidores que arrojaban puñados de monedas a la muchedumbre. Todos sus corceles llevaban herraduras de plata, sostenidas apenas por un clavo del mismo metal para que se soltasen y las recogiese la plebe.

En la Corte de Francia, encontró a Carlota, la hija del rey Federico de Nápoles, que perfeccionaba en aquélla su educación, y todos los esfuerzos hechos por Luis XII para que se uniese en matrimonio con César resultaban inútiles.

Carlota de Aragón estaba enamorada de un señor de Bretaña, y Federico, su padre, decía que era imposible contrariar los afectos de su hija por conveniencias diplomáticas. Tal vez el amor por el bretón no fuese más que un pretexto para librarse de César.

Insistía éste en sus pretensiones matrimoniales por verdadero deseo amoroso o por orgullo, pues su matrimonio con Carlota no le ofrecía ninguna ventaja política, ya que estaba convenido entre Luis XII y Alejandro VI repartirse los estados del rey de Nápoles. En aquella época eran frecuentes tales perfidias, y los que estaban al tanto del tratado secreto no extrañaban ver al rey de Francia, al Papa y a su hijo trabajando para que éste último se casase con la hija del que proyectaban destronar en breve.

Desde España, el primer político de la época, que lo veía todo por oculto que estuviese —y lo que no sabía lo adivinaba—, había acabado por presentir la maquinación papal y francesa. Fernando el Católico se indignó al ver que un español convertido en Pontífice intentaba moverse solo, siguiendo una política independiente que podía resultar contraria a la suya. Como era hombre de acciones múltiples y contradictorias, valiéndose a la vez de minas y contraminas, hasta el punto de enmarañar las cosas de tal modo que, finalmente, sólo él conocía el hilo conductor, buscó ponerse de acuerdo en secreto con el rey de Francia para repartirse entre ambos los territorios de Nápoles, si es que la tal partición resultaba inevitable, y envió al mismo tiempo una embajada amenazadora al Papa, pretendiendo asustarlo.

Llegaron los embajadores españoles a Roma, en un momento angustioso para Alejandro VI. César se veía muy agasajado en la Corte francesa y era duque de Valence; pero su situación resultaba algo ridícula. Todos sabían que había ido allá para casarse con una princesa de sangre real, y el matrimonio no pasaba de ser un proyecto.

Desistiendo Luis XII de Carlota de Aragón, le había propuesto casarse con otra princesa del mismo nombre, Carlota de Albret, hermana del rey de Navarra, que también vivía en su Corte. Aceptó César a esta joven de buena presencia, sana, fuerte y con discreto carácter, condiciones que hacían presentir en ella una esposa amable y sumisa. Además, mostraba gran amor por este príncipe bello y lujoso, pródigo en deslumbrantes magnificencias. Pero la familia de Carlota de Albret, especialmente su padre, viendo el apuro del rey, explotaban la situación, renovando sus peticiones de recompensas antes de dar a Carlota.

Ésto hacía vivir al Papa en continua incertidumbre, viéndose al mismo tiempo rodeado de peligros más inmediatos. Los Colonna y los Orsini, siempre enemigos, acababan de unirse para hacer una guerra común al Papa. Ascanio Sforza, enterado de su alianza con el monarca francés, que ponía en peligro a Milán, lo abandonaba para unirse a Fernando el Católico y al emperador Maximiliano de Austria, proyectando con estos la convocación de un Concilio que quitase la tiara a Alejandro.

Al presentarse los embajadores españoles en el Vaticano a fines de 1498, traían el encargo de amenazar al Pontífice con la convocación del mencionado Concilio. La entrevista del Papa español y los enviados de los reyes de España resultaba borrascosa. Empezaron éstos por hablar de los medios ilegales de que se había valido Alejandro VI para obtener su tiara; pero éste les interrumpió enérgicamente.

—Poseo el Pontificado —dijo— con más derecho que los monarcas españoles poseen sus reinos, de los cuales se apoderaron sin título legal y contra toda ley de conciencia, pues correspondían en justicia a otros de su familia, con mayores derechos a obtener la corona. Vuestro rey y vuestra reina no son sino intrusos, y yo lo sé mejor que nadie por haberlos ayudado y apoyado en su juventud, acción de la que tal vez me arrepiento ahora.

Todo el resto de la entrevista continuaba en el mismo tono, rechazando el Papa las imputaciones que le hacían y de las cuales la más importante era la exagerada protección a sus hijos. Y como aludiesen los delegados españoles a la muerte del duque de Gandía, presentándola como un castigo divino, replicó el Papa, enojado:

—Más castigados por Dios han sido vuestros reyes, pues no tienen descendencia masculina. Éste sí que es castigo, por los repetidos ataques que se permite don Fernando contra los derechos de la Iglesia, para satisfacer su ambición.

De que el Papa tuviese hijos ilegítimos no hablaban una palabra los embajadores, pues el Rey Católico poseía cuatro bastardos reconocidos y muchos más cuya paternidad no había querido aceptar. En aquel tiempo pocos podían jactarse de su moral doméstica y de la legitimidad de toda su prole. Monarcas, papas y prelados eran igualmente padres, al margen de las convenciones sociales y de las leyes eclesiásticas.

Quedaban rotos los tratos entre Alejandro VI y los reyes de España. El antiguo legado, que los había conocido simples príncipes en desgracia, legitimando su matrimonio anormal, protegiéndolos con su influencia y dándoles finalmente el título de Reyes Católicos, decía ahora al nombrarlos.

—Son los dos bellacos más grandes que he conocido en mi vida.

En realidad, les llevaba dado más que había recibido de ellos, y don Fernando abusaba de su condición de español, queriendo aplicar la fuerza espiritual y política del Papado como un arma diplomática. Luis XII tranquilizó a Alejandro, haciéndole saber que el rey de España estaba en tratos secretos con él, al mismo tiempo que pretendía asustar al Pontífice con amenazas de Concilio y deposición por ser aliado de Francia.

Se hablaba tanto en Europa de la posibilidad de un Concilio y de negar la obediencia del Papa, que Cristóbal Colón, al fundar su mayorazgo, en el mismo año 1498, disponiendo de las riquezas descubiertas por él, que aún eran entonces imaginarias, encargaba a su hijo mayor, Diego, que acudiese en auixlio del Pontífice si un cisma de la Iglesia hacía perder a éste su dignidad o sus bienes temporales.

Todos los peligros que se cernían sobre Alejandro VI quedaron repentinamente desvanecidos cuando Luis XII le hizo saber, por un mensajero, que el 12 de mayo de 1499 se había celebrado y consumado el matrimonio de su hijo con Carlota de Albret.

César, que sólo contaba entonces veintitrés años, conseguía con esto cuanto llevaba en su mente al emprender el viaje a Francia, venciendo la oposición de los principales estados de Italia, cuyos diplomáticos pasaban por maestros en dicho arte, e igualmente las maquinaciones de dos zorros tan astutos como el rey de España y el emperador de Austria.

Un correo expedido por el duque de Valence llegaba al otro día de su boda a la Ciudad Eterna a mata caballo para entregar un pliego al Pontífice. En él daba César breve cuenta a su padre de este triunfo diplomático, añadiendo de pasada, en un estilo crudo, propio de la época, su segundo triunfo, puramente matrimonial.

La carta contenía un simple número ocho, indicador de las veces que había poseído a la bella y robusta Carlota de Albret.

Claudio se explicaba este *ocho*. Era inverosímil que hubiese enviado un correo especial a su padre únicamente para jactarse de tal hazaña voluptuosa. Su lacónica confidencia no estaba dictada por el impudor o la grosería.

«Denota orgullo —pensó— por la solidez y aguante de esta navarra vigorosa que va a ser madre de sus hijos. Necesita alegrar con su confidencia al futuro abuelo, ansioso de que la estirpe de los Borja se prolongue, de que lleguen a ser reyes de Italia, ambición persistente en la familia desde Calixto III.»

Esta exagerada repetición de los cabalgamientos amorosos era algo común en aquella época de vidas cortas, tumultuosamente apasionadas. Los hombres de alta clase vivían entre continuas hazañas de guerra y amor obligándoles las últimas al uso de violentos afrodisíacos para exacerbar su vigor genésico. Tal fue una de las causas de que todos muriesen jóvenes, envenenadas sus vísceras por mixturas excitantes y roedoras.

En el resto de su existencia demostró César pertenecer a la misma especie que todos los hombres célebres por sus hazañas amorosas. Disponía a su arbitrio del ejercicio de sus fuerzas sexuales, dejándolas dormidas cuando le convenía, sin que le estorbasen con el acuciamiento del deseo; centuplicándolas otras veces si lo consideraba útil a sus fines. Esta cualidad era para Claudio el gran secreto de todos los héroes de la seducción agrupados en torno a la figura de su maestro el legendario Don Juan.

Recordaba la breve y obscura historia de la duquesa del Valentinado. También ella escribía al Pontífice mostrando gran entusiasmo por las asiduidades de su esposo. Un matrimonio que empezaba tan generosamente no podía reservarle desilusiones en el futuro.

Durante cuatro meses, de mayo a septiembre de 1499, César y Carlota permanecían en silencioso retiro. Nadie hablaba de ellos, y a su vez los nuevos duques procuraban vivir lejos de la Historia. De pronto, César tenía que abandonar a su esposa para ir a Roma y emprender la guerra contra los tiranuelos que detentaban las posesiones de la Santa Sede.

El estado físico de la duquesa no le permitió seguir a su esposo. En los primeros meses de 1500 daba a luz una niña, que recibió el nombre de Luisa. Ni ésta vio nunca a su padre, ni Carlota volvió a encontrar tampoco a su marido.

Al separarse de ella, iba César Borgia hacia las mayores

glorias de su vida, a demostrar en tres campañas nada más que el antiguo cardenal de Valencia era un capitán famoso y a morir como soldado obscuro, sin que los que le daban muerte presintiesen la importancia de su acto.

Dos años se esforzó Carlota de Albret por ir a Italia en busca de su marido y que éste conociese a su hija. Enviaba para ello frecuentes cartas a su suegro el Papa; pero la continua movilidad del ejército pontificio, las inesperadas marchas y contramarchas de su estrategia, los peligros del viaje, le impidieron cumplir su deseo.

Claudio Borja sonreía al pensar en el *ocho* de la carta de César y en los cuatro meses de silenciosa felicidad de la bella Carlota, cuyo recuerdo la acompañó toda su vida, manteniéndola en voluntaria viudez.

Nunca quiso ser de otro hombre, pensando siempre en el único que había amenizado su eixstencia con tan apasionado vigor. Y moría a la edad de treinta años, sin haber hecho otra cosa que dedicarse a la educación de Luisa, la hija de César Borgia, casada por primera vez con un príncipe de Talmond, muerto en la batalla de Pavía, y finalmente con otro príncipe de la familia Borbón.

III. LAS CAMPAÑAS DE CÉSAR, EL HEROICO ARREMANGAMIENTO DE FALDAS DE CATALINA SFORZA y «EL BELLO ENGAÑO» DE SINIGAGLIA

En las evocaciones de sus lejanos ascendientes asimilaba Claudio el carácter de cada Borgia a la imagen de un animal.

El Papa Alejandro le parecía un toro impetuoso, franco en sus arranques, como los que corren por el redondel del circo, acometiendo de frente a todos y dejándose engañar al fin. Los grandes diplomáticos de aquella época —los más retorcidos y astutos de la Historia— lo consideraban un hombre apasionado, y por lo mismo propenso a desorientarse en sus maquinaciones.

A César lo veía como un tigre de dorada piel, ojos de esmeralda y estiramientos peligrosamente elegantes.

A continuación convertíalo en pájaro, a causa tal vez de su afición a vestirse, según la moda española, con rasos y brocados negros. Era un ave de presa del mismo color de la noche, las pupilas de fuego y un penacho blanco como remate.

Le parecía el padre más simpático y bondadoso. César tenía, en cambio, mayor elegancia, aun en su lobreguez misteriosa. Abarcaba su ambición más dilatados horizontes, y la vanidad masculina lo ponía a cubierto de las ambiciones del amor.

Rodrigo de Borja era un enamorado hasta su vejez, dejándose guiar por las mujeres. César las poseía más por ansia de dominación que por verdadero amor, sin obedecerles nunca, manteniéndolas sólo para placeres, y mostrando a continuación cierto desprecio por ellas, semejante al de los orientales poseedores de un gran harén.

«De ser mujeriego simplemente, como su padre —pensaba Claudio—, no habría podido realizar lo que hizo en tres años.»

Su regreso a Italia esparcía la inquietud entre los soberanos italianos, quienes venían temiendo desde mucho antes las consecuencias de tal viaje.

Claudio Borja se dirigía siempre, en sus paseos por Roma, a los lugares donde se había desarrollado la última parte de la vida de César y de su padre, las Estancias de los Borgia, los jardines del Belvedere, teatro de suntuosos banquetes y fiestas al aire libre; el castillo de Sant'Angelo, fortificado por Alejandro VI hasta hacerlo inexpugnable para las armas de aquella época.

Suprimía con la imaginación toda la obra de los pontífices posteriores, y después de eliminada esta cáscara histórica, que él llamaba *moderna*, creía ver el Vaticano tal como era entonces, con su vida de intrigas y pequeñas guerras, con el populacho al exterior, maldiciente y tornadizo, entusiasmado unas veces por los triunfos de los Borgia, llamando a César *el único*, propalando y aceptando en otras ocasiones las calumnias más monstruosas forjadas contra ellos en Venecia y en Florencia, que los cronistas copiaban en sus Dietarios y los embajadores en sus cartas, precedidas simplemente de un *se dice* o un *según cuentan.*

El triunfo de César en Francia sembraba el pánico entre los enemigos de la política pontificia. El cardenal Ascanio Sforza, de carácter pusilánime no obstante sus intrigas continuas, huía de Roma, temiendo la vuelta de César, mas en su perpetua indecisión se abstenía de ir a Milán al lado de su hermano Ludovico el *Moro*, para que no le creyesen de acuerdo con éste. Tal ejemplo influía en Alfonso de Aragón, esposo de Lucrecia, el cual escapaba igualmente del Vaticano. Era sobrino del rey de Nápoles, y como el duque de Valente mostraba enojo contra dicho monarca por haberle negado la mano de su hija Carlota, temió las consecuencias de la mala situación en que le colocaba esto dentro de la familia Borgia. Y sin que le amenazase ningún peligro inmediato, salió de Roma, yendo a reunirse con el cardenal Sforza.

Lucrecia no quiso seguirle, a pesar de sus ruegos, considerando inoportuno tal pánico, y su padre la nombró regente de Spoleto, ciudad y territorio gobernados hasta entonces por cardenales legados.

Este nombramiento no resultaba extraordinario. Era un gobierno político, sin ningún carácter religioso, y muchos estados italianos vivían regidos por mujeres. Lucrecia, de juicio claro y tranquilo para resolver los asuntos públicos, fue objeto de las alabanzas de sus administrados. Más tarde, el Papa le dio el gobierno de Nepi, y al casarse con el duque de Ferrara administró igualmente, en ausencia de su esposo, este principado importante, demostrando poseer las mismas condiciones políticas de su padre y de su hermano César.

Al fin, el marido de Lucrecia, convencido por ella, se tranquilizó, volviendo a su lado. La hija del Papa daba a luz en noviembre un hijo, que recibió el nombre de su abuelo, Rodrigo, siendo bautizado con gran pompa en la Capilla Sixtina.

Había penetrado en Italia el rey de Francia, apoderándose el 6 de octubre de Milán, abandonado por Ludovico el *Moro*, quien fue a refugiarse cerca de Maximiliano, emperador de Austria. César Borgia, llegado con Luis XII, organizaba rápidamente un ejército para guerrear por su cuenta contra los barones feudatarios de la Santa Sede que se negaban a obedecerla, y a los que Alejandro había declarado desposeídos de sus territorios.

Iban a empezar las brillantes campañas del nuevo duque. Su ejército se componía de mercenarios facilitados por el rey de Francia o reclutados por él mismo. Con César Borgia y con Gonzalo de Córdoba iniciábase la verdadera guerra moderna.

Su Caballería constaba únicamente de trescientas lanzas al mando del capitán Ives D'Allegre, el mismo que años antes había cautivado a Julia Farnesio. El bailío de Dijon mandaba una hueste de suizos y gascones, y a estas tropas de procedencia francesa había unido Borgia las compañías de los *condottieri* Tiberti y Ventivoglio. Además contaba con una legión de españoles, que ascendió algunas veces a tres mil combatientes, figurando a su cabeza el noble valenciano don Hugo de Moncada, que fue luego uno de los mejores capitanes de mar y tierra de Carlos V, pereciendo como almirante en una batalla naval.

Claudio se detenía a reflexionar sobre la composición de esta tropa española, núcleo, durante tres años, del ejército del César.

Eran los más de sus hombres temibles revoltosos, inclinados a las acciones heroicas y a los actos reprensibles, que sólo podía gobernar un capitán como César, semejante a ellos, cruel y generoso, dispuesto a sostener la disciplina matando, y tolerante al mismo tiempo para los atentados particulares que cometiesen sus gentes, sobre todo en lo referente a mujeres. Estos soldados llegaban de España atraídos por las hazañas del *Valentino*, como ellos llamaban a César, o se habían trasladado desde el vecino Nápoles, desertando de las banderas de Gonzalo de Córdoba, por parecerles más fructíferas y gloriosas las campañas del hijo del Papa. Muchos iban a embarcarse años después para combatir contra guerreros cobrizos, explorar tierras de misterio y echar los cimientos de famosas ciudades al otro lado de la mar océana, en un mundo recién descubierto. Otros se quedaban para siempre en Europa, haciendo la guerra en diversos países, como si todo el viejo mundo, sin distinción de idiomas ni fronteras, fuese para ellos interminable campo de batalla.

Uno se llamaba Diego García de Paredes, y era apodado el *Sansón de Extremadura*, atribuyéndole la tradición —tantas eran sus fuerzas— el arranque en una iglesia de la pila de agua bendita para que una dama mojase sus dedos en ella con más facilidad, el de tener con una sola mano la marcha de una carreta de bueyes, el hacer frente a todas las avanzadas de un ejército, protegiendo de este modo la retirada de los suyos. A otro, también extremeño, Gonzalo Pizarro, lo apodaban el *Romano*, en Trujillo, su ciudad natal, a causa de sus campañas en Italia. Mucho antes de servir a César Borgia había tenido un bastardo con una campesina de su tierra, abandonándolo, y este chicuelo, llamado Francisco que guardaba cerdos y no había tenido tiempo para aprender a leer, conquistaba años adelante a orillas del Pacífico un Imperio enorme, llamado del Perú, gobernando como rey los vastísimos territorios de los Incas vencidos.

Don Michelotto era capitán de una de las más temibles

compañías, compuestas de españoles bullangueros y espadachines reclutados en los suburbios de Roma.

También en la hueste italiana los hombres eran de una existencia no menos aventurera. Los había ignorantes y brutales, verdaderas bestias de combate; otros, cultos, de gustos artísticos, llevados a la guerra por violencias de su carácter o aventuras de su historia azarosa. Todos los escritores capaces de manejar una espada, estudiantes de Humanidades aburridos de su vida sedentaria, pintores o escultores que habían descalabrado a un compañero en sus peleas de taller y andaban huyendo de la Justicia, se acogían a las banderas del *Valentino.* Uno de estos soldados se llamaba el Torrigiano, y era el mismo escultor feroz y brutal que, discutiendo con su condiscípulo Miguel Ángel en la iglesia del Carmine de Florencia, lugar de su escuela, le aplastaba la nariz de un tremendo puñetazo, dejando para siempre afeado su rostro con esta desfiguración.

El ejército de César constaba solamente de unos diez mil hombres, pero con abundante artillería. Había observado en silencio el modo de hacer la guerra usado por Gonzalo de Córdoba cuando guiaba al duque de Gandía, aprovechando sus lecciones indirectas y perfeccionándolas. La Infantería y la Artillería eran sus verdaderas armas. Los peones marchaban bajo sus órdenes, desembarazados de impedimenta, con gran movilidad. En aquel tiempo de Caballería pesada, de jinetes cubiertos de hierro, de marchas lentas y reposos que duraban años ante las plazas sitiadas, César Borgia fue de un lado a otro buscando a sus enemigos, con cierta celeridad pasmosa.

Recordaba Claudio cómo algunos autores franceses habían comparado la rapidez de movimientos del joven conquistador papal con las campañas que debía realizar sobre el mismo suelo de Italia, tres siglos después, otro caudillo de sus mismos años llamado Bonaparte.

Empezó su guerra atacando a los señores que detentaban los feudos de la Iglesia al otro lado de los Apeninos, sobre la vertiente del Adriático, en las llamadas Romañas y la Marca de Ancona; los Manfredi de Faenza, los Riario de Imola y de Forli, los Malatesta de Rímini, el Juan Sforza de Pésaro, los Montefeltro de Urbino y tantos otros.

Las primeras operaciones fueron seguidas de rápidas victorias, casi sin combate. Abrían sus puertas los vecindarios de muchas ciudades al joven conquistador, recibiéndolo en triunfo. Habían vivido sometidos hasta entonces a la tiranía rapaz de pequeños déspotas, que se hacían guerra entre ellos y siempre estaban de acuerdo para explotar a la plebe. A César Borgia lo aclamaban como un libertador. Conocían su generosidad y sentíanse halagados por sus costumbres democráticas.

El astuto Borgia conquistaba para el porvenir, llevando ante sus ojos la quimera de agrupar todos los estados italianos en un reino único, obediente al Pontífice, pero gobernado por monarcas salidos de su familia. La jornada iba a ser larga, y él debía acariciar al pueblo, que le serviría de cabalgadura en tal camino, economizando sus fuerzas en vez de molerlos a golpes y agotar su vigor, como hacían todos los pequeños tiranos del Renacimiento.

Se había propuesto una conducta política, concretándola en este lema: «Duro con los grandes, dulce con los humildes.» Y para mantener dicha máxima derramó la sangre de sus allegados cuando fue necesario. En varias ocasiones ahorcó o decapitó a gobernadores suyos, por haber imitado la mala conducta de los señores desposeídos, abrumando al pueblo con injusticias y robos.

Los romanos, montañeses del Apenino, hercúleos y con gran afición a los ejercicios violentos, veían favorecidos sus gustos por este gran señor, siempre vestido de ricas telas y cubierto de joyas como las damas. Su exterior delicado en apariencia, su rostro fino y sus elegantes maneras ocultaban una fuerza atlética.

En las fiestas populares de los países conquistados por él, la muchedumbre veía al poderoso duque Valentino hablando familiarmente con labriegos y pastores. De pronto se quitaba el jubón de seda y la camisa de blondas, quedando con el torso al aire, e invitaba a hacer lo mismo a los señores que le acompañaban, entregándose a la lucha cuerpo a cuerpo con los más humildes de sus súbditos, siempre que éstos tuviesen una poderosa musculatura, venciéndolos o siendo vencido por ellos, y estrechando finalmente la mano de su adversario entre aplausos y aclamaciones.

Como la distancia carecía de obstáculos suficientes para intimidar a este jinete incansable, dejaba ir a sus tropas sobre Imola, y a todo galope se dirigía a la Ciudad Eterna para ver a su padre, después de un año de separación. Permanecía dos días junto a él y tornaba a partir para Imola en una galopada inverosímil, corriendo en veinticuatro horas lo que exigía para otros varias jornadas.

Seguían las ciudades rindiéndosele sin resistencia. Sublevábase el vecindario contra sus antiguos déspotas, aclamando a César. Eran los castillos de cada población los que se defendían, por haberse encerrado en ellos el señor del pequeño Estado o su principal lugarteniente.

En Forli, capital de las tierras de la célebre Catalina Sforza —una de las más trágicas figuras del Renacimiento italiano—, ocurría lo mismo. Entregábase la ciudad a discreción, mientras Catalina corría a encerrarse en la fortaleza, dispuesta a morir entre sus ruinas.

Esta virago, sin duda heroica, vivió una existencia abundante en desgracias y crímenes. Sus infortunios conmovían a los contemporáneos porque era mujer; pero verdaderamente resultaba superior por la brutalidad de su carácter, más salvaje que viril, a todos los tiranos de su época.

Su padre, antiguo déspota de Milán, exasperaba de tal modo al pueblo, que éste lo mató, haciendo pedazos su cadáver. La mayor parte de sus parientes, todos ellos tiranos, parecían víctimas de motivadas venganzas. Mujer de cuerpo grande y vigoroso, teñida de rubio, como era la moda entonces, violenta en sus amores y en su sistema de gobernar, se había casado muy joven con un Riario, sobrino de Sixto IV y primo de Juliano de la Rovere. Dicho Riario cometía tales atrocidades, que los habitantes de Forli lo mataron, arrojando su cadáver desde lo alto de la fortaleza. En vez de corregir tal castigo popular el carácter de Catalina, lo hizo más autoritario y cruel. Tomó un amante que realizó iguales excesos provocando una segunda revolución, en la que fue hecho pedazos, lo mismo que el esposo. Después de esto se dedicó ella sola a oprimir y castigar a su pueblo.

Montada a caballo al frente de sus tropas, hizo pasar a cuchillo una parte de la población de Forli, sin perdonar mujeres y niños. Repelida por la muchedumbre hasta la fortaleza de la ciudad y sitiada en ella, le exigieron los sublevados que se rindiese, avisándole que tenían entre sus manos a sus hijos y los harían morir si no capitulaba.

Entonces la rubia amazona, subida en una almena, se arremangó las faldas, mostrándose desnuda de cintura abajo, y por toda contestación golpeó con su diestra el blando globo de su vientre y el musgoso triángulo final. Podían matar a sus hijos: ella guardaba el molde para hacer otros.

Poseedora de Forli y las poblaciones anexas, como viuda de un sobrino del Papa que las había recibido en feudo, este marimacho joven y bárbaramente heroico resultaba un enemigo digno de César. En vano avanzó Borgia a pecho descubierto hasta el pie del castillo para rogar a la Sforza que capitulase, evitando las consecuencias de una lucha desesperada. La terrible hembra no le quiso oír, y el 12 de enero de 1500, por una brecha abierta a cañonazos, penetraban los asaltantes en el primer recinto. Catalina se refugió entonces en la torre central, apodada El Macho, pero las minas preparadas estallaron a destiempo, haciendo más daño a los suyos que a los enemigos, y éstos consiguieron apoderarse de toda la fortaleza.

César hizo prisionera a Catalina, tratándola con los honores debidos a su estirpe, mientras esperaba ocasión de enviarla a Roma, donde le seguían un proceso por haber intentado envenenar al Papa. Los cronistas de Venecia, que aprovechaban todos los sucesos para inventar una nueva calumnia contra los Borgia, escribieron que el vencedor de Catalina Sforza no se había contentado con penetrar en la fortaleza de Forli, haciendo sufrir a su antigua poseedora otros asaltos. También llegaron a insinuar que Alejandro VI había abusado de ella cuando la tuvo cautiva en el Vaticano, cómodamente alojada en el palacio del Belvedere.

Tales suposiciones eran absurdas. César, de gustos refinados en sus amores, no podía sentirse atraído por esta amazona, admirable a causa de su brutalidad, pero poco atractiva como mujer; y en cuanto al padre, vivía más dominado que nunca por Julia Farnesio.

En cambio, resultaban indiscutibles la bondad y la tolerancia de Alejandro. Tenía pruebas de que Catalina había preparado su envenenamiento, librándose de él por un azar. Podía haberla sometido a un Tribunal que la condenase a muerte con todas las formas legales; también le habría sido fácil desembarazarse de ella haciéndola estrangular cuando vivía en el castillo de Sant'Angelo o en la dulce prisión del Belvedere, imitando los procedimientos de otros soberanos. Pero al verla vencida se dejó llevar por su carácter jocundo, incapaz de largas y premeditadas venganzas, permitiendo finalmente que se retirase a un convento de Florencia. De él salió luego para casarse con Juan de Médicis, teniendo un hijo que fue el famoso *condottiere* Juan de las Bandas Negras.

Dejaba César como gobernador de Forli a un español de su confianza, don Ramiro de Lorca, y pretendía seguir adelante en sus campañas, cayendo sobre los territorios de Pésaro y otros estados inmediatos, cuando Luis XII, por exigencias de Tribulcio, su representante en Milán, le quitó momentáneamente las tropas francesas que figuraban en su ejército. Esto le obligó a suspender sus operaciones, retirándose a Roma, no sin antes conquistar otras plazas de menos importancia.

Toda Italia se convenció de que la Iglesia tenía por primera vez un gran capitán propio, capaz de defender sus tierras actuales y recobrar las perdidas. Movíanse Alejandro y César por una ambición de familia, «pero no resultaba menos cierto —como dijo Maquiavelo— que, después de fallecidos Alejandro y el duque de Valentino, la Santa Sede iba a heredar todas sus conquistas».

«La Iglesia —pensaba Claudio— salió agrandada del Pontificado de Alejandro VI y no disminuida, como en muchos Papados anteriores. Julio II, el vengativo Juliano de la Rovere, que tanto escarnecía a su antiguo amigo Borgia, heredaba de él la paz y el orden establecidos por su autoridad en los estados pontificios, el aumento de las Romañas y otras provincias, así como la ruina de los barones feudatarios, escarmentados e incapaces de reproducir sus demasías contra los papas. Él cosechó lo que otros habían sembrado.»

Fue la entrada de César en Roma una imitación de los cortejos triunfales de la antigüedad. Lo esperaba su padre con una impaciencia que no podía disimular, llorando y riendo al mismo tiempo. Sentíase orgulloso de este hijo de veinticuatro años que, luego de mostrarse en Francia superior a los primeros diplomáticos de Europa, acababa de revelarse un guerrero invencible.

«Ante sus ojos —siguió pensando Claudio— se abrían nuevos cielos. Él también soñaba, como César, en un futuro glorioso. Su vida particular, con todas sus debilidades y pecados, la consideraba independiente de sus funciones de Pontífice. Aspiraba a ser uno de los más grandes papas, trabajando con desinterés por la prosperidad de la Iglesia. Sus carnalidades de hombre no le impedían sentir una profunda fe religiosa. Era igual a los personajes de su época, creyentes en los dioses paganos, en la astrología, en la magia y, al mismo tiempo, en el cristianismo; adoradores sinceros de la Virgen y escandalosamente licenciosos en su vida ordinaria.»

Dios le protegía, estaba seguro de ello. Un nuevo mundo había sido descubierto bajo su Pontificado. Y un gran capitán de la Iglesia revelábase ahora en su familia. Cuando sojuzgase a los tiranuelos de Italia, estableciendo en ella la unidad política, el orden y la prosperidad, tendría que pensar en la reconquista de Jerusalén y Constantinopla, aspiración de todos los pontífices anteriores, que nunca pasó de ser vano proyecto. Él y su hijo realizarían tan enormes empresas.

Todo el Sacro Colegio, los embajadores, la curia, la nobleza romana, los ciudadanos notables, salían fuera de la puerta de Santa María de Popolo para recibir con la cabeza destocada al nuevo caudillo de la Iglesia.

César, que había heredado de su padre el genio de la magnificencia, supo mostrarse digno de tan grandiosa recepción. Sus tropas de italianos y españoles, así como su cortejo de caballeros, desfilaron con un orden poco conocido en los ejércitos de entonces, mostrando gran suntuosidad en sus vestimentas. Hasta los carromatos de su bagaje llevaban ricas fundas con el escudo de los Borgia.

En cambio él, deseoso de llamar la atención por el contraste, iba a la española, su traje favorito, vestido de terciopelo y satén negros, con elegante modestia, pero llevando al cuello el gran collar de San Miguel, presente de Luis XII, distintivo reservado a los príncipes de sangre regia. Además, cada una de sus armas era una joya artística.

Entró en la empavesada ciudad entre cañonazos y volteos de campanas; las mujeres le enviaban flores, sonrisas, besos.

El pueblo daba vivas a *nuestro César*. Era un capitán victorioso nacido en Roma, el hijo de la señora *Vanozza* la del Transtevere, y todos creían propia la gloria del hijo del Papa. Por el Corso llegó al castillo de Sant'Angelo y luego al palacio papal, recibiéndolo el Pontífice en el célebre salón del Papagayo, destinado a los embajadores.

Modesto y grave, dio gracias el joven caudillo en una corta arenga, inclinándose a continuación ante el Papa para besarle un pie, según el ceremonial: pero Alejandro, con los ojos llenos de lágrimas, le tendía los brazos, estrechándolo en ellos.

Sucedíanse las fiestas, desfilando a través de la ciudad un cortejo simbólico que representaba el triunfo de Julio César. Las glorias de los dos Césares, hijos de Roma, eran confundidas por la muchedumbre entusiástica. Mientras ésta se regocijaba día y noche en mascaradas y bailes, el héroe permanecía al margen de tales diversiones, oculto en su alojamiento del Vaticano, entre caudillos, prelados, escritores y pintores, hablando con ellos de poesía, de historia o artes plásticas. Empezó a llevar la existencia anormal de sus últimos años, que le rodeaba de misterio, dando cierta veracidad ficticia a las calumnias de sus enemigos. Gustaba de no ser visto nunca por las gentes que hablaban de él en todo momento. Vivía de noche, dando audiencia en las horas de la madrugada. Si salía por la ciudad, era con antifaz o vestido de negro, para que nadie lo reconociese.

«Particularidad inexplicable —se decía Claudio—. Este hombre tan rápido en sus operaciones de guerra, tan amigo del esfuerzo físico, que consideraba un placer la lucha a brazo partido con sus más vigorosos súbditos, cuando estaba en casa, rara vez usaba las sillas. Permanecía días enteros acostado en un diván, y así leía o escuchaba las lecturas de su secretario; así escribía sus breves cartas, comía o jugaba al ajedrez con sus amigos. En los últimos años de su existencia, cuando no estaba a caballo vivía tendido.»

Todo en él era con exageración y violentas alternativas. Podía galopar días enteros, reventando corceles, y era capaz de pasar una semana lo mismo que un musulmán en su harén, sin sentir necesidad de movimiento.

Después que el Papa le dio la Rosa de Oro, distinción reservada casi siempre a los reyes, que el Sacro Colegio votó unánimemente premiando sus servicios a la Iglesia, dejóse ver otra vez en público, pasando sin esfuerzo de su pereza oriental a la más arriesgada actividad. A espaldas de la basílica de San Pedro se había improvisado una plaza de toros, para dar una corrida, a la que asistió toda Roma.

Mostrábase el héroe en esta corrida a cara descubierta, bajando a la arena con simple jubón y calzas para torear a pie, matando cinco toros con una espada pesadísima y una capa que le servía de muleta. El último toro lo remató de un golpe que era su secreto, hiriéndolo entre dos vértebras tan profundamente que cortaba por entero su pescuezo, y el público rugió de admiración ante dicha habilidad, no pudiendo explicarse tanta fuerza en un joven esbelto y de facciones delicadas. Los embajadores enemigos de la familia papal escribían a sus gobiernos asombrados del valor y la maestría de César, reconociendo el inmenso entusiasmo de los romanos por él.

Pronto empezaron a sentir los Borgia las consecuencias de su triunfo militar en forma de calumnias y ataques anónimos.

Claudio veía imaginativamente al padre y al hijo como si hubiesen metido los pies en un inmenso avispero, no pudiendo defenderse de sus enjambres irritados. Un Papa español osaba hacer lo que ninguno de los pontífices nacidos en Italia, restableciendo la autoridad de la Santa Sede, desconocida siempre por los tiranuelos que detentaban las tierras de la Iglesia. Un joven romano, cuya sangre era por mitad española, iba a acabar con todos ellos, acariciando el designio de apoderarse más adelante de Florencia y hasta de los estados que tenía Venecia en la tierra firme, para constituir una Italia única... Y todos los señores, grandes o mediocres, así como las repúblicas comerciales, difamaban a estos dos extranjeros triunfantes en Roma. Los libelistas escribían contra los Borgia crónicas monstruosas que empezaban siempre por un *se dice.* Forjaban epigramas feroces o historias inverosímiles, aceptadas sin obstáculo por las muchedumbres, dispuestas siempre a creer todo lo que causa daño a los poderosos.

Nadie mostraba interés en apoyar al Pontífice y a su hijo, y, en cambio, eran muchos los que juzgaban conveniente su muerte. Sólo podían proteger a un contado número de autores residentes en Roma, y los demás escribían o inventaban en el resto de Italia contra la victoriosa familia.

Los mismos españoles instalados en el país contribuían a esta guerra desleal. Los Borgia no podían dar colocación a todos, y con una saña reconcentrada y envidiosa repetían las maledicencias de los noveleros italianos, agrandándolas. Uno de ellos, el capitán Fernández de Oviedo, que fue años después el primer historiador del Nuevo Mundo, acogió en Roma las más absurdas patrañas contra Alejandro y César, culpables en realidad de no haberlo empleado nunca.

En Nápoles, el rey Federico, que adivinaba un próximo ataque del monarca francés y de César Borgia, dio libertad a sus escritores para que agrediesen con la pluma a la familia papal. El rey de España, desde lejos, aprobaba igualmente esta guerra contra un compatriota que había osado emanciparse de su autoridad. Venecia era un foco de propaganda antiborgiana. En Florencia, los consejeros del Estado indicaban a Maquiavelo la necesidad de impedir que César continuase sus campañas *fuese como fuese*, lo que significaba, en el lenguaje de entonces, la conveniencia de asesinarlo.

Dos sucesos ocurridos dentro del Vaticano preocuparon por algún tiempo al pueblo de Roma. En junio de 1500 una tempestad echó abajo la gran chimenea del Palacio papal, destruyendo con sus escombros el techo del salón en donde daba audiencia Alejandro VI. Dicho derrumbamiento mató a varios de los que rodeaban al Pontífice, pero éste resultaba indemne gracias a una larga viga que al caer formó ángulo encima de su cabeza, librándolo de la lluvia de cascotes que indudablemente lo habría matado.

Una vez más se mostró el valor tranquilo del Papa, hombre que ya contaba setenta años. Sólo quiso dejarse curar por su hija Lucrecia, sin que se notasen en él signos de miedo; antes bien, creyó en un influjo providencial que velaba por su existencia para que pudiese realizar todos sus planes en pro de la grandeza del Pontificado. Semanas después, cuando los romanos comentaban aún el *milagro* con que Dios había protegido al Papa Borgia, un crimen hizo olvidar dicho suceso.

Alfonso de Aragón, duque de Biseglia y marido de Lucrecia, era apuñalado a las once de la noche en la escalinata de San Pedro por un grupo de hombres enmascarados, cuando iba a reunirse con su esposa en el Vaticano. Los agresores huían creyéndole muerto, protegidos por un grupo de jinetes, hasta una de las puertas de Roma. Alfonso, que sólo estaba herido de gravedad en la cabeza y los brazos, llegaba arrastrándose a las habitaciones del Pontífice, pidiendo auxilio, y su mujer sufría un síncope al reconocer su voz.

Sancha y Lucrecia dedicábanse a su curación, y el Papa prohibía bajo pena de muerte que las gentes penetrasen con armas en la llamada Ciudad Leonina, o sea, en los barrios inmediatos al Vaticano. Además, colocó centinelas ante la puerta del dormitorio del herido, a pesar de que lo velaban su mujer y su hermana a todas horas. Esta conducta de Alejandro denunció su temor de que volviera a repetirse la intentona de asesinato por parte de alguien que él no se atrevía a castigar.

Mostrábase el esposo de Lucrecia más inclinado a favor de su tío el rey de Nápoles que de la familia Borgia, y dicho monarca napolitano consideraba gran fortuna la posibilidad de que desapareciese César. Éste era enemigo suyo y esperaba solamente que el rey de Francia avanzase contra Nápoles para unirse a él. Ofendido, por su parte, el hijo del Papa a causa del menosprecio con que le había tratado Federico cuando solicitó la mano de su hija, incitaba a Luis XII para que se apoderase de Nápoles cuanto antes. Convenía esta conquista a sus intereses políticos, esperando sacar de ella muchos territorios para aquella Italia futura unificada bajo su mando.

La opinión general creyó la tentativa de asesinato del duque de Biseglia obra de César. Él tampoco se recató en mostrar el odio que le inspiraba su cuñado.

«Los encargados de ennegrecer a los Borgia —se dijo Claudio— sólo hablan del asesinato del príncipe napolitano y no consignan las declaraciones de César, el cual afirmó que Biseglia, por encargo del rey de Nápoles, había querido matarlo dos veces; una de ellas valiéndose de un arquero muy hábil, para que lo suprimiera desde lejos y sin ruido con un flechazo certero cuando lo viese pasar por un patio del Vaticano.»

Sin duda, su guardia personal dirigida por el terrible don Michelotto, había descubierto las mencionadas asechanzas, y el duque Valentino se mostraba implacable en tales casos ordenando matar para que no lo matasen.

Explicábase Claudio dicho suceso recordando las costumbres políticas de entonces. Todos reconocían la necesidad y hasta la santidad del crimen de Estado. El que estorbaba a un príncipe debía morir por obra del puñal o del veneno.

No había gobernante ni personaje rico que dejase de hacer probar viandas y bebidas a sus criados antes de sentarse a la mesa. Tampoco existía Papa, rey, príncipe, cardenal o simple *condottiere* que no poseyera un navío de plata con las velas desplegadas, cuyo casco se abría con llave, guardándose en su interior el cubierto propio, la servilleta, la sal y todas las especias, para evitar así un posible envenenamiento. Todo invitado a un banquete enviaba por delante su navío con un doméstico fiel encargado de colocarlo en la mesa, y al llegar lo abría con su llave, sacando el cubierto y las especias, sin que al dueño de la casa le ofendiese tal precaución.

Una de las razones de la vida nocturna de César y su aislamiento de la multitud, que le hacía ir enmascarado, era que así podía librarse más fácilmente de las tentativas de asesinato y envenenamiento urdidas contra él por los tiranuelos de Italia. Ninguno de ésos sentía limpia su conciencia. Todos tenían en su historia uno o varios homicidios por motivos políticos o privados.

La muerte del duque de Biseglia fue relatada de diverso modo por cada uno de los embajadores y los foliculares enemigos de los Borgia. Atribuyéronla unos al veneno, los más a la estrangulación.

Contaban que el príncipe napolitano estaba en su dormitorio, convaleciente de sus heridas, conversando con su esposa y su hermana Sancha cuando llamaron a la puerta. Una de las dos preguntó:

—¿Quién es?

—El diablo —repuso desde fuera una voz burlona.

Se abrió la puerta bajo el rudo empujón de varios hombres. Unos echaron fuera de la cámara a las dos señoras, mientras otro más pequeño, que parecía su jefe, el terrible

Michelotto, estrangulaba en su lecho al duque de Biseglia.

En realidad, este suceso no produjo gran escándalo. Todos vieron en él un crimen de Estado, corriente en aquella época, y los embajadores de las principales naciones no le concedieron en sus despachos extraordinarios importancia. Casi lo atenuaron por odio a César, como si tal asesinato fuese un acto meritorio del gran político.

«El salvajismo de los mencionados procedimientos —pensó Claudio— nos espanta, porque tenemos un alma diversa a la de entonces; porque hemos perdido las nociones del arte de morir, amando más la vida con todas las cobardías que comporta dicho amor; cobardías que los hombres del Renacimiento no conocieron por estar convencidos de que morirían jóvenes.»

Aterrada e indignada Lucrecia por la muerte del padre de su hijo, se retiró a Nepi, cayendo enferma de fiebre; pero transcurridos tres o cuatro meses volvía a Roma para figurar en las fiestas papales, consolada ya de su viudez.

Mujer de su época, respetuosa ante los crímenes de Estado, la convencía César fácilmente de sus razones para obrar así, en defensa propia, demostrando que su difunto esposo merecía la muerte que él le había hecho dar. La misma razón de Estado consiguió que Lucrecia aceptase, sin oposición alguna, un tercer matrimonio, el más brillante de todos, con el duque Alfonso de Este, soberano de Ferrara, uno de los mejores estados de Italia.

César iba a empezar de nuevo la guerra. Luis XII, que se había preparado a invadir el reino de Nápoles, enviaba otra vez al *Valentino* las tropas que le retiró. Esta segunda campaña contra los vasallos rebeldes de la Iglesia también la secundaban las ciudades sometidas a ellos. Oprimidas y arruinadas, acogían al duque del Valentinado como un salvador. Los vecindarios de Pésaro y Rímini sublevábanse contra sus señores al ver las avanzadas del Ejército papal.

El primer marido de Lucrecia, implacable calumniador de los Borgia, huía despavorido de Pésaro antes de la llegada de César, que había hecho juramento de matarlo por su propia mano.

Se entregaban las poblaciones o eran tomadas por asalto después de corto asedio. La única ciudad que opuso una resistencia heroica fue Faenza, debiéndose esto a que los habitantes sentían un sincero afecto por su soberano, Astor Manfredi, casi un adolescente, el mozo más hermoso de su época, valeroso, de nobles sentimientos y que trataba a sus súbditos con una bondad constante. Reconociendo César el heroísmo de este adversario, lo combatió con otra clase de miramientos caballerescos. En los días que se suspendía la lucha, mantenían los dos jefes y sus tropas relaciones de amistad.

Consideraba Claudio Borja estas campañas del hijo de Alejandro como una obra de artista. Su ejército celebraba las fiestas de Carnaval mientras mantenía el sitio de una de las ciudades de la Romaña y para que los sitiados se divirtiesen igualmente, César hacía entrar en la plaza, como regalo suyo, varios carros cargados de disfraces y caretas.

Su corte militar abundaba en literatos, músicos, pintores y escultores. Su secretario, Agapito de Amalia, era un gran humanista. También acompañaban al duque varios poetas, entre ellos el célebre improvisador Serafino de Aquila.

El ingeniero general de su ejército y constructor de fortificaciones se llamaba simplemente Leonardo da Vinci y era ignorado aún en Italia. Esta profesión de ingeniero del futuro autor de la *Gioconda* no resultaba extraordinaria en una época cuyos grandes hombres mostraron las más diversas aptitudes. Mientras llegaba la hora de inmortalizarse como pintor, Leonardo da Vinci hacía dibujos para el *Valentino*, planos de fortalezas, puentes, acueductos, caminos y puertos, o discurría nuevas máquinas de guerra. Tal multiplicidad en las manifestaciones del talento la mostraban igualmente otros artistas de entonces, aunque ninguno de ellos logró llegar al proteísmo genial de Leonardo.

De vida aventurera, ansioso de abrirse paso en medio de la general indiferencia, sin sentir los trastornos que causa la atracción de la mujer, con una tranquila asexualidad que le permitía ser dueño de sus acciones, y acusándole algunos injustamente de afición al *vicio griego*, Leonardo da Vinci sentíase deslumbrado por este capitán glorioso que acababa de surgir como un astro de rápida trayectoria.

No siendo hombre de espada, le servía como ingeniero mecánico, pensando incesantemente para él, ofreciéndole todas las semanas un nuevo invento.

«También el artista —pensó Claudio— era distinto en los albores del Renacimiento a como es ahora. Pintores y escultores vivían como simples artesanos, formando gremios semejantes a los de los obreros manuales, sin otras aspiraciones que las de su pequeño círculo, divirtiéndose a su manera y procurando que los señores no los invitasen a sus palacios, pues se encontraban desorientados y tristes en un ambiente superior al suyo.»

Una de sus sociedades en Florencia, titulada La Cazuela, obligaba a cada uno de sus individuos a asistir a los banquetes comunes, aportando un plato diferente al que llevasen los demás, imponiéndoles multas o penitencias grotescas cuando resultaba igual al de otro socio más antiguo.

Gobiernos y grandes señores empleaban a los artistas célebres en trabajos de guerra. Los escultores con el título de *magister arcium* construían fortificaciones o labraban con el cincel pelotas de piedra para las bombardas. Los pintores se esforzaban por inventar nuevas máquinas bélicas, viéndose recompensados por ello con más largueza que por sus cuadros.

Servían los artistas para todo lo que significase estudio, invento o dirección de trabajos, muchas veces les pagaban con un tabardo de brillantes colores o unas cuantas varas de paño para la familia. «Son gentes groseras que sólo conocen su arte.» Así se expresaba un obispo de la época.

En realidad, no existían especialistas. Todos servían para todo, siendo el gran Leonardo da Vinci el tipo perfecto de estos acumuladores de genio. También se dedicaban a contratistas de trabajos públicos. Miguel Ángel perdió siete meses de su vida dirigiendo en las canteras de Lumi la extracción de piedras, rodeado de excavadores y de carreteros, trabajo que podía haber hecho cualquier maestro de obras. Tal era su aburrimiento durante siete meses de capataz, que pensó esculpir toda la montaña, como si fuese un solo bloque, haciendo de ella una gigantesca estatua.

El trato con los humanistas educaba y dignificaba a estos genios incultos que vivían como obreros. Se hicieron menos brutales en sus costumbres. Ya no admiraron a un Torrigiano que aplastaba de un puñetazo la nariz de su camarada Miguel Ángel. Y como los humanistas imponían la moda en aquel tiempo, señores laicos y eclesiásticos, viéndolos tratar con deferencia a los artistas, se acostumbraron a hacer lo mismo.

«Fueron los escritores —afirmó mentalmente Borja— los que sacaron de su humildad obrera a los artistas plásticos, iniciando la importancia que gozan en nuestra época el pintor y el escultor.»

César Borgia apenas tuvo tiempo para ejercer el mecenazgo. Su verdadera vida duraba tres años nada más, y fue la de un guerrero, preocupándose sólo de las artes en los raros intervalos de reposo que le dejaron sus campañas. A pesar de esto, su generosidad para los literatos y los artistas resultaba proverbial, designándola los poetas con el nombre de *Liberalitas Cesarea.* En sus tiempos de cardenalato, todo el producto del arzobispado de Valencia, que era de los más ricos, gastábalo en mantener escritores, escultores y cinceladores. No pudo conocer a todos los artistas de entonces, pero protegió a tres, los más famosos: al Pinturicchio, maestro tan admirado años después por Rafael; a Leonardo da Vinci y a Miguel Ángel.

Una constelación de poetas, algunos de ellos prodigiosos improvisadores, le seguía a todas partes, muriendo jóvenes lo mismo que su mecenas a causa de una existencia atropellada y libertina. Muchos escribieron en latín relatando las hazañas de su protector *De gestis Cesaris Borgia.* Otros cantaban al toro, emblema heráldico de la poderosa familia, dedicando sus versos *ad Bovem Borgia,* o exclamaban así en honor del duque de las Romañas, futuro creador de una Italia única:

Salve Italum o splendor Dux illustrissime
Cesar, o Salve Cesar, Maxima fama Ducum.

El arte antiguo iba resurgiendo entre las ruinas de la campiña romana. Con frecuencia, el arado, movido por búfalos, sacaba a luz mármoles prodigiosos o dejaba descubiertas tumbas cuyos cadáveres, envueltos en vestiduras áureas, se deshacían al quedar en contacto con la atmósfera.

César hacía siempre regalos de valor artístico, enviando a las señoras estatuas antiguas o ricas joyas cinceladas por sus protegidos. Muchas damas de entonces adoraban las obras de la antigüedad.

A Miguel Ángel lo conoció de un modo extraordinario. Llegaba éste a Roma por primera vez, casi ignorado, y el cardenal Riario, sobrino de Sixto IV, enseñó al joven florentino su museo de mármoles clásicos, dándole a entender que nunca los artistas del presente conseguirán producir obras parecidas.

Fijábase Miguel Ángel en un Amor dormido que tenía un pie roto y declaraba que dicha obra la había hecho él en Florencia años antes, enviándola a un vendedor de Roma. Éste había quebrado un pie a la pequeña estatua para hacerla pasar mejor por obra remota, vendiéndola en doscientos ducados al cardenal Riario, y no dando al artista más que treinta.

Procedió el príncipe eclesiástico con avaricia y falta de nobleza. Al enterarse de que tan hermosa obra no era antigua, a pesar de que todos la creían así, protestó exigiendo que le devolviesen su dinero. Entonces intervino César con su generosidad de gran señor, adquiriendo la estatua por su primer precio, y guardándola algunos años. Luego la envió a Isabel de Este, que se la había pedido en repetidas ocasiones, afirmando que le sería imposible dormir tranquila mientras no le hiciese tal regalo.

Desde entonces el escultor florentino empezó a ser célebre, gracias a la intervención de César; pero éste sólo pudo verlo en contadas ocasiones, a causa de sus guerras. Miguel Ángel, poco afecto a las cosas militares, no quiso seguir en su vida de campamento, como hicieron otros artistas.

Se apoderaba al fin de Faenza el duque Valentino, tratando amistosamente a su heroico defensor. Los dos jóvenes comían juntos y se apreciaban como hermanos de armas.

Conocedor César de los nobles sentimientos de este guerrero casi adolescente quiso hacer de él uno de sus capitanes. Al perder Faenza y sus tierras, quedaba Astor Manfredi sin fortuna, y aceptó con agradecimiento las proposiciones de Borgia. Siguiendo al caudillo victorioso, que sólo tenía unos pocos años más que él, podría conseguir nuevos señoríos en los países que aquél conquistase.

Si César hubiese querido deshacerse de Manfredi, fácil le

habría sido en los primeros momentos de su triunfo. Astor se fue con él a Roma, llevando la vida alegre de un héroe joven, en una ciudad de costumbres licenciosas. Mujeres y artistas conocían de oídas al hermoso señor de Faenza, semejante a las estatuas más puras legadas por la antigüedad.

Una mañana el cadáver de Astor Manfredi apareció flotando sobre las aguas del Tíber con los brazos atados y —según decían algunos, sin poder aducir pruebas— con vestigios del mayor de los ultrajes que puede recibir un hombre. Horas después se encontraban en el río los cadáveres de otros dos jóvenes y el de una mujer desconocida. El Tíber daba estos presentes casi a diario, como testimonio de las bacanales y citas misteriosas de la noche anterior.

Inmediatamente los agentes de Venecia atribuyeron dicha muerte al duque *Valentino*, como si fuese el único, en aquella Roma depravada, capaz de realizar tales crímenes. Ningún interés le aconsejaba suprimir al señor de Faenza; en cambio, le convenía conservarlo a su lado para que los faenzinos, que amaban mucho a su antiguo príncipe, aceptasen voluntariamente al nuevo gobierno papal. Su única culpabilidad consistió en acceder a los ruegos de Astor, deseoso de acompañarlo a Roma para gozar sus placeres y lujos, en vez de obligarle a que se retirase a otra población, en uso de la libertad que le había concedido.

Todo lo malo de entonces, ocurriese donde ocurriese, era sabido de antemano que lo hacía César Borgia, con asombrosa ubicuidad. Igualmente, le atribuían todas las demasías amorosas de los soldados a sus órdenes, los cuales no eran mejores ni peores que otros guerreros de aquella época.

Diego Ramírez, uno de sus capitanes españoles, raptaba a la bella Dorotea Caracciolo, esposa de un militar al servicio de la República de Venecia. Y, sin embargo, César se veía acusado como autor directo del rapto, a pesar de que la hermosa Dorotea y el capitán español habían desaparecido y sus relaciones adúlteras databan de mucho antes. En su campaña contra Nápoles, al entrar en Capua, sus tropas italianas se llevaban cautivas a cuarenta mujeres de dicha ciudad, tal vez para exigir rescate por ellas, cosa corriente en las guerras de entonces, pues igual habían hecho los franceses con damas de la Corte papal. Acto continuo, los gaceteros de Venecia y

Florencia hacían circular por toda Italia la noticia de que César Borgia, en el botín de Capua, se había reservado cuarenta hermosas cautivas para llevarlas a su harén.

El capitán francés Ives d'Allegre reía de tales calumnias contra su compañero de armas, considerándolas estúpidas.

—Las mujeres —decía— no le han faltado nunca al duque del Valentinado. Tiene que defenderse de ellas, tanto es lo que lo buscan, y no necesita tomarlas por la fuerza.

En aquel tiempo era imposible mantener agrupado un ejército si no se ofrecía a los soldados, de tarde en tarde, el saqueo de alguna ciudad, con todas sus consecuencias, para su diversión y provecho.

Después de haber tomado a Capua en su campaña contra Nápoles tuvo que atender César al sitio de Piombino, confiado hasta entonces a sus lugartenientes.

Figuraba en su corte ambulante un ciudadano de Florencia llamado Nicolás Maquiavelo. La República florentina, justamente alarmada por los progresos de César, había encargado al más sutil de sus diplomáticos que le siguiese de cerca a fin de adivinar sus intenciones. El duque, tan diplomático como él, adivinaba esta hipócrita vigilancia, comunicándole únicamente aquello que le convenía decir. De todos modos, Maquiavelo se mostraba cada vez más convencido de que este conquistador de veinticuatro años acabaría por adueñarse de Florencia y demás estados inmediatos, creando una Italia única y compacta bajo el protectorado de los Pontífices.

Lucrecia se casaba en Roma por poderes con Alfonso de Ferrara, emprendiendo una marcha lenta hacia los estados de su marido, seguida de majestuoso cortejo. Durante el baile con que celebró su matrimonio en el Vaticano, mostrábase de pronto un danzarín, vestido elegantemente de negro, con antifaz del mismo color. Bailaba solo, con una maestría y una gracia que hacían retirarse a los demás, atrayendo las miradas de todos los presentes y creando en torno a su persona un silencio admirativo. A los pocos momentos lo reconocían a causa de su habilidad.

—Es nuestro César... El único César. Sólo puede ser él.

Había abandonado sus tropas, llegando a Roma en una de aquellas galopadas que duraban días enteros y eran motivo de que las gentes lo viesen a un mismo tiempo en diversos lugares, muy apartados unos de otros. Bailaba algunos minutos nada más en la boda de su hermana y desaparecía tan misteriosamente como había llegado.

El Papa hacía un viaje por mar a Piombino para ver esta última conquista de su hijo, cuyo puerto y murallas reparaba Leonardo da Vinci.

Mostrábase triste Alejandro luego de la partida de su hija para sus nuevos estados, como si presintiese que ya no la vería más. Después de las fiestas de Piombino y las conversaciones del Pontífice con Leonardo, maravillosamente experto en toda clase de materias, una horrible tempestad ponía en peligro las galeras pontificias ante las costas de Toscana.

Fue una tormenta comparable a la de treinta años antes, cuando el nuncio Rodrigo de Borja volvía de su legación de España. César y los hombres más temibles de su séquito permanecían tumbados, sin voluntad, víctimas del mareo y del terror que inspiran el mar y el viento desencadenados a los que siempre combatieron en tierra. Las tripulaciones se daban por perdidas. Sólo el Pontífice guardó una admirable lucidez, considerando los marinos esta tranquilidad sonriente como algo milagroso.

Continuó el *Valentino* su guerra contra los señores italianos después de avistarse en Milán con Luis XII de Francia, que le daba públicamente grandes muestras de afecto.

Uno de los *condottieri* a su servicio, Vitellozzo-Vitelli, fingía haber abierto por su cuenta la guerra contra la República florentina, aunque en realidad trabajaba siguiendo las órdenes de su jefe. De pronto, César empezó a notar que el suelo vacilaba bajo sus pies.

Su verdadero punto de apoyo era aquel ejército siempre invencible, formado con arreglo a la táctica de los tiempos modernos que empezaba a iniciarse entonces basada en la fuerza demoledora de los cañones y la ligereza de la infantería. Pero este ejército resultaba heterogéneo; los *condottieri*, atraídos por la buena fortuna del joven capitán, eran demasiado numerosos. César sólo podía tener fe en los dos mil o tres mil españoles alistados bajo sus banderas.

Habían vivido siempre de hacer la guerra sus principales lugartenientes italianos, y empezaban éstos a percatarse de que el joven caudillo, de victoria en victoria, los iría devorando a ellos mismos, pues su autoridad se engrandecía suprimiendo a las antiguas familias feudales. Además, creían llegado el momento de trabajar por su cuenta, quedándose con las tierras conquistadas, y si era necesario matar a su jefe, estaban dispuestos a hacerlo. Pero César no era hombre que tardase en enterarse de un peligro inmediato.

Todos los capitanes importantes que seguían al llamado ahora duque de las Romañas entendíanse secretamente en septiembre de 1502, provocando una revuelta de sus tropas. Los dos más prestigiosos, Ventivoglio, señor de Bolonia, y Vitellozzo-Vitelli, convocaban a los demás *condottieri* al servicio de César, ligándose entre ellos con un juramento trágico para desembarazarse del duque.

Juntaban una cantidad de tropas tan extraordinariamente superiores a las que se mantenían fieles a César, que la derrota y la muerte del jefe no parecían dudosas; mas el duque de las Romañas, admirado por Maquiavelo, era el príncipe descrito por éste en su libro famoso y supo desbaratar las maquinaciones sordas de sus enemigos, proponiéndose al mismo tiempo el castigarlos con severidad.

Acababa de tomar Urbino, destronando a Guidobaldo, su soberano, el mismo que sirvió de maestro militar al duque de Gandía. Guidobaldo, *condottieri* de profesión, se había puesto de acuerdo con sus camaradas conjurados contra César. Los habitantes de Urbino, enterados de las divisiones en el ejército del gonfaloniero de la Iglesia, se sublevaron contra éste, repeliendo a sus capitanes. A la vez, Pisa llamaba a César para entregarse a él en odio a Florencia, pero el *Valentino* no se atrevía a emprender dicha campaña después de la defección de sus lugartenientes.

En realidad, estos revoltosos temblaban ante la idea de luchar de un modo decisivo contra su antiguo señor. Además, repugnábales ir muy lejos en su disciplina, al no sentirse sinceramente unidos entre ellos.

Entablaba César relaciones secretas con muchos de sus antiguos subordinados para dislocar de tal modo la conjuración. Vitellozzo, Paolo Orsini y Oliveretto da Fermo, que eran los tres revoltosos más tenaces e influyentes, le presentaban una serie de reclamaciones abusivas, exigiendo su inmediato reconocimiento y amenazándole en caso contrario con una franca revuelta.

Paolo Orsini iba a buscar a César en Imola para llevarle este documento firmado por todos los *condottieri*. El duque de las Romañas aceptaba una entrevista con los más principales, y finalmente, designábase como punto de reunión la ciudad de Sinigaglia, que acababa de ser tomada por uno de sus tenientes. El gobernador aún se mantenía en el castillo de dicha ciudad, manifestando que sólo rendiría la fortaleza a César en persona, y esperaba para entregarla a que éste se presentase.

Salió César de Cesana el 26 de diciembre. El día anterior, al amanecer, el vecindario había visto en la plaza principal el cuerpo decapitado de don Ramiro de Lorca, gobernador de las Romañas desde unos meses antes, y su cabeza clavada en el hierro de una pica.

Permaneció en el misterio esta ejecución del alto personaje español, favorito del duque. Tal vez estaba relacionada con la actitud de los conjurados. También pudo ser, como insinuó César, un castigo ejemplar por su conducta abusiva con los pueblos sometidos a su gobierno.

El 30 de diciembre llegaba César a Sinigaglia, sin más escolta que una pequeña tropa de españoles, fieles a toda prueba, y a los cuales mandaba don Michelotto.

Nunca mostró tanta audacia ni tan firme seguridad en su buena estrella. Avanzó a sabiendas entre las mallas de la traición, sin guardar ninguna salida para salvarse.

La exigencia del gobernador de Sinigaglia de no entregar el castillo más que a César era un ardid concertado con los *condottieri* rebeldes. Éstos mantenían disimuladas sus tropas a cierta distancia de la ciudad, para que el duque no sintiese inquietud, y cuando penetrase confiado en ella con su escolta mandada por don Micalet, todo el ejército avanzaría en un movimiento envolvente, matando a César y a los españoles que lo guardaban.

Borgia, por su parte, tenía pensada otra traición, como respuesta a tales preparativos. Era un duelo de disimulo y ligereza. El más audaz, el que pegase antes, sería el vencedor.

«Este descendiente de caballeros de la Reconquista española —se dijo Claudio— era, por nacimiento, generoso e intrépido. En todos los Borgia la franqueza y la bravura fueron condiciones naturales; pero trasladados al ambiente italiano del siglo XV tuvieron que adaptarse a él, para poder vivir. Teniendo en torno la traición y la astucia, la mentira y la duplicidad, propias de la Corte romana, en medio de eclesiásticos familiarizados con el disimulo y la perfidia, acabaron por sobresalir en esta nueva atmósfera, pues su inteligencia superior y su voluntad férrea les facilitaron dicha transformación. César, nacido en Italia y desarrollando su infancia y su juventud en el mundo papal, resultó el hombre más sutil de su época.»

Encontraba en los alrededores de Sinigaglia a Vitelli, a Paolo Orsini y Oliveretto da Fermo. Las tropas numerosas de éstos se mantenían invisibles lejos de dicha ciudad.

El jefe y sus antiguos tenientes se saludaron con falso regocijo. Los conjurados estaban seguros de que César admitiría todas sus exigencias, por la persuasión o por la fuerza. No los seguían como escolta más que dos pequeñas huestes: la que mandaba don Michelotto y la de Oliveretto, esta última de mercenarios italianos.

Don Michelotto marchó delante de todos al entrar en Sinigaglia, con el pretexto de que el enemigo, poseedor aún de la fortaleza, podía atacarlos de pronto. Un puente daba acceso a la ciudad, y don Miguelito, que ya tenía sus gentes dentro de ella, dejó pasar a César y a los tres *condottieri* nada más. Luego se interpuso e impidió la entrada de los soldados de Oliveretto, alegando la falta de alojamientos y que era mejor se instalasen en el arrabal.

Mientras Corella realizaba esta astuta maniobra, el duque y sus capitanes traidores llegaban a la puerta del caserío donde iba a instalarse aquél. Los tres jefes intentaron despedirse; pero César los retuvo amablemente, rogándoles que entrasen en su alojamiento para continuar hablando de la toma del castillo de Sinigaglia, que debía realizarse aquella misma tarde, por rendición o a viva fuerza. Le siguieron los *condottieri*, y el duque los abandonó en un salón, manifestando el deseo de cambiarse de ropas o con otro pretexto más natural y apremiante.

Pasaron unos minutos de espera, y la puerta de la sala se abrió, apareciendo en ella don Michelotto. Inmediatamente su gesto les hizo adivinar la emboscada en que habían caído. Los ojos del hombrecito eran los de un dogo feroz que considera inútil ladrar para morder. Hizo un ademán al grupo de españoles que le seguían, y en un instante los tres *condottieri* se vieron amordazados y amarrados con cuerdas.

Volviendo en seguida don Michelotto su tropa contra la de Oliveretto, que había quedado en el arrabal, cayó sobre ella, matando a cuantos hombres intentaron resistirse y rindiendo a los demás.

El verdadero ejército de los conjurados, que se mantenía esperando órdenes a varias millas de Sinigaglia, al saber lo ocurrido se apresuró a retirarse, no obstante estar mandado por un sobrino y un hermano de los presos. Terminada esta operación tan rápida y eficaz, el duque de las Romañas se posesionó de la fortaleza de Sinigaglia antes que se ocultase el sol, tal como lo había prometido.

Luego de una especie de juicio muy rápido, Vitellozzo-Vitelli y Oliveretto da Fermo eran estrangulados en la mañana siguiente en presencia de don Michelotto. César no gustaba de presidir las ejecuciones ordenadas por él. Su elegancia sólo consentía la vista de la muerte en los campos de batalla. Era el sanguinario y puntual Micalet quien atendía a estos quehaceres, inevitables en aquella época.

A Paolo Orsini, el tercer prisionero, lo guardó para conducirlo a Roma y confrontarlo con otros miembros de su familia que habían preparado una conjuración contra la vida del Pontífice. Dicha revuelta debía iniciarse en la capital tan pronto como se recibiesen nuevas de la prisión de César en Sinigaglia, o de su muerte. Pero la noticia que llegó a Roma fue la del inesperado triunfo de César, y Alejandro VI se apresuró a encarcelar en el Vaticano a todos los de la familia Orsini, un cardenal, un arzobispo, un protonotario de la curia y varios hombres más de guerra.

Después de este golpe certero pudo contemplar el *Valentino* sus conquistas seguido de un ejército fiel y compacto, cuyos capitanes, escarmentados por el ejemplo, no quisieron ya intentar ninguna sublevación contra su invencible señor.

Paolo y Francisco Orsini, cuya complicidad en la conjuración de los *condottieri* era notoria, fueron ejecutados después de un proceso rápido, pero ordinario y legal.

Los Borgia, tan acusados de asesinos y envenenadores, podían haberse librado en tal ocasión de todos los Orsini, sus peores enemigos. Sin embargo, los de dicha familia presos en Roma quedaron con vida, y el único que murió en la prisión durante el proceso, el cardenal Orsini, fue sometido a toda clase de exámenes para demostrar que su muerte había sido natural, a causa de las emociones sufridas y de sus muchos años, reconociéndolo así sus parientes. Esto no fue obstáculo para que los embajadores de Venecia y de Florencia hablasen de envenenamiento, quedando visible una vez más la mala fe de los enviados a la Corte de Roma, todos enemigos de los Borgia, y especialmente de César, por sus pretensiones a favor de la unidad peninsular.

La astucia de Sinigaglia fue comentada en toda Europa con admiración. El duque de las Romañas había informado a las cortes del juicio y muerte de los culpables, así como de las medidas tomadas en Roma contra la facción Orsini. Casi todos los soberanos respondieron con cartas laudatorias.

Actos como el de César eran considerados entonces de buena guerra y excelente política. Resultaba acción brillante adivinar la traición de los adversarios y valerse de la sorpresa para desembarazarse de ellos con una traición más hábil y pronta.

Maquiavelo no pudo contener su entusiasmo ante la tragedia de Sinigaglia. Como florentino, temía al *príncipe* que meditaba la conquista de su país; como tratadista político, lo admiraba, viendo en él una brillante personificación de todas sus ideas sobre la vida del Estado.

Y al examinar con qué serenidad y audacia se había ido prestando a las combinaciones de sus enemigos, dejándose envolver a sabiendas por su traición para sorprenderlos mejor, exclamó con un fervor de discípulo:

—¡Oh, el bello engaño...!

IV. DE LA CONVERSACIÓN QUE SOSTUVO CLAUDIO EN UN «DANCING» Y DE CÓMO ENCISO LE REGALÓ AL DÍA SIGUIENTE MEDIA ESTAMPA DE LOS REYES MAGOS DE COLONIA

Repentinamente dejó de pensar en los Borgia.

De las múltiples caras de Roma sólo veía la moderna, la victormanuelesca, calles de reciente edificación, con hoteles imitando los *palaces* yanquis, legaciones diplomáticas, el mundo, en una palabra, que había frecuentado antes de su imprudente y escandalosa conducta en los salones de Enciso. Pasaba ahora el día entero fuera de su *villino*, huyendo de la melancolía *histórica* —así la llamaba— de aquellos alrededores de la Ciudad Eterna abundante en ruinas y recuerdos.

Comía en un restorán donde estaba seguro de encontrar compatriotas suyos, pintores y escultores, o varios secretarios y agregados diplomáticos pertenecientes a Legaciones de diversos países de la América que habla en español (no en latín) y que el vulgo y ciertos seudoliteratos llaman impropiamente América latina. Gustaba de sus diálogos alegres, sin relación alguna con las resurrecciones históricas que le habían mantenido varios días aislado en un estudio de pintor.

Sólo guardaba de dichas evocaciones un recuerdo insistente, el de la energía varonil de César Borgia, su prontitud en desembarazarse de los enemigos, su desprecio elegante y amable para las mujeres, que le proporcionaba el verse deseado por todas ellas. Y al pensar en esto último, sonreía ligeramente con una expresión —según él— semejante a la de

Valentino cuando estaba preparando su terrible encerrona en Sinigaglia.

Influido por sus lecturas y sus meditaciones, se creyó poseedor de una parte del carácter complejo y temible de su remoto ascendiente. ¡Lástima que los tiempos actuales fuesen tan distintos a los de entonces y no permitieran el desprecio de la vida ajena y de la propia...!

De todos modos, pensaba hacer algo, sin saber con certeza qué podría ser. Iba creciendo en su voluntad el deseo de ponerse en relación con aquella señora de Pineda, de la que hablaban muchas veces sus amigos en el restorán y en el café, como si ignorasen o tuviesen olvidado la vida común que habían hecho ambos un año antes.

Mencionaban a Urdaneta, el general doctor, sin acordarse nunca de Borja en sus comentarios. Esta preterición le indignó, viendo en ella un testimonio de su insignificancia. Además, le irritaba el tono de envidia con que todos ellos se hacían lenguas de la buena suerte de López Rallo, nombre de aquel diplomático sudamericano que acompañaba ahora a Rosaura en sus viajes.

No conocía personalmente a este joven, pero se lo imaginaba, sin grandes errores de apreciación, teniendo en cuenta lo que había oído a las señoras en el banquete de Enciso y lo que le contaban sus amigos de Roma al hablar de él en la *trattoria* de artistas donde hacían sus comidas o en el café.

Algunos de ellos aceptaban con indiferencia la fama de hombre elegante de López Rallo; otros negábanse indignados a admitir su distinción. Un escultor español amigo de Claudio protestaba contra el hecho de que las mujeres lo considerasen interesante.

—Un cursi —decía—, un personaje untuoso, que parece dado a todas horas de barniz. Tiene cierto exotismo en su persona; es un mulatón que alaba a sus nobles ascendientes españoles, y es posible que algún día lo veamos con una corona en los gemelos de la camisa y otra en las tarjetas de visita. Lo único que admiro en él sinceramente es su monóculo.

Y todos celebraban, no sin asombro, la rara habilidad de este joven, que le permitía vivir las horas diurnas y gran parte de la noche cumpliendo todas sus funciones vitales, sin que se desprendiese una sola vez el redondel de vidrio incrustado en una de sus cejas.

Atribuían los amigos de Claudio a este adorno ocular, detrás del cual se ocultaba como empañada y moribunda una pupila gris, distinta a la otra descubierta, el agrado con que lo acogían en los salones. La coexistencia de tres sangres diferentes en su organismo, *la blanca, la negra y la india,* como decía el escultor, condición poco gustada en América, le proporcionaba en Europa cierto prestigio semejante al de los héroes de novelas de viajes. Además, poseía la esbeltez de cuerpo, la ligereza de miembros, la adaptación inmediata al ritmo bailable de todas las razas primitivas, viéndose buscado y admirado como danzarín.

La frivolidad de sus aficiones y su aplomo, producto de una osadía con éxito, le ayudaba a penetrar en todas partes, mirado al principio con recelo y tolerado finalmente.

—Es un hombre —siguió diciendo el escultor— que va a caza de amistades, y debe de sentirse feliz cuando se acuesta habiendo sido presentado durante el día a un duque o a un príncipe. En fin: un *arribista.* Según cuentan, habla frecuentemente de su honor y su prestigio, para obligar a esa señora argentina a que se case con él. ¡Como si el muy tunante fuese una doncellita que ve en peligro su reputación...! Tal vez hace valer que su tío es ministro plenipotenciario cerca de la Santa Sede, y él no puede vivir en la irregular y pecadora situación de amancebado.

Reían todos al comentar estas supuestas añagazas de López Rallo para casarse con la rica señora, dando solidez a su incierta posición social.

Claudio conocía al tío de dicho joven, un señor López Rallo del que hablaba mucho Bustamante, apreciándolo como el mayor genio diplomático de la América de habla española. Lo había visto en los salones de don Arístides, en Madrid, y una sola vez en Roma, en la Embajada de España. Este personaje ilustre pasaba ahora la mayor parte del año viajando. Su mala salud le hacía ser un alojado continuo de balnearios célebres o de ciertas poblaciones de Suiza y Alemania donde vivían especialistas famosos en su enfermedad.

Bustamante lamentaba la decadencia de tan eminente amigo. Su silencio diplomático, célebre al otro lado del Océano, se cortaba ahora durante sus visitas con un jadeo acompañado de movimientos aprobativos de cabeza. Hablaba con lentitud, y como muchas veces la otra celebridad diplomática visitada por él era igualmente vieja y tarda en palabras y pensamientos, ocurrió que las dos excelencias iban bajando el tono de su voz y acababan por adormecerse, quedando en meditativa inmovilidad, hasta que un estrépito venido de la calle o un ruido en la pieza inmediata los despertaba sobresaltados continuando su pausada conversación.

—Ahora está un poco apagado —había dicho don Arístides a su antiguo pupilo—; pero hay que ver la inmensa obra internacional que lleva hecha este hombre.

La pequeña República representada por él tenía tratados con todas las naciones de la Tierra, comerciales, políticos, hasta de propiedad literaria y artística, no obstante carecer el citado país de producciones de este género necesitadas de que las protegiesen. Y todo lo había hecho teniendo en cuenta la inmortalidad de su nombre, cuidándose bien de colocar al frente de cada uno de los mamotretos el título de *Tratado López Rallo* y... (aquí el nombre del representante de la otra nación). Los tratados López Rallo y consorte eran tantos, que con ellos había formado ya unos cuantos volúmenes, impresos a costa del país que tenía la dicha de contarlo por suyo.

—En realidad, el célebre *tratadista* —dijo uno de los amigos de Claudio, en el café— es hombre bueno, y hay que disculpar su manía. Después de ajustar tantos tratados se ve tan pobre como al principio. Su patria paga mediocremente sus esfuerzos, y se mantiene gracias a su esposa, una señora buena, creyente y algo mulata, orgullosa de la gloria marital. Ella es la que lo ha traído junto al Papa, pues prefiere ser diplomática en el Vaticano a ver cortes y reyes, como en su juventud. Se considera así más cerca del Cielo, ahorrando camino para cuando muera. Y como López Rallo, sobrino, no tiene ninguna esperanza de heredar, no posee otra fortuna que su exagerado *chic* y sus habilidades indiscutibles de bailarín, busca casarse con esa señora de Pineda, tan rica... No se le presentará mejor ocasión.

La había conocido meses antes en un balneario de moda, siguiendo al eminente *tratadista.* Claudio adivinaba la historia de estos amores iguales a todos los que atraen y juntan a las gentes frívolas de nuestra época. Primero, la proximidad y la confianza por medio del baile; luego, la cita, precedida de las vacilaciones de una voluntad titubeante.

Sintió el joven español cólera y asombro, como un enamorado que descubre de pronto la infidelidad de la mujer amada. En vano su buen sentido protestó contra tal indignación, encontrándola ilógica. Era él quien había abandonado a Rosaura voluntariamente, desoyendo con tenacidad las palabras de ella, más conocedora de la vida, aconsejándole que se quedase. ¿Qué fantasmas engañadores le habían hecho adoptar esta decisión, moviéndose desde entonces con la incertidumbre de un buque abandonado? ¿De qué le servía la libertad...? Y ella, lógicamente, había seguido nuevos rumbos.

Esto último era lo que no podía admitir Borja. Irritábase su vanidad de hombre ante la idea de que Rosaura le hubiese olvidado completamente. Volvían a su memoria recuerdos íntimos, guardados en púdico secreto, cuya evocación parecía caldear su sangre. Rosaura seguía amándole, estaba seguro de ello. Nadie podía conocer lo que había sido para él en el misterio de sus voluptuosidades. Resultaba imposible que otro hombre pudiera sustituirlo hasta el punto de borrar por entero su recuerdo. ¡Quién sabe si le tenía presente en su imaginación a todas horas y por orgullo se sacrificaba, fingiendo ignorar su existencia!

Presentándose de pronto ante ella, todo cambiaría en un momento. Viéndole renacería en su memoria el misterioso pasado. Sólo se ama una vez con honda pasión, que hace llevadera la esclavitud y gratas las abdicaciones de la dignidad.

Sentía además una fiereza sexual, comparable a la petulancia orgullosa que muestran los machos entre los seres irracionales. Esta mujer había sido suya, y al verla de otro, cegábale la cólera egoísta del que defiende su propiedad.

Lamentó no llevar un puñal al cinto, como César Borgia. Las costumbres modernas le parecieron despreciables con su dulzura de vivir y las cobardías que ésta impone. Juzgó preferible aquella época del Renacimiento, en la que no se respetaba otra ley que el propio deseo, muriendo todos jóvenes y hartos.

Dos veces llegó, al atardecer, frente al gran hotel donde estaba alojada Rosaura. Podía verla en el *dancing*. Era su hora. Pero acabó por huir, sintiéndose poco después avergonzado de su indecisión.

Otro día, en vez de quedarse titubeando ante la portada del lujoso hotel, entró decididamente, llegando al salón donde hailaban numerosas parejas.

Empezaba a marcharse el público, y tuvo que atravesar la corriente adversa de damas, que se envolvían en sus abrigos para salir o conversaban entre ellas, caminando con lentitud en busca de sus vehículos.

Siguió avanzando hasta los amplios corredores casi desiertos inmediatos al gran salón. Sonaba la música más intensamente al haber bajado de tono el susurro de las conversaciones, aumentándose la sonoridad de techos y muros.

En pie, junto a una de las puertas, paseó Borja su mirada por todo el centro del salón. Hecho extraordinario para él: vio a Rosaura, sin conseguir reconocerla en el primer momento. Bailaba con un joven más alto que ella, de palidez exótica, los cabellos negros y lacios echados atrás, un tipo de mestizo esbelto llevando un monóculo en su ojo izquierdo. Este hombre fue quien se la hizo conocer. Luego sus ojos se familiarizaron con la adorada imagen, hasta el punto de no ver más al que bailaba con ella.

Ahora la conocía demasiado; la iba desnudando con sus ojos; la contemplaba en su imaginación lo mismo que muchas noches en aquel dormitorio de la Costa Azul, junto al Mediterráneo obscuro, partido por el reguero triangular de plata viva desprendido de la luna, viendo el ébano de sus sombras enlazadas y casi desnudas proyectándose sobre el mosaico de la terraza inmediata con barandas de flores.

La argentina no adivinó su presencia. Sólo tenía ojos para su danzarin y para las otras gentes a las que saludaba con su sonrisa, por encontrarlas todas las tardes en aquel mismo lugar.

No existía entre los dos la menor relación telepática. En otros tiempos, aunque estuviese vuelta de espaldas, adivinaba Rosaura inmediatamente su proximidad. Ahora, los envíos misteriosos de su voluntad y de su recuerdo caían inertes a pocos pasos de él, como proyectiles faltos de impulso.

Le pareció el ambiente de una engañosa fluidez: sólido, duro, impenetrable y, al mismo tiempo, claro como una masa de cristales. Tales fueron su decepción y su desaliento, que Claudio sintió deseos de huir, como en las tardes anteriores, cuando llegaba hasta la puerta del hotel. Su pasado estaba muerto y bien muerto. Él lo había suprimido voluntariamente. ¿A qué insistir buscando una resurrección imposible?

Calló la música, y este accidente sin importancia pareció clavar sus pies en el suelo. Tuvo vergüenza de marcharse, como si sólo pudiera hacerlo aprovechando el baile de ella, cuando ignoraba aún su presencia. Si huía, este danzarín del monóculo iba a enterarse tal vez de su fuga. Necesitaba seguir allí.

A pesar de que López, al cesar el baile, se alejaba de la señora de Pineda, saliendo del salón por otra puerta, Claudio no pensó en moverse. Iba a volver muy pronto: lo había adivinado en su gesto. Luego sintió inquietud, casi pavor, al ver que Rosaura venía hacia él.

Después de haber deseado tanto este encuentro, la vio aproximarse cada vez más grande, como si hubiese crecido monstruosamente en un año de ausencia. De nuevo quiso huir; pero le inmovilizó la triste certeza de que esta mujer avanzaba sin reconocerlo como si fuese uno de los muchos curiosos o huéspedes que se situaban en la galería principal, entre el vestíbulo y el salón.

Pasó sin mirarlo, sin la menor inquietud nerviosa que le hiciese adivinar su persona. Iba, sin duda, a dar alguna orden a los empleados, que estaban en el vestíbulo o a la oficina directora del hotel.

Siguió adelante, serena, con el andar gallardo de siempre, y únicamente se estremeció al sonar a sus espaldas la voz de Borja:

—¡Rosaura...!

También ella vaciló un poco antes de reconocerlo; pero su duda fue más corta.

Palideció, e inmediatamente aquella sonrisa que tanto conocía Claudio, la sonrisa amable e hipócrita *para las amistades,* así como su voz, que él había comparado muchas veces a las vibraciones del cristal golpeado por una perla, parecieron esparcir por su rostro un arrebol de amanecer alegre.

—Borja... ...¡Es usted...! ¡Qué sorpresa! ¿Cómo le va?

Y le tendió una mano afable y blanda, como a cualquier amigo falto de interés por ella.

Usaba el *usted*, a pesar de que estaban solos, acogiéndolo cual si se hubiesen visto semanas antes en otra ciudad. Un encuentro de hotel, ni más ni menos.

Él la tuteó suprimiendo el pasado, como si sólo los separasen unos días de su vida común en la Costa Azul; lo mismo que dos amantes después de una divergencia pasajera, cuando se buscan para la reconciliación.

Al evocar Claudio en los días siguientes este encuentro, le era imposible reconstruir con exactitud lo que había dicho. Sólo conseguía acordarse de que ella le escuchaba en silencio, mirándolo fijamente, con gesto de extrañeza, apreciando sus palabras como algo inesperado, molesto e inquietante.

Callaba Rosaura, adivinando la conveniencia de no oponer ninguna respuesta capaz de enardecerlo. Era mejor dejar libre el curso de su catarata verbal, que sonaba con una continuidad sorda de confesión y arrepentimiento. De este modo se agotaría, esparciéndose sobre una llanura silenciosa, limpia de obstáculos.

Lo único que recordaba Borja era su tono de enamorado humilde que vuelve e implora perdón. Se cumplían las amenazas de la Venus de la Costa Azul, cuando él le había pedido que le dejase partir. Tornaba como un pordiosero. Le era imposible continuar existiendo sin la limosna de su amor. Estaba arrepentido de su locura... De no encontrarse los dos en una galería del hotel, se hubiese arrodillado a sus pies.

—Di que me perdonas... Mírame con ojos misericordiosos. Tómame otra vez. Ahora me doy cuenta de que estoy solo en el mundo. Te necesito como amante, como amiga, como hermana. Al verte comprendo lo que he perdido. Lo veo mejor que hace media hora... Di que me perdonas. ¡Habla...! Insúltame si te place..., pero no calles, no sonrías... ¡Ay, tu silencio!

Y ella, habló, al fin, con frases entrecortadas, alzando los hombros, sin dejar de sonreír.

—¿Qué puedo decirle, Borja? Usted se fue..., usted lo quiso. No iba yo a esperar toda mi vida la hora en que se le ocurriese volver. Creí que me había olvidado para siempre.

Los hombres como usted se aburren de todo..., ¡hasta de la felicidad!

—Yo te he escrito muchas veces... —dijo él apasionadamente, intentando coger sus manos—. Luego, un sentimiento inexplicable de vergüenza me hacía romper mis cartas.

Ella contestó, repeliendo aquellas manos audaces y cálidas:

—También yo he roto, tal vez, muchas cartas... Pero esto debió de ser al principio, cuando aún me dolía la separación... Afortunadamente, tenemos en nosotros dos fuerzas que nos ayudan a vivir: el olvido y la esperanza; lo que necesitamos para suprimir el ayer y para hermosear el mañana... Lo pasado ya es irremediable. ¿Por qué se empeña, Borja, en resucitar lo que mató usted mismo...? Siga su camino y sea feliz.

Hizo una pausa, añadiendo poco después, como si intentase consolarlo:

—Me han dicho que, al fin, va usted a casarse con Estela Bustamante. Yo también pienso casarme..., no sé cuándo. Tal vez sea algo repentino, que sorprenderá a la gente.

Volvió Borja a hablar con voz sorda; pero ahora su tono era amenazante... Sólo él podía ser su esposo. Considerábase con mayores derechos que todos los hombres. Hasta aquel Urdaneta, a pesar de su leyenda de bravucón, le había cedido el paso. Y formuló promesas de muerte contra todo el que intentase despojarlo de lo que apreciaba como suyo.

Esta despótica pretensión irritó a Rosaura.

—¡Y yo no cuento para nada! —dijo—. ¿Cree que a mí se me deja y se me toma sin consultar mi voluntad, como hacen en los barrios bajos los galanes de gorra y navaja con sus pobres hembras...? Siempre ha sido usted, Borja, un hombre demasiado original en sus afectos. Eso interesa al principio; luego resulta una calamidad... Reconozco que puede ser usted un amante adorable; pero ¡qué marido...! A su lado es imposible la calma. Nunca se sabe de dónde soplará el viento. Y yo, amigo mío, me voy haciendo vieja. Necesito verme querida por mí misma, sin sufrimientos ni sacrificios para mantener la pasión del otro. Me va gustando tener un esposo, no un amante, y usted, Borja, puede serlo todo, menos marido de una mujer como yo... Con una jovencita que le adore hasta la ceguera y no conozca sus defectos, marchará usted bien. Pero ¡conmigo, que siempre me vi buscada, no tolerando ninguna dominación de mis enamorados...! Usted es el único con quien me mostré un poco blanda, y reconocerá que me fue muy mal.

De toda esta palabrería lo que más irritó a Claudio fue la continua alusión que hizo ella a la posibilidad de casarse. Adivinaba el trabajo envolvente del llamado *hombre del monóculo,* inculcándole la idea de dar una forma legal a sus amores. Este danzarín mostraba mayor habilidad que el general doctor, tal vez por ser más joven que Urdaneta y que el mismo Borja. Las mujeres cercanas a la madurez acogen con irreflexiva supeditación el ascendiente de la juventud.

Mostró Claudio una agresividad helada y cruel al hablar de este hombre que tanto influía ahora en ella; un *snob* medio indio, medio negro, ignorante, sin otro talento que el de llevar bien un tercer ojo de vidrio y mover rítmicamente los pies. Nunca estaría tranquila a su lado; bailaría con todas.

Se apresuró Rosaura a interrumpirle con acento de seguridad.

—Bailará conmigo nada más —dijo, sonriendo—, o no bailará con nadie cuando nos casemos. Vamos a cambiar de existencia. Usted no se acuerda de que tengo hijos, y debo dedicarme a ellos, diciendo adiós a esta vida de joven que llevo ya demasiado tiempo.

Luego sintió lástima ante la tristeza de su antiguo amante.

—¿Y así puede olvidarse todo un pasado? —preguntó él con voz temblorosa—. ¿Nada de nuestra antigua felicidad perdura entre nosotros...?

Rosaura habló en el mismo tono, melancólicamente:

—Fue un sueño..., un sueño nada más. Olvídelo.

Y con emoción sincera, cual si no pudiese mirar de frente los días ya perdidos, añadió en voz baja como hablándose a sí misma:

—Un sueño nada más..., un sueño hermoso. ¡Ay! ¿Quién no ha soñado...?

Luego miró en torno con azoramiento, adivinando una presencia inquietante, y empezó a balbucir:

—Déjeme, Borja. Otro día conversaremos más despacio... Nos veremos, tal vez, en casa de Enciso. Ahora hay que separarse... La gente se fija en nosotros. ¡Adiós...! ¡Adiós! Hasta la vista.

Hablando maquinalmente, como atolondrada, intentó alejarse hacia el vestíbulo. Pero al irse le había ofrecido una de sus manos, y él la guardaba entre las suyas, impidiendo que se marchase.

Por instinto miró en torno, lo mismo que ella. El *hombre del monóculo* estaba a pocos pasos, apoyado en una columna, haciendo gestos de impaciencia. Al verse sorprendido por los ojos de Borja, miró a éste con fijeza agresiva.

Claudio sintió una furia algo pueril, ocasionada por el brillo de aquel disco de cristal que juzgaba insolente. Se dio cuenta de que, si no había visto hasta aquella tarde a López Rallo, éste le conocía desde mucho antes, no pudiendo explicarse cuándo ni cómo. Indudablemente, estaba celoso de él. Lo consideraba el único hombre capaz de estorbar su tranquilidad de amante y sus posibilidades de convertirse en marido.

Después de las miradas que se cruzaron entre ambos, creyó Rallo necesario aproximarse con una amabilidad fría, dirigiéndose únicamente a la viuda de Pineda, fingiendo no ver al otro, como si le considerase indigno de su atención.

—Señora, la están esperando. Si usted me permite...

Y le ofreció un brazo, lo mismo que si hubiesen terminado un baile y la volviera a su asiento.

Intentó Rosaura apoyarse en dicho brazo; pero no pudo conseguirlo. Algo inesperado, bárbaro, al margen de las conveniencias de vida social, cortó su acción.

Claudio había vacilado un poco ante el inesperado avance de este hombre. Luego creyó que estallaban de pronto todas las bombillas de las lámparas inmediatas, esparciendo llamas en el ambiente hasta hacerlo de fuego fluido. ¡Puñal de César Borgia! ¡Apasionada brutalidad de una vida de acción más allá de las cobardías de nuestra existencia civilizada y dulce...! Y sin decir palabras, sin el más leve murmullo de cólera, levantó su diestra abofeteando al hombre que tenía delante.

Su mano realizó el prodigio inútilmente esperado por los admiradores de la estabilidad de aquel monóculo que parecía sujeto con tornillos a la arcada de la ceja. Por primera vez se desprendió el redondel de vidrio de su marco, cayendo al suelo con un retintín que amortiguó el espesor de la alfombra.

Sintióse desarmado su portador. Luego se inclinó para recobrarlo, y, una vez vuelto a su lugar, responder a la agresión, luchando cuerpo a cuerpo. Pero Rosaura se interpuso entre los dos, fijando en Borja unos ojos iracundos.

Esta mirada abatió instantáneamente su cólera. ¡Ay! ¡Qué interés el suyo por un personaje que parecía grotesco...!

No pudo seguir sus reflexiones. La hermosa viuda tiraba de su futuro esposo, y éste dejábase conducir sin esfuerzo llevando en la diestra un cartoncito blanco.

Adivinó Claudio que era una tarjeta suya. De no ver el pequeño cartón, no lo habría creído. Tal vez acababa de darla, accediendo a una demanda de su adversario. También podía ser que hubiese repetido inconscientemente una acción tantas veces visto en las situaciones más dramáticas del teatro y el cinematógrafo.

Salió del *palace* con aparente tranquilidad. Nadie se había enterado de lo ocurrido. Era la hora anterior a la comida, la más solitaria en todo hotel de lujo, cuando ha cesado el baile y los huéspedes están en sus cuartos cambiando la vestimenta para bajar al comedor.

Comió Claudio en su *trattoria* con más apetito que otras veces.

«Me he desahogado —musitaba—. Esto hace bien, digan lo que digan.»

Y apreció con cierto orgullo la torpeza de su muñeca, un poco tumefacta, como prueba del vigor de su bofetada.

Aquella misma noche, estando en su tertulia habitual, se presentaron dos señores para hablar con él. Venían de su *villino*, y el criado italiano, conocedor de las costumbres diarias de Borja, los había enviado al café. Eran los representantes de don Rodolfo López Rallo.

Los presentó Claudio a su amigo el escultor, quedando citado éste con ellos para la mañana siguiente. Necesitaba buscar en seguida a un amigo suyo y de Borja, militar agregado a la Embajada española, no a la de don Arístides Bustamente, sino a otra, a la acreditada en el Quirinal, cerca del rey de Italia.

Cuando el joven acababa de levantarse, al otro día, un automóvil se detuvo ante su casa. Poco después vio entrar a don Manuel Enciso, sorprendiéndole en mitad de los cuidados higiénicos de su persona, sin miramiento alguno, como si un suceso de inmensa importancia hubiese suprimido todos los escrúpulos corteses y las fórmulas de buena educación, de las que vivía esclavo el diplomático.

—Lo sé todo —dijo con voz dramática, imitando lo que tantas veces había oído desde su palco en parecidas situaciones.

Uno de los padrinos de López Rallo era el nuevo secretario de su Legación, que acababa de llegar de Roma, y al que no conocía Borja. Por él se había enterado el plenipotenciario de lo ocurrido.

En el primer momento se opuso a que alguien de su casa interviniese en un duelo, cosa prohibida por las leyes de la Iglesia. Era un diplomático católico y no podía incurrir en tal pecado. Pero el joven había hecho constar los deberes del compañerismo, el apoyo que se deben las gentes de la *carrera*. Se encontraba en la misma situación que los guardias nobles del Papa, incapaces de dejar impune una ofensa cuando van de uniforme, no obstante ser considerados como militares imbeles. Y Enciso acababa por aceptar las objeciones de su subordinado.

Un interés novelesco parecía enardecer desde dos horas antes la existencia del diplomático-artista. No contento con permitir que su secretario se mezclase en dicho asunto, interesábase por sus resultados, visitando a los dos adversarios.

López Rallo era sobrino del autor de tantos monumentos del Derecho internacional. A Borja lo apreciaba no menos, a causa de su apellido y por su antiguo tutor, don Arístides Bustamante, aunque ambos viviesen ahora algo separados.

Consideraba inútil hacer gestiones de mediador entre ambos contendientes. Había visto al *hombre del monóculo*. Se mostraba irreductible. Quería matar o que le matasen. Aquella agresión en presencia de la señora de Pineda le hacía intolerable una vida sin venganza.

La frialdad burlona de Claudio al hablar de su rival le convenció igualmente de la ineficacia por esta parte de toda mediación amistosa.

—¡Ah, las mujeres...! ¡Qué cosa tan terrible el amor! —dijo con falso acento de protesta.

En el fondo de su ánimo, este padre de familia admiraba las violencias y escándalos que acompañan al amor, y parecía contentísimo de intervenir en un lance de la vida real, semejante a los que había conocido hasta entonces únicamente en los libros.

Consideraba lógico que dos hombres quisieran matarse por aquella hermosa viuda, hacia la cual se volvía su recuerdo muchas veces. Todas las mujeres de vida incesante que provocaban batallas entre los mombres o eran motivo de sus lágrimas, heroínas de teatro y de libro, le hacían pensar inmediatamente en la señora de Pineda. Era para él una concreción de cuantas aventuras y caprichos alegran la existencia humana y la amargan a un tiempo, embelleciendo su natural monotonía. Él también, de no ser quien era, habría acabado por hacer locuras, lo mismo que estos jóvenes, que le inspiraban una envidia mansa.

—Estoy en relaciones —dijo— con los cuatro testigos que preparan el encuentro. Hasta los he ayudado un poco con mi influencia.

Había conseguido el permiso necesario para que el duelo se efectuase en un jardín, cerca de Roma, propiedad de una princesa austríaca, que ahora tenía embargado el Gobierno de Italia, pero exigiendo a los padrinos la más absoluta discreción.

—Que nadie sepa nada. Imagínese usted si en el Vaticano llegaran a enterarse de estas cosas... ¡Un ministro plenipotenciario cerca de la Santa Sede!

El encuentro iba a realizarse aquella misma tarde. Como él no había presenciado nunca un duelo, deseaba aprovechar la ocasión.

—Los veré sin que ustedes me vean —siguió diciendo—. Me he preparado un escondrijo de acuerdo con el hombre del jardín. No pasará nada grave, me lo dice el corazón.

Esta tranquilidad permitió al buen Enciso mostrarse algo jactancioso en sus apreciaciones sobre el próximo combate. Hubiese preferido un duelo a espada. Aborrecía las armas modernas. La pólvora, según él, había acabado con la poesía de la Historia.

—Además, ya sabe uted, amigo mío, que soy un cardenal del Renacimiento, nacido con cuatro siglos de retraso; uno de aquellos cardenales aseglarados, como nuestro don Rodrigo de Borja, que se presentaba en las fiestas con espada al cinto, botas altas y plumas en el gorro. La pistola no me parece de mi época; pero debemos resignarnos a los usos de los tiempos de ahora, ya que en ellos vivimos.

Era López Rallo quien había exigido esta arma, creyéndola más eficaz para suprimir a su enemigo. De un combate con armas blancas podían salir, uno u otro, sin más que un simple rasguño.

—Dicen que es un gran tirador... —continuó Enciso—. A usted también lo creen experto en la pistola y otras armas. Por suerte, tengo la corazonada de que no correrá sangre, y nunca me equivoco en mis presentimientos.

Recibió Claudio con gestos despectivos esta afirmación de la habilidad de su adversario. Le parecía bien la pistola. Recordaba sus ejercicios en Madrid, durante varios años, amaestrándose en el uso de diversas armas.

—Hace tiempo que no tiro —dijo—; pero le aseguro que al primer disparo le partiré de un balazo el monóculo. Téngalo por seguro.

Se alarmó Enciso ante esta afirmación, dicha con una sinceridad que le parecía terrorífica.

—No, amigo mío; usted no hará eso. Usted va a limitarse a tirar sin mala intención, y el otro hará lo mismo. Yo se lo exigiré, y me obedecerá. Deben ustedes salir del paso como buenos camaradas, y luego... ¡ya veremos! Hablaré a esa señora para que resuelva las cosas a gusto de todos..., no sé cómo.

Después de dudar unos segundos, comprendiendo la inutilidad de su última promesa, se apresuró a añadir:

—Lo importante es lo inmediato, lo que ocurrirá dentro de unas horas.

Tomó cierto aire solemne mientras sacaba de un bolsillo interior de su chaqué un pequeño sobre de los que sirven para tarjetas.

—Va a prometerme, amigo Borja, que guardará esto en el traje que lleve esta tarde. Es el ruego de un hombre que sabe de la vida más que usted... No me pregunte. Obedezca.

A pesar de su tono de mando, se notaba en don Manuel un deseo vehemente de ser interrogado acerca del misterio del pequeño sobre.

Claudio lo mantuvo en su diestra, preguntando con su mirada antes de guardarlo, y el diplomático se decidió finalmente a revelar su contenido.

Era la mitad de una estampita representando a los Reyes Magos tales como los conservan en la catedral de Colonia. Todo el que llevase este santo papel encima de su cuerpo no podía morir de muerte violenta. Sin duda, en su visita al otro combatiente le había regalado la primera mitad del sacro fetiche.

—No sonría usted, Borja. Un cardenal alemán, muy sabio y gran amigo mío me ha hecho conocer infinitos milagros de esta estampa; un varón eminentísimo, incapaz de mentir... No se extrañe de que yo lo crea a pesar de que soy un hombre mundano, «demasiado artista», como dice de mí el tío de su adversario.

Luego adoptó cierto aire pedantesco, para añadir:

—«Existen entre el Cielo y la Tierra muchas cosas misteriosas que los hombres ignoramos...» Ya sabe usted quién dijo esto, mejor que lo digo yo.

Claudio hizo esfuerzos para mantenerse serio al oír que el gran Enciso citaba a Shakespeare con el deseo de probar la fuerza milagrosa de una media estampa de los supuestos Reyes Magos de Colonia.

Al darse cuenta el diplomático-artista de ese asombro de su oyente, añadió con modestia, como si se excusase:

—Inútil reírse de mí. Ya le he dicho que soy de otra época; igual a aquellos personajes que creían a la vez en la Virgen María y en Venus, llevaban sobre el pecho un medallón con la Hostia consagrada y se entregaban a la astrología y la magia. Siendo grandes pecadores, no dudaban un momento del poder de Dios y la existencia de la vida eterna... Le repito que soy el último cardenal del Renacimiento, con mujer y cargado de hijos, lo mismo que muchos de ellos..., pero todos hijos legítimos.

V. EL OCASO Y LA MUERTE

Envolvía a Claudio Borja una sensación de paz interior, de indiferencia para cuanto lo rodeaba. Era a modo de una brisa refrescante, venida del infinito sólo para él, no pudiendo gozar nadie más su soplo.

Recordaba lo ocurrido veinticuatro horas antes con el relieve de los hechos recientes. Veía árboles de obscuro follaje limitando el semicírculo de una planicie cubierta de hierba con florecillas. Ante sus ojos, López Rallo, vestido de negro, con el cuello de su chaqué subido, cual si cayese sobre él una lluvia invisible, el codo en escuadra, la diestra cerrada y en alto, sirviendo de remate a ese puño una gran pistola.

Claudio estaba en la misma actitud, y a sus espaldas existía indudablemente una arboleda igual a la otra. Enciso debía de mantenerse oculto en algún macizo de verdura, jadeante de emoción.

Sonaban tres palmadas, y una voz repetía dichos golpes de manos numerándolos. Los dos bajaban el brazo hasta ponerlo horizontal.

Él quería matar, más por egoísmo que por verdadera cólera. Necesitaba desembarazarse del *hombre del monóculo*. Y aprovechó un breve intervalo entre las tres palmadas para retificar su puntería, buscando el brillo de aquel redondel de vidrio que el otro había conservado por petulancia seguramente.

Oyó el tiro de la pistola que tenía enfrente, un ruido muy

lejano, y apretó el gatillo de la suya; mas no pudo escuchar su detonación. En el mismo instante sintió un golpe en la parte alta de su pierna derecha, una contusión, que hizo recordar la que había sufrido, siendo pequeño, al recibir cierta pedrada en una contienda con otros de su edad.

Se le ocurrió que el proyectil de su enemigo había chocado en el suelo, levantando un guijarro que rebotaba hasta él. No podía ser una herida. Se mantuvo en pie, sin sentir que le abandonaban sus fuerzas, rígido y bien plantado, dispuesto a continuar el combate. Los padrinos les entregarían nuevas pistolas para que prosiguiesen el lance. El accidente carecía de importancia.

Lo único que le pareció raro fue el calor de dicha piedra, cuyo contacto resultaba cáustico, igual a una quemadura.

De pronto vio correr hacia él a los cuatro padrinos, a los dos médicos, al encargado del jardín y otras personas que habían estado ocultas presenciando el encuentro. Hasta el plenipotenciario Enciso surgió de entre unos árboles, pálido, alzando las manos a impulsos de su emoción. Todos habían visto vacilar a Claudio, inclinándose a su derecha, sin que él se diese cuenta de ello.

Como si agudizase sus sentidos esta convergencia general hacia el lugar ocupado por su persona, empezó a percatarse de que algo húmedo iba deslizándose a lo largo de su pierna, brotando de la contusión producida por la pedrada caliente. Era sangre que manaba de un orificio repentinamente abierto en su pantalón, más abajo de la cadera derecha.

Todos estos hombres se lo llevaban, quitándole la pistola, sin escuchar sus deseos de proseguir el combate. Tampoco entendía en realidad sus palabras. Vio solamente en torno a su rostro gesticulaciones, ojos inquietantes, y escuchó frases que le parecían faltas de sentido.

Pretendieron llevarle en alto, pero Claudio los rechazó, marchando fácilmente por sus propios pies. Una nueva fuerza le hacía invulnerable para el dolor. La pierna herida la consideraba como si fuese de otro, pareciéndole cada vez menos sensible.

Luego se veía acostado en una pobre cama, la del jardinero. Los testigos permanecieron junto a la puerta, dejando así más espacio a los dos médicos, que trabajaban en torno a él, después de haber bajado sus pantalones, para apreciar la herida.

Se dio cuenta de que su cuerpo estaba perforado por un nuevo agujero. Percibió contactos metálicos en la carne rota, pero ningún dolor que resultase intolerable.

Oyó exclamaciones de asombro, y tendido como estaba, no pudo ver los rostros de los que las proferían. Tal vez eran de horror ante la enormidad de aquel desgarrón que apenas si le causaba más daño que un simple pinchazo. Las heridas de muerte inmediata debían de ser así.

Un dolor más agudo. Los médicos le hacían una incisión en la parte interior de la pierna, y sintió repentinamente un grato aligeramiento, comparable al del que pierde una muela cariada. El redondo proyectil le había atravesado el muslo, quedando junto a la piel, y los operadores acababan de extraerlo fácilmente por el extremo opuesto.

—Es lo que llamamos nosotros una herida de suerte —dijo el oficial español que le había servido de padrino.

Todos se acercaban a la cama con la confianza de la tranquilidad. Daban explicaciones los médicos hablando de arterias, músculos y huesos que podía haber fracturado la bala.

—Unos cuantos milímetros a la derecha, tal vez uno nada más, y la herida sería gravísima.

Al levantar Borja su cara pálida y sonriente, vio a Enciso en la puerta, mirando a lo alto con devota expresión. Movía la cabeza y hablaba al mismo tiempo con cierta incoherencia para los demás.

—¡Y luego dicen...! ¡Y todavía hay quien duda...!

Le vendaban la pierna, esparciéndose un fuerte olor de drogas antisépticas, e iba por su pie hasta el automóvil, situado frente a la casa del jardinero.

—Esto no es nada —dijo sonriendo.

Los cuatro padrinos le hablaron con cierta timidez. Su adversario lamentábase de lo ocurrido y olvidaba la ofensa recibida. Quería estrechar su mano. Claudio dejó de sonreír e hizo un gesto como si repeliese a un insecto invisible: «¡Ah, no!»

Le parecía ridícula tal proposición, y pasaron por su memoria como personajes simpáticos César Borgia seguido de don Michelotto. ¡Éstos eran hombres...! Representaban la brutalidad de la existencia humana con todo su esplendor trágico, sin hipocresías.

Entretanto, Enciso iba diciendo a sus espaldas:

—Indudablemente, un milagro... ¡Un verdadero milagro!

El médico de Borja contestaba, asintiendo con movimientos de cabeza:

—Herida asombrosa, mas no por eso hay que descuidarla.

Anunciaron a Claudio que le acometería la fiebre al cerrar la noche; pero no sufrió la menor alteración en su temperamento, mientras conversaba con todos los amigos del restorán, venidos a visitarlo.

Sonaba con frecuencia la campana de la verja del jardincito. Todas las gentes que había tratado en comidas y bailes cuando estaba en buenas relaciones con el embajador Bustamante venían a dejar su tarjeta y preguntar por su salud. Su duelo era en aquellos momentos tema de conversación en hoteles y delegaciones.

Durmió con sueño normal, como si nada le hubiese ocurrido, sin otra sensación extraordinaria que un fuerte cosquilleo en la herida y un hedor de drogas saturando su dormitorio. El médico que le había examinado la noche anterior, asombrándose de su falta de fiebre, vino a despertarlo a media mañana, seguido de su excelencia Enciso de las Casas.

Recibió el herido a éste con un gesto burlón:

—Anoche pensé que de poco me ha servido su estampita de los Reyes Magos.

El otro levantó las manos al cielo. ¿Y aún dudaba del prodigio...? Gracias a su precaución, la bala había atravesado nada más que los *tejidos blandos* de la pierna, como decían los médicos, sin tocar algo esencial que representase un peligro grave.

—Crea usted, amigo mío, que en el primer momento sufrí un gran susto. Anoche todavía estaba impresionado, y hablé de ello con... ciertas personas amigas. En realidad, es ahora cuando me convenzo de que no pasará nada, después de oír las explicaciones del doctor.

Y el médico italiano, complacido de que tan importante personaje diese fe a sus palabras, continuó hablando de la herida. Se mostraba maravillado del vigor del joven, de la fuerza de sus tejidos para rehacerse. En pocas semanas quedaría completamente cerrado aquel orificio de la pierna, sin más que una ligera señal. Podía caminar en aquel momento sin dificultad, cojeando ligeramente, pero resultaba preferible que guardase reposo. Esto facilitaría la cicatrización.

Pasó la tarde solo. Le cansaba recibir visitas, hablando horas y horas con aquellos amigos que venían a su estudio como a un café, llenándolo de humo con sus cigarrillos, conversando siempre del lance y de su adversario.

Estando a solas volvía a caer en aquella tranquilidad sobrehumana que le hacía ver los sucesos recientes como si fuesen lejanísimos. El *hombre del monóculo,* y hasta la misma Rosaura, los creía personajes imaginarios conocidos en una novela, cuyas formas vagarosas podía cambiar al capricho de su pensamiento.

Indudablemente existían, pero ¡le interesaban ahora tan poco...! Su voluntad parecía haberse paralizado desde que recibió en una de sus piernas la pedrada caliente.

Con el deseo de entretener estas horas solitarias buscó sus libros favoritos, abandonados varios días sobre una mesilla árabe del estudio.

Otra vez se puso en contacto con la vida de cuatro siglos antes. César Borgia, que había atravesado su imaginación en el momento de sentirse herido, volvía a buscarle con su fiel y terrible don Micalet.

Empezaba la hora del ocaso para *nuestro César.* Iba a ser vencido por las misteriosas e inesperadas combinaciones de la suerte en el momento que se veía más poderoso.

Algo semejante a lo que acababa de ocurrirle a él, recibiendo una herida *estúpida* precisamente cuando se creía más seguro de meter una bala en el ridículo disco de cristal ostentado por su adversario.

«La vida es ilógica —pensó—, y por eso no la dominamos nunca.»

En julio de 1503 únicamente tenía que hacer el duque de las Romañas un paseo militar por los territorios de la Iglesia, afirmando para siempre la potencia temporal del Pontificado y su propia autoridad. Sólo le quedaban por conquistar unos pequeños feudos de los Orsini, trabajo fácil que había dejado para el último momento.

Cada vez veía más segura su gran empresa de la unificación de Italia. Cierta parte de la Toscana, Perusia, Piombino y las islas de Elba eran ya suyas. Pisa le llamaba, admirándolo como un salvador. Siena no quería defenderse de él. Florencia estaba convencida de que fatalmente acabaría por pertenecer a este capitán invencible.

Después de incorporar la Toscana a los estados pontificios, podría apoderarse del Milanesado y la República de Génova, donde no le faltaban amigos, atacando finalmente al mayor de sus adversarios, la República de Venecia, poco temible y vulnerable en una guerra terrestre. Terminadas tales conquistas, el reino papal recogería sin dificultad, como frutos maduros, Nápoles y Sicilia, siendo las avanzadas en el Mediterráneo de esta Italia borgiana Córcega y Cerdeña.

Un plan tan vastísimo no podía realizarse durante el Pontificado de su padre, que ya contaba setenta y dos años; pero él sólo tenía veintisiete, y recordando las grandes victorias conseguidas en los últimos tres años, bien podía forjarse la esperanza de triunfar antes de la madurez de su vida.

Para ser el verdadero soberano de esta Italia unificada bajo la Iglesia había ido preparando un Sacro Colegio de cardenales adictos, italianos y españoles. Después de la muerte de su padre, él sería el jefe de los consistorios, eligiendo a su gusto a los futuros pontífices, y éstos se circunscribirían a ejercer el poder espiritual, delegando en su persona todas las funciones temporales.

«Mas César, siempre vencedor hasta entonces —se dijo Claudio—, ignoraba la existencia del microbio, y unos cuantos gérmenes bastaron para derribar de un sólo golpe la naciente y famosa dinastía de los Borgia.»

Mantenía las lagunas cercanas a Roma, con sus nubes de mosquitos, la fiebre palúdica todo el verano, matando diariamente a centenares de personas.

Se quejaba el Papa, el 12 de agosto, de un acceso de fiebre, el 16 y el 17 lo sangraban copiosamente, dándole varios brebajes algo extravagantes dignos de la Medicina de entonces; y el 18, considerando cercano su fin, se confesaba y pedía la comunión, haciendo que celebrasen una misa junto a su lecho. Al terminar ésta, sentía venir la muerte; al anochecer le administraban la extremaunción y fallecía pocas horas después rodeado de sus domésticos, casi todos españoles, y de algunos cardenales de igual nacionalidad.

César Borgia no podía visitar a su padre. Él también estaba enfermo, casi agonizante, en otro piso del Vaticano, encima de la habitación mortuoria del Pontífice.

Era igualmente víctima de la fiebre, agravada por violentos *accidentes terciarios*, de la sífilis, enfermedad contraída tres años antes, a mediados de 1500. El antifaz negro que llevaba al principio, por afición a la vida misteriosa y deseo de pasar inadvertido, le resultaba ya necesario para ocultar los estragos de su cara. El príncipe *rubio*, y *bello*, reputado como el más hermoso señor de Roma, tenía el rostro violáceo, cubierto de erupciones cutáneas. Su epidermis se había obscurecido. Sus narices empezaban a ser achatadas, y muy anchas, acrecentando esta repentina fealdad la horrible leyenda que envolvió los últimos años de César.

El azar de que el padre y el hijo hubiesen caído enfermos de muerte a un mismo tiempo dio nuevo pretexto a los calumniosos *se dice* con que embajadores enemigos y foliculários al servicio de las desposeídas familias feudales abrumaban a los Borgia.

Como todo lo de César debía ser extraordinario, el populacho romano inventó unos terribles procedimientos terapéuticos empleados por el médico español Gaspar Torrellá para salvarlo de su crisis mortal, y que únicamente un hombre de su temple podía soportar. Habían abierto el vientre a una mula, según unos, y a un toro, según otros, para meter desnudo al enfermo dentro del cuerpo de dicho animal, chorreando sangre y agitado por las convulsiones agónicas. A continuación sumergían al paciente en una enorme tinaja llena de agua casi congelada.

Tales invenciones populares obedecían sin duda a que el valenciano Torrellá, médico de gran celebridad (hecho obispo por el Papa para que cobrase las rentas de su diócesis). había aplicado a César un tratamiento riguroso de inmersiones frías, y por antítesis, inventaba el vulgo lo del encierro en el cuerpo caliente de un gran cuadrúpedo destripado.

Se salvaba el *Valentino*, pero su curación era muy lenta y quedaban en su rostro para siempre las huellas de esta crisis mortal.

Como Alejandro VI había muerto a consecuencia de una enfermedad microbiana de rápida evolución, y era grande y obeso de cuerpo, su cadáver se hinchaba inmediatamente, descomponiéndose. Su cara, negra y tumefacta, resultó a las pocas horas incognoscible.

Este desfiguramiento no pudo ser disimulado ni tampoco la súbita putrefacción del cadáver, y como el pueblo no tenía el menor concepto de tales fenómenos orgánicos, dio curso libre una vez más a su fantasía ávida de cosas dramáticas, suponiendo al Pontífice víctima del veneno. En aquel entonces sólo los Borgia podían envenenar, y el crédulo populacho inventó que todo lo ocurrido era obra de una equivocación, por haber tomado el Papa y su hijo en una cena el mismo veneno que destinaban al cardenal Corneto.

Tres meses después de la muerte de Alejandro VI, el humanista Pedro Mártir, de Anghiera, protegido de los Reyes Católicos y enviado de España, fue el primero que se hizo eco de este cuento en una de sus muchas cartas, elegantes, amenas, pero escritas con deplorable ligereza. Todos los denigradores del Pontífice difunto se basaron inmediatamente en dicha epístola para hablar una vez más del terrible *veneno de los Borgia,* añadiendo nuevos detalles a la leyenda popular.

El Papa y su hijo llegaban a *la viña* o casa de recreo del cardenal Corneto acompañados por el cardenal español Remolino y otros dos príncipes de la Iglesia. Alejandro VI había hecho traer a su bodeguero del Vaticano varias botellas de vino, una de ellas con veneno, destinada a Corneto. Pero al llegar, Alejandro y César sentían una sed violenta, y el bodeguero papal les servía con tal precipitación que se equivocaba, dándoles el vino envenenado.

«Y esta historia inverosímil —siguió pensando Claudio— ha vivido tres siglos, copiándola los escritores unos de otros, hasta que, casi en nuestros días, un examen ligero ha bastado para probar lo absurdo de su trama. ¡Varios convidados que llegan a un banquete llevando botellas de vino suyo, para que beba de una de ellas el dueño de la casa nada más...!»

Era verdad que el Papa y César habían cenado en casa del cardenal Corneto; pero el 5 de agosto, sin que nadie sintiese en los días siguientes la más leve indisposición. Sólo el

10, pasados cinco días, fue cuando el Papa mostró cierto malestar; el 12 sufrió los síntomas preliminares de la fiebre, llamando por primera vez al médico, y no muriendo hasta el 18.

Contaba setenta y dos años de edad y estaba gastadísimo por sus preocupaciones de gobernante más aún que por los placeres carnales, prolongados hasta su vejez. A nadie sorprendió su defunción, ni tenía nada de extraordinario que César enfermase de fiebre al mismo tiempo que él, pues dicha dolencia perniciosa mataba algunos días en Roma más de cien personas, sin distinción de clase social.

Varios cardenales y arzobispos residentes en la ciudad perecieron en las semanas anteriores al fallecimiento de Alejandro VI. El 1 de agosto, dieciocho días antes de su muerte, vio el Pontífice desde una de las ventanas del Vaticano el entierro de su sobrino Juan de Borja (el menor), cardenal de Monreale. Cual si presintiese su próximo fin, el Papa, que en aquel momento estaba sano, dijo melancólicamente a sus familiares:

—El difunto era vigoroso y abultado como yo. Este verano va a resultar fatal para los que somos obesos.

César, más joven y enjuto de cuerpo, lograba escapar de la muerte, pero con grandes trabajos y quedando por mucho tiempo inmóvil en su lecho.

Hablando semanas después con Maquiavelo, le decía tristemente:

—Todo lo que podía ocurrir después del fallecimiento de mi padre lo había yo previsto y remediado. Pero nunca se me ocurrió pensar que me vería enfermo de muerte al mismo tiempo que él.

A pesar de hallarse moribundo, este hombre extraordinario tenía la lucidez y la energía sobrehumanas de ordenar todo lo preciso para hacer frente al doble desastre: la desaparición de Alejandro VI y su propia agonía.

Varias veces por hora enviaba emisarios a las habitaciones inferiores donde estaba su padre para conocer los progresos de su enfermedad, y finalmente las angustias de sus últimos momentos.

Cuando le dieron la noticia de que el Papa había expirado, llamó a su fiel Michelotto, hablándole al oído. El fallecimiento del Pontífice era el principio de una guerra, y para sostenerla resultaba indispensable tener mucho oro. Y encargó a su terrible *alter ego* que se apoderase inmediatamente del tesoro del Vaticano.

Mandatos de tal clase los aceptaba don Micalet como si le invitasen a una fiesta. Espada en mano, exigió la llave del tesoro al camarlengo encargado de su custodia, ahuyentando luego a cuchilladas a otros funcionarios papales. Con tal fervor servía a su amigo y amo, que se llevó a las habitaciones del duque moribundo, no sólo las arcas llenas de dinero, sino también muchas joyas valiosas de la Santa Sede.

Fuera del Palacio no era menor el desorden. La tribu de los Orsini, que vivía oculta, temiendo a César, se lanzaba a las calles al conocer la muerte de su padre. Los Colonna formaban un pequeño ejército, avanzando hacia Roma a marchas forzadas. Los Savelli, fugitivos desde años antes, volvían a su palacio, convirtiéndolo en fortaleza. Todos los vasallos de la Iglesia desposeídos de sus feudos y los *condottieri* enemigos del Papa aparecían repentinamente en la metrópoli pontificia o en sus antiguas tierras.

Los españoles residentes en Roma y los italianos amigos de los Borgia se veían obligados a levantar barricadas frente a sus palacios o casas. La Ciudad Eterna estaba en revolución. Por todas partes riñas y choques de partidos opuestos, que hacían sucumbir docenas de personas.

Asaltaban los Orsini las viviendas de los españoles para robarlas y quemarlas. Los Colonna, sus eternos adversarios, olvidaban por unos días el odio secular para vengarse de César y sus amigos.

Las más estupendas ficciones circulaban en Roma sobre la muerte de Alejandro VI, inventadas por las familias enemigas de los Borgia.

Siete diablos habían aparecido junto a su cama para llevárselo, apenas muerto. Esto era porque Alejandro, en el momento de su elección, había vendido su alma al demonio a cambio de doce años de Pontificado. «Al morir —según escribía uno de la familia Gonzaga— se levantó en su cuerpo un gran hervor y espumeó su boca como una marmita puesta al fuego.»

Tales patrañas se basaban en la hinchazón y rápida descomposición de su cadáver. Tan voluminoso era al fin, que resultaba difícil acoplarlo en el ataúd e imposible cerrar la tapa de éste.

Mientras tanto, el duque de las Romañas, sobreponiéndose a su desaliento con prodigios de voluntad y ocultando la tristeza que le causaba verse inmovilizado en su lecho, hacía frente a todo. Dictó órdenes imperiosamente, como si no dudase de que continuaba siendo el amo de Roma; se impuso al Colegio de Cardenales, obligándolo a reconocer su calidad de gonfaloniero, capitán indiscutible de la Iglesia, no permitiendo que otros se encargasen de reprimir los desórdenes públicos.

Por suerte para él, don Michelotto estaba sano, y al frente de la guardia personal del duque imponía respeto a sus enemigos en las calles. Los alborotadores del bando Orsini y del bando Colonna cesaban en sus agresiones a los españoles así que presentían la proximidad de don Miguelito, el perro feroz de César.

En vano amenazaban a este último con que el rey de España iba a enviar contra él las tropas que tenía en Nápoles, y Luis XII haría lo mismo desde el Norte. Tendido en su lecho de dolor, obligaba a los delegados del Sacro Colegio y a los representantes de los diversos partidos a venir a tratar con él directamente. Mientras Micalet Corella y sus hombres se imponían a los revoltosos, gracias a su disciplina, él, empleando una diplomacia genial, estorbaba que los Colonna se aliasen con los Orsini, atrayéndolos finalmente a su causa.

Otros amigos de indiscutible fidelidad quedaban a su lado: el escritor Agapito de Amalia, su secretario inseparable, y el obispo de Chiusi, llamado Bonafede, un italiano joven y bravo, con más de guerrero que de capellán, tan atrevido y feroz como don Michelotto y dispuesto y dejarse matar por César. Éste conseguía siempre que sus íntimos lo adorasen hasta el sacrificio.

Desde su cama iba dictando un nuevo tratado de alianza con Luis XII, que firmó el embajador francés. El Sacro Colegio, obedeciendo sus órdenes, enviaba heraldos por toda Roma para que pregonasen en nombre del Gobierno pontificio que todo el que atentara contra el duque de las Romañas o los suyos sería condenado a la pérdida de la vida y propiedades.

El protocolo del conclave exigía que ninguna persona que llevase armas pudiera permanecer en Roma durante la elección de un nuevo Pontífice, y cumpliendo dicho mandato, los Orsini, los Colonna y otras facciones habían salido ya de la ciudad el 2 de septiembre.

César tuvo que hacer lo mismo al frente de su pequeño ejército, pero con otro aparato que dichos señores italianos, ostentando el lujo de un gran príncipe seguro de su poder, sobreponiéndose de un modo heroico a su enfermedad para mostrarse en público.

Antes de salir de Roma pagó a sus tropas con las riquezas arrebatadas por don Michelotto. Abrían la marcha trece piezas de artillería, cañones y bombardas, y cien carros conteniendo los equipajes del duque. Su Caballería escoltaba este convoy, mostrando todos los jinetes un aspecto uniforme y silencioso, revelador de la sólida disciplina mantenida por una mano severa. Así abandonó el Vaticano, saliendo de él por la puerta Viridaria.

Hasta en la rapidez de esta retirada guardó César las apariencias majestuosas y la dignidad que no le abandonaron nunca. Doce alabarderos lo llevaban en hombros sobre una camilla cubierta de brocado carmesí. Detrás de él venía su caballo de batalla con caparazón de terciopelo negro, bordadas en oro sus armas ducales y sostenido de las riendas por un paje.

Los embajadores de Alemania, Francia y España lo acompañaron hasta más allá de los muros de Roma. El cardenal Cesarini lo esperaba en una puerta de la ciudad para comunicarle algo importante en nombre del Sacro Colegio, y César contestó con altivez, desde lo alto de sus andas, que no podía darle audiencia.

En realidad, hacía esfuerzos sobrehumanos para guardar su aspecto impasible y no desmayarse. Al amparo de él salió del Vaticano toda la familia Borja. Su madre, la *Vannoza*, había ido a pedirle protección, pues al conocerse la muerte del Pontífice el populacho intentaba asaltar y robar su casa.

Detrás de su lecho portátil iba también don Jofre, pero solo. Su esposa, la liviana doña Sancha, vivía presa en el castillo de Sant'Angelo desde algunos meses antes, por orden de Alejandro VI, a causa de sus escándalos. César acababa de ordenar su libertad, encargando a los Colonna que la condujesen a Nápoles.

Habían atraído especialmente su atención los pequeños de su familia, colocándolos en el lugar más seguro de dicha comitiva. Cuatro niños marchaban detrás de su cama ambulante. Dos de ellos eran el duque de Sermoneta, hijo de Lucrecia y del napolitano Biseglia, que había de morir pocos años después, y el príncipe de Camerino, último retoño del Pontífice muerto y de la bella Julia Farnesio. César mostraba un afecto paternal por este hermano tardío. Los otros dos niños eran bastardos suyos habidos de madres desconocidas, pues sus verdaderos amores procuró siempre mantenerlos en el misterio.

Y ponía fin al cortejo don Michelotto, la espada en la diestra, mirando a un lado y otro con agresiva inquietud, seguido de sus hombres de confianza que abandonaban a Roma de mal talante, como una jauría silenciosa pronta a ladrar y morder al menor incidente.

«Esta retirada —se dijo Claudio—, comparable a una apoteosis, fue el fin de la carrera de César, tan corta y gloriosa. Ya no triunfó más a partir de tal momento. Sólo le quedaban cuatro años de vivir, los cuales fueron en realidad lenta agonía.»

Contaba en el conclave con el partido español, compuesto de trece cardenales, y desde fuera de Roma, luchando desesperadamente con su enfermedad, envió continuos emisarios al Vaticano, influyendo en la elección pontificia.

Todos los Borgia de carrera eclesiástica habían llegado a cardenales, hasta un Francisco Borja, natural de Sueca, cerca de Valencia, que empezó por cubiculario del Papá, para llegar a ser tesorero, arzobispo de Cosenza y cardenal de Santa Cecilia. Hubo momentos en que se contaron diez Borjas entre los más altos dignatarios de la Iglesia.

Vera y Remolinos, los compañeros españoles de César en la Universidad, también recibían el capelo cardenalicio, así como un clérigo de Valencia, Juan Llopis, gran amigo de la familia. Y los demás íntimos de Alejandro, su camarero Marrades, Pedro Carranza y otros, llegaron a ser arzobispos sin abandonar el Vaticano. Hasta el alemán Burckhardt, el autor del *Diarium*, recibía una mitra, mientras continuaba en secreto la fría obra de difamación contra su protector.

Juliano de la Rovere, amigo de los Borgia en apariencia y el más implacable de sus detractores, esperaba ser elegido Pontífice por los cardenales italianos. César ganó su última batalla consiguiendo desde lejos que el conclave designase a un octogenario, el cardenal Piccolomini, sobrino de Pío II, el cual tenía varios hijos, como la mayor parte de los príncipes eclesiásticos de entonces.

Tomó el mismo nombre de su tío el Papa escritor, llamándose Pío III, e inmediatamente confirmó a César Borgia en sus títulos de gonfaloniero de la iglesia y duque de las Romañas. Este hombre, terrible con sus adversarios, era capaz de los más audaces sacrificios para los que se mantenían fieles a él. Pío III, aparte de que la familia Piccolomini había sido siempre amiga de los Borgia, mostraba un amor paternal por César. Lo conocía desde niño y no podía olvidar cómo le salvó la vida en cierta ocasión, combatiendo a sus enemigos personales.

Por desgracia para el duque de las Romañas, el nuevo Papa era tan viejo y estaba tan débil, que ni había podido asistir al conclave.

Volvió a Roma el gonfaloniero, enviando jefes de su confianza a todos los dominios de la Santa Sede conquistados por él, para tenerlos más seguros. Los enemigos de los Borgia fingían obediencia a Pío III, traicionando al mismo tiempo a su capitán general. Venecia apoyaba en secreto a los feudatarios desposeídos. Florencia enviaba una vez más a Maquiavelo cerca de este enemigo temible, con el encargo de procurar su muerte si lo creía oportuno.

Fernando el Católico le asestó el golpe de gracia. Siempre había visto con recelo y antipatía a este joven formado en su misma escuela. Era el odio del maestro viejo al discípulo audaz e insolente. Gonzalo de Córdoba, obedeciendo a su rey, dio desde Nápoles la orden de incorporarse a sus banderas a todos los españoles al servicio de César Borgia. Don Hugo de Moncada y sus mejores capitanes tuvieron que abandonarlo, precisamente en el momento que más se estrechaba en torno a su persona el cerco de sus enemigos.

Don Miguelito y la tropa mandada directamente por él

fueron los único en desobedecer dicha orden, quedándose al lado del *Valentino* por lo mismo que empezaba a obscurecerse su buena estrella.

Al perder el apoyo de tres mil españoles, el ejército, pequeño, pero el mejor organizado de entonces, los *condottieri* y los señores feudales desposeídos creyeron llegado el momento de acabar con el conquistador de las Romañas, formando un círculo de tropas alrededor de Roma y acabando por entrar en ella para exigir a Pío III que les entregase al duque *vivo o muerto.*

César se refugió en el castillo de Sant'Angelo, haciéndose llevar a hombros por la vía subterránea que comunicaba dicha fortaleza con el Vaticano.

Don Michelotto y otros amigos estaban ausentes, por haberlos enviado a las Romañas a que gobernasen sus principales fortalezas; mas algunos partidarios fieles que permanecían junto a él, especialmente el belicoso obispo Bonafede, bastaban para defender la antigua Mole Adriana, tenida por inexpugnable luego de las obras hechas en ella por Alejandro VI.

Al fin hubieron de renunciar sus adversarios a los procedimientos violentos para suprimirlo, y solicitaron de Pío III que iniciase un proceso contra él. Así transcurrió octubre de 1503, y como Juliano de la Rovere había conseguido atraerse mientras tanto a todos los individuos del conclave pertenecientes al partido francés y consideraba segura su elección, creyó llegado el momento de acortar los días del anciano Piccolomini, que ya duraba demasiado.

Hizo el médico del Pontífice una operación torpe, pero oportuna, en una pierna que tenía enferma, y esto lo mató repentinamente, dejando vacante el trono apostólico. Rovere, a pesar de su odio a los Borgia, se puso en comunicación con César, haciéndole toda clase de promesas a cambio de que le proporcionase los votos de los trece cardenales españoles.

«El futuro Julio II —pensaba Claudio—, tan injustamente alabado por los historiadores de su época, fue peor realmente que el más malo de los Borgia, uniendo a su perversidad la nota antipática y la hipocresía. Pasó una parte de su existencia insultando a su antiguo amigo Rodrigo de Borja, para adularlo a continuación servilmente, cuando éste le perdonaba sus deslealtades.»

Alejandro VI era para él *un judío*; pero esto no le impidió casar a individuos de su familia con parientes de aquél, para asegurar mejor su influencia. Apenas elegido Papa, mandaba cerrar las Estancias de los Borgia, no obstante su belleza artística.

—Yo no puedo vivir —decía indignado— en los mismos lugares que habitó ese *marrano* español, ese circunciso.

Y semanas antes había suplicado a César que le proporcionase el apoyo de los cardenales españoles, debiendo a ellos su elección.

Su Pontificado resultaba grande políticamente, porque el hijo de Alejandro VI había preparado sin saberlo dicha grandeza, ensanchando con su espada los Estados de la Iglesia. Lo mismo podía decirse en lo referente a las artes. Miguel Ángel, el primer artista de su tiempo, empezó a trabajar en Roma como protegido de César.

Prometía Rovere al duque de las Romañas una situación bajo su Pontificado semejante a la que había tenido con Alejandro VI, pero pronto se convenció el enfermo de que iba a tratarle traidoramente, como siempre.

Apenas elegido Papa con el nombre de Julio II, confirmaba a César su título de gonfaloniero de la Iglesia, pero enviando al mismo tiempo emisarios a todos los estados dependientes de la Santa Sede para que sustituyesen a los gobernadores amigos de Borgia. Estos agentes volvían a Roma poco después, declarando con asombro que los habitantes de las Romañas adoraban al *Valentino* y se mantenían fieles a él, no queriendo someterse a la autoridad directa del Papa.

Furioso Julio II por tal desobediencia, quiso encarcelar a César en el castillo de Sant'Angelo. Luego, asustado por la protesta de los cardenales españoles, se limitó a tenerlo preso en las habitaciones que ocupaba dentro del Vaticano, o sea, en la llamada torre Borgia.

A principios de 1504 aún estaba el duque de las Romañas tendido en su lecho, rodeado de amigos fieles y procurando no comer más alimentos que los preparados por aquéllos, pues temía, con razón, verse suprimido como el viejo Pío III. La victoria definitiva de los españoles sobre los franceses en el reino napolitano contribuyó a que Julio II no se atreviese a abreviar la vida de su prisionero.

Hasta el mes de abril de 1504 batalló el Pontífice para arrancarle el gobierno de las Romañas. Aceptaba César la entrega de sus estados a cambio de la libertad y la vida, enviando órdenes a todos sus gobernantes, para que cediesen a los representantes del Papa ciudades y fortalezas. Pero estaban allá don Michelotto y otros españoles, como delegados del duque Valentino, especialmente el castellano Gonzalo de Mirafuente, y se negaban a obedecer los mandatos de su señor.

—Cuando el duque esté libre —contestaba Mirafuente— y me escriba, le obedeceré. Mientras el Papa lo tenga preso, su firma carece de valor para mí.

César ya no estaba en el Vaticano. El nuevo Pontífice lo había trasladado a su castillo de Ostia, junto al mar, prometiéndole una licencia para embarcarse tan pronto como las Romañas se sometiesen.

Solamente algunas ciudades empezaron a acatar a Julio II, lamentando con ruidosas demostraciones verse privadas del gobierno justiciero, y hasta democrático de aquella época, del hijo de Alejandro VI.

Tales manifestaciones populares a favor de César fueron una prolongación de su salida triunfal del Vaticano un año antes. El 26 de abril consiguió embarcarse en una galera enviada por Gonzalo de Córdoba, dándole éste además un salvoconducto en nombre de don Fernando el Católico.

Llegaba finalmente César a Nápoles sin otro acompañamiento que su antiguo condiscípulo, el español Remolino, ahora cardenal, y su paje Juanito Grasica, de la misma nacionalidad.

Al conversar con Borgia, sintióse Gonzalo de Córdoba seducido por sus vastos planes. Continuaba soñando con la constitución de una Italia única, pero éste necesitaba vivir al amparo de una potencia vigorosa que la protegiese: España o Francia.

Ya que su suerte le había empujado a Nápoles, tierra de Fernando el Católico, se ofrecía a emprender la conquista de toda Italia para que fuese de los reyes españoles, lo mismo que Nápoles y Sicilia. Y el Gran Capitán, como virrey, le autorizó para organizar una expedición contra Toscana.

En menos de un mes tuvo formado un pequeño ejército. Acudían soldados de diversas nacionalidades, seducidos por la noticia de que el duque de Valentino proyectaba hacer la guerra de nuevo. Ya tenía la artillería en varias galeras y sus tropas prontas, con el propósito de desembarcar en Pisa, que esperaba impaciente su presencia, cuando fue hecho prisionero por Gonzalo de Córdoba cumpliendo una orden de los reyes de España.

La política tortuosa e incomprensible para los demás que siguió en todas las ocasiones Fernando el Católico abundaba en tales sorpresas. Le convenía por el momento ayudar a Julio II y éste deseaba tener otra vez al hijo de Alejandro a su disposición para que concluyese la entrega de las Romañas. Sólo algunas plazas se habían rendido al Pontífice. Las más importantes continuaban en franca rebeldía, no pudiendo tomarlas las flojas tropas del Papa. Gonzalo de Mirafuente y otros capitanes fieles seguían gobernando las mejores posesiones del duque Valentino.

Para vencer su resistencia intentó valerse el Pontífice del auxilio de ciertos españoles establecidos en Roma y despechados con los Borgia porque no les habían proporcionado empleos o dado muy poco en los tiempos de su grandeza.

Uno de ellos, Pedro de Oviedo, antiguo servidor de César, se prestaba a ir a Forli como enviado de Julio II para sobornar al gobernador Mirafuente. Éste le afeó su traición, indigna de un español, por ser los Borgia españoles de origen, y luego de acribillarlo a puñaladas lo hizo colgar de una almena.

Como el tesón de los representantes de César iba demorando la entrega de las Romañas, el Papa había buscado el apoyo del rey español.

También recibió Gonzalo de Córdoba el encargo de quitar al prisionero el salvoconducto a nombre de don Fernando el Católico.

Este documento, cuya desaparición interesaba mucho al monarca, no lo poseía ya el cautivo por haberlo confiado a uno de sus lugartenientes italianos, Baltasare de Scipione; mas al fin consiguió el virrey de Nápoles, por medio de los Colonna, apoderarse de él, rompiéndolo.

Resistióse el prisionero durante tres meses a ruegos y amenazas, no queriendo dar nuevas órdenes a sus gobernantes de las Romañas para que entregasen las fortalezas. Al fin cedió en agosto, y la rendición de sus últimos defensores fue con gran pompa y no menores testimonios de afecto al duque vencido, demostrándose una vez más el gran amor que éste sabía inspirar a los que lo rodeaban.

Gonzalo de Mirafuente obligó al Pontífice a darle una suma enorme como reembolso de los gastos que, según él, había hecho para defender la plaza desde que César no pudo socorrerlo.

El acto de la entrega de Forli resultaba una marcha triunfal para su guarnición. Mirafuente salía armado de punta en blanco como si fuese a un torneo, llevando delante un heraldo que aclamaba el nombre de César, duque de las Romañas; a su lado, dos tenientes, Fracassa y Numai, y detrás toda su tropa compuesta de españoles e italianos. La resistencia había durado nueve meses.

Indudablemente, esta aparatosa rendición de Forli, la más tenaz de sus plazas en resistirse, fue a cambio de promesas que Gonzalo de Córdoba hizo a César de acuerdo con las instrucciones de su rey; pero transcurridos nueve días, en vez de ponerlo en libertad, lo embarcaba en una galera española, sin permitirle otro acompañante que su paje Juanito Grasica. Dicho buque hizo rumbo a España escoltado por una flotilla de guerra, para impedir que los numerosos partidarios que aún le quedaban a César en las costas de Italia, saliesen a libertarlo.

Durante el resto de su vida sintió remordimientos Gonzalo de Córdoba por esta acción desleal. Hasta en el momento de su muerte se acordó de César Borgia, llorando la felonía con que le había tratado por obedecer las órdenes de Fernando el Católico.

Baltasare de Scipione, el *condottieri* al servicio de César, que se dejó engañar, entregando su salvoconducto, sintió tal indignación ante el proceder del rey de España y de Gonzalo de Córdoba, que, con arreglo a los usos caballerescos de la época, hizo publicar un llamamiento a toda la Cristiandad retando a combate a los que quisieran sostener que los reyes Fernando e Isabel no habían obrado como traidores, «con menosprecio de la fe jurada y con vergüenza de su corona real». Y ningún español se presentó, a pesar de que eran muchos los que vivían entonces en Italia, siempre dispuestos a batirse con el más fútil pretexto. Todos estaban convencidos de la justicia y verdad de dicho reto.

Lo inconcebible para algunos fue que un hombre como César creyese en la palabra de Fernando el Católico, quien consideraba superfluo dar valor a las promesas en asuntos políticos. El maestro viejo había acabado por engañar al terrible discípulo.

Recordó Claudio el cinismo diplomático de este monarca español, grande a su modo. Un embajador francés se quejaba ante él de su falta de sinceridad con Luis XII. Su rey no quería nada con el de España, recordando cómo lo había engañado una vez.

—¿Una nada más? —dijo Fernando el Católico, sonriendo finalmente—. Yo creo que lo he engañado más de ocho.

Llegaba a Valencia la galera procedente de Nápoles a fines de septiembre de 1504, desembarcando al prisionero. Era la primera vez que este hijo de español pisaba el suelo de España.

Teniendo quince años lo habían nombrado arzobispo de Valencia, y cuando al fin podía visitar su antigua diócesis, era como cautivo. A los ocho había empezado su carrera dentro de la Iglesia, recibiendo la mitra de Pamplona, y el Destino lo iba empujando para morir en Navarra, al otro lado de la Península.

La tierra de sus ascendientes, que durante varios años había escuchado los ecos de sus grandezas y victorias, sólo iba a conocerlo vencido y muerto.

Como los Borgia disponían de tantos amigos dentro del reino de Valencia, el rey no le dejó permanecer en dicha ciudad, enviándolo al castillo de Chinchilla, cerca de Albacete, fortaleza pobre e incómoda. Allí pasaba varios meses, y tal era su desesperación, que pretendía fugarse del modo más difícil y audaz, puesto de acuerdo sin duda con alguno de sus partidarios en Valencia.

El alcaide del castillo, Gabriel Guzmán, era famoso como hombre forzudo. Un día, cuando mostraba a César el triste paisaje desde lo más alto de la torre principal, éste lo agarró por sorpresa, intentando arrojarlo desde las almenas al foso, para huir después. La lucha resultaba larga y tenaz, por ser ambos de un vigor hercúleo; mas al fin triunfaba Guzmán, y el prisionero decía riendo que todo había sido una broma para poner a prueba las tan ponderadas fuerzas del alcaide.

Poco después lo trasladaron al castillo de la Mota, junto a Medina del Campo, en plena Castilla, donde no contaba con amigos de su familia.

Isabel la Católica había muerto, el 26 de noviembre de 1504, en la misma Medina del Campo, cuya fortaleza iba a guardar ahora a este prisionero célebre.

Castilla estaba amenazada de una guerra civil. Parte de la nobleza pedía que Fernando el Católico siguiese gobernando dicho reino en nombre de su hija doña Juana. Los más de los señores, ansiosos de novedades, se mostraban enemigos suyos y partidarios de que reinase sin tutela doña Juana, que después fue llamada la *Loca*, y su marido Felipe el *Hermoso*, hijo de Maximiliano, emperador de Alemania.

Esta situación anormal vino a favorecer al prisionero de Medina del Campo. Lucrecia Borgia desde su corte de Ferrara, los cardenales españoles residentes en Roma y el rey don Juan de Navarra, influido por las súplicas de su hermana Carlota, hacían esfuerzos comunes por conseguir la libertad del duque del Valentinado.

Se negaba el Papa Julio II a apoyarlos, y hasta por instigaciones suyas, la viuda de Juan de Borja, duque de Gandía, solicitaba de Fernando el Católico que instruyese un proceso contra César, acusándolo de la muerte de su marido y de su cuñado el duque de Biseglia. Como esta duquesa viuda pertenecía a la familia de don Fernando, muchos creyeron que el proceso era un pretexto inventado por dicho monarca para oponerse pasivamente a todas las demandas venidas de fuera en pro del prisionero.

Dos partidos se habían formado en Castilla: el de don Fernando, teniendo a su frente al duque de Alba, y otro que sostenía los derechos de Felipe el *Hermoso* y su mujer doña Juana, dirigido por el conde de Benavente. Ambos grupos pusieron sus miras a la vez en el solitario cautivo.

Hubo un momento en que don Fernando creyó que Gonzalo de Córdoba intentaba traicionarle, apropiándose el reino de Nápoles, y su conocimiento de las cosas de Italia le hizo pensar en el duque de las Romañas como el jefe más idóneo para combatir al Gran Capitán. En aquellos mismos días los partidarios de Felipe el *Hermoso* proyectaban poner en libertad a César Borgia, considerándolo el mejor caudillo para vencer a Fernando el Católico, si es que estallaba una guerra civil.

Todo esto sirvió para que el hijo de Alejandro VI se viese en dicha fortaleza más vigilado que nunca. Púsose el conde de Benavente en relaciones secretas con él valiéndose del capellán que le visitaba en su prisión, y así se concertó una de las evasiones más audaces y peligrosas que se conocen.

Claudio recordaba la considerable altura de la torre del Homenaje en el castillo de la Mota.

Facilitaba dicho clérigo a César una cuerda muy larga, pero aun así resultaba corta, quedando a varios metros del suelo. El único criado de Borgia, un español admitido a su servicio pocos meses antes, fiel hasta la muerte por la seducción natural que ejercía el duque sobre sus allegados, se prestaba a ser el primero en descender por la cuerda, y al llegar a su extremo caía, rompiéndose las piernas. Allí quedaba sin poder moverse, hasta que salían las gentes de la fortaleza, matándolo.

Dejábase deslizar César a continuación. Llevaba manos y brazos envueltos en trapos; pero tan largo era el descenso, que estas envolturas se desgastaban, cortando la cuerda sus carnes. Luego quedaba indeciso al final de aquélla, viendo debajo de él a su criado con las piernas rotas.

La alarma dada por los centinelas ponía término a su incertidumbre. El alcaide, desde lo alto de la torre, cortaba la cuerda para que se matase, y César caía lo mismo que su doméstico. A pesar de su magullamiento, atravesaba a nado el foso de agua fría, subiendo a gatas la escarpa opuesta. Allí le esperaban tres ballesteros del conde de Benavente, e izándolo en un caballo, lo llevaban a todo galope a Villalón, lugar fuerte del que era señor el citado prócer.

Un mes necesitó en este nuevo encierro para restablecer sus fuerzas. Su evasión la había efectuado el 25 de octubre de 1506, y cuando a fines de noviembre pudo salir oculto de Villalón, todavía llevaba los antebrazos y las manos envueltos en vendajes.

Con dos hombres conocedores del país y fingiéndose los tres mercaderes que iban de feria en feria, se dirigieron a Santander, embarcándose allí para Laredo y Bermeo. Luego reanudaron su viaje terrestre por Bilbao, Durango, Mondragón y Vergara, llegando finalmente a Pamplona el 3 de diciembre.

Resulta admirable una vez más, en este viaje peligroso, la energía de César Borgia. Todas las autoridades estaban avisadas de su fuga. Sumas cuantiosas eran ofrecidas al que lo descubriese. Los tres mercaderes se vieron detenidos por los alcaides de dos poblaciones; pero con tanta serenidad y habilidad contestaba el que parecía más importante de aquéllos, que inmediatamente los soltaron.

El detalle más triste de esta fuga novelesca fue la identificación que iban haciendo los perseguidores de César Borgia al seguir su pista. Todos los que declaraban haber visto a los tres mercaderes hacían mención especial de uno de ellos, «de cara muy fea, algo negro, las narices anchas.» Era el hijo de Alejandro VI, el *príncipe biondo e bello,* tan admirado años antes por las damas romanas.

Ya libre al lado del rey Juan de Navarra, su cuñado, procuró el duque Valentino regularizar sus embrollados asuntos. A Luis XII de Francia le reclamó el pago de la dote de su mujer, Carlota de Albret, que nunca había hecho efectivo, así como las rentas que le correspondían por su ducado de Valence.

Dicha reclamación resultaba inútil. Para que le pagase Francia necesitaba seguir la política de Fernando el Católico, aliado otra vez a Luis XII; y él, por su parentesco con el rey de Navarra y su fuga de Medina del Campo, venía a figurar entre los amigos de Felipe el *Hermoso* y el emperador Maximiliano. Por esta última razón, lo que hizo el rey francés fue recuperar el Valentinado, quitándoselo para siempre.

Rotas sus relaciones con Luis XII, aceptó el mando de las tropas de su cuñado, y sin miedo a protestas tan fuertes como España y Francia, puso en abierta hostilidad con ellas al pequeño reino de Navarra para preparar el triunfo de Felipe el *Hermoso.*

Antes creyó necesario dar fin a una guerra insignificante que existía entre el monarca navarro y uno de sus feudatarios, Luis de Beaumont, conde de Lerín, súbdito rebelde —lo mismo que los vasallos romanos desleales con el Papa—, el cual se defendía de su legítimo señor sostenido por Fernando el Católico.

En esta pequeña campaña sin gloria iba a perecer obscuramente el capitán que había intentado la unificación de Italia.

El 11 de febrero de 1507 atacó la plaza de Viana, cerca de Logroño. Las fuerzas con que contaba César podían hacerle dueño de dicha población rápidamente. Sus defensores carecían de víveres, y algunas bandas del conde de Lerín se movían durante la noche en torno al campamento de los sitiadores, buscando ocasión para introducir un convoy en la ciudad.

Dichas operaciones nocturnas ocasionaban frecuentes escaramuzas, y un amanecer, al notar César Borgia que varios grupos de enemigos intentaban una de las mencionadas sorpresas, se armó rápidamente, no acabando de colocarse bien las piezas de su armadura, y montó a caballo, sin que en realidad fuese necesaria su presencia, galopando hacia los partidarios de Beaumont, ya en retirada. Tal era su ímpetu, que no volvió la cabeza atrás para enterarse de si era seguido.

Lo perdieron los suyos de vista, y al percatarse los adversarios de que sólo era un jinete quien venía en su persecución, le hicieron frente, encontrándose de pronto César rodeado de enemigos. Sintieron éstos aumentar su osadía a la vista de las ricas armas del caballero, y como eran muchos, lo abrumaron bajo una lluvia de golpes.

La armadura, colocada con precipitación, tenía algunas piezas sueltas, y uno de los atacantes consiguió meterle un lanzazo por el sobaco, que le hirió de muerte, derribándolo de su corcel. Como aún intentaba defenderse en el suelo, lo remataron a golpes, despojándolo de su envoltura metálica, así como de gran parte de sus ropas valiosas.

Al ver el conde de Lerín la riqueza de dicha armadura, de las más finas que se fabricaban en Italia, quedó absorto, no pudiendo adivinar quién sería este enemigo poderoso, muerto sin gloria en un barranco. Al volver al sitio de la lucha con un grupo de los suyos, vio el cadáver del misterioso jinete, medio desnudo, y arrodillado junto a él, llorando, a un mozo con aspecto de paje.

Era Juanito Grasica, que había vivido en tierra española

todo el tiempo de la prisión de su señor, sirviéndole de intermediario con los que preparaban su fuga, y viniendo luego a Navarra a unirse con él.

Había seguido de lejos al duque en este amanecer, distanciado por la velocidad de su corcel, y acabó por descubrir el cadáver.

Beaumont y los suyos preguntaron a Juanito quién era el gran señor muerto, y el paje contestó entre gemidos:

—Don César de Borja, duque del Valentinado y de las Romañas.

Mostráronse los enemigos asustados de su propia obra, lamentando Beaumont que tan alto personaje, famoso en toda la Tierra, hubiese venido a morir allí como un pobre montañés de los que guerreaban en sus partidas.

Quedaba el cadáver en la iglesia de Santa María de Viana, bajo una tumba monumental, mezcla de las gracias del Renacimiento y las nobles formas del gótico español.

Figuraban en ella los Reyes de la Sagrada Escritura en actitud dolorosa, reflejando la emoción causada por la muerte de tal héroe, y sober el sarcófago, un pomposo epitafio castellano empezaba del siguiente modo:

AQUÍ YACE EN POCA TIERRA
EL QUE TODA LE TEMÍA;
EL QUE LA PAZ Y LA GUERRA
EN LA SU MANO TENÍA...

«Pero estaba escrito —siguió pensando Claudio— que ninguno de los Borgia dejase un monumento firme, recordando su paso por la Tierra. Calixto III y Alejandro VI, después de ser enterrados en San Pedro, han venido a parar a una iglesia española de Roma. La tumba de Lucrecia, princesa reinante de Ferrara, es hoy una simple losa con caracteres borrosos. Este monumento regio de César, costeado por el monarca de Navarra y que describieron varios autores españoles durante el siglo XVI, desapareció en el siglo XVII siendo hecho pedazos.»

El cadáver de César lo sacaban de la iglesia para volverlo a enterrar en plena calle. Fue esto venganza de un prelado a cuya diócesis pertenecía Viana.

Don Pedro de Aranda, obispo de Calahorra, había sido acusado de judaísmo en 1498 y encerrado en el castillo de Sant'Angelo, prolongándose varios años su proceso. Era mayordomo de Alejandro VI, y éste tuvo que proceder así por exigencias de la Inquisición española y de Fernando el Católico, quienes veían con malos ojos el refugio concedido en Roma por el Pontífice a los judaizantes fugitivos de España.

Además, le fueron confiscados al obispo Aranda diez mil escudos de oro y otros diez mil que tenía en poder de varios banqueros, sumas considerables que sirvieron en parte para costear el suntuoso viaje de César a Francia, cuando le nombraron duque del Valentinado.

Murió Aranda a consecuencia del encarcelamiento, y uno de sus descendientes, también obispo de Calahorra, no podía hacer visitas a la iglesia de Viana sin mirar con ojos de odio la tumba del hijo de Alejandro VI.

Y como en aquel entonces ya se había generalizado la falsa leyenda de los Borgia, aprovechó una restauración del templo para hacer pedazos la ostentosa tumba y echar fuera los restos de César.

El obispo judaizante perseguido por la Inquisición española quedaba así vengado.

VI. «¡Y NO LA VERÉ MÁS...!»

Llevaba Claudio Borja varios días recluido en su casa, sin otro ejercicio que cortos paseos apoyado en un bastón, por el jardín del *villino*. Todas las tardes recibía la visita de sus amigos, instalándose éstos en el estudio, como si fuese una prolongación de aquel café, lugar de sus reuniones, para hacer compañía al que llamaban por antonomasia *el herido*.

Una mañana, cerca ya de mediodía, vino a visitarlo Enciso de las Casas. En días anteriores se había valido del teléfono para preguntar por el estado de Borja, excusando su ausencia y justificándola con las grandes ocupaciones que le imponía cierta cuestión entre el Gobierno de su país y el Vaticano. Atento siempre a cumplir las reglas del buen trato social, creía faltar a sus deberes no yendo en persona a pedir noticias.

Al presentarse ahora, volvió a hablar de sus importantes labores diplomáticas, celebrando a continuación el buen aspecto del convaleciente.

—¿Quién diría que tiene usted la pierna atravesada de un balazo? ¡Qué encarnadura vigorosa...! Es usted un verdadero Borja, digno de sus ascendientes.

Permaneció indeciso algún tiempo, como si temiese lo que iba a decir y el mal efecto que pudiera causar en su oyente.

—Ríñame, amigo mío —dijo de pronto con aire resuelto—. Aunque soy más viejo que usted, tal vez he cometido una chiquillada que le molestará; pero no dude que lo hice con buena intención. ¡Me asusté tanto al verle chorreando sangre en aquel jardín...!

Y bajo la mirada interrogativa de Claudio siguió expresándose con tono de excusa:

—Los médicos dijeron que la herida no era grave; pero yo juzgué oportuno cumplir mis deberes de amigo avisando al único de sus parientes que conozco. En resumen: necesito decirle que remití un largo telegrama a Valencia anunciando a su tío don Baltasar todo lo ocurrido.

Claudio acogió con inquietud las últimas palabras.

—Luego envié otro telegrama quitando importancia al suceso; pero, sin duda, creyó el canónigo que mi segundo aviso era simplemente una treta para tranquilizarle, y se atuvo a mis primeras palabras. Total: que don Baltasar llegó anoche a Roma, esta mañana vino a verme, y ahora está en la Embajada de España hablando con el señor Bustamante.

En el primer momento no ocultó Borja su enfado contra este plenipotenciario tan bondadoso, tan simpático e inoportuno. Pero, al fin se mostró sereno, acogiendo la noticia con afectada indiferencia. El canónigo Figueras ya estaba en Roma y era inevitable el verlo. Escucharía con paciencia su sermoneo, si es que en realidad se interesaba por este episodio de la vida moderna, menos conmovedor para él que los otros que iba descubriendo en documentos antiguos.

No podía dudar, sin embargo, del afecto del santo varón. Él era, tal vez, el único ser contemporáneo capaz de hacer vibrar su sensibilidad. Esto del duelo y el balazo debía de haber sacudido como una catástrofe telúrica el venerable caserón, envuelto en discreto silencio, allá en la tranquila calle de Caballeros.

Según contó Enciso, había preparado Figueras rápidamente su viaje, y al tomar el tren se imaginaba encontrar en Roma moribundo a Claudio. Éste tuvo, no obstante, la sospecha de que también debía de haber influido en tal resolución el hecho de vivir él en la Ciudad Eterna. ¡Ver una vez más las Estancias de los Borgia, con los restos de la azulejería de Manises encargada por Alejandro VI...!

Volvería don Manuel acompañando a Figueras aquella misma tarde. Ya lo había preparado para que no agobiase a su sobrino con inútiles quejas ni reprimendas morales. Era conveniente olvidar lo pasado o pensar sólo en ello para ponerle remedio. Todo lo ocurrido debía apreciarse como una aventura descabellada, propia de la juventud.

Acogió Borgia con débil sonrisa de agradecimiento los buenos propósitos de Enciso. La presencia de éste acababa de despertar en su memoria muchos recuerdos adormecidos.

Vaciló antes de hacer una pregunta que desde algunos minutos antes se agitaba en su pensamiento, pugnando por exteriorizarse.

—¿Y Rosaura? —dijo al fin.

Ahora fue el diplomático-artista quien titubeó.

—Esa señora —repuso después de larga pausa— debe de estar ya lejos de Roma en los presentes momentos. Me dijo que se marchaba hoy... ¡Ay, querido Claudio! La vida cambia incesantemente y nosotros también. Ya sabe usted que la existencia es a modo de rueda, y cuando nos imaginamos ir siempre hacia arriba, en una ascensión sin término, nos vemos cabeza abajo. La que usted llama Rosaura ha dejado de merecer tal nombre poético. Es simplemente la señora viuda de Pineda, y pronto pasará a ser la señora de López Rallo. Se casa, querido amigo, y se casa con verdadero fervor, como si fuese a conocer por primera vez el matrimonio. Una mujer tan interesante, tan... poética, sólo habla de las cosas del hogar, embelleciéndolas con verdadero entusiasmo.

Y Enciso mostraba en palabras y gestos una desilusión de padre de familia cansado de los monótonos placeres caseros y admirador secreto de irregularidades y aventuras al ver a esta dama novelesca, perpetuo ídolo de sus ensueños, igual a su propia esposa y a la mayor parte de las mujeres que encontraba en los salones.

—Yo no sé —continuó— qué potencia de sugestión tiene ese muchacho del monóculo. ¡Quién podía imaginarse a Rosaura la *perfecta casada*, pensando nada más que en sus hijos y deseosa, tal vez, de tener otros en su segundo matrimonio...!

Siguió escuchándole Claudio con cierta frialdad. Examinaba su interior para saber si tales palabras despertaban en él ecos dolorosos. Realmente, no sufrió celos ni le agitó la cólera. Creía que le hablaban de otra mujer distinta a la que él había conocido. Hasta sintió cierto deseo de reír imaginándose a Rosaura con este nuevo aspecto de hembra tranquila y procreadora. Era semejante a las llamadas *burguesas* que tantas veces excitaron la risa de los dos en el jardín de la Costa Azul.

La había creído igual a una de esas aves marinas cuyas alas son fuertes como las del águila y puramente blancas como las de la paloma, volando sobre la inmensidad oceánica, viendo las olas altísimas cual insignificantes arrugas de la llanura azul, y ahora resultaba un ave de corral, ansiosa de vivir entre polluelos.

—Yo creo, amigo Claudio —continuó el diplomático—, que esa bofetada dada por usted en el hotel no pudo ser más oportuna... para el otro. Tal incidente sirvió para que Rosaura se interesase por ese mozo como nunca, sufriendo angustias al pensar en su suerte, admirando su actitud valerosa. Para las mujeres, el hombre que aman resulta siempre un héroe. De ser López el herido, ella lo habría curado, lo mismo que se ve en las novelas, enternecida por su desgracia. Como ha tenido la buena suerte de que el herido sea usted, ella lo admira como triunfador. De todos modos, lo ama más fervorosamente que antes del choque de ustedes dos.

La consideración de su vencimiento y de que Rosaura creía al otro más valiente amargó por primera vez a Claudio, reflejándose en su rostro la molestia que le causaban tales palabras.

Enciso debió de darse cuenta de sus pensamientos, y se apresuró a añadir:

—No crea que vive tranquila y orgullosa después de lo ocurrido. Al contrario, parece muy inquieta. Teme que usted vuelva a tener cuestiones con López Rallo. Dice que conoce su carácter, y que, sin duda, buscará al otro para perturbar la felicidad..., de ellos dos... Sé bien lo que digo. Puedo afirmarlo, pues lo he escuchado de su propia boca.

Y sonriendo al evocar el recuerdo de una visita grata, contó a Borja cómo dos días antes la señora de Pineda le había suplicado que fuese a verla en su hotel.

En dicha entrevista le revelaba sus planes futuros de existencia, su matrimonio con el secretario de Legación.

—Adivinará usted —siguió diciendo— que no me llamó únicamente para darme tales nuevas. Quería que yo la acompañase aquí mismo, presenciando una conversación de ustedes dos. Necesitaba verlo para pedirle en nombre de su antigua... amistad que la deje tranquila y no se acuerde más de su persona. Quiere que acepte los hechos, como ella los aceptó en otro tiempo. «Lo pasado fue un sueño, amigo Enciso; un sueño nada más. ¡Ay! ¿Quién no ha soñado...?» Estas fueron sus palabras.

Asintió Claudio con movimientos de cabeza, permaneciendo silencioso. Lo mismo que había dicho Rosaura cuando se hablaron en el hotel.

—Usted reconocerá —continuó el diplomático— que el encargo resultaba un poco... difícil para mí. Las mujeres encuentran natural todo lo que favorece sus deseos. Figúrese un hombre como yo, tranquilo, de costumbres respetables, trayéndola aquí para presenciar una entrevista tempestuosa de antiguos amantes... Y si, por el contrario, la conversación se dulcificaba, con un grato desfile de recuerdos melancólicos, ¡imagínese qué papel para un ministro plenipotenciario cerca del Papa...! A mí me gustan las cosas novelescas..., pero hasta cierto punto.

Y parecía vibrar en su voz un lejano eco de aquella envidia mansa, de aquel tranquilo despecho con que había comentado siempre las historias amorosas de la bella argentina, tan admirada por él.

—Por fortuna, ella misma desistió de la visita cuando le propuse que viniese sin mí, dándole las señas de esta casa. Por nada del mundo se atreve a quedar a solas con usted. Tal vez tiene miedo a que los recuerdos puedan más que su voluntad; y esto, querido Claudio, resulta lisonjero para un hombre... En resumen: se limitó a rogarme que influyese con usted para que no moleste más a ella ni a su futuro marido. Hoy se ha marchado de Roma no sé adónde. Verdaderamente, después del duelo, su existencia aquí no resultaba grata. Tenía que permanecer en sus habitaciones del hotel, sin atreverse a bajar al comedor ni al salón. En nuestro mundo se comenta todavía el suceso... Todos los que no la conocen querían verla. Las mujeres se ocupaban envidiosamente de su buena suerte. ¡Dos jóvenes queriendo matarse por una viuda con hijos...! Y exageraban su edad para dar cierto aspecto ridículo al choque de ustedes...

Eran más de las doce, y Enciso quiso marcharse. Antes de partir, creyó del caso dar por adelantado algunos de los consejos que seguramente iba a oír Borja de boca de su tío.

—Don Baltasar piensa como nosotros dos. ¿Se extraña usted y quiere saber quién es el otro...? Me refiero a don Arístides. Mi ilustre amigo le quiere como siempre. Lamenta un poco lo que ocurrió aquella noche en mi casa; pero ahora, gracias al tiempo transcurrido, lo ve con frialdad lo mismo que lo vi yo desde el primer momento. Una humorada un poco fuera de tono; un capricho genial de poeta, como digo a todos... Las cosas se arreglarán, amigo Claudio. Déjese llevar por las exigencias sociales como si fuesen olas dulces. Después ya se saldrá de la corriente, cuando lo juzgue oportuno, para hacer sus gustos, pero siempre sin escándalo... Siga los consejos de nosotros tres, que le queremos.

Al quedar solo el joven, resurgió en su memoria la imagen de Rosaura, tal como la veía un año antes, entre las florestas de la Venusberg.

En días anteriores era una pálida imagen, falta de vida, logrando evocarla sin que despertase en él vibración alguna. La tenía cerca, podía verla en cualquier momento, repitiendo la escena del *dancing,* perturbando sus nuevos amores, y la convicción de tal potencia le mantenía inactivo, en resignada calma. Al saberla ahora lejos, fugitiva con aquel hombre de gustos frívolos, hábilmente egoísta para asegurarse una vida de lujo por medio del matrimonio, fuera ya de su alcance, imposibilitado de adivinar dónde se encontraba, resurgía en su recuerdo como la Venus medieval emerge ante los ojos del caballero Tannhäuser, desnuda, luminosamente blanca, cual una nube hecha carne, entre las valvas de la enorme madreperla que le sirve de lecho. Ya no la comparaba ahora con un ave doméstica. Desplegaba sobre la inmensidad azul sus alas blancas de paloma de Afrodita, majestuosa como un águila, pero en su vuelo iba hacia otro.

«¡Y no la veré más! —decía con voz de lamento—. ¡Ay! ¿Quién me la devolverá...?»

Seguía pensando en esto a media tarde, cuando llegó don Baltasar Figueras, acompañado hasta la puerta del *villino* por un doméstico de la Embajada de España.

El canónigo se mostró discreto. Con una curiosidad casi infantil, quiso ver y tocar el vendaje que aún llevaba el joven en la pierna herida. Escuchó luego el relato del encuentro, formulando preguntas pueriles para explicar ciertos detalles.

—¡Las majaderías que hacen los hombres...!

Pero a tal exclamación unía cierto orgullo, pensando que uno de su familia había expuesto la vida tranquilamente como lo hicieron en otros siglos, yendo de torneo en torneo, ciertos caballeros andantes del reino de Aragón que ostentaban ante su nombre el título de *Mosén.*

Evitó alusiones directas a la dama que él había conocido en la Costa Azul, autora inconsciente de tales hechos dramáticos. Su honestidad eclesiástica le hizo evitar estas y otras escabrosidades de la conversación.

—Creo que después de las tonterías que llevas hechas —dijo con un acento severo que no causó mella en su oyente—, renunciarás a la vida actual. La verdadera culpa de todo la tiene tu existencia de vagabundo, sin familia, sin mujer, sin casa. Esta mañana hemos hablado de ello don Arístides y yo. Él se muestra dolido, y con razón, de lo que ha pasado; pero te quiere, y lo mismo ese pobre ángel de Estelita, y hasta su tía, que tiene su geniazo, pero en el fondo es una buena de Dios. Te perdonan y te esperan. No digas que no; para algo me ha traído la Providencia aquí. Les harás una visita conmigo. Nada de hablar de lo que ya está olvidado. Yo te ayudaré... Volverás a vivir con la familia de tu antiguo tutor, lo mismo que antes que conocieras a esa señora. Lo que debe ser, será. Como don Arístides goza de tanto poder en el Vaticano, puede arreglar tu boda en pocos días, suprimiendo trámites. Te advierto que no me voy de aquí sin dejarte casado con Estelita.

Y creyó que con esto quedaba dicho todo.

A la mañana siguiente salió Borja por primera vez de su casa para buscar al canónigo en un hotelito de la calle del Governo Vecchio, muy frecuentado por clérigos a causa de su proximidad a la Ciudad Leonina, y que le había servido de alojamiento en todos sus viajes a Roma.

Andaba Claudio sin dificultad, apoyándose ligeramente en su bastón, gozando de las delicias del movimiento, del aire libre y del sol, en una mañana suave, cuya luz dorada, cernida por nubes sutiles, daba cierto color de naranja a las piedras antiguas.

Figueras, al salir de su alojamiento, le hizo saber que estaban invitados a almorzar en la Embajada de España a la una de la tarde. Pero era oportuno presentarse antes para que se restableciese la cordialidad entre Claudio y la familia de don Arístides.

—Ahora son las diez. Nos iremos allá a las doce, cuando disparen el cañonazo en el castillo de Sant'Angelo.

Como ya no le inspiraban preocupaciones los asuntos de su sobrino, volvió otra vez a pensar en su *tema,* excitado por el ambiente de Roma.

—Necesito ir, antes del almuerzo, a echar un vistazo a las famosas Estancias, decoradas por el Pinturicchio.

Mientras caminaban hacia el Tíber, siguiendo luego por el puente de Sant'Angelo y las calles rectas y estrechas de la Ciudad Leonina, don Baltasar formuló, una vez más, sus protestas contra los *grandes calumniados,* como él llamaba a los Borgia.

—A Lucrecia ya le hicieron justicia. El protestante Gregorovius y otros historiadores han probado que esta dama, muerta a los treinta y nueve años, de mal parto, no fue nunca la mujer sensual ni la envenenadora inventada por los enemigos de su familia, y que ciertos poetas de nuestra época ennegrecieron aún más, caprichosamente. Siendo princesa de Ferrara, ella, que en su juventud había figurado como la mujer más elegante de Europa, renunció a las vanidades mundanas, se despojó de joyas y ornamentos, entregándose a la vida piadosa, fundando monasterios y hospitales, sin abandonar por ello el cuidado de sus hijos ni los deberes representativos de una princesa reinante. Su muerte, ocurrida en mil quinientos diecinueve, fue la de una buena madre, mostrándose serena, piadosa y cristiana hasta el último momento. Todavía en la antevíspera escribió doña Lucrecia de su propio puño al Pontífice León X, con el que estaba en correspondencia frecuente. Por sus cartas sabemos que hacía diez años que llevaba bajo sus vestiduras majestuosas un áspero cilicio y dos años que se confesaba todos los días, comulgando semanalmente.

Todo el pueblo de Ferrara lloró su muerte. Alfonso de Este, su esposo, rudo soldado que escribía al pie de su firma *bombardero,* como el mejor de sus títulos, vivió quince años más, pero acordándose siempre de ella.

Sin fijarse en que Claudio no parecía mostrar en aquel

momento gran interés por esta rehabilitación histórica, el sacerdote continuó:

—El último en morir de la familia Borgia fue don José, príncipe de Esquilache. Este joven, que César tuvo siempre como *hombre para poco,* débil de cuerpo y encogido de ánimo, debió de sentirse feliz al verse solo en la Tierra.

Su mujer, la inflamable doña Sancha, había fallecido en 1506, luego que César la hizo sacar del castillo de Sant'Angelo, donde estaba encerrada por orden de su suegro el Papa, enviándola a Nápoles. Al morir, aún no había cumplido veintisiete años.

—Aquella gente vivía muy aprisa, yéndose del mundo antes de tiempo. A pesar de su mala fama, he leído en cartas de algunos españoles de entonces que fue doña Sancha «muy acabada y valerosa princesa, y muy favorecedora de España». Fuese como fuese, lo cierto es que don Jofre, viéndose viudo a los veintitrés años, se marchó a nuestro país, donde casó con una hija del conde de Albaida, quedándose allá, en la obscura y humilde dicha de los que no tienen historia.

Mostró Claudio Borja un repentino deseo de saber algo que había excitado su curiosidad repetidas veces.

—¿Y don Michelotto? —preguntó—. Nadie habla de él después de la muerte de César, ni figura durante los últimos años de éste, cuando estaba prisionero en España.

Sonrió el canónigo, haciendo al mismo tiempo un extraño gesto de cómico terror.

—¡Micalet Corella...! ¡Qué tipo...! Efectivamente, nada he leído sobre el final de su vida terrible. César salió de Italia sin poder verlo. Don Miguelito, luego de defender como perro rabioso los dominios de su amigo y señor, cayó prisionero de los florentinos con otros partidarios de César, y el nuevo Papa Julio II consiguió que se lo enviasen a Roma, encerrándolo en el castillo de Sant'Angelo. Aquí le hizo dar tormento con la esperanza de que confesase los crímenes de César. El testimonio de este hombre considerábalo precioso para incoar un terrible proceso contra el duque de las Romañas... Pero el duro don Micalet aguantó toda clase de suplicios sin hablar, manteniéndose fiel a su protector. Indudablemente le preguntaron acerca de muchos delitos imaginarios que César no había cometido nunca. ¡Le inventaban tantos...! Como si no tuviese bastante con los que resultan completamente ciertos...

Calló Figueras repasando sus recuerdos, para añadir poco después:

—Ni una palabra sobre don Michelotto, luego de su encierro en Sant'Angelo. La noche cae sobre su nombre. Tal vez murió a consecuencia de los tormentos. Es posible igualmente que recobrase su libertad y lo mataran en una emboscada al verlo solo, sin el auxilio de aquellos temibles compañeros de aventuras, que había tenido que licenciar. ¡Resultaban tan numerosos sus enemigos...! También pudo ser que consiguiera huir a España y pasase el resto de su existencia la lado de su hermano el marqués de Cocentaina, aquel Corella de nacimiento legítimo que salvó al Papa Borgia de un león, aquí cerca, en el Belvedere. Nada tendría de extraño que en nuestra tierra viviese y muriese como un hidalgo, buen creyente, pasando los días en la iglesia del pueblo y relatando sus aventuras a los hijos de su hermano.

Después de oír esto, Claudio Borja volvió a acoger con indiferencia las palabras de don Baltasar.

Se iban cruzando en las estrechas calles con damas extranjeras que volvían de la iglesia de San Pedro. Eran norteamericanas pertenecientes a una peregrinación. Sin saber por qué, les encontró el joven alguna semejanza con la mujer que llevaba en su pensamiento. En realidad, no existía ningún parecido físico: eran rubias las más, y la otra tenía los ojos y el pelo negros. Pero había de común entre ellas cierto aire de soltura gimnástica, la buena conservación de la carne por los cuidados higiénicos, esa uniformidad del bienestar que caracteriza a la mujer rica. La ausente era una viajera como todas ellas, y la vida de gran hotel, de *dancings*, de *sleeping*, de lujosos transatlánticos, las unificaba con el mismo aire inconfundible que aglomera a los individuos de una nación, emparentándolos, aunque sus aspectos particulares sean distintos.

Después de varios días de encierro, le impresionaba el continuo paso de estas extranjeras, que en otro momento le habrían parecido transeúntes vulgares.

«¡Y no la veré más! —pensaba —. ¡Y la he perdido para siempre...!»

El canónigo continuó hablando.

—Así como ahora existe una Lucrecia completamente distinta al monstruo que engendró la fantasía, también empieza a dejarse ver un Alejandro VI que no es el bandido creado por sus calumniadores. Yo soy clérigo y me está prohibido hablar contra los papas; mas, sin incurrir en pecado, puedo establecer una diferencia entre los hombres y la sagrada función pontifical que ejercieron, y te digo que Juliano de la Rovere, o sea Julio II, procedió como un malvado al denigrar a su antecesor, acogiendo todas las calumnias, por disparatadas que fuesen, para difundirlas, y dando protección a cuantos quisieron escribir contra los Borgia... El tal Rovere, tú sabes que tuvo hijos, lo mismo que Alejandro VI, y, además fue aficionado a otras cosas infames no conocidas por nuestro compatriota.

Al surgir la Reforma protestante, necesitaban sus escritores concretar sobre la cabeza de algún Pontífice todos los vicios y delitos de la Corte de Roma durante siglos, y Julio II les daba ya hecho el trabajo con la leyenda contra los Borgia, de reciente formación.

Este Papa, que fue grande por lo mucho que le dejaron preparado o realizado Alejandro VI y su hijo, continuó la calumnia contra ellos, aun después de muerto por medio de los escritores que aceptaron a ciegas su falsa y apasionada información.

El mayor defecto de Rodrigo de Borgia había sido tomar a risa lo que inventaban contra él: su falta de miedo al juicio de la posteridad, su bondadosa pereza, que nunca se tomó el trabajo de rectificar la mentira diaria.

—Que hablen —decía—. Al pueblo romano hay que permitirle el insulto, y así se deja gobernar mejor.

Los enemigos del Papado encontraban a su disposición un Pontífice, víctima expiatoria preparada por otro Pontífice. Además, era español, del país que sostuvo con su espada la unidad religiosa del mundo. ¿Qué más podían desear...?

—Y durante tres siglos, casi hasta nuestros días, los historiadores se han copiado unos a otros, sin tomarse el trabajo de subir hasta las fuentes originales.

Luego el canónigo añadió con una cólera reconcentrada que no podía inspirarle ningún suceso contemporáneo:

—Hasta los españoles aceptaron la calumniosa leyenda de los Borgia, dejándose influir por autores extranjeros, que repiten falsedades sin comprobarlas antes. Sólo en el curso de nuestra vida ha empezado a verse un nuevo Alejandro VI. Yo mismo —dijo con cierta modestia— he contribuido un poco a tal justificación. El hombre que escribe a su hijo unas cartas que sólo éste debe leer, dándole consejos morales e instrucciones religiosas, no tiene la menor relación con el monstruo sádico inventado por los folicularios de aquella época; celebrando orgías con toda su familia.

Le hizo insistir el entusiasmo en sus afirmaciones optimistas y enérgicas.

—Alejandro fue un gran Pontífice, y hasta su hijo César (la peor persona de la familia), resulta igual a los príncipes de su época. Sólo se diferencia de ellos por tener más talento y mayores condiciones de energía y actividad. Muchos de los crímenes que le atribuyen son indignos de su inteligencia y su carácter. Cuando César se decidía a obrar como malvado, por razones políticas o particulares, realizaba sus delitos con una franqueza bárbara o con una habilidad diplomática que arrancó gritos de admiración a Maquiavelo.

Marchaba Claudio a su lado sin oírle; pero él continuó su peroración como si el otro le escuchase, y una sonrisa irónica acompañó sus palabras.

—¡El veneno de los Borgia...! Ya sabes cómo lo fabricaban; una invención absurda, digna de la Medicina y la Farmacopea de aquellos tiempos, si es que realmente se puso en práctica alguna vez. Hartaban a un cerdo de alimentos cargados de arsénico; luego lo apaleaban y la baba que iba soltando la recogían para que sirviese de veneno. Es cierto que el arsénico deja sus huellas en los envenenados; pero más discretas, menos visibles y escandalosas que las mencionadas por los enemigos de los Borgia. Cuando un cardenal o un gran señor moría cubierto de pústulas o grandes abscesos con numerosos orificios, era voz general que lo había matado el *veneno de los Borgia*. ¡Como si de faltarles este veneno no hubiesen llegado a morir nunca! ¡Como si no existiesen enfermedades entonces...! Precisamente acababa de aparecer la terrible dolencia vergonzosa que tú sabes, extendiéndose por toda Europa, sin respetar a papas ni reyes. Para su curación se recetan los remedios más extravagantes. Tampoco se conocía la verdadera naturaleza de la diabetes, y hay que pensar en la vida de continuo banqueteo y excesos en bebidas y dulces que llevaban los próceres y prelados del Renacimiento. Apenas enfermaba alguno de ellos, perdiendo sus fuerzas y cubriéndose el cuerpo de abscesos, se atribuían dichos tumores al *veneno de los Borgia*. Era el resto del tósigo que se escapaba por la epidermis, y el único remedio, según la Medicina de la época, consistía en beber caldo de culebra negra o buscar centenares de perros, gatos o gallos, abriéndolos vivos para aplicarlos con todo su calor sobre el enfermo.

Hizo una pausa el canónigo, y añadió:

—Indudablemente, dar veneno a los enemigos era entonces una regla aceptada por todos los jefes de Gobierno. Los más de los príncipes tenían a su devoción alquimistas encargados de buscar nuevos tósigos, y una de las mayores preocupaciones de Alejandro y su hijo no fue envenenar a los demás, sino librarse ellos del veneno ajeno, cuyos verdaderos efectos resultaban más disimulados que el de muchas enfermedades naturales, mal conocidas en aquel tiempo.

Habían llegado a la plaza de San Pedro, admirando Figueras, como siempre, las columnatas semicirculares y la enorme cúpula de la basílica.

Mostróse emocionado, una vez más, por el aspecto majestuoso del monumento. Era un símbolo de la universalidad de sus creencias... Y acto seguido acopló en su imaginación el recuerdo del Pontífice que él llamaba *su Papa* a dicha grandeza arquitectónica.

—Nunca puedo ver esto —dijo— sin pensar en nuestro Alejandro. Sé bien que se construyó luego de su muerte; pero nadie me negará que durante su Pontificado llegó el catolicismo a su mayor grandeza. Después de los primeros siglos del triunfo de la Iglesia, la Cristiandad romana empezó a perder gente, en vez de aumentar sus prosélitos. Los griegos nos abandonaron, llevándose una parte de Europa, y luego de muerto el Papa Borgia sus inmediatos sucesores perdieron otra parte al rebelarse los pueblos afectos a la Reforma. El catolicismo, tal como es actualmente, inicia su desarrollo bajo el gran Papa español. En su tiempo se descubre a América; él es quien reparte el mundo entre españoles y portugueses; Colón le escribe en castellano (a pesar de que Rodrigo de Borja llevaba viviendo en Italia tres cuartas partes de su existencia), contándole que ha descubierto trescientas leguas de la costa de Asia, el Japón y un sinnúmero de islas inmediatas. Veinte naciones americanas son ahora católicas, al otro lado del Océano, por haber nacido a la vida cristiana en tiempos de nuestro Alejandro. Más de cien millones de seres acatan a Roma en el opuesto hemisferio por el proselitismo del Papa Borgia, quien se apresuró a enviar misioneros a América en el segundo viaje de descubrimiento. Se comprende el orgullo de aquel Pontífice. ¿No habríamos incurrido nosotros en el mismo pecado...? Realizaban los españoles el prodigio de llegar a Asia por Occidente (pocos sospecharon entonces que se había descubierto un nuevo mundo), y el Pontífice consagrador de tan inaudita hazaña era también español. Un creyente como Alejandro VI debía de ver en ello la mano de la Providencia.

Claudio sólo pensaba en la visita que iba a hacer hora y media después a don Arístides y su familia.

Seguiría su destino. Una voz burlona parecía gritarle desde el fondo de su memoria: «¡Adiós, caballero Tannhäuser!»

Iba a acabar su vida de locuras. Se contentaría con una existencia reposada, dulcemente monótona, sin delirios felices y sin conflictos. Sería el marido de Estela; y la misma voz lejana repetía como un eco lamentoso: «¡Pobre Estela!»

Se aproximaron a una puerta del Vaticano, y el canónigo, como si hablase ante una muchedumbre de diversas creencias y razas, siguió diciendo:

—Y para los que no pertenecen a nuestra religión, el pontificado de Alejandro VI representa un gran acontecimiento histórico, el mayor tal vez de nuestra raza... ¿Qué éramos los blancos nacidos en Europa? Una minoría de la Humanidad, aglomerada en un continente estrecho. ¡Quién sabe si, faltos los blancos de expansión, debilitados en una lucha incesante por la propiedad del exiguo suelo, esos pueblos de Asia, que parecen inmensas colmenas o interminables nidos de hormigas, habrían acabado por caer sobre los nuestros, esclavizándolos por la fuerza de su inmensa superioridad numérica...! Pero descubrimos los españoles el mundo americano en tiempos del Papa Borgia, y gracias a nosotros pudo

Europa desarrollarse en la más prolongada de las masas continentales, donde se repiten dos veces a un lado y a otro de la línea ecuatorial todos los climas y todas las riquezas, triunfando con ello definitivamente el hombre blanco sobre el resto del planeta.

Como si por primera vez se diese cuenta de la distracción de su sobrino, cesó de andar y se volvió hacia él, señalando el palacio grandioso que tenía enfrente.

—Me imagino —dijo con entusiasmo— la emoción de Rodrigo de Borja a mediados del año mil cuatrocientos noventa y tres, cuando sólo era Papa unos meses y el Pinturicchio iba trazando sus primeras figuras en los salones que ahora llaman Estancias de los Borgia. Había empezado a difundirse una noticia entre los miles de españoles avecindados en Roma o acudidos a ella para solicitar mercedes del cardenal compatriota recientemente elegido Papa.

Uno de estos españoles-romanos, clérigo aragonés, llamado Lorenzo de Cosco, que añadía a su calidad de presbítero el título de *generoso y literato*, traducía al latín, idioma universal de entonces, la carta escrita por un tal Colón, desde Lisboa, a un judío converso, el magnífico Gabriel Sánchez, tesorero del rey Fernando el Católico.

En ella relataba el marino las peripecias de su viaje con un centenar de españoles y tres barcos a través del Océano.

—Iban en busca de las tierras del Gran Kan de la Tartaria, y las habían encontrado por la ruta del Occidente, aunque sin poder llegar a su capital, la rica Calambú, o sea el moderno Pekín, descrita por Marco Polo y Mandeville. El Papa español, entusiasmado por este suceso providencial, facilitaba la impresión de la carta traducida por Cosco, enviándola a todos los soberanos de la Tierra... Y lo raro del caso fue que Alejandro VI, que había vivido la mayor parte de su existencia en Italia, hablaba de Colón llamándole español. También el italiano Jacobo Trotti escribía a su señor, el duque de Ferrara, sobre las nuevas tierras descubiertas por el *español* Colón... Esto resulta otro misterio histórico, necesitado de luz, como la falsa leyenda de los Borgia. ¿No lo crees así?

Nada dijo Claudio. Tal vez no había oído las palabras de don Baltasar; pero éste, sin percatarse de su indiferencia, siguió hablando:

—El Papa Borgia fue el primero que hizo saber a los hombres, de una manera que puede titularse oficial, el descubrimiento de América, que aún no se llamaba América, y cuya verdadera naturaleza nadie había llegado a presentir. ¿No te conmueve este recuerdo, evocado aquí mismo, antes que subamos a ver sus famosas Estancias...?

Cogió a Claudio de una solapa, mirándolo de cerca, al hacer dicha pregunta, y el joven, aunque ignoraba a causa de su preocupación lo que había dicho el canónigo, aprobó moviendo la cabeza.

Un lamento continuo seguía resonando en su interior. Era lo único que podía oír: «¡Y se fue para siempre...! ¡Y no la veré más!»

Fontana Rosa.
Mentón (Alpes Marítimos).
Junio-septiembre de 1926.